RALF SCHMIDT

KREUZ UND CHROM

atb aufbau taschenbuch

RALF SCHMIDT wurde 1968 in Hayingen auf der Schwäbischen Alb geboren. Er lebt mit seiner Frau in der Nähe von Ingolstadt, wo er an seinen Harley-Davidsons und an neuen Romanen arbeitet.

Er fährt Harley, hat jede Menge Tattoos und sieht gar nicht so aus, wie man sich einen ordentlichen Hauptkommissar vorstellt. Jan Schröder war ein verdeckter Ermittler im Rockermilieu, doch nach dem mysteriösen Unfall seiner Frau, einer Journalistin, muss er sich um seine sechsjährige Tochter Lea kümmern. Als ein Priester in seinem Beichtstuhl erstochen wird, sind Schröders Ermittlungskünste gefragt. Die Spuren weisen in höchste Kreise der Kirche und haben möglicherweise mit Missbrauchsfällen zu tun. Zusammen mit der Staatsanwältin Julia Valentini, die seinen rauen Charme herausfordert, sieht Schröder sich auf der richtigen Spur – doch dann gerät seine kleine Tochter ins Visier seiner mächtigen Gegner.

RALF SCHMIDT

KREUZ UND CHROM

KRIMINALROMAN

aufbau taschenbuch

MIX
Papier aus verantwortungsvollen Quellen
FSC® C083411

ISBN 978-3-7466-3448-7

Aufbau ist eine Marke der Aufbau Verlag GmbH & Co. KG

1. Auflage 2018

Umschlaggestaltung www.buerosued.de, München
unter Verwendung eines Bildes von © Getty Images / Tyler Stableford
Gesetzt aus der Whitman durch Greiner & Reichel, Köln
Druck und Binden CPI books GmbH, Leck, Germany
Printed in Germany

www.aufbau-verlag.de

Für Annette.
Meine wundervolle Frau.

PROLOG

Schleichend wie ein Raubtier glitt die dunkle Limousine auf den Innenhof des alten Anwesens. Das Geräusch der Reifen auf dem Schotter erinnerte den Jungen an das Knirschen von Zähnen. Er kauerte im ersten Stock in einer Fensternische und drückte das Gesicht ganz nah an die Scheibe, so dass sie um seinen Mund herum beschlug. Mit zusammengekniffenen Augen sah er hinab.

Ein Mann in einem langen schwarzen Gewand griff beim Aussteigen nach einem baumelnden Kreuz, das an einer glänzenden Kette um seinen Hals hing. Als er aufrecht stand, ließ er es los, rückte sein Scheitelkäppchen zurecht und schritt hinüber zur Eingangstür. Mit auf dem Rücken verschränkten Armen erwartete ihn dort der Mann, der das Kinderheim leitete.

Die beiden redeten kurz miteinander, dann senkte sich die hintere abgedunkelte Seitenscheibe am Wagen ein Stück herab. Ein dickes blasses Gesicht kam zum Vorschein. Die schmalen blutleeren Lippen formten ein Lächeln. Die Knopfaugen starrten den Heimleiter durchdringend an, der eine Verbeugung andeutete und im Haus verschwand. Der andere blieb vor dem Eingang stehen und nickte dem Mann im Auto zu. Die schwarze Scheibe schloss sich, und die letzten Sonnenstrahlen des Tages spiegelten sich blutrot darin.

Plötzlich hörte der Junge hinter dem Fenster ein Fluchen und einen Schmerzensschrei zu ihm hinauf dringen. Er drehte den Kopf herum und blickte den langen Flur hinab, an dessen Ende soeben die Tür aufgerissen wurde. Ein Junge stürmte herein und rannte mit seinen kurzen O-Beinen an der Fensternische vorbei.

Als der Junge aus der Nische klettern wollte, um dem anderen nachzulaufen, kam der Heimleiter fluchend die Treppe herauf. Der Bursche hielt vor Schreck die Luft an und drückte sich tief in sein Versteck hinein. Ohne ihn zu bemerken, setzte der Mann dem Flüchtenden nach. Immer wieder rief er: »Bleib hier, bleib hier, verdammt!«

Der Kleine blickte zurück und hetzte weiter. Er rannte die Stufen ins oberste Stockwerk hinauf. Tapp-tapp, Tapp-tapp, Tapp-tapp hallten die schnellen Schritte herunter.

Als niemand mehr zu hören war, kroch der Junge aus der Nische und stürmte los, den beiden hinterher.

Als er ganz oben ankam, sah er den Jungen am offenen Fenster stehen. Tränen liefen ihm über sein dreckiges Gesicht und hinterließen schmale helle Streifen. Mit einer Hand hielt er sich am Fensterrahmen fest. Mit der anderen fuhr er sich über das verweinte Gesicht. Sein Körper vibrierte vom Schluchzen. Mit zusammengepressten Lippen stellte er ein Bein auf das Fenstersims. Bereit zum Sprung. Durch seine tränengefüllten Augen sah er den Heimleiter wütend an.

Der Mann ging langsam auf den Jungen zu. Er streckte ihm vertrauensvoll lächelnd eine Hand entgegen und sagte: »Komm zu mir. Es wird alles gut.«

Der Junge schüttelte den Kopf, bewegte sich nach vorn und verschwand durch den Fensterrahmen.

Der Heimleiter hetzte an das Fenster und lehnte sich ein Stück hinaus. Dann wandte er sich um und erblickte den anderen Jungen im Flur. Der Junge sah den Mann mit weit aufgerissenen Augen an, drehte sich um und stürmte los, so schnell er nur konnte.

Er preschte durch die Schlafräume des Kinderheims, als sei der Teufel hinter ihm her. Dabei rief er immer wieder: »Er ist gesprungen. Er ist gesprungen.«

1

25 Jahre später

»Sieht Mama durch die Augen?«

Jan Schröder drehte seiner Tochter den Kopf zu. Sie lag neben ihm auf dem Bett und lächelte ihn an. Mit dem Finger strich sie sanft über das tätowierte Porträt seiner Frau. Sein Blick wanderte zur Tätowierung auf der Innenseite seines linken Unterarms. Er zog das kleine Mädchen zu sich heran. Lea lachte und strampelte wild mit Armen und Beinen. Ihr Vater hielt sie fest in seiner Umarmung und küsste sie auf die Wange.

»Mama sieht alles«, sagte er.

Zärtlich strich er seiner Tochter durch ihr schwarzes Haar, das genauso glatt war und glänzend schimmerte wie Michelles. Lea kuschelte sich in seine Armbeuge.

»Vom Himmel aus?«, fragte sie.

Sein Blick wanderte durch das Schlafzimmerfenster hinaus in den sonnigen Morgenhimmel.

»Ja«, sagte er, »vom Himmel aus.« Obwohl er es besser wusste.

Zufrieden schloss sie die Lider. Schröder musterte ihre Gesichtszüge. Sie hatte sie von ihrer Mutter geerbt. Die dunklen Augen von ihm.

»Wie wäre es mit Frühstück?«, fragte er Lea und begann sie zu kitzeln. Sie lachte und versuchte, aus seinem Griff zu entschlüpfen.

»Und dann?«, fragte sie neckisch, nachdem sie ihm entkommen war.

Er wiegte den Kopf hin und her und presste die Lippen aufeinander. »Schwimmbad?«

Lea sprang auf und hüpfte auf dem Bett herum. »Au ja. Schwimmbad. Schwiiiimmmmbad. Mit der Harli?«

Er lachte. »Ja. Wenn du willst, fahren wir Harley.«

Er nahm seine Tochter an die Hand und ging mit ihr in die Küche. »Wie immer?«, fragte er.

Lea kletterte auf einen der Barhocker und nickte. »Wie immer, Papa.«

Schröder strich ihr durch das Haar. »Okay.«

Kurz darauf stellte er ihr eine Schüssel Cornflakes mit Milch hin. Für sich nahm er eine Flasche Cola Light aus dem Kühlschrank und setzte sich neben seine Tochter. Das Mädchen schaufelte lautstark die Flakes in sich hinein, und ihr Vater schaute lächelnd dabei zu.

»So«, sagte Lea und schob die leere Schale von sich. Sie fuhr sich mit dem Handrücken über den Mund und stieg vom Barhocker. »Komm jetzt, Papa.«

»Ich komm ja schon, du kleine Nervensäge«, murmelte er leise.

»Hab ich gehört«, sagte sie und stapfte davon.

Kurz darauf gingen beide aus dem Haus. Schröder mit einer Sporttasche in der Hand und Lea mit einer viel zu großen Sonnenbrille auf der Nase. Ihr Vater wuchtete das Garagentor auf und schnallte die Tasche auf das Motorrad.

»Hier«, sagte er und streckte seiner Tochter einen Sturzhelm entgegen. Lea nahm ihn, klemmte ihn zwischen die Knie und hielt sich die Ohren zu. Schröder klappte den Kickstarter heraus und trat ihn mit Schwung nach unten. Donnernd sprang die alte Harley-Davidson an. Das Mädchen nahm die Hände von den Ohren und schob sich den Helm auf den Kopf, so dass die Sonnenbrille schräg auf ihrer Nase saß. Ihr Vater grinste kopfschüttelnd.

»Verdammt«, sagte er plötzlich und stellte die Harley ab.

»Paapaaa. Das sagt man nicht!«

Schröder zog das klingelnde Handy aus der Brusttasche seiner Lederjacke. »Ja?«

Lea nahm den Helm ab und setzte sich darauf.

»Wo? In der Vitus-Kirche?«

Er hörte dem Anrufer länger zu und sah immer wieder schulterzuckend zu seiner Tochter, die seine Blicke mit Grimassen erwiderte.

»Ich habe heute eigentlich frei und wollte mit meiner Kleinen ins Schwimmbad.«

Schröder hörte dem Anrufer weiter zu und lief dabei ein paar Meter hin und her. »Okay. Ich komme kurz vorbei und schau mir das an. Ich habe heute niemanden, der sich um meine Tochter kümmern kann.«

Schröder steckte das Telefon weg. Lea stand auf und sah ihren Vater skeptisch an.

»Zieh den Helm auf. Wir fahren nur noch kurz wo vorbei. Danach geht's ins Schwimmbad.«

»Versprochen?«

»Versprochen.«

Lea nickte ernst und zog sich den Helm wieder auf den Kopf. Schröder trat die Harley erneut an und streckte Lea eine Hand entgegen. Das Mädchen ergriff sie und kletterte auf den Rücksitz.

»Gut festhalten!«, brüllte er.

»Paapaaa!«, rief sie.

Schröder sah im Rückspiegel, wie seine Tochter genervt den Kopf schüttelte. Sie mochte mit sechs Jahren schon nicht mehr, wenn man sie wie ein Kind behandelte. Wo mag das noch hinführen?, dachte er sich und legte den Gang ein. Lea stellte die Füße auf die Rasten und packte ihn fest um den Bauch, so weit wie ihre Arme reichten. Sie hatte jedes

Mal einen riesigen Spaß, wenn er sie auf einem seiner Motorräder mitnahm.

An der Vitus-Kirche steuerte er die Harley auf den gepflasterten Vorplatz. Dort standen bereits Polizeifahrzeuge und ein Krankenwagen. Menschen rannten geschäftig umher. Schröder machte den Motor aus und stieg ab.

»Morgen, Schröder«, rief ein schwergewichtiger Mann, der die Kirchentreppen herunterhumpelte.

»Guten Morgen«, sagte Schröder und hängte seinen Helm an den Spiegel. Lea zog ihren ebenfalls aus.

»Na, darfst du schon auf dem Motorrad mitfahren?«, fragte der Dicke und kniff das Mädchen sanft in die Wange.

»Lass das«, sagte Lea und fuhr mit der Hand angewidert über die Stelle, die er berührt hatte.

»Ich hoffe, es ist wirklich so wichtig, Kai«, sagte Schröder.

»Der Pfarrer«, sagte sein Kollege und nickte in Richtung Kirche.

»Der Pfarrer? Verdammt.«

»Paapaaa.«

Kai Lorenz sah zu Lea und deutete Schröder dann an, ein paar Schritte zu gehen.

»Du wartest hier, Lea. Und du gehst nirgends hin. Versprochen?«

Lea verschränkte genervt die Arme vor der Brust.

»Versprochen.«

Schröder und Lorenz gingen die Treppe hinauf und verschwanden in der Kirche.

Lea setzte sich auf den Helm, schlug die Arme um die Beine und stützte das Kinn auf die Knie. Sie sah ihrem Vater zu, wie er durch die große hölzerne Pforte das Gotteshaus betrat. Ihr Blick wanderte von der Kirche über den Vorplatz hinüber zur Ladenzeile am Rande des Kirchplatzes, wo er an einem Eisstand hängen blieb, der zu einem Café gehörte. Lea leckte sich unbewusst über die Lippen und beobachtete die Kinder, die mit einem Eis davongingen. Sie schreckte aus ihren Gedanken auf, als plötzlich ein Mann hinter sie trat und ihr mit der Hand über das Haar strich. Ärgerlich drehte sie den Kopf und blickte zu ihm auf.

»Na, wartest du auf jemand?«, fragte der Fremde.

Er sah kurz zu dem Eiscafé, das Lea in den Bann gezogen hatte, dann lächelte er sie freundlich an und ließ schließlich den Blick zur Kirche wandern. Er verfolgte das Geschehen auf dem Vorplatz eine Zeitlang. Polizisten und Personen in weißen Overalls gingen ein und aus. Am Krankenwagen wurden die Blaulichter ausgeschaltet. Langsam fuhr der Rettungswagen vom Kirchplatz herunter und entfernte sich. Stattdessen kam ein silberner Wagen vor dem Kirchenportal zum Stehen, auf dem Lea das Wort »Rechtsmedizin« entzifferte.

Der Fremde beugte sich hinunter und legte ihr seine Hände rechts und links auf die Schulter. Das Mädchen verzog das Gesicht und schüttelte sie trotzig mit einem Schulterzucken ab.

»Lass das«, schimpfte Lea.

»Magst du ein Eis?«

Lea sah den Mann nachdenklich an, schaute zur Kirche, dann wieder zu ihm. Eis. Sie liebte Eis. Das Wasser lief ihr im Mund zusammen, so dass sie schlucken musste. Ihr Blick huschte für einen Moment hinüber zum Eisverkauf.

»Darf hier nicht fort.«

Der Fremde nickte wissend und richtete sich auf. »Auf wen musst du denn warten?«

Schröders Tochter blickte grüblerisch zum Kirchenportal.

Vielleicht würde Papa ja so lange wegbleiben, bis sie das Eis gegessen hatte, und es gar nicht merken, dass sie nur kurz weg war, dachte sie.

»Auf Papa.«

Der Mann sah hinüber zum Kirchengebäude. »Ist er da drin?«

Lea schaute hoch und nickte. »Die haben ihn angerufen. Wir wollten ins Schwimmbad.«

»Was macht er denn in der Kirche?«

Das Mädchen zuckte mit den Schultern. »Vielleicht schauen, wie es dem Toten geht. Das muss er immer.«

Der Fremde lächelte. »Ist er Arzt?«

»Nööö. Polizeimann.«

»Dann dauert es bestimmt, bis er wieder rauskommt. Schön, dich kennengelernt zu haben«, sagte er und strich ihr erneut kurz über das Haar.

Lea zog den Kopf etwas ein. »Wo gehst du hin?«

»Ein Eis essen. Die Hitze ist ja nicht auszuhalten.«

Schröders Tochter spähte wieder zum Eingang der Kirche. »Wo?«

»Da drüben«, antwortete der Fremde und zeigte zu dem kleinen Eiscafé an der Ecke des Kirchplatzes. Sie schaute hinüber, wo Kinder mit Erwachsenen in einer Schlange standen und andere Eis schleckend über den Platz liefen. Lea musste wieder schlucken. Sie sah zu dem Mann hoch und lächelte schmallippig.

»Magst du mitkommen?«, fragte er.

Sie blies die Wangen auf und musterte den Fremden eine Zeitlang. Dann schüttelte sie den Kopf.

»Ich muss hier auf Papa warten.«

Der Mann sah zur Kirche, dann hinüber zur Eisdiele. »Von dort drüben kannst du bis hierher sehen. Du wirst deinen Vater nicht verpassen.«

Sie schaute abermals zum Eisstand und dann noch mal zur Kirche. Der Mann hatte recht. Von dort konnte sie auch sehen, wenn Papa wieder herauskam. Lea zog die Schultern kurz hoch.

»Hab es Papa versprochen.«

»Was?«

»Dass ich auf ihn warte.«

Der Fremde lächelte. »Das kannst du von dort drüben doch auch. Also, ich geh jetzt los und hol mir ein Eis. Gehst du mit?«

Leas Blick wanderte zwischen dem Eisstand und dem Kirchengebäude hin und her. Sie musste an Erdbeereis denken. Ihr Lieblingseis. Sie sah wieder zu dem Mann hoch, der ganz nett war, bis darauf, dass er ihr über das Haar strich. Sie sah wieder hinüber zu der immer länger werdenden Schlange. Dann zur Kirche. Papa blieb sicher eine Weile weg. Und wenn sie noch etwas warten würde, wäre es dann vielleicht wie schon einmal? Da hatten sie bestimmt eine Stunde vor einem Eiswagen gewartet, bis sie an der Reihe waren. Dann war das Erdbeereis schon alle gewesen.

»Aber nur kurz. Sonst schimpft Papa.«

Der Mann lächelte und streckte ihr eine Hand entgegen.

Schröder und Lorenz blieben im Eingang der Kirche stehen.

»Dort drüben«, sagte Lorenz und deutet mit einer Kopfbewegung zur hinteren rechten Seite des Kirchenschiffs. »Die Neue ist auch schon da. Am ersten Arbeitstag gleich einen Toten in einem Gotteshaus. Hat man auch nicht jeden Tag.«

»Scheint engagiert zu sein, wenn sie sogar vor uns da ist«, sagte Schröder und musterte die Staatsanwältin.

»Hat wahrscheinlich noch nicht viel zu tun und am Sonntag Zeit«, sagte Lorenz und grinste.

Schröder sah kurz zu seinem Kollegen, schüttelte unmerklich den Kopf und ging auf den mit einem weiß-roten Band abgesperrten Bereich zu. Innerhalb der Absperrzone knieten zwei Mitarbeiter der Spurensicherung. Ein Dritter fotografierte ununterbrochen. In der Mitte stand die Staatsanwältin und unterhielt sich mit dem Rechtsmediziner. Lorenz gab einem Streifenpolizisten ein Handzeichen, der daraufhin für die beiden das Flatterband anhob.

Die neue Staatsanwältin drehte sich zu ihnen um. Schröder grüßte freundlich mit einem Nicken und ließ seinen Blick über den Tatort wandern.

»Hauptkommissar Schröder. Hat eigentlich heute frei«, sagte Lorenz und deutete auf seinen Kollegen.

»Freut mich, dass Sie kommen konnten«, sagte die Staatsanwältin und streckte ihm die Hand entgegen.

Schröder ergriff sie schweigend.

»Valentini – Julia Valentini.«

»Jan Schröder.«

Julia Valentini lächelte etwas verlegen. Wahrscheinlich, weil sie darauf bestanden hatte, dass er zum Tatort kam, auch wenn er frei hatte, wie sie von Lorenz wusste.

Schröder begrüßte den Rechtsmediziner, den er bereits von anderen Tatorten kannte.

»Nun, Herr Schröder …«, begann die Staatsanwältin.

»Schröder reicht.«

Valentini zuckte mit den Schultern. »Gut. Schröder – dort«, sagte sie und zeigte zu einem Beichtstuhl, der wenige Meter von ihnen entfernt stand.

Der Hauptkommissar zog die Augenbrauen zusammen. »Im Beichtstuhl?«

»Ja. Kommen Sie.«

Sie gingen ein paar Schritte zu dem hölzernen dreitürigen Gebilde hinüber, das Schröder an einen Schrank erinnerte.

»Die Spurensicherung ist soweit mit ihm fertig. Sie arbeiten am Umfeld weiter«, sagte Valentini und nickte kurz in Richtung der Männer mit den weißen Overalls.

Schröder trat näher an das Opfer heran. Seine Augen scannten den Tatort langsam, aber intensiv ab. Der Tote saß mit von sich gestreckten Beinen in der mittleren Kammer des Beichtstuhls, von der er vermutlich die Tür mit den Füßen aufgestoßen hatte, als er vom Sitz rutschte. Sein Kopf war mit weit offenem Mund in den Nacken gefallen.

Der Hauptkommissar beugte sich in der engen Kammer über den Leichnam und betrachtete die kaum sichtbare Wunde in der linken Brustseite.

»Ein Stich ins Herz«, sagte er.

»Ja. Sonst hat er keine sichtbaren äußeren Verletzungen«, sagte die Staatsanwältin.

Schröder lehnte sich aus dem Beichtstuhl heraus. »Sieht aus wie ein gezielter Stich«, sagte er zu Valentini und Lorenz gewandt.

Die Staatsanwältin nickte und zeigte auf eine fein gelochte Holzwand, die den Beichtstuhl in drei Bereiche teilte. »Der Stich wurde von der rechten Kabine aus durchgeführt. Durch diese Abtrennung hindurch. Wir haben etwas Blut daran gefunden.«

Der Hauptkommissar sah kurz zu Valentini, dann zur Trennwand. »Dann hat ihn jemand während der Beichte getötet?«

»Es sieht ganz danach aus«, bestätigte sie.

»Wie heißt der Mann?«

Julia Valentini blickte zu dem Opfer, dann auf das Kreuz, das der Pfarrer um den Hals hängend trug.

»Berthold Köstner. Er ist … war der Gemeindepfarrer.«

»Wer tötet einen Priester während der Beichte?«, fragte der Hauptkommissar, ohne darauf eine Antwort zu erwarten.

Valentini trat dichter zu Schröder heran. »Sieht so aus, als habe ein Pönitent seinen Beichtvater getötet. Vielleicht wollte der Pfarrer ihm seine Sünden nicht vergeben, und er geriet in Rage oder Panik«, sagte sie.

»Pönitent?«, fragte Schröder und drehte ihr den Kopf zu.

Die Staatsanwältin machte eine Handbewegung. »Nun ja, das Beichtkind. Eine Person, die Buße für begangene Sünden tut.«

Schröder zog die Augenbrauen zusammen. »Der Täter beichtet also und begeht daraufhin direkt eine Todsünde: Mord. Und das auch noch an einem Geistlichen.«

»Da möchte wohl jemand unbedingt in die Hölle kommen«, sagte Lorenz, der dicht hinter Valentini stand.

Mit zweifelndem Blick sah Schröder sich um. »Gibt es Sünden, die ein Priester bei einer Beichte nicht vergibt?«, fragte er die Staatsanwältin.

Sie verschränkte die Arme und zuckte mit den Schultern. »So bibelfest bin ich nun auch nicht.«

»Wer hat ihn gefunden?«

Valentini deutete mit dem Kopf zu einer Frau, die in der ersten Bankreihe der Kirche saß und ins Gebet vertieft schien. »Die Mesnerin. Ihr Kollege hat sie schon verhört.«

Lorenz trat etwas näher heran. »Sie hat nichts Auffälliges gesehen. Nur den Pfarrer tot aufgefunden, als sie hier ihrer Arbeit nachgehen wollte. Sie sah ihn im Beichtstuhl liegen und hat den Notarzt gerufen. Sie dachte, er hätte einen Herzinfarkt gehabt«, führte der Kommissar aus.

»Okay. Sie hat nichts Auffälliges gesehen? Was hat sie an Unauffälligem gesehen?«, fragte Schröder an Lorenz gewandt. Sein Kollege zuckte mit den Schultern. Valentini hob kurz die Hände und sah fragend zu seinem Kollegen.

»Unauffälliges? Nichts«, antwortete Lorenz knapp.

Schröder musterte noch eine Zeitlang die ältere, ganz in schwarz gekleidete Frau, die in gebeugter Haltung stumm vor und zurück schaukelte.

»Wann hat sie ihn gefunden?«

Lorenz sah auf die Uhr. »Vor einer Stunde.«

Schröder erhob sich und trat zum Rechtsmediziner, der dabei war, mit einem Kriminaltechniker zu sprechen, der die Bänke neben dem Beichtstuhl mit schwarzem Puder bestäubte.

»Wann wurde er getötet?«

»Ich schätze vor etwa zwei Stunden. Mehr …«

»Können Sie erst nach der Obduktion sagen«, vollendete der Hauptkommissar den Satz des Mediziners. »Todesursache dürfte klar sein«, fuhr Schröder fort.

»Auch das kann ich erst nach der Obduktion zweifelsfrei sagen«, erklärte der Rechtsmediziner und zeigte auf die Leiche. »Ein dünner Stichkanal in die linke Brusthälfte, wahrscheinlich direkt ins Herz. Weitere äußere Verletzungen konnten wir noch nicht erkennen. Der Tod muss unmittelbar erfolgt sein, was auch den geringen äußeren Blutverlust erklären würde. Wie stark die innere Blutung war, kann ich auch erst nach der Obduktion sagen.«

»Danke. Wann bekommen wir den Bericht?«, fragte Schröder.

»Wie immer schnellstens«, sagte der Rechtsmediziner und wandte sich grüßend ab.

Schröder nickte ihm dankend zu und sah zur Staatsanwältin und seinem Kollegen.

»Wurde die Tatwaffe gefunden?«, fragte er mit zusammengezogenen Augenbrauen.

»Nein. Bis jetzt noch nicht. Kollegen suchen das Umfeld ab«, sagte Lorenz.

»Wann war die Messe beendet?«, fragte Schröder und sah auf die Uhr.

»Die Messe?«, fragte Valentini.

»Ja. Es ist Sonntag. Da wird doch eine Messe gefeiert.«

»Ich frage nach«, sagte Lorenz und ging davon.

Schröder nutzte die Gelegenheit und musterte die Staatsanwältin. Sie trug eine weiße, feierliche Bluse und einen kurzen dunkelblauen Rock, der sehr gut mit ihren blauen Augen harmonierte. Beim Anblick der High Heels schmunzelte Schröder. Sie machten die Frau bestimmt neun Zentimeter größer, was bestens zu ihren sportlichen Beinen passte. Die blonden Haare hatte sie zu einem Pferdeschwanz gebunden, wodurch ihr schlanker Hals noch besser zur Geltung kam.

»Ich komme von einer Familienfeier. Mein Vater hat heute Geburtstag«, sagte Julia Valentini, als sie seine Blicke bemerkte.

Schröder hob wie zur Entschuldigung die Hände. »Ich dachte, Sie beginnen erst morgen Ihren Job.«

»Gestern war der 1. August. Da kann man nichts machen. Auch wenn heute Sonntag ist. Sie sehen aber auch nicht aus, als wären Sie im Dienst«, sagte sie.

Der Hauptkommissar sah an sich herab. Er trug schwarze, schwere Motorradstiefel, eine ausgewaschene Jeans und ein graues T-Shirt mit einem aufgedruckten Harley-Davidson-Schriftzug.

»Unterscheidet sich nicht sonderlich von meiner Arbeitskleidung«, sagte er grinsend.

»Bei mir auch nicht«, sagte sie und verschränkte wieder die Arme vor der Brust.

»Zehn Uhr«, sagte Lorenz schnaufend hinter ihnen. »Um zehn Uhr war die Messe aus.«

Schröder sah wieder auf die Uhr. Zwölf Uhr dreißig.

»Ist es normal, dass nach einem Gottesdienst die Beichte abgenommen wird?«, fragte er.

Valentini und Lorenz sahen sich an und hoben gleichzeitig die Schultern.

»Gut. Ich gehe noch mal und frage nach«, brummte Lorenz.

Schröder und Valentini standen sich wortlos gegenüber, bis der Kommissar zurückkam.

»Nein. Das heißt: Manchmal«, sagte er.

Beide schauten ihn überrascht an.

»Eigentlich nur freitags. Von siebzehn Uhr dreißig bis neunzehn Uhr. Aber der Pfarrer nahm das nicht so genau. Er hat meist nach der Messe die Beichte abgenommen. Heute wohl auch.«

»Es war heute also Beichtstunde?«, vergewisserte sich die Staatsanwältin.

Lorenz zuckte mit den Schultern, sah abermals auf seinen Schreibblock und bestätigte, was er bereits gesagt hatte. Der Hauptkommissar blickte nochmals zu dem toten Pfarrer und dem kleinen blutigen Loch in der Trennwand.

»Gut. Hat sonst irgendjemand etwas gesehen?«, fragte Schröder, an Valentini und Lorenz gewandt.

Beide schüttelten den Kopf. Schröder ging unter der Absperrung hindurch und sah sich nachdenklich den Innenraum des Gotteshauses an. Er drehte sich zur Staatsanwältin und seinem Kollegen um.

»Kai, kümmere dich darum, dass ich morgen alle Berichte auf meinem Schreibtisch habe. Vor allem den von der Obduktion. Frau Valentini, ich komme am Mittag nach dem Durcharbeiten der Unterlagen bei Ihnen vorbei.« Schröder wandte sich ab, blieb aber nach zwei Schritten stehen. »Kai, ich will alles über das Opfer wissen. Alles!«

Der Hauptkommissar ging weiter Richtung Ausgang und

rief, ohne sich umzusehen: »Seine beruflichen Stationen. Wann er wo gearbeitet hat. Vergiss sein Privatleben nicht. Vereine. Hobbys. Alles!«

»Was soll es da Interessantes geben, Schröder? Der Mann war Pfarrer, verdammt«, rief Lorenz ihm nach.

Schröder packte den eisernen Türgriff des Portals und drehte sich nochmals zum Tatort um.

»Wir werden sehen.«

»Es ist Sonntag«, protestierte Lorenz.

Mit einem Nicken verabschiedete sich Schröder und zog die schwere Holztür auf.

Mit vor der Brust verschränkten Armen sah die Staatsanwältin Jan Schröder hinterher. »Scheint ja nicht sonderlich am Tatort interessiert zu sein, der Herr Hauptkommissar.«

Lorenz wandte den Blick vom Beichtstuhl ab und schaute sie an, dann zum Kirchenportal, durch das sein Kollege soeben verschwunden war. »Schröder? Der hat alles gesehen, was es Wichtiges zu sehen gibt. Glauben Sie mir. Der weiß jetzt schon mehr, als später in den Berichten stehen wird.«

Julia Valentini zog die Augenbrauen hoch und lächelte Lorenz gespielt an. »Fingerabdrücke, genetische Spuren, Einstichwinkel, Tatwaffe, Todesursache, Todeszeitpunkt und so weiter«, sagte die Staatsanwältin.

Er grinste und tippte sich mit dem Zeigefinger an die Nase. »Spürnase – die hat er wie kein anderer. Dazu steht in keinem dieser Berichte etwas.«

»Gut. Dann hoffe ich, dass Spürnase bald Ergebnisse liefert.«

Lorenz schüttelte fast unmerklich den Kopf. »Das wird er.«

Die Staatsanwältin blickte erneut zu der Tür. Dieser Jan Schröder war schon eine merkwürdige Erscheinung in seiner Rocker-Kluft, von der sie nicht so richtig wusste, was sie davon halten sollte. Sein Kollege hingegen machte allen Anschein, der typische, etwas behäbige Polizist zu sein, den sie vom Typ her schon hundert Mal gesehen hatte.

Sie wandte sich dem Kollegen wieder zu. »Macht er den Job schon lange? Ich meine, ich muss wissen, ob ich mich auf den leitenden Ermittler verlassen kann.«

»Schröder? Ist seit einem Jahr bei uns. Glaube ich.« Er legte die Stirn in Falten. »Ja, ein wenig länger als ein Jahr. Seit dem Tod seiner Frau.«

Julia Valentini sah ihn überrascht an. »Oh. Das wusste ich nicht.«

»War eine üble Sache. Der Tod seiner Frau, meine ich. Sie wurde von einem Auto überfahren, als sie abends mit dem Fahrrad von der Zeitungsredaktion auf dem Weg nach Hause war. Fahrerflucht. Ist heute ja fast schon normal.«

»Wurde der Unfallfahrer gefasst?«

Lorenz presste die Lippen zusammen und schüttelte den Kopf.

Die Staatsanwältin verzog mitfühlend das Gesicht und sah wieder zur Kirchentür hinüber. »Schrecklich«, sagte sie.

»Ja. Vor allem für die kleine Lea.«

»Lea?«

»Ja. Seine Tochter. Er hat sich zu uns versetzen lassen, damit er sich besser um sie kümmern kann. In seiner alten Stelle wäre das wohl nicht gegangen.«

»Was hat er davor gemacht?«

»Verdeckter Ermittler. Organisierte Kriminalität. Im Rocker-Milieu.«

Die Staatsanwältin nickte. »Daher sein Aussehen. Hat wohl noch nicht mit seinem letzten Job abgeschlossen.«

»Keine Ahnung. Ich kenne ihn nur in dieser Kluft.«

Valentini musterte Lorenz eine Zeitlang, wie er den Aufräumarbeiten der Spurensicherung zusah und sich Notizen machte. Von diesem Mann, der beim Schreiben angestrengt die Stirn in Falten legte, konnte sie wohl keine Glanzleistung erwarten.

»Wo? Ich meine, wo war er als verdeckter Ermittler tätig?«, fragte sie.

»Schröder? Keine Ahnung. Ist wohl geheim. Seine Personalakten sind gesperrt. Hab nur ein paar Geschichten über ihn gehört. Was man sich so auf dem Flur erzählt. Sie wissen ja, einer weiß immer irgendetwas. Keine Ahnung, ob die Storys stimmen.«

»Was für Geschichten?«

Lorenz atmete tief ein und aus, ehe er von seinem Notizblock aufsah, und lächelte. »Hat wohl mal einen Verdächtigen, der zu Fuß abhauen wollte, mit einer Harley durch die Fußgängerzone verfolgt. Dann ist der Kerl in eine zwielichtige Kneipe verschwunden. Schröder ist mit dem Motorrad durch die Tür in den Laden gebrettert und hat den Typen mit der Karre an die Theke geschoben. Der muss wohl einfach vor Schreck umgekippt sein. Dann hat Schröder den Helm abgenommen, in aller Seelenruhe eine Cola Light für sich bestellt und für den Typen ein großes Wasser. Das hat er dann dem Ohnmächtigen ins Gesicht geschüttet.«

Lorenz schüttelte den Kopf. Valentini sah ihm an, dass er die Geschichte gerne erzählte und bestimmt bei jeder Gelegenheit herausholte, die sich ihm anbot.

»Nicht Ihr Ernst?«

Lorenz nickte wie ein Wackeldackel und lachte, dass die Spurensicherer sich zu ihm umdrehten.

»Da wird uns ja einiges erwarten«, sagte sie.

»Es gibt zwar noch die ein oder anderen verrückten Geschichten über ihn, aber inzwischen ist er ganz ruhig. Meistens jedenfalls.«

»Hoffentlich auch weiterhin.«

»Sie scheinen ihn nicht gerade zu mögen?«

Die Staatsanwältin sah wieder zur Tür hinüber. »Na ja. Wenn er einen guten Job macht, habe ich keine Beschwerden.«

Lorenz musterte sie, und Valentini war sich bewusst darüber, was er wie viele andere in ihr zu sehen glaubte: Statt einer Staatsanwältin sah er bestimmt nur die schöne Frau aus besserem Hause vor sich.

»Wenn es Ihnen darum geht, werden Sie ihn lieben«, sagte er schließlich, »Glauben Sie mir.«

Valentini nickte und hoffte inständig, der Mann möge recht behalten – Ergebnisse konnte sie wirklich brauchen, einen weiteren Skandal dafür ganz und gar nicht.

Schröder musste die Hand schützend vor das Gesicht halten, als er aus dem dämmerigen Gotteshaus in den hellen Sonnenschein trat. Er blieb stehen, blinzelte kurz und schaute zu seinem Motorrad.

»Lea«, murmelte er und rannte los.

Ihr Helm lag neben der Harley auf dem Boden. Schröder starrte darauf, drehte sich einmal um die eigene Achse und suchte mit zusammengekniffenen Augen den Kirchplatz ab. Seine Tochter war fort. Mit der Faust schlug er auf den Sitz. Dann hob er den Sturzhelm auf, hängte ihn an den Lenker und ging ein paar Schritte auf eine Menschenmenge zu.

»Lea«, rief er über den Vorplatz, ohne sie zu entdecken. Einige Leute schauten ihn verwundert an, schüttelten den

Kopf und bummelten weiter. Er blickte sich abermals in alle Richtungen um. Immer noch konnte er sie nirgendwo ausmachen.

»Wo bist du?«, murmelte er und zog das Smartphone aus der Tasche.

»Lea, Kind«, sagte er plötzlich, als er sie aus der Menge auf ihn zukommen sah. Sie kam mit schuldbewusst gesenktem Kopf auf ihren Vater zugetrottet. Schröder ging in die Hocke und packte sie fester an den Oberarmen, als er beabsichtigt hatte.

»Aua«, rief sie.

Er lockerte den Griff. »Wo warst du denn?«, zischte er sie an. »Du solltest doch hierbleiben!«

Er musterte sie durchdringend. Seine Tochter begann zu schluchzen.

Schröder hob sie hoch in seine Arme. »Es tut mir leid, mein Schatz. Ich habe mir Sorgen gemacht. Du solltest doch nicht weggehen. Wir hatten das ausgemacht. Okay?«

Sie fuhr sich mit dem Ärmel über das Gesicht und zog einen Schmollmund.

»Hast du ein Eis gegessen?«, fragte er, als er den roten Rand um ihren Mund bemerkte.

Sie guckte verlegen und drückte den Kopf an seine Schulter.

»Wer hat es dir gegeben?«

»Der Mann da«, sagte sie und zeigte zu der Menschenmenge am Eiskaffee.

»Welcher Mann?«

Lea schaute sich um. »Jetzt ist er weg.«

Schröder ließ den Blick über den Platz wandern. »Er hat dir einfach so ein Eis gekauft?«

»Ja.« Wieder wischte Lea sich über das Gesicht. »Er hat gesagt, du brauchst bestimmt noch länger. Dann hat er gefragt, ob ich ein Eis möchte. Da hab ich ja gesagt«, sagte sie und fing erneut an zu schluchzen.

»Ist ja gut, Kleines. Du musst doch deswegen nicht weinen.« Abermals schaute sich Schröder um. »Wie hat der Mann ausgesehen?«

Lea zuckte mit den Schultern. »Er hatte ein schwarzes Kleid an und eine lustige Kappe, die viel zu klein war.«

Schröder stellte seine Tochter auf den Boden und sah sie mit zusammengezogenen Augenbrauen an.

»Ein Kleid und eine zu kleine Kappe?«, fragte er zweifelnd.

Das Mädchen zog wieder einen Schmollmund. »Ja.«

Schröder atmete tief durch. »Komm.« Er nahm sie bei der Hand und ging zum Eisstand an der Ecke. »Hat er dir hier das Eis gekauft?«

Lea nickte.

Schröder quetschte sich zwischen der murrenden Menschenmenge hindurch, die vor der Verkaufstheke wartete. »Entschuldigung. Wer hat hier vorhin meiner Tochter ein Eis gekauft?«

Schröder zeigte auf Lea, die mit verschränkten Armen am Rand der Menge stand. Der Eisverkäufer sah über die Menge hinweg und suchte den Vorplatz ab.

»Ein Priester. Ist ja selten, dass so einer bei mir ein Eis kauft«, sagte der Eismann und grinste.

Schröder drehte sich um und blickte ebenfalls zum Kirchplatz.

»Ich sehe ihn nicht mehr. Er wird in die Kirche gegangen sein«, sagte der Verkäufer und widmete sich dem nächsten Kunden.

Deshalb also das Kleid und das kleine Käppchen. Unbewusst strich Schröder Lea durch das Haar, als er sie erreichte. Sie hatte den Mann gut beschrieben, aber er hatte ihr nicht richtig zugehört, dachte er. Er nahm ein Taschentuch heraus, befeuchtete es etwas, beugte sich zu seiner Tochter hinab und wischte ihr über den verschmierten Mund.

»Sind wir wieder Freunde?«, fragte er lächelnd.

Lea legte nachdenklich den Kopf zur Seite. Auf ihrem Gesicht breitete sich langsam ein Grinsen aus.

»Hat das Eis wenigstens geschmeckt?«

Sie nickte ein paar Mal heftig.

Er wusste, wie gerne sie Eis mochte. Aber dass sie deswegen zum ersten Mal eine Abmachung gebrochen hatte, verwunderte ihn dennoch. Schröder nahm sie bei der Hand und ging zurück in Richtung seiner Maschine.

»Was habt ihr denn so geredet?«

»Wo ich in die Schule gehe. Wo wir wohnen. Was du machst. Ob ich auch immer in die Kirche gehe. Mehr weiß ich nicht mehr.«

Er blickte stirnrunzelnd zu Lea hinab, dann ließ er seinen Blick wieder über den Kirchplatz wandern, auf der Suche nach einem Priester, von dem er weder wusste, wer er war, noch, was er von seiner Tochter gewollt hatte.

2

»Guten Morgen«, sagte Schröder beim Betreten des Büros und stellte seinem Kollegen einen Kaffee auf den Tisch. Lorenz schaute verwundert die Tasse an, dann zu ihm auf.

»Danke.«

Schröder schlug ihm leicht an die Schulter und setzte sich gegenüber an seinen Arbeitsplatz, auf dem sich links und rechts die Akten stapelten.

»Die Berichte sind da«, sagte Lorenz und zeigte auf einen Stapel Unterlagen auf Schröders Schreibtisch. »Da liegen deine Kopien.«

Der Hauptkommissar widmete den Dokumenten einen flüchtigen Blick, lehnte sich zurück und legte die Füße mit den Motorradstiefeln auf den Schreibtisch. Er drehte den Plastikverschluss einer Cola-Light-Flasche auf und nahm einen langen Schluck.

Lorenz schaute ihn angewidert an. »Dass man das Zeug schon morgens trinken kann«, sagte er, schüttelte den Kopf und trank aus seiner Kaffeetasse. »Scheiße. Dass das Zeug immer so heiß sein muss.«

Schröder grinste. »Steht etwas Wichtiges drin?«, fragte er und deutete mit einer Kopfbewegung in Richtung der Unterlagen.

Sein Kollege verschränkte die Hände hinter dem Nacken und sah ihn an, wie er entspannt im Stuhl lag und auf eine Antwort wartete.

»Jede Menge Fingerabdrücke. Der Beichtstuhl ist übersät davon. Diese Gemeinde hat ziemlich viele Sünder. Wenn wir allen Abdrücken nachgehen, gerät wahrscheinlich die gesamte Kirchengemeinde in Verdacht«, sagte Lorenz und lachte brummend auf.

Schröder verzog das Gesicht, er hatte sich schon am Tatort gedacht, dass es kaum Verwertbares geben würde. Kein Wunder, an einem Tatort, wo jede Menge Menschen täglich ein und aus gingen.

»Also auch keine relevanten fremden DNS-Spuren am Opfer?«

Lorenz schüttelte den Kopf, ließ sich nach vorne fallen, nahm eine Mappe in die Hand und hielt sie hoch. »Die Tatwaffe ist ungewöhnlich.« Er legte den Bericht vor sich hin und blätterte darin.

Schröder nahm die Füße herunter, lehnte sich seinem Kollegen etwas entgegen und sah ihn erwartungsvoll an.

»Hier«, sagte Lorenz und klopfte mit dem Finger auf eine Seite im Dokument. »Kein Messer, kein Schraubenzieher, vermutlich etwas wie ein Stilett, steht hier. Das würde den Maßen der Wunde in etwa entsprechen. Sehr schmale Klinge. Durchbohrte das Herz, drang aber nicht tiefer ein als notwendig. Vermutlich war die Klinge gerade lang genug, um den dicht an der Trennwand sitzenden Pfarrer zu töten.«

Schröder zog die Augenbrauen zusammen. »Ein Stilett?«

Lorenz nickte und beugte sich etwas weiter vor. »Ich hab mal recherchiert. Ursprünglich kommt die Waffe aus Italien. Misericordia. So heißt das Ding dort. Gibt es seit dem 16. Jahrhundert. Wurde damals sogar schon verboten, weil sie so heimtückisch ist und durch ihre schlanke Bauart unbemerkt mitgeführt werden kann. Deshalb wurde sie auch von Killern gerne eingesetzt.«

Schröder verzog anerkennend die Mundwinkel.

»Misericordia ist lateinisch. Bedeutet Barmherzigkeit«, fügte sein Kollege hinzu.

»Barmherzigkeit? Soll das eine Nachricht des Täters sein?«

Lorenz zuckte mit den Schultern. »Wer weiß? Diese Stichwaffe wird auch als Gnadengeber oder Gnadengott bezeichnet. Vielleicht hat das eine Bedeutung. Verrückte gibt es ja genug. Möglicherweise tatsächlich so ein bescheuerter Typ, der uns eine Nachricht oder einen Hinweis geben möchte.«

Schröder lehnte sich nachdenklich zurück. »Gnadengott?«, wiederholte er.

Sein Kollege sah kurz vom Bericht auf und blätterte dann weiter. »Ach ja. Der tote Pfarrer war schwer krebskrank. Noch ein paar Monate, maximal drei bis fünf, dann wäre es mit ihm sowieso vorbei gewesen. Die Aktion hat sich wohl nicht gelohnt. Hätte der Täter das mal gewusst.«

»Okay. Das dürfte der Täter wohl nicht gewusst haben. Sonst hätte er sich kaum die Mühe gemacht«, sagte Schröder. »Das bedeutet, der Mörder wird vermutlich nicht aus seinem näheren Umfeld sein. Das macht es nicht einfacher.« Er presste die Lippen aufeinander und wippte etwas in seinem Bürostuhl. »Okay«, sagte er dann. »Wir haben also einen ermordeten Pfarrer. Schwer krank. Wovon der Täter wahrscheinlich nichts wusste. Lebenserwartung höchstens ein halbes Jahr. Als Tatwaffe eine schlanke Stichwaffe, vielleicht ein Stilett, auch Gnadengott genannt. Keine verwertbaren Spuren bisher. Keine Zeugen. Kein auf den ersten Blick erkennbares Motiv.«

Lorenz hob kurz hilflos die Arme und ließ sie wieder sinken.

»Das ist alles?«, fragte Schröder.

»Definitiv alles, was im Obduktionsbericht Relevantes

drinsteht«, sagte sein Kollege und warf die Akte auf den Tisch.

»Sicher?«

Lorenz nickte.

Schröder hatte seine eigene Art, über Fälle nachzudenken, zuerst über den Tatort, dann über das Opfer selbst, immer streng in dieser Reihenfolge, um den Blick auf den Tatort nicht durch Fakten über die Person des Opfers trüben zu lassen. Lorenz kannte und respektierte diese Ordnung. Schröder trank einen Schluck Cola Light und drehte den Verschluss nachdenklich zu, dann stellte er die Flasche mit etwas zu viel Schwung auf den Schreibtisch, so dass die dunkle Flüssigkeit in der Flasche aufsprudelte.

»Okay. Was kann das bedeuten?«, fragte er sich selbst und fasste seine Gedanken laut in Worte.

»Raub scheidet aus. Das ist wohl klar, wenn die Kollekte und alle anderen Wertgegenstände noch da sind – das habe ich vor Ort gesehen. Kein halbwegs intelligenter Mensch raubt schließlich eine Kirche aus, wenn der Pfarrer vor Ort ist. Außerdem trug das Opfer immer noch ein verziertes Kreuz aus Edelmetall um den Hals, als er gefunden wurde. Ein Räuber führt auch kein Stilett mit sich. Das ist eine typische Waffe für einen Mörder.«

Sein Kollege sah ihn fragend an.

»Die Waffe ist zu ungewöhnlich, wer besitzt so etwas heute schon und führt es zufällig mit sich? Auch lässt sich diese Waffe aufgrund ihrer Form gut verstecken. Bedeutet also, die Tat war geplant«, erläuterte Schröder seinen Gedankengang.

Lorenz lehnte sich zurück und hörte weiter zu. Schröder stand auf, steckte die Hände tief in die Hosentaschen und sah aus dem Fenster auf den grauen Parkplatz.

»Ein Psychopath, der zum Beichten geht und seinen

Beichtvater anschließend ersticht? Möglich. Dann wird es nicht bei einem Opfer bleiben. Oder es gab bereits ein Opfer in einem ähnlichen Fall. Wurde schon ein Datenabgleich gefahren? Auf ähnliche Fälle?«

Schröder drehte sich mit fragendem Blick zu seinem Kollegen um. Lorenz schüttelte den Kopf.

»Okay. Dann lass das machen. Weitere Möglichkeiten?«, fragte Schröder und sah Lorenz an, der entschuldigend die Hände hob. »Sterbehilfe.«

»Sterbehilfe?«, fragte Lorenz ungläubig.

»Im Christentum ist Selbstmord eine Sünde, die direkt in die Hölle führt. Oder so ähnlich. Wenn also der Pfarrer seine schwere Krebserkrankung nicht mehr erleiden konnte und aus dem Leben treten wollte, was hätte er tun können? Wenn er sich selbst umbringen wollte und wirklich streng gläubig ist, musste er davon ausgehen, dass er deswegen in der Hölle landet. Oder?«

Sein Kollege nickte.

»Okay. Also engagiert er jemanden, der ihn tötet. Dann ist es Mord, und der Pfarrer ist fein raus. Zumindest, was seinen Glauben anbelangt.«

Lorenz wiegte zweifelnd den Kopf hin und her. »Na ja. Warum beichtet dann der bestellte Mörder davor bei seinem Opfer?«

Schröder atmete tief ein. »Vielleicht wollte ihm der Pfarrer damit symbolisch die Schuld nehmen. Ihn von seiner Tat freisprechen. Ihm vergeben?«

Lorenz nippte an seinem Kaffee. »Na ja. Es bleibt trotzdem Selbstmord. Nur mit Hilfe eines Mörders. Klingt doch verrückt. Mord hätte ihm der Pfarrer beim Beichten nicht vergeben können. Ist das nicht eine Todsünde? Also wären beide im Arsch gewesen. Ich weiß nicht. Ich frage mal beim Rechtsmediziner nach, wie schmerzhaft diese Krebserkrankung war.« Er schlug eine Seite des Berichts auf. »Pankreaskarzinom. Mein Gott! Das Wort hört sich schon schrecklich an«, sagte er und schauderte.

»Okay. Klär das ab«, sagte Schröder und blickte eine Zeitlang aus dem Fenster hinaus.

»Rache?«, fragte er plötzlich in den Raum hinein.

Lorenz sah auf und legte die Stirn in Falten. »Rache? Wegen was? Warum sollte sich jemand an einem Gemeindepfarrer rächen?«

Schröder zuckte mit den Schultern. »Ich weiß es nicht. Wir wissen ja noch nichts über ihn und gehen noch vom Tatort aus. Nur eine Vermutung oder vielmehr eine Idee. Die Tatwaffe, das Stilett, würde dafür sprechen«, sagte er und setzte sich wieder. »Ich glaube, so wie der Priester im Beichtstuhl lag, halb saß, dass er überrascht war, getötet zu werden. Es ging so schnell. Er konnte nicht ahnen und nicht sehen, dass auf ihn durch diese gelochte Trennwand eingestochen wird«, fuhr Schröder fort.

»Das würde gegen diesen bestellten Selbstmord oder Mord sprechen«, sagte Lorenz und sah Schröder nachdenklich an.

»Der Pfarrer hatte keine Abwehrspuren an den Händen. Nicht einen Kratzer. Das ist ungewöhnlich, wenn man mit einer Stichwaffe angegriffen wird«, sagte Schröder.

Sein Kollege blickte instinktiv zur Fotomappe.

»Das ist mir bereits am Tatort aufgefallen. Womit wir wieder bei der ersten Frage wären: Wer geht zum Beichten und ersticht seinen Beichtvater? Plötzlich. Ohne Vorwarnung. Hat es aber vorher geplant und eine Stichwaffe eingepackt.«

Lorenz kratzte sich am Kopf.

»Okay. Jetzt zur Person des Opfers. Was wissen wir über den Pfarrer?«, fragte Schröder.

Lorenz blätterte im Bericht. »Geboren im Jahr 1965. Aufgewachsen in einem Dorf in Oberbayern. Abitur in Ingolstadt. Studium der Theologie an der Fakultät München. Priesterweihe an der Diözese Eichstätt. Ist auch irgendwo dort in der Gegend. War seit fünf Jahren der Gemeindepfarrer. Lebte zurückgezogen. Keine Freunde bekannt. Keine Hobbys. Nichts«, sagte er und schlug den Bericht zu.

»Dazwischen? Nach der Priesterweihe und bevor er Gemeindepfarrer wurde?«

Lorenz blätterte die Unterlagen wieder auf. »Mehr haben wir nicht«, sagte er und schaute zu Schröder auf.

3

Die Mesnerin steckte den Hausschlüssel in das Schloss, rüttelte leicht am Türknauf, um ihn drehen zu können, und öffnete die Tür. Dann trat sie einen Schritt zur Seite.

»Ich bin drüben in der Kirche, falls Sie mich brauchen«, sagte sie und ging die Treppe hinab.

»Einen Moment noch, Frau Rothenbacher. Ich weiß, mein Kollege hat gestern schon mit Ihnen gesprochen, aber könnten Sie mir vielleicht noch einen Augenblick Ihrer Zeit schenken?«

Schröder lächelte sie gewinnend an, aber sie blieb in ein paar Schritten Entfernung stehen und zog ihre dünne Strickjacke enger um die Schultern.

»Was gibt es denn noch?«

»Konnten Sie sich inzwischen erinnern, wer die drei Personen waren, die Sie gestern vor der Beichte gesehen haben?«

»Ich glaube, der Mann war der alte Greiner. Draußen vom Aussiedlerhof. Der ist sicher schon über siebzig. Beichtet immer, nachdem er in der Messe war. Die anderen habe ich nicht gekannt, zwei Frauen. Ich habe auch nicht so genau hingeschaut. Ich konnte ja nicht wissen …«

»Gewiss. Können Sie sich trotzdem an etwas erinnern, was uns hilft, die beiden anderen zu identifizieren? Irgendetwas, das Ihnen merkwürdig vorkam?«

»Nichts Bestimmtes … Nur die eine Frau, die Jüngere. Sie hatte so einen modernen Schal um. Obwohl es warm draußen war. Damit hatte sie das Gesicht halb bedeckt«, sagte die Mesnerin.

Schröder notierte es in seinen Schreibblock. »Vielen Dank, Frau Rothenbacher. Zuletzt noch eine Frage zu Pfarrer Köstners Privatleben. Sie sagten meinem Kollegen, er lebte hier völlig zurückgezogen?«

Elisabeth Rothenbacher schien kurz nachzudenken und blickte dabei zu Boden. Schröder fielen die hängenden Schultern auf. Als ob etwas auf ihr lasten würde oder sie ihm etwas sagen wollte, aber nicht konnte.

»Gelegentlich war er abends fort«, sagte die Mesnerin und sah wieder auf.

Schröder musterte die Frau. »Wissen Sie, wo er dann hinging?«

»Er sagte einmal, er würde sich mit Kollegen treffen. Mehr weiß ich wirklich nicht. Ich muss jetzt auch wirklich dringend wieder ...«

»Natürlich, vielen Dank, Frau Rothenbacher.«

Schröder schaute ihr kurz nach, als sie zur Kirche zurückging, und betrat dann das Pfarrhaus. Ein abgestandener Geruch schlug ihm entgegen. Anscheinend hatte niemand seit dem vergangenen Sonntag hier gelüftet. Er zog die Haustür hinter sich zu und verharrte einen Moment im Eingangsbereich, an dessen Wänden billige Kunstdrucke von Madonnenbildern hingen. Alle Zimmer links und rechts wiesen von diesem Flur ab.

Schröder blickte in die Küche. Die Arbeitsfläche war ordentlich aufgeräumt, der kleine Esstisch mit einer akkurat gebügelten Tischdecke versehen. Die vier Stühle waren exakt im gleichen Abstand und Winkel zum Tisch angeordnet. Die Küche erinnerte Schröder an ein Ferienhaus, das für den Einzug der nächsten Gäste vorbereitet war. Vermutlich übernahm auch hier die Mesnerin das Putzen.

Im Schlafzimmer blieb er am Eingang stehen und ließ seinen Blick umherschweifen. Das Bett war mit einer rot und grün gemusterten Tagesdecke überzogen. Nichts stand oder lag im Zimmer herum. Nur eine Bibel befand sich auf dem Nachttisch. Sie war genau parallel zur vorderen Kante des Tischchens ausgerichtet. Schröder trat davor und zog die einzige Schublade auf.

Einige Stofftaschentücher lagen ordentlich gebügelt und gefaltet darin. Ansonsten war die Schublade leer. Er schob sie zu und wandte sich dem Kleiderschrank zu.

Schröder öffnete die beiden Türen. Der Geruch von alten Kleidern stieg ihm in die Nase. Er betrachtete den Inhalt eine Zeitlang. Ein paar Anzüge in unterschiedlichen dunkelgrauen und schwarzen Farben hingen aufgereiht im Schrank. Dazu einige weiße und schwarze Oberhemden. Im Regalbrett darüber war die Unterwäsche untergebracht. Ebenfalls gebügelt und zusammengelegt. Schröder stieß einen Seufzer aus und schloss die Schranktüren. Er überlegte, ob er wieder gehen sollte, machte sich dann aber doch auf den Weg in das Wohnzimmer.

Ein dunkelgrünes Sofa mit hohen seitlichen Lehnen und zwei passende Sessel dominierten den Raum. Alles war um einen runden Tisch angeordnet, dessen dunkle Holzplatte von drei schräg stehenden messingfarbenen Füßen getragen wurde. Darauf befanden sich eine Fernbedienung und eine Schale für Knabberzeug. Schröder war sich sicher, dass diese Schale niemals befüllt wurde. Er drehte sich um und betrachtete die Schrankwand. Im mittleren Fach stand ein altes Telefunken-Fernsehgerät. Die Türen links und rechts davon waren aus gemustertem Glas, was den Blick auf Kristallgläser und altes Porzellan ermöglichte. Er öffnete die einzige hölzerne Tür am Schrank und schloss sie wieder, als er sah, dass die Regalfächer darin ordentlich mit Büchern vollgestellt waren. Er wandte sich dem Sekretär zu, der vor dem Fenster platziert war. Schröder zog den Stuhl heran und setzte sich. Er lehnte sich zurück, legte die Hände auf die Oberschenkel und atmete tief aus. Nachdenklich betrachtete er die Arbeitsfläche. Schreibblock, Stifte und sonstige Utensilien waren alle an ihren vorgesehenen Plätzen. Dann beugte er sich vor und zog die breite Schublade des Sekretärs auf.

»Okay«, murmelte Schröder erstaunt, als er den Inhalt sah.

Er griff hinein und nahm eine Handvoll Zettel heraus, die kreuz und quer darin lagen. Jeden Einzelnen musterte er kurz und sortierte ihn dann auf drei unterschiedliche Stapel. Er holte nach und nach die restlichen Zettel aus dem Schubfach und ordnete sie den Stapeln zu. Nachdem er damit fertig war, schob er den Stuhl zurück, hob die Füße mit den schweren Stiefeln auf die Arbeitsplatte und verschränkte die Hände hinter dem Kopf. So betrachtete er einige Minuten nachdenklich die drei Stapel.

»Unglaublich«, murmelte er irgendwann, schwang sich nach vorne und stand auf.

Er stopfte die Papierstapel in die Taschen seiner Lederjacke und ließ nochmals den Blick über den alten Sekretär wandern. Dabei fiel ihm noch eine weitere kleine Schublade auf, die er bisher übersehen hatte.

Schröder öffnete sie und nahm den Inhalt heraus. Ein Stapel Fotos. Er schaute jedes Bild an und drehte es um, ehe er es zurücklegte. Auf manchen Aufnahmen hatten Gemeindemitglieder ein paar Dankesworte zu einer Feierlichkeit notiert. Einige Bilder zeigten den jungen Pfarrer bei Kirchenaktivitäten. Eine leicht angegilbte Schwarz-Weiß-Aufnahme hielt Schröder länger in der Hand und betrachtete sie ausgiebig. Darauf waren sechs junge Männer abgelichtet. Einander um die Schultern fassend posierten sie vor einem Haus oder auch Wohnheim und lachten in die Kamera. Schröder drehte das Bild um und entzifferte den kaum noch sichtbaren aufgedruckten Firmennamen.

»Kodak«, murmelte er vor sich hin.

Ansonsten war die Rückseite leer. Kein Datum. Keine Adresse eines Fotogeschäftes. Er steckte das Foto in die Gesäßtasche seiner Jeans und verließ das Pfarrhaus.

Als er die Kirche betreten wollte, kam die Mesnerin auf ihn zu. »Sind Sie fertig, Herr Kommissar?«

»Ja. Danke. Sie können wieder abschließen.«

»Gut«, sagte sie.

»Hier, bitte«, sagte Schröder und reichte ihr eine Visitenkarte. »Wenn Ihnen noch etwas einfällt oder Sie mir irgendetwas sagen möchten, dann rufen Sie mich an. Sie müssen sich keine Sorgen machen, wir können auch vertraulich reden. Es ist wirklich alles wichtig. Auch wenn es Ihnen vielleicht nicht so erscheint.«

Die Mesnerin sah ihn an, dann zu Boden.

»Auf Wiedersehen«, sagte er und verließ den Kirchplatz.

Schröder und Lorenz musterten schweigend die auf dem Beistelltisch im Büro ausgebreiteten Zettel.

»Knapp hundert Stück«, zählte Lorenz.

»Ja. Rund zwanzigtausend Euro«, sagte Schröder.

»Und das in neun Wochen. Puh. Ob das ein Pfarrer verdient?«

»Vielleicht hat er dabei Geld gewonnen. Überprüf die Wettscheine«, sagte Schröder.

»Fußballwetten kann ich ja noch verstehen, aber Pferdewetten«, sagte Lorenz und schüttelte den Kopf. »Hast du schon mal was von *Casino-Wetten* gehört?«, fragte er und nahm einen der Tippscheine in die Hand, der auf eine *Casino-Wette* ausgestellt war.

Schröder sah zu Lorenz und zuckte kurz mit den Schultern. »Nein. Keine Ahnung von dem Zeug hier. Ich frage mich, wo er die Wetten abgeschlossen hat«, sagte er.

»Online?«

»Wir haben keinen Computer gefunden.«

»In irgendeinem Wettbüro in der Stadt vermutlich. Da gibt es Dutzende«, sagte Lorenz.

»Würde zur Aussage der Mesnerin passen. Sie meinte, er war öfters abends weg.«

»Dann werden wir wohl die ganzen Wettbüros abklappern müssen.«

»Ich mache das und versuche rauszufinden, ob er etwas gewonnen hat. Wenn nicht, frage ich mich, wie er das finanziert hat.«

»Glaubst du, der Mord hat mit diesen Wetten zu tun?«, fragte Lorenz.

Der Hauptkommissar presste nachdenklich die Lippen zusammen. »Mit dem Glauben hab ich es nicht so. Ich halte mich an Beweise.«

Sein Kollege deutete mit dem Kopf auf das Bild, das neben den Wettscheinen lag. »Was meinst du dazu?«

Schröder hatte die Aufnahme lange betrachtet und sich schon einige Gedanken darüber gemacht. Weshalb hatte ein Mensch neben beruflichen Aufnahmen nur ein altes, scheinbar persönliches Foto zu Hause? War er so einsam? Legte er keinen Wert auf Bilder, und es war einfach eine Erinnerung an einen besonderen Tag oder ein wichtiges Ereignis?

»Schwierig. Das einzige persönliche Foto in der ganzen Wohnung. Ein sentimentales Andenken?«

Schröder musterte erneut die sechs jungen Männer darauf. Er schätzte sie auf achtzehn oder zwanzig Jahre.

»Das könnte Köstner sein. Aber die anderen Kerle?«, sagte Lorenz und zeigte auf einen kleineren, schmaleren Burschen, der ganz links stand. »Vielleicht ein Landschulheim. Ich versuche, ob es irgendwo an früheren Schulen noch Aufzeichnungen dazu gibt. Klassen- oder Namenslisten«, fügte er hinzu.

Schröder machte eine zustimmende Handbewegung. »Muss lange her sein. Wie alt war Köstner?«

Lorenz blickte kurz auf eine Notiz. »Er war zweiundfünfzig. Dann ist das Foto mindestens dreißig Jahre alt. Schätze ich. Ob es uns weiterbringt?«

Schröder schüttelte kaum merklich den Kopf. »Es war ihm jedenfalls wichtig. Womöglich auch nur als Andenken an eine längst vergangene Zeit. Wir werden es herausfinden. Gut möglich, dass er sich mit diesen Männern getroffen hat, wenn er abends fort war. Die Mesnerin meinte, er würde sich mit Kollegen treffen. Ob das die Kollegen sind?«

»Vielleicht ist das Foto aus seinem Studium«, sagte Lorenz.

»Möglicherweise.«

Schröder drückte den Rücken durch und atmete tief ein und aus. »Von den drei Personen, die beim Beichtstuhl warteten, waren zwei Ältere dabei. Die können wir wahrscheinlich streichen«, sagte er.

»Und die dritte?«, fragte sein Kollege und musterte seinen Kollegen.

Schröder hob die Hände und ließ sie wieder sinken. »Eine junge Frau. Hatte mit einem Schal das Gesicht halb verborgen. Mehr haben wir nicht.«

Lorenz' Blick wanderte über den Beistelltisch. »Ich prüfe, ob es irgendwo private Überwachungskameras gibt. Am Kirchplatz sind einige Geschäfte. Vielleicht ist da was Brauchbares dabei.«

Schröder nickte. Sie hatten eine Menge Wettscheine, ein altes Foto und einen mehr als dünnen Hinweis auf eine Frau, die wahrscheinlich nur auf ihre Beichte wartete und nicht von jedem erkannt werden mochte.

»Okay. Machen wir uns an die Arbeit«, sagte Schröder und griff nach seiner Lederjacke und dem Helm.

4

»Guten Tag zusammen. Einen Döner mit allem und eine Auskunft. Auch mit allem«, sagte Lorenz grinsend, als er im *Yilmaz Döner* am Kirchplatz an der Reihe war.

Der junge Türke hinter der Theke schaute den Kommissar fragend an. Lorenz griff in die Tasche und zog den Dienstausweis heraus. Der Mitarbeiter des Ladens blickte nach links und rechts, in der Hoffnung, einer der anderen Angestellten würde ihm zu Hilfe eilen. Sie hatten aber augenscheinlich nichts von der seltsamen Frage des Polizisten mitbekommen.

Der Dönerverkäufer wandte sich wieder Lorenz zu, der mit dem Daumen über seine Schulter zeigte.

»Ihr habt da draußen eine Überwachungskamera. Zeichnet ihr auf Band auf?«, fragte er.

Bevor er das Geschäft betrat, war er den gesamten Kirchplatz abgelaufen. Er suchte nach privaten Überwachungskameras, die aufgrund ihrer Montage auch Teile des Verkehrsraumes aufnahmen. Diese Kamera hier am Laden war die einzige, die in Frage kam. Auf allen öffentlichen Überwachungsanlagen hatten sie keine Frau erkennen können, die zur fraglichen Zeit zur Beschreibung der Mesnerin passte.

»Kamera? Ist vom Goldgeschäft nebenan. Gehört Yilmaz' Schwager. Hängt nur da, weil so der Eingang besser auf dem Bild ist.«

»Ist er da, der Schwager?«

Der junge Mann zuckte mit den Achseln. »Musst du schauen«, sagte er und faltete ein Fladenbrot auseinander.

»Gut. Dann jetzt zum Döner.«

Lorenz sah zu, wie sein Essen mit schnellen, eingespielten Handgriffen zubereitet und freundlich wie in einem Sternelokal übergeben wurde. Er bezahlte, biss hinein, grinste zufrieden und verließ das Geschäft.

Vor der Ladentür zum Gold-An-und-Verkauf drehte er sich zur Kamera um. Sie war auf den Eingangsbereich ausgerichtet, erfasste aber, wie er vermutete, auch ein Stück des Gehweges, der vom Kirchplatz in eine Seitenstraße führte. Die Tür zum Goldgeschäft war verschlossen. Er schaute in die Kamera und drückte auf den Klingelknopf neben dem Eingang. Keine Reaktion.

Zuerst hörte er ein leises Summen, das ihn an einen Schwarm Bienen erinnerte, dann entdeckte er sie wenige Meter über dem Kirchplatz schweben. Er hob zum Schutz gegen die Sonne die Hand, blinzelte ein paar Mal und kniff die Augen etwas zusammen, um besser sehen zu können. Eine kleine Drohne stand beinahe regungslos über dem Platz in der Luft. Ein Quadrocopter mit vier Propellern, der vielleicht fünfunddreißig Zentimeter im Durchmesser maß. Neugierig verfolgte er den Flug des Geräts. Am liebsten hätte er das Ding mit seiner Dienstwaffe vom Himmel geschossen. Immer öfter sah man dieses Erwachsenenspielzeug in der Stadt.

»Verdammt«, murmelte er vor sich hin, als sich das Fluggerät zu ihm hinbewegte, kurz darauf an Höhe gewann und abdrehte.

Lorenz sah der Drohne hinterher. Als er sie fast aus den Augen verlor, hetzte er ein Stück in die Richtung, in die sie ferngesteuert wurde. Mit zusammengekniffenen Lidern beobachtete er, wie die Drohne an einem Wohnblock der angrenzenden Siedlung auf einem Balkon verschwand.

»Eins, zwei, drei, vier, fünf. Fünfte Etage«, zählte er mit ausgestreckter Hand und ging los.

Schröder saß an seinem Schreibtisch und musterte seit einigen Minuten wieder das Foto des toten Pfarrers. Er hatte mit Bleistift den Namen des Opfers neben den Mann am linken Bildrand geschrieben. Es war nicht zu übersehen, dass dies der junge Köstner war. Er hatte immer noch dieselbe, schlaksige Figur gehabt und die hageren Gesichtszüge mit den leicht eingefallenen Wangen. Der Hauptkommissar kratzte sich an seinen Bartstoppeln und nahm ein zweites Bild in die Hand. Er lehnte sich zurück und presste nachdenklich die Lippen zusammen. Sein Blick wanderte unablässig vom einen zum anderen Foto. Dann ließ er sich nach vorne zum Schreibtisch kippen. Er schaute wieder kurz zu der Aufnahme, die einen Mann mit tiefschwarzem Haar zeigte. Er war etwa einen Meter siebzig groß und untersetzt. Die arabischen, fast schon mongolischen Gesichtszüge waren unverkennbar. Es handelte sich um ein und denselben Mann. Schröder schrieb mit einem Bleistift seinen Namen über den Kopf auf das Gruppenfoto.

»Hakan Aslan«, murmelte er nachdenklich vor sich hin und musterte abermals die dritte Person von links. Er war sich sofort sicher, den Mann schon einmal gesehen zu haben, als er ihm im Wettbüro gegenübergestanden und ihm ein Foto Köstners gezeigt hatte. Aslan hatte kurz gezögert, sagte aber dann, dass er den Pfarrer nur flüchtig kennen würde. Er schilderte dem Hauptkommissar, wie er ihn gelegentlich hier angetroffen habe, wenn der Geistliche Wetten tätigte. Vielleicht habe er auch das ein oder andere Wort mit ihm gewechselt. An größere Gewinne könne er sich nicht erinnern. Auch nicht daran, ob Köstner viel oder wenig gespielt habe. Als Schröder ihm die Wettscheine vorgelegt hatte, die ausschließlich aus diesem Spiellokal stammten, hatte er nur mit den Schultern gezuckt.

»Viele Männer verspielen hier ihr Geld. Dafür sind sie selbst verantwortlich«, hatte Aslan ungerührt erklärt.

Schröder rätselte, weshalb er ihm verschwiegen hatte, dass er Köstner seit seiner Jugend kannte. Sie waren zweifellos beide auf dem alten Foto zu sehen. Oder waren sie doch nur zufällig darauf abgelichtet worden und hatten sich danach aus den Augen verloren? Ein Ferienlager oder Urlaub, an dem man sich willkürlich traf und bei einer Feier ein gemeinsames Erinnerungsfoto knipste? Dazu sahen jedoch alle auf der Aufnahme zu vertraut miteinander aus.

Wieder betrachtete der Hauptkommissar das Bild, auf dem die jungen Kerle sich um die Schultern fassten, als ob sie zeigen wollten, dass sie zusammengehörten. Er hatte Aslan noch nicht mit diesem Foto konfrontiert. Zuerst musste er mehr über die anderen Männer erfahren, die mit ihm und Köstner aufgenommen worden waren. Sollten die Männer etwas miteinander zu tun haben, würde Aslan nach einer Befragung die anderen warnen, da war er sich sicher.

Schröder legte die Fotografie beiseite und griff nach einem Blatt Papier, auf dem er die wichtigsten Punkte zu Aslan notiert hatte. Viel hatte der Polizeicomputer nicht hergegeben.

Der Türke war vor fünf Jahren verdächtigt worden, Sportwetten manipuliert zu haben. Die Staatsanwaltschaft hatte als Motiv vermutet, dass er durch den Einstieg der Chinesen in das Wettgeschäft unter Druck geraten war. Die Asiaten besaßen inzwischen die Hälfte der Wettbüros in der Stadt. Bei ihnen hatten die Spieler theoretisch die Chance, an weit höhere Gewinne zu kommen, da enorme Einsätze zugelassen wurden. Sehr große Beträge platziert aber nur derjenige, der sich sicher ist, wie eine Wette ausgeht. Dazu war es notwendig, den Ausgang von Fußballspielen oder Pferderennen zu kaufen. Solche Möglichkeiten auf Supergewinne wollte Aslan seinen Kunden ebenfalls anbieten, natürlich nicht offiziell, so der Vorwurf der Anklage.

Bei der Durchsuchung aller Wettbüros, die dem Türken gehörten, hatten allerdings keine Beweise sichergestellt werden können. Überall war penibel Buch geführt worden, und alle beschlagnahmten Unterlagen und Computer waren sauber. Beinahe schon auffällig sauber. Kurz darauf geisterte der Verdacht durch die Räume der Staatsanwaltschaft, jemand könnte den Wettbürobesitzer gewarnt haben. Aber auch hierfür ließen sich keinerlei Beweismaterialien finden. So hatte man die Anklage fallen lassen müssen.

Schröder und Lorenz standen vor einer Pinnwand, auf der sie Fotos und Zettel systematisch angeordnet hatten.

»Okay. Wir haben drei mögliche Spuren zusammengetragen. Dort die Männer auf dem alten Foto«, sagte Schröder und deutete zu der Aufnahme, die am linken oberen Rand befestigt war. »Diese Frau«, fuhr er fort, »die neben zwei anderen auf ihre Beichte wartete. Und die Wettscheine«, sagte er und klopfte mit dem Zeigefinger auf die angepinnten Zettelchen.

Lorenz zog mit dem Finger den Strich nach, den sein Kollege von den Wettquittungen zum Foto gezogen hatte. »Wir haben eine Verbindung. Von den Wetten zu diesem Bild. Zufall? Bestimmt nicht.«

»Hakan Aslan. Eine flüchtige Begegnung, wo auch immer das aufgenommen wurde? Eher nicht. Dazu sehen sie zu vertraut miteinander aus. Dagegen spricht auch das Alter der beiden und die Kleidung.« Schröder trat näher an die Aufnahme heran. »Er und er …«, der Hauptkommissar klopfte mit dem Finger zuerst auf Köstner und dann auf Aslan, »… sie sind gleich alt. Zweiundfünfzig.«

»Also könnten sie in derselben Schulklasse oder einem Verein gewesen sein?«, sagte Lorenz.

»Richtig. Sieh dir diese Kleidung an, Kai.«

Sein Kollege beugte sich etwas vor, um das Bild besser sehen zu können. »Die Männer tragen ähnliche schwarze Hosen. Aber nicht, weil die damals modern waren, sondern es sind eher Anzughosen. Hier. Die Hemden. Alle weiß und gleich geschnitten. Die Schuhe. Allesamt schwarze Lederschuhe. Kein junger Kerl zieht sich so in seiner Freizeit oder im Urlaub an. Nein, sie waren nicht zufällig auf diesem Foto. Es gab einen Grund zu feiern. Ein wichtiges Ereignis? Schulabschluss vielleicht?«

Lorenz schien abzuwägen, was er von den Ausführungen halten sollte.

»Ich prüfe das. Könnte vom Alter der Jungs eine Abschlussfahrt des Gymnasiums gewesen sein«, sagte Kai und kritzelte etwas auf seinen Schreibblock.

»Eine andere Verbindung kann ich mir im Moment nicht zwischen Köstner und Aslan vorstellen. Warum er bei der ersten Befragung nicht eingeräumt hat, dass er den Pfarrer kennt, müssen wir noch herausfinden. Gegen unseren Haki liegt nichts vor. Eine Anklage, die fallengelassen wurde. Verdacht auf Wettmanipulationen. Fünf Jahre her.«

»Wird unbedeutend sein für diesen Fall«, sagte Lorenz.

Schröder trat einen Schritt nach rechts, griff nach einem dicken Stift und zog von Hakan Aslan einen Strich zu den Wettscheinen.

»Wenn wir diese Verbindung ziehen?«, sagte er und schaute fragend zu seinem Kollegen.

»Wettschulden bei Aslan?«, fragte Lorenz.

»Möglich. Köstner und Aslan kannten sich. Der Pfarrer wettete gerne. Große Summen, wie wir wissen. Aslan betreibt die Wettbüros. Warum nicht?«

»Dann sollten wir der Spur des Geldes folgen«, meinte Kai Lorenz.

Schröder presste die Lippen zusammen und atmete tief ein. »Ja. Lass alle Konten Köstners checken. Wie kam er zu so viel Geld? Was verdient ein Gemeindepfarrer? Was hatte er an Ausgaben im Monat? Gingen größere Zahlungen ein? Ein Erbe?«

»Klar. Das Übliche«, sagte Lorenz, während er auf seinen Schreibblock kritzelte.

»Irgendwie muss er seine Wetten bezahlt haben. Wenn nicht, hatte er sicherlich Probleme. Und dann vielleicht mit ihm«, sagte Schröder und zeigte zu Aslan.

Die beiden Kripobeamten standen einige Momente vor der Pinnwand.

»Die Frau auf dem Video von unserem Drohnenpiloten«, unterbrach Lorenz die Stille. »Was sagst du zu ihr? Sie war die Letzte, die auf ihre Beichte wartete. Das haben die anderen beiden, die ebenfalls warteten, bestätigt. Ich habe beide angerufen, nachdem die Rothenbacher dir den Namen des Mannes gegeben hatte, der wiederum die andere Frau kannte.«

Kai hatte anhand des Fotos, das der seltsame Drohnenbesitzer ihm nach einigem Hin und Her ausgedruckt hatte, schnell den Namen der letzten, jüngeren Frau ermittelt, was mit Hilfe des Internets kein Problem mehr war, wie er Schröder stolz und ausführlich erklärt hatte. Besonders, wenn man prominent war.

»Simone Brunner. Die Frau von Michael Brunner. Kandidat zum Oberbürgermeister. Rechtskonservativ. Sie ist zweiundvierzig Jahre alt. Noch immer ein heißer Feger«, sagte er. Schröder schaute ihn einen Moment fragend an. Lorenz hob kurz die Schultern und fuhr fort. »Seit etwas über zehn Jahren mit ihrem Mann verheiratet. Nicht aktenkundig.«

Der Hauptkommissar nickte ein paar Mal kaum merklich. »Okay. Wir befragen sie persönlich, ich mache das. Sie war vermutlich die Letzte, die Köstner lebend gesehen hat«, sagte er.

»Dann fehlt uns nur noch sein Arbeitgeber«, fügte Schröder einen Augenblick später an.

»Arbeitgeber?«

Schröder malte mit dem Stift ein Kreuz auf die Pinnwand. »Die Kirche. Köstner hatte doch auch so etwas wie einen Chef, oder nicht?«

»Keine Ahnung«, sagte Lorenz.

»Dann finden wir es heraus.«

5

Schröder ließ sein Motorrad langsam auf das Anwesen zurollen. Er wollte das mächtige Haus noch etwas betrachten, ehe er auf den Hof fuhr. Riesige Fensterflächen des im Bauhaus-Stil errichteten Gebäudes gaben zur Süd- und Westseite hin den Blick auf eine parkähnliche Gartenanlage frei. Schröder stellte seine Maschine vor einem Nebengebäude ab, das als Garage diente und für vier Fahrzeuge Platz bot.

Als er seinen Helm an den Außenspiegel hängte, öffnete sich die Haustür, und eine Frau trat auf den obersten Treppenabsatz heraus.

»Herr Schröder, vermute ich?«, sagte sie, als er die zwei Treppenstufen hochging, und streckte ihm die Hand entgegen.

»Danke, dass Sie sich Zeit nehmen, Frau Brunner.«

»Bitte, kommen Sie herein«, sagte sie freundlich und ließ den Hauptkommissar an sich vorbei ins Haus.

Vor ihm tat sich eine offene Wohnfläche auf, die Küche, Essbereich und Wohnzimmer auf gut zweihundert Quadratmeter vereinte und ihn wegen der betongrauen Bauelemente an ein Museum erinnerte. An den Wänden hingen einfarbige Bilder in unterschiedlichen Formen. Durch die Glasfront, die sich über die gesamte Breite des Raumes erstreckte, hatte man einen fantastischen Blick auf den Swimmingpool, der den großen Garten dominierte.

»Schön haben Sie es hier«, sagte Schröder nüchtern.

»Danke. Möchten Sie etwas trinken?«

Schröder drehte sich zu Simone Brunner um, die eine Designerjeans zu flachen Schuhen trug, welche dasselbe Weiß wie ihre Bluse hatten. Ihr Stil wirkte schlicht, aber man sah der Kleidung den gehobenen Preis an.

»Wenn Sie zufällig Cola Light haben?«

Die Frau nahm eine Flasche aus dem Kühlschrank und schenkte die Cola in ein Glas, in das sie zuvor ein paar Eiswürfel aus einem Automaten hatte fallen lassen. Sie nahm ihr halbvolles Cocktailglas von der Anrichte, bevor sie ihm die Cola reichte und ihn in Richtung der Terrasse wies.

»Bitte, Herr Schröder. Was kann ich für Sie tun?«, sagte sie und ging leichtfüßig vor ihm durch die aufgeschobene Tür hinaus, um sich dort in eines der Loungemöbel zu setzen. Sie sah den Hauptkommissar auffordernd an.

Schröder nahm schräg gegenüber Platz. »Ich ermittle im Mordfall Köstner. Sie haben davon gehört?«

Simone Brunner trank einen kleinen Schluck von ihrem Getränk, bevor sie sprach. »Ja. Schreckliche Geschichte. Ein Pfarrer. Unglaublich.«

»Sie waren am Sonntag in der Kirche?«

»Ja. Manchmal zieht es mich dorthin. Zusammen beten und singen. Als ob man eine große Familie wäre, die ein gemeinsames Fest begeht. Es ist alles so friedlich in diesen Momenten.«

»Verstehe. Haben Sie danach gebeichtet?«

Simone Brunner nahm ihr Glas wieder auf und hielt es mit beiden Händen umklammert. Bei der Bewegung sah er rote Flecken in ihren Handflächen. Sie musterte den Hauptkommissar einen Augenblick abschätzend und trank einen Schluck.

»Ja. Eigentlich mache ich das wirklich selten. Aber … irgendetwas hat mich nach der Messe in der Kirche verweilen lassen. Dann habe ich gesehen, dass der Pfarrer sich zum

Beichtstuhl begab. Da habe ich mich kurzerhand entschlossen zu beichten. Ach Gott! Ich weiß schon gar nicht mehr, wann ich davor das letzte Mal die Beichte abgelegt habe«, sagte sie und lachte auf.

»Warteten noch andere Personen vor dem Beichtstuhl?«

»Ja. Zwei ältere Herrschaften.« Sie schüttelte nachdenklich den Kopf. »Ich meine, ein Mann und eine Frau. Beide sicherlich über siebzig. Weshalb fragen Sie?«

»Sie waren anscheinend der letzte Mensch, der Köstner vor seinem Tod gesehen hat.«

Simone Brunner hob die Augenbrauen. »Der vorletzte Mensch. Vermute ich. Oder werde ich etwa verdächtigt?«

»Wir müssen alle Möglichkeiten prüfen. Reine Routine.«

Die Frau lächelte Schröder an und senkte dann ihren Kopf.

»Ist Ihnen irgendetwas aufgefallen? Kam nach Ihnen noch jemand in die Kirche, oder waren Sie nach der Beichte alleine dort?«

Simone Brunner stellte ihr Getränk ab und sah nachdenklich zum Pool, in dem ein paar Vögel ein Bad nahmen.

»Nein. Ich habe niemanden gesehen. Nach der Beichte habe ich die Kirche verlassen.«

»Hatten Sie an diesem Tag einen Schal an?«

Die Frau schaute überrascht zum Hauptkommissar. »Einen Schal?«

»Ja. So um die untere Gesichtshälfte gewickelt«, sagte Schröder und deutete mit den Händen an, wie sie den Schal getragen haben musste.

»Ach so«, sagte Simone Brunner und winkte mit einer Hand lächelnd ab. »Mir war den ganzen Tag über kalt. Ich hatte das Gefühl, eine Erkältung zu bekommen, und in der Kirche ist es immer so kühl. Da habe ich mir den Schal um den Hals gebunden. Habe ich jemanden damit erschreckt?«

Schröder lächelte und schüttelte den Kopf. »Nein.«

»Dann bin ich beruhigt.«

»Wollten Sie Ihre Verletzung an der Lippe damit verbergen? Wir Menschen sind manchmal eitel. Ich auch«, sagte Schröder leise.

Reflexartig langte sich die Frau mit einem Finger an die linke Seite der Unterlippe, die noch eine schnittartige, kaum erkennbare Wunde zeigte, die sie – wie den kleinen blauen Fleck darunter – versucht hatte, mit Schminke zu verdecken.

»Ach das! Nein, ein kleiner Haushaltsunfall«, sagte Simone Brunner und lächelte verlegen.

»Okay«, sagte Schröder und stand auf. »Passen Sie gut auf sich auf, Frau Brunner. Im Haushalt sterben jedes Jahr mehr Menschen als bei Verkehrsunfällen. Man mag es kaum glauben.«

Wieder befühlte sie ihre Wunde.

»Ich werde achtsamer sein, Herr Schröder. Danke für den Hinweis«, sagte sie und streckte ihm die Hand zum Abschied entgegen.

Jan Schröder rumpelte mit der Harley die Bordsteinkante hinauf und parkte die Maschine neben einer Reihe Fahrradständern. Er stieg ab, hängte den Helm über den Spiegel und sah am Gebäude entlang, das vermutlich fünfzig Meter in der Länge maß. Dann ließ er seinen Blick an dem vierstöckigen Bau nach oben wandern. Das Generalvikariat war aus hellem Sandstein gemauert. Die mit schmiedeeisernen Gittern versehenen Fenster im Erdgeschoss erinnerten ihn an ein Gefängnis. Schröder ging die wenigen Stufen zur mit Schnitzereien verzierten zweiflügeligen Holztür hinauf. Er drückte die Klinke nach unten und trat ein. Im großzügigen Eingangsbereich befand sich auf der linken Seite ein Empfang, an dem zwei junge Frauen in ihre Arbeit versunken waren.

»Guten Morgen«, sagte er und zog den Dienstausweis aus seiner Lederjacke heraus. »Schröder. Kripo. Ich habe einen Termin mit Herrn von Roda.« Er steckte den Ausweis wieder weg und lächelte freundlich.

»Grüß Gott, Herr Schröder. Der Herr Generalvikar erwartet Sie bereits. Erster Stock, Zimmer 126. Dort vorne ist der Aufzug«, sagte die Frau höflich und zeigte den breiten Flur hinab.

»Gibt es eine Treppe?«

Die Empfangsdame stand auf, lehnte sich über den Tresen und deutete zu einer unscheinbaren Tür.

»Gleich hier am Empfang vorbei.«

Oben angekommen lief er den langen Gang entlang und betrachtete die Gemälde links und rechts an der Wand. Allesamt religiöse Kunst, meist biblische Darstellungen. Die Werke waren in mit goldenen Applikationen verzierte Rahmen gespannt und ein jedes mit einer Leuchte in Szene gesetzt. Schröder verweilte eine Zeit vor einem der Bilder, auf dem eine in ein weißes Tuch gehüllte heilige Gestalt von Jünglingen umgeben auf einer Wolke schwebte. Der Hauptkommissar schüttelte kaum merklich den Kopf und ging weiter.

An der Tür mit der Beschriftung 126 klopfte er und trat ein. Ein kleiner dicker Mann mit lichtem grauem Haar, der ein schwarzes Hemd mit weißem Priesterkragen trug, stand von einem Stuhl auf und kam einen Schritt auf ihn zu. Der wache Blick des Geistlichen huschte über Schröder hinweg, blieb für den Bruchteil einer Sekunde auf dessen tätowierten Unterarmen hängen, die unter den leicht nach oben geschobenen Ärmeln der Lederjacke hervorlugten. Der Kleriker zwängte sich ein Lächeln auf.

»Herr Schröder, nehme ich an. Herzlich willkommen. Ich bin Dominik von Roda. Generalvikar der Diözese«, sagte er und streckte dem Hauptkommissar eine Hand entgegen.

Schröder ließ seinen Blick flüchtig durch das Büro wandern, das an der einen Wand mit gerahmten Urkunden und mehreren Vitrinen, die Pokale enthielten, und an der anderen Seite mit Fotos geschmückt war. Er ergriff die Hand des Generalvikars und schaute abermals zu den Wänden. »Schröder. Mordkommission«, sagte er und machte eine Kopfbewegung zu den gerahmten Fotos an der Wand. Einige davon zeigten den Generalvikar beim Tennis. »Spielen Sie noch?«

Schröder ließ die Hand schnell wieder los und wischte sich unauffällig die dabei feucht gewordene Handfläche am Hosenbein ab.

»Gott behüte. Auf dem Platz würde ich wahrlich kein gutes Bild mehr abgeben«, sagte von Roda und zeigte auf einen Stuhl am Besprechungstisch. »Bitte. Setzen Sie sich doch. Kaffee?«

Schröder schüttelte den Kopf. »Wenn Sie eine Cola Light haben?«

»Ich fürchte nein.«

»Kein Problem.«

Die beiden Männer setzten sich.

»Was kann ich für Sie tun?«, fragte der Geistliche.

Schröder blickte kurz zu der Akte, die vor von Roda auf dem Tisch lag. »Wenn ich richtig informiert bin, sind sie als Ordinariat zuständig für die Verwaltung der Diözese?«

Der Generalvikar hörte gelassen zu und schob die Mappe vor sich etwas zu recht. »Das ist im Grunde genommen richtig«, sagte er.

»Sie persönlich sind damit Vorgesetzter der Priester und Mitarbeiter in diesem Bistum?«

Von Roda nickte. »Ja. In gewisser Weise schon. Im verwaltenden Sinne. Als Personalchef der Diözese. Oberster Dienstherr ist der Bischof selbst. Aber zunächst sind Sie bei mir gut aufgehoben, wenn Sie Fragen zu Pfarrer Köstner haben. Das nehme ich doch an? Dass Sie deswegen hier sind?«

»Ja. Ich würde sehr gerne von Ihnen wissen, wo Berthold Köstner in der Zeit zwischen der Priesterweihe und der Leitung der Pfarrgemeinde eingesetzt war.«

Von Roda schlug die Akte auf, warf einen kurzen Blick darauf und sah den Hauptkommissar wieder an. »Nun. Er war an verschiedenen kirchlichen Einrichtungen tätig. Der übliche Werdegang hin zur Führung einer Kirchengemeinde. Nichts Außergewöhnliches, wenn Sie danach suchen.«

Von Roda klappte die Mappe zu und trank einen Schluck Kaffee. Schröder spürte, dass sein Gegenüber bestens auf das Gespräch vorbereitet war. Nur wozu? Weshalb sagte er ihm nicht einfach, wo Köstner die fragliche Zeit über beschäftigt war?

»Wissen Sie, Herr von Roda, ich kenne diese üblichen Werdegänge der Kirche nicht. Vielleicht können Sie das etwas konkretisieren?«

Der Generalvikar vollführte eine unbestimmte Geste und lächelte Schröder verständnisvoll an.

»Er arbeitete einige Jahre in einem Heim. Daraufhin wurde er mit der Leitung seiner ersten, kleineren Kirchengemeinde betraut. Danach war er bereit für eine Gemeinde in städtischem Gebiet. Was aufgrund des schwierigen sozialen Umfelds doch deutlich mehr wohltätige und seelsorgerische Arbeit erfordert als in einer ländlichen Pfarrgemeinde. Daher braucht es hier selbstverständlich auch erfahrenere Kollegen.«

Schröder blickte auf die Akte und kratzte sich am Kinn. »Können Sie mir zu den einzelnen Stellen etwas sagen? Zum Beispiel wo diese waren? Adressen? Wie lange er dort eingesetzt war? Ansprechpartner? Ehemalige Mitarbeiter? Menschen, mit denen ich über ihn reden kann? Menschen, die ihn persönlich gekannt haben?«

Von Roda lächelte dünn und legte wie zum Schutz beide Hände auf die Mappe vor sich. »Es hat hier alle sehr getroffen, was mit Pfarrer Köstner passiert ist. In solchen Momenten fällt selbst uns der Glaube an einen gerechten und gütigen Gott schwer. Aber wir dürfen uns nicht von derart schrecklichen Dingen vom Weg abbringen lassen. Wir begreifen es als Prüfung. Prüfung der Stärke des Vertrauens in den Allmächtigen Herrn. Wir versuchen, aus dem Geschehenen zu lernen, so dass sein unbegreiflicher Tod nicht umsonst war. Niemandem liegt mehr daran, dieses abscheuliche Verbrechen aufgeklärt zu wissen, als der Kirche. Sie können sich der vollen Unterstützung der Diözese gewiss sein. Ich muss dennoch eindringlich um Ihr Verständnis bitten, dass ich Ihnen keine vertraulichen Informationen aus der Personalakte zukommen lassen kann.«

»Wer kann es dann?«

Überrascht blickte der Generalvikar auf. »Ich fürchte, ich verstehe nicht richtig.«

Schröder musterte den Mann, der auf ihn einen berechnenden Eindruck machte und von dem er überzeugt war, dass er sich vorher ausreichend Gedanken darüber gemacht hatte, was er auf jede Frage antworten würde. Es schien ihm, dass man – wie in der Wirtschaft – in der Kirche auch Karriere machen konnte, wenn man nur hart genug gegen sich und vor allem andere war.

»Nun, Herr von Roda. Wer kann mir die Auskünfte geben, die ich benötige, um dieses Verbrechen aufzuklären?«

Der Kleriker trank einen weiteren Schluck Kaffee, ohne Schröder dabei aus den Augen zu lassen.

»Ich sehe, dass Sie mit der Klärung des Falls anscheinend noch völlig im Dunkeln tappen. Aber was soll die Diözese zu dessen Lösung beitragen? Sie suchen einen Mörder. Darin haben wir wenig Übung.« Von Roda lächelte und lehnte sich etwas zurück.

»Davon gehe ich aus, das ist ja auch mein Job. Dafür brauche ich aber Einblicke in Köstners Leben. Wer also kann mir Auskunft geben?«

Von Roda ergriff die Akte, stand auf und hielt dem Hauptkommissar die Hand entgegen. »Es tut mir aufrichtig leid, Herr Schröder. Ich fürchte, wir können nicht viel mehr zur Aufklärung beisteuern.«

Schröder blieb sitzen und musterte den Mann, der keinerlei Regung erkennen ließ. Er zeigte auf den Platz, auf dem eben noch der Generalvikar gesessen hatte. Ungläubig sah der Kleriker zum Stuhl und dann mit einem Anflug von Zorn zum Hauptkommissar. Schröder sah ihn an und spürte, dass dieser Mensch es nicht gewohnt war und es auch nicht duldete, wenn man so mit ihm umging.

»Bitte«, sagte Schröder mit steinerner Miene.

Mit einem schweren Schnaufen ließ sich der Geistliche auf den Stuhl fallen.

»Wer kann mir diese Auskunft geben? Oder wollen Sie, dass ich Ihnen morgen dieselbe Frage mit einem Durchsuchungsbeschluss stelle? Ich verspreche Ihnen, ich werde mit mindestens zehn Polizeifahrzeugen anrücken. Mit Blaulicht und Martinshorn. Das volle Programm. Sie werden am Abend Ihr Foto in den Nachrichten bewundern können. Als Bildunterschrift werde ich der Presse empfehlen: Kirche verweigert Mithilfe bei der Klärung eines Mordfalls.«

Von Roda atmete schwer aus. »Ich bin nicht befugt, Ihnen

personenbezogene Daten aus der Personalakte zu geben. Sie können gerne versuchen, beim Bischof einen Termin zu bekommen. Vielleicht gibt er Ihnen Auskunft. Ich kann es jedenfalls nicht. Verstehen Sie mich bitte nicht falsch, Herr Schröder. Er wird Ihnen aber auch nichts anderes sagen und ist ebenso bestürzt über den Tod Pfarrer Köstners. Ich weiß auch nicht, was das alles zur Lösung des Falls beitragen soll. Sie verschwenden nur Ihre Zeit.« Der Generalvikar schüttelte leicht den Kopf.

»Ich werde dann beim Bischof meine Fragen stellen. Danke für das Gespräch, Herr von Roda.«

Schröder stand auf, sah sein Gegenüber ein letztes Mal an und verließ das Zimmer.

6

»Du gähnst. Soll ich dich ins Bett bringen?«, sagte Lea.

Schröder sah verdutzt zu seiner Tochter, die dasaß und ihn frech angrinste. Er hatte vor lauter Gedanken an den Fall Köstner die Zeit vergessen.

Lea saß im Schneidersitz neben ihm auf dem Sofa und hatte die ganze Zeit gemalt. Er packte seine Tochter und zog sie zu sich heran.

»Ich bringe besser dich ins Bett, du kleines vorlautes Monster«, sagte er und tat so, als ob er ihr in die Nase beißen würde.

»Neiiiiiiin«, schrie Lea strampelnd und lachte.

»Aber für dich wird es wirklich Zeit. Komm.«

Schröder hob die Kleine hoch und trug sie in ihr Zimmer. Sie schlüpfte in ihren Pyjama, und er legte sie ins Bett, drückte ihr ein Kuscheltier in die Hand und schlug die Decke bis zum Hals hoch.

»Soll ich dir noch was vorlesen?«

»Nö. Warum hast du Fernsehen geschaut, obwohl der aus war, Papa?«

Schröder lächelte und schüttelte den Kopf. »Ich habe nachgedacht.«

»Ach so. Warum?«

»Über meine Arbeit.«

»Musst du viel nachdenken?«

Schröder strich ihr durch das Haar. »Ja. Damit ich meinen Job gut mache.«

Lea sah ihn nachdenklich an, legte den Kopf schräg und blinzelte müde.

»Okay. Schlaf jetzt, Kleines. Morgen ist wieder Schule.«

»Da muss ich auch immer denken«, sagte sie schläfrig.

Schröder küsste sie auf die Wange. »Dann schlaf jetzt schnell. Damit du morgen besser denken kannst.«

Lea nickte. »Du auch«, sagte sie und schloss die Augen.

7

»Morgen, Herr Hauptkommissar«, sagte Lorenz und lächelte süffisant, als Schröder das Büro betrat.

»Hallo. Gute Laune heute?«

Lorenz lehnte sich zurück. In aller Ruhe verschränkte er die Arme hinter dem Nacken. Schröder wunderte es ein jedes Mal, wie gelenkig der Hundertfünfzig-Kilo-Mann noch war. Er stellte eine Flasche Cola Light auf den Tisch und hängte die Lederjacke an den Kleiderständer.

»Warum grinst du denn so?«, fragte Schröder und sah dabei auf die Knöpfe, die Mühe hatten, Kais Hemd zusammenzuhalten.

Sein Kollege beugte sich stöhnend zu seinem Schreibtisch vor und nahm einen Zettel in die Hand. »Scheiße, Mann, der Chef ist ziemlich sauer. Warte. Ich zitiere: ›Was glaubt dieser Idiot, der Kirche anzudrohen, das Gebäude stürmen zu wollen.‹« Er gackerte vor Freude wie ein Huhn. »Das war nur ein Satz von Nowak. Aber lange nicht alles, was er hier so rumgebrüllt hat.« Er warf das Notizblatt auf den Schreibtisch und schlug sich vor Lachen auf die massigen Oberschenkel.

Schröder setzte sich und wartete, bis sich sein Kollege beruhigt hatte.

»Du hast mal wieder voll in die Scheiße getreten. Puh. Die Kirche stürmen! Junge, ist das abgefahren.«

Schröder trank einen Schluck Cola Light. »Vielleicht habe ich ja nicht in die Scheiße getreten, sondern in ein Wespennest gestochen. Wann hat er angerufen?«

»Angerufen? Der Alte war hier! Da stand er und hat getobt wie ein Irrer«, sagte Lorenz und zeigte mit dem Finger in den Raum, als stünde ihr Chef noch da.

Schröder legte die Stirn in Falten. Dass Nowak ab und an herumtobte, war normal. Er beruhigte sich meist ziemlich schnell wieder. Aber wenn der Kripochef einmal sein Büro im obersten Stock verließ, dann nur, wenn es wirklich wichtig war. Dann war er tatsächlich stinksauer. Dass er wegen des Gesprächs mit dem Generalvikar hier aufgetaucht war, verwunderte ihn dennoch. Woher wusste er jetzt schon davon? Wer hatte ihn informiert und derart aufgestachelt?

Lorenz riss Schröder aus seinen Gedanken. »Du sollst hochkommen. Am besten wartest du noch eine Stunde, dann hat er sich vielleicht beruhigt. Sonst reißt der Alte dir den Kopf ab.«

Schröder stand auf. »Dann gehe ich den Chef gleich mal fragen, ob ich eine Hundertschaft der Bereitschaftspolizei bekommen kann.«

»Wozu?«, fragte Lorenz überrascht und riss die Augen auf.

»Um die Kirche im Sturm zu nehmen.«

»Mach bloß kein Scheiß, Kollege. Ich glaub, er versteht heute keinen Spaß.«

Schröder grinste. »Oder wollen Sie morgen wieder Strafzettel schreiben«, äffte er seinen Chef nach.

Lorenz lachte wieder grunzend, dann hörte er abrupt auf. »Was ist eigentlich gestern passiert?«, fragte er.

Schröder zuckte mit den Schultern. »Dieser von Roda, der Vorgesetzte des Pfarrers, wollte nichts Konkretes zu den Jobs sagen, die Köstner gemacht hat, bevor er Gemeindepfarrer wurde. Das wunderte mich. Warum wollen sie das verheimlichen? Daraufhin habe ich ihm mit einem Durchsuchungsbeschluss gedroht. Aber vermutlich wird die Personalakte von Köstner schon nicht mehr auffindbar sein.«

Lorenz legte die Stirn in Falten. »Das war alles?«

Schröder schüttelte den Kopf. »Nein. Aber ich erzähle es zuerst dem Alten. Okay?«

Lorenz wippte mit dem Oberkörper und musterte mit zusammengekniffenen Augen seinen Kollegen. »Scheiße. Stand deswegen der Chef hier und tobte wie ein Irrer?«

Schröder zuckte die Schultern. »Das weiß ich noch nicht. Irgendjemand will vermutlich verhindern, dass wir mehr über den Pfarrer erfahren. Zumindest was seine Jobs in diesem Bistum anbelangt.«

»Warum?«

»Wenn wir das wissen, Kai, sind wir einen riesigen Schritt weiter.«

Sein Kollege sah aus, als wolle er etwas sagen, wägte aber noch ab, ob er es auch tun sollte. »Hör zu, Schröder. Was soll die Kirche denn verheimlichen? Der Pfaffe hat seit fünf Jahren unbescholten in dieser Kirchengemeinde gelebt. Die Mesnerin hat ihn als ruhig und sehr zurückgezogen beschrieben. Sie hat keinen Grund zu lügen. Ich glaube nicht, dass irgendeine große Kirchenverschwörung jetzt am naheliegendsten ist.«

»Gut. Ich geh mal zu Nowak rauf.«

»Viel Glück«, sagte Lorenz und grinste.

An der Tür drehte sich Schröder noch mal um. »Ach, Kai, schau mal, was du über Brunner herausbekommst.«

»Der Politiker? Michael Brunner?«

»Ja.«

»Wo soll die Reise hingehen?«

»Seine Frau hatte hier«, begann Schröder und zeigte an die Stelle der Lippe, »eine Verletzung. Könnte von einem Schlag sein. Vielleicht wollte sie das mit dem Schal verbergen.«

»Alles klar. Verstehe.«

Auf dem Weg nach oben dachte Schröder darüber nach, wann er das letzte Mal hier gewesen war. Es musste eine Ewigkeit her sein. Eigentlich gab es auch keinen vernünftigen Anlass, hier hinaufzugehen. Außer man bekam vom Chef höchstpersönlich einen Einlauf oder arbeitete in der Verwaltung. Ihm waren die ganzen Büromenschen auf dieser Etage zuwider. Sie waren von der Polizeiarbeit so weit weg wie er von der Lösung des Mordfalls Köstner. Aber vielleicht kam er durch das Gespräch mit Nowak dem Rätsel einen Schritt näher.

»Guten Tag, Herr Schröder. Gehen Sie am besten gleich rein. Er wartet schon«, sagte die Vorzimmerdame und fügte in leisem, verschwörerischem Ton hinzu: »Er hat ziemlich schlechte Laune.«

Schröder drehte den Kopf ein wenig, um durch die geöffnete Bürotür zu spähen, dann sah er wieder zur Sekretärin, lächelte und ging hinein.

Er betrat das Büro des Leiters der Kriminalpolizei mit einem möglichst neutralen Gesichtsausdruck, was sich in der Vergangenheit immer als am besten herausgestellt hatte. Werner Nowak saß hinter einem ausladenden Schreibtisch und unterzeichnete krakelig Dokumente, die in seiner Unterschriftenmappe vor ihm lagen. Die Brille hatte er dazu ganz nach vorne auf die Nasenspitze geschoben. Mit seinem dünnen Haar, das er von links nach rechts über die Glatze gekämmt hatte, sah er aus wie das lebendig gewordene Klischee eines Beamten. Schröder musste ein jedes Mal innerlich grinsen, wenn er ihn betrachtete. Dieser Mann, der im Grunde genommen ein guter Polizist und Chef war, wurde einst als der kommende Polizeipräsident gehandelt. Bis zu einem denkwürdigen Tag, über den sich noch heute die Mitarbeiter auf den Fluren die tollsten Geschichten erzählten. Nowak hatte in betrunkenem Zustand einen Vortrag vor jungen Absolventen der Polizeischule halten wollen. Als er sich zu Beginn seiner Rede mit beiden Händen seitlich am Rednerpult festhielt, stürzte es mit ihm zusammen vornüber in die Zuschauer. Er blieb inmitten des Chaos lallend liegen. Das war es dann mit dem Amt als Polizeipräsident gewesen. Zur Rettung seines bis dahin tadellosen Rufes war er zu einer Kur geschickt und für sechs Monate krankgeschrieben worden. Hinterher war ans Licht gekommen, dass er die Trennung von seiner ersten Frau nicht verkraftet hatte. Er war in ein Loch gefallen, das er ausgiebig mit Alkohol aufgefüllt hatte. Die eigene Frau hatte ihn wegen der Freundin verlassen, mit der er seine Frau betrogen hatte. Die beiden Frauen wollten von nun an als lesbisches Paar zusammenleben. Das war zu viel für ihn gewesen, Frau und Geliebte auf einen Schlag weg. Dann auch noch vereint als Paar.

Als sein Chef ihn bemerkte, linste er mit seinen kleinen wachen Augen, die sich immerzu zu bewegen schienen, über den Rand seiner Brille. Er nahm sie ab, warf sie auf den Stapel Unterlagen und beugte sich Schröder entgegen.

»Verdammt. Da sind Sie ja endlich.«

Schröder trat vor Nowaks Schreibtisch, wie ein Lausbub, der bei einem Streich erwischt wurde.

»Ihnen auch einen schönen guten Morgen, Herr Nowak.«

»Setzen Sie sich«, sagte Nowak und fuchtelte hektisch mit einer Hand herum.

Schröder nahm Platz und verschränkte die Arme vor der Brust. Gespannt schaute er seinen Chef an.

»Schröder, sind Sie eigentlich völlig bescheuert? Wissen Sie, wer mich angerufen und mir den Tag versaut hat?«

»Ihre Frau?«

»Ach lecken Sie mich doch am Arsch«, brüllte Nowak. Dann hob er mahnend einen Zeigefinger. »Der Polizeipräsident«, sagte er mit knurrender Stimme und sah Schröder mit ernster Miene und zusammengepressten Lippen an. »Der Polizeipräsident persönlich. Weil Sie gestern nichts Besseres zu tun hatten, als dem Generalvikar der Diözese zu drohen, seinen Amtssitz zu stürmen.« Nowak lehnte sich zurück. Schröder hörte ihm regungslos zu. »Sagen Sie mal, Schröder, haben Sie noch alle?«

Schröder stand auf. »War's das, Chef? Ich habe Wichtigeres zu tun, als mir so etwas anzuhören.«

»Setzen Sie sich hin!«, schrie Nowak und zeigte mit dem Finger drohend auf den Stuhl.

»Herrgott, ich schätze Sie – manchmal zumindest. Aber sagen Sie mir bitte, was das wieder sollte? Warum drohen Sie diesem Pfaffenchef?«

Schröder setzte sich wieder. »Ich habe dem Generalvikar nicht angedroht, seine Residenz zu stürmen. Er hat die Mitarbeit in einem Mordfall verweigert. Ich habe ihm mit einem Durchsuchungsbeschluss gedroht, um an die Personalakte des Opfers Köstner zu gelangen, nachdem dieser von Roda sich geweigert hatte, mir zu sagen, wo der ermordete Geistliche früher tätig war.«

Nowak lehnte sich auf die Ellbogen. »Ist das so wichtig, dass Sie einer kirchlichen Einrichtung mit einem Durchsuchungsbeschluss drohen müssen? Hätte man das nicht ein bisschen diplomatischer lösen können?«

»Wir haben bei der Ermordung Köstners keinerlei Anhaltspunkte. Kein Motiv bisher. Keine verwertbaren Spuren. Keine Zeugen. Kein Delikt wie Raub. Nichts. Also muss ich Ihnen ja nicht erzählen, dass ich im Umfeld des Opfers mit der Suche beginnen muss.«

Reflexartig streckte Nowak die Hand aus und zeigte auf Schröder. »Ganz genau, Herr Hauptkommissar. Im Umfeld des Opfers. Sie wissen doch, wie es geht. Köstner war fünf Jahre Gemeindepfarrer. Durchpflügen Sie diese fünf Jahre.

Da haben Sie jede Menge zu tun, und Sie werden etwas finden, das Sie weiterbringt. Außerdem haben Sie die Frau von diesem Proletenpolitiker, die beichten wollte. Das Foto«, sagte Nowak und fuchtelte mit einer Hand herum, »das Foto mit den jungen Kerlen, mit der Verbindung zu diesem Wettbuchmacher. Kümmern Sie sich darum.«

Schröder stand auf und rückte den Stuhl zurecht. »Chef, wenn Sie wollen, dass der Fall gelöst wird, dann lassen Sie mich meine Arbeit so tun, wie ich das für richtig halte. Mich beschleicht das Gefühl, dass das die Kirche aber nicht möchte. Warum auch immer.«

»Schröder! Ich warne Sie. Bauen Sie nicht noch mal Scheiße«, sagte Nowak.

»Ich weiß. Ich schreibe sonst wieder Strafzettel.«

»Raus jetzt. Herrgott, Schröder. Verschwinden Sie!«, brüllte Nowak.

Schröder trat hinaus und drehte sich im Türrahmen nochmals zum Kripochef um. »Ach, Chef, beinahe hätte ich es vergessen. Ich habe einen weiteren dieser jungen Männer von dem Foto identifiziert. In seinem Büro hing ebenfalls ein Foto aus jungen Jahren«, sagte Schröder.

»Und?«, fragte Nowak deutlich gereizt.

»Dominik von Roda. Der Generalvikar«, sagte Schröder, bevor er das Büro seines Vorgesetzten verließ.

»Wir sollen uns auf die letzten fünf Jahre konzentrieren«, sagte Schröder und warf seine Lederjacke gegen den Kleiderständer.

Lorenz sah schmatzend auf. »Fünf Jahre? Warum?«, fragte er kauend, so dass Brösel auf die Schreibtischunterlage vor ihm fielen.

Schröder setzte sich und wuchtete die Füße mit den Stiefeln auf den Schreibtisch, dass der ganze Tisch zusammenzukrachen drohte.

»Schlechte Laune?«, fragte sein Kollege und fing mit der flachen Hand Essensstücke auf, um sie sofort wieder in den Mund zu schieben.

Schröder verzog angewidert das Gesicht. Beim Anblick des genüsslich kauenden Lorenz dachte er darüber nach, wann er das letzte Mal etwas gegessen hatte. Vermutlich heute Morgen mit Lea. Er stand auf und schritt zur Pinnwand, nahm einen Stift und schrieb über den jungen Mann ganz rechts im Bild: *von Roda*.

»Er ist der Generalvikar. Hat früher Tennis gespielt. Das ganze Büro ist voll mit Bildern, Urkunden und Pokalen. Ganz schön dick geworden. Hätte ich niemals erkannt«, sagte Schröder an Lorenz gerichtet.

»Von Roda?« Kai Lorenz erhob sich stöhnend.

»Er hier«, sagte Schröder und zeigte auf den Mann.

Lorenz kratzte sich am Bauch und setzte sich wieder. »Wir müssen herausfinden, was das für ein Foto ist«, sagte er. »Fehlen nur noch drei. Ob die alle etwas miteinander zu tun haben?«

»Bisher hatte nur Köstner mit Aslan und mit von Roda zu tun. Aber Aslan und von Roda? Eher unwahrscheinlich«, sagte Schröder. »Wir müssen mehr über Köstners Vergangenheit wissen. Wir durchpflügen die Zeit, die er als Pfarrer hier tätig war. Du recherchierst im Netz über ihn. Es muss Kirchenveranstaltungen gegeben haben. Taufen, Hochzeiten, Beerdigungen. Dazu gibt es Bilder. Sammle alles, was du findest. Erstell einen Zeitstrahl. Wann hat er wo was gemacht?«

Lorenz wischte sich mit dem Ärmel über den Mund. »Scheiße. Wozu?«

»Das kann ich dir sagen, wenn du fertig bist und ich die Ergebnisse sehe.«

Sein Kollege hörte abrupt auf zu kauen und blickte ihn verständnislos an. »Ach, komm schon, Schröder. Es hat doch keinen Sinn, alte Kirchenveranstaltungen zu durchforsten. Was soll das bringen? Auf so eine Scheiße hab ich echt keinen Bock. Wir haben Wichtigeres zu tun.«

Schröder stand auf, hob seine Lederjacke auf und ging zu seinem Kollegen an den Schreibtisch. »Okay. Recherchiere, was du über ihn findest, seit er Priester ist. Fang ganz vorne an. Irgendwo muss er ja gearbeitet haben. Der Generalvikar sagte, in einem Heim, dann in einer Kirchengemeinde auf dem Land, dann hier in der Stadt. Beginn mit dem Heim. Versuche rauszufinden, welches Heim das war. Okay?«

Lorenz grinste. »Da ist er ja wieder, mein Schröder.«

Schröder schlug ihm mit der flachen Hand auf die Schulter. »Ich benötige noch Informationen zur Tatwaffe. Wenn ein Stilett die wahrscheinlichste Tatwaffe ist, fragt man sich doch unwillkürlich: Wer hat so ein Stilett heutzutage? Gibt es Sammler oder Auktionshäuser, die wissen, wer solche Waffen besitzt? Hat das eine symbolische Bedeutung? Es muss einen Grund geben, weshalb jemand so eine Stichwaffe verwendet.«

»Gut. Kläre ich«, presste Lorenz hüstelnd hervor, »und was machst du jetzt?«

»Meine Tochter aus der Schule abholen.«

Als Schröder auf dem Weg zur Tür zurücksah, massierte Lorenz mit schmerverzerrtem Gesicht seine Schulter.

8

Lea kam mit vollgeladenen Händen ins Wohnzimmer gelaufen. Sie ließ alles auf den Tisch fallen und schaute ihren Vater erwartungsvoll an.

»Spielen wir das Piratenspiel?«

Schröder sah die Spielteile an, die sich auf dem Wohnzimmertisch ausbreiteten. Lea kramte manchmal Spiele hervor, die sie schon lange nicht mehr zusammen gespielt hatten.

»Okay. Wie war das noch mal? Man darf den Piraten nicht aus dem Fass hüpfen lassen?«

»Genau. Letztes Mal ist er immer wegen dir rausgehüpft.« Sie grinste.

Schröder stellte das aus Plastik nachgeahmte Holzfass auf. Es war mit vielen senkrechten Schlitzen versehen, in die man abwechselnd kleine Plastiksäbel stecken sollte, bis einer den Auslösemechanismus traf und der Spieler verloren hatte, dem dies passierte. Schröder drückte von oben die Piratenfigur in das Fass, so dass nur noch der Kopf herausschaute. Dann gab er Lea die roten Säbel und nahm für sich die blauen Plastikschwerter.

»Magst du anfangen?«, fragte er Lea, die schon gespannt auf der Unterlippe herumkaute.

»Nö, du. Dann springt er bestimmt beim ersten Schwert raus. Wie letztes Mal«, sagte sie aufgeregt.

Schröder legte die Stirn in Falten. Dass seine Tochter schon so berechnend war, stimmte ihn nachdenklich. Er fuhr ihr über das Haar.

»Diesmal verlierst du«, sagte er.

»Nö. Du«, entgegnete sie siegessicher.

Schröder nahm ein blaues Schwert, beäugte die Schlitze im Fass und zögerte. Langsam ging er an einen Schlitz und setzte das Schwert an.

»Mach! Los!«, rief Lea und klatschte in die Hände.

Ihr Vater wechselte im letzten Moment seine Auswahl und schob das Plastikschwert in einen anderen Schlitz. Lea sprang vor Aufregung kurz hoch und schaute gespannt auf den Piraten. Dieser blieb im Fass.

»Ist es kaputt?«, fragte sie verwundert.

Schröder lachte. »Nein. Ich hatte Glück. Du bist dran.«

»Manno.«

Lea legte die Zungenspitze an die Nase und wählte konzentriert einen Schlitz aus, in den sie ihr erstes Schwert stecken wollte.

»Den würde ich nicht nehmen«, sagte Schröder und grinste.

Lea schaute ihn unsicher an und wählte einen anderen Schlitz.

»Den auch nicht«, sagte er wieder.

»Manno, Papa. Lass mich.«

Lea legte das Schwert an, schob es in den Schlitz und sprang etwas zurück. Als der Pirat ruhig blieb, klatschte sie wieder.

»Jetzt du. Los!«, forderte sie ihren Vater auf.

Schröder nahm ein weiteres Schwert, suchte sich einen Schlitz aus und legte das Spielgerät an.

»Den würde ich nicht nehmen«, sagte Lea mahnend.

»Ich schon«, sagte ihr Vater, grinste und stach zu. Mit einem Plopp sprang der Pirat aus dem Fass. Lea schrie auf und hüpfte und lachte.

»Du hast verloren, Papa. Los, noch mal.«

»Woher hast du das gewusst?«

»Sag ich nicht.«

Schröder nahm das Fass in die Hand und versuchte in die Schlitze zu schauen, um den Auslösemechanismus zu finden. Es war unmöglich, den Mechanismus zu erkennen.

»Das kann man nicht sehen«, sagte er und Lea prustete los.

Schröder starrte noch einen Moment das Fass an.

»Los jetzt«, forderte Lea ihn auf und holte ihn aus seinen Gedanken.

Nein, es war unmöglich, zu erkennen, wo man hinstach, dachte er sich, als er an den dunklen Beichtstuhl mit der engen hölzernen und bespannten Trennwand dachte. Niemand plante so einen Mord.

9

Als Schröder wenig später das Büro betrat, biss Lorenz gerade von einem Schokomuffin ab und hielt Schröder einen Teller mit verschiedenen Muffins entgegen.

»Kowalski hat Geburtstag«, sagte er schmatzend und deutete ihm mit einer Kopfbewegung an, auch zuzugreifen.

»Nein, danke. Hast du was herausbekommen? Die Finanzen von Köstner?«

»Die noch nicht, die Bank lässt mal wieder auf sich warten, aber dafür etwas anderes.«

Sein Kollege grinste, dass man die mit Schokolade überzogenen Schneidezähne sah. Er winkte ihn heran und zeigte zum Monitor, dann schob er das restliche Stück in den Mund. Schröder schaute auf den Bildschirm, auf dem ein eingescannter Zeitungsartikel aus dem Jahr 1994 geöffnet war.

In einem Kinderheim bei Talershausen ist ein Junge aus einem Fenster im 3. Stock gesprungen. Zum Unfallhergang liegen der ermittelnden Polizeibehörde unterschiedliche Aussagen vor. Der mit der Heimleitung betraute Pfarrer Franz P. wurde versetzt. Über den genauen Ort schwieg sich die Diözese zum Schutz des Geistlichen aus. Nach Aussage des Generalvikars allerdings nicht aufgrund der Gerüchte, dass es im Talershausener Heim zu Gewalttaten gekommen sei. Der Generalvikar ließ unserer Zeitung gegenüber mitteilen, dass eine Versetzung des 68-jährigen Priesters seit längerem geplant war. Weiterhin wies der Generalvikar alle Anschuldigungen gegen

Franz P. als unbegründet ab. Es sei seine Pflicht, Mitarbeiter des Heims vor haltlosen Beschuldigungen, die oft in einer Rachehandlung der sozial nicht ausgeprägt entwickelten Kindern lägen, zu schützen.

Die Leitung des Heims wurde dem bisherigen Mitarbeiter Priester Berthold K. übertragen.

»Priester Berthold K.«, murmelte Schröder.

»Könnte passen. Berthold K., also Berthold Köstner. Die Zeit passt auch. Die Priesterweihe war 1990. Als eine seiner ersten Stationen nannte dieser Obergeneral …«

»Generalvikar«, unterbrach Schröder seinen Kollegen.

»Gut. Er meinte, Köstner hätte nach dieser Weihe ein Heim geleitet. Könnte also zeitlich hinkommen. Die Diözese passt auch.«

Schröder legte die Stirn in Falten. »Warum übergeben die einem so jungen Priester schon ein Kinderheim?«

»Vielleicht, weil er bereits da gearbeitet hat und sich angeboten hat. Der andere war schon achtundsechzig. Vielleicht war die Ablösung schon wegen dessen Alter geplant?«, sagte Lorenz, klopfte mit einem Bleistift auf den Monitor und griff nach einem Muffin.

»Wirklich keinen?«

Schröder sah kurz zum verbliebenen Schokomuffin, schüttelte den Kopf und ging zu seinem Schreibtisch. »Könnte mit dem Verhalten der Mesnerin zusammenpassen. Ich werde den Verdacht immer noch nicht los, dass sie mehr weiß. Ich hab das Gefühl, sie verheimlicht uns etwas. Aber weshalb? Wen möchte sie schützen? Den Ruf des toten Pfarrers?«

Lorenz schluckte schwer. »Warum soll sie sich nicht trauen? So alte Frauen trauen sich doch alles. Ich war mal in einem Laden …«

»Kai. Du krümelst«, unterbrach Schröder ihn.

Lorenz sah an sich herab, wischte mit der flachen Hand die Brösel von seinem Hemd und redete weiter. »Und jetzt? Willst du mit dem Artikel zum Chef?«, fragte er und trank einen Schluck Kaffee.

»Nein. Der Zeitungsbericht ist zu wenig. Wir müssen mehr haben. Gab es dort tatsächlich diese Gewalttaten, und hatte Köstner etwas damit zu tun? Vermutlich nicht, sonst hätten sie ihn nicht zum Leiter ernannt. Und vor allem: War dieser Pfarrer Berthold K. tatsächlich Berthold Köstner?«

Lorenz klopfte mit dem Bleistift gegen den Monitor. »Das Heim gibt es noch«, sagte er.

Schröder presste die Lippen aufeinander und ließ sich in seinem Stuhl zurücksinken. »Wenn wir dort auftauchen, ruft eine Minute später der Generalvikar beim Chef an.«

Lorenz beugte sich etwas zu Schröder hinüber und zeigte mit dem Stift auf ihn. »Scheiße, Mann. Hat dich das schon mal interessiert, wenn jemand beim Chef Theater macht?«

»Nein. Aber den Weg können wir uns vorerst sparen. Und den Ärger auch«, sagte er und griff zum Telefon.

»Die Valentini kann sich auch mal nützlich machen.« Sein Kollege zog zweifelnd die Augenbrauen zusammen.

»Damals wurde ermittelt. Also gibt es bei der Staatsanwaltschaft eine Akte«, sagte Schröder.

Er wählte die Nummer der Staatsanwältin. Gespannt sah Lorenz zu ihm herüber. »Schröder. Guten Tag, Frau Valentini.« Er drückte den Lautsprecherknopf, damit sein Kollege mithören konnte.

»Ah, der Herr Hauptkommissar persönlich. Gibt es endlich etwas zum Fall Köstner? Der leitende Oberstaatsanwalt hat heute Morgen bereits bei mir angefragt.«

Jan Schröder sah verwundert zu Lorenz. Es war äußerst selten, dass ein leitender Oberstaatsanwalt sich so früh in

Ermittlungen einschaltete oder sich auch nur dafür interessierte. Außer es handelte sich um ein Verbrechen, das in den Medien landesweite Aufmerksamkeit fand und deren Aufklärung seiner Karriere dienlich sein konnte.

»Warum das Interesse Ihres Chefs?«

»Schröder. Ich soll Sie doch Schröder nennen? Ohne Herr. Richtig?«

Lorenz grinste.

Der Hauptkommissar zuckte mit den Schultern. »Schröder reicht völlig. Ich weiß dann schon, wer gemeint ist.«

»Na gut, Schröder. Wir ermitteln nicht jeden Tag in einem Mordfall an einem Pfarrer. Dazu noch in einer Kirche! Was glauben Sie, was bei uns los ist. Das Telefon steht nicht mehr still. Presse, Politik, Kirchenvertreter. Das volle Programm. Schauen Sie mal in die Zeitungen.«

Schröder legte eine Hand auf die Sprechmuschel. »Hast du eine Tageszeitung da?«, flüsterte er seinem Kollegen zu.

Lorenz schüttelte den Kopf. »Internet«, murmelte er zurück.

»Keine Zeit, um Nachrichten zu lesen«, sagte Schröder laut. »Muss einen Mord aufklären. Weswegen ich übrigens anrufe …«

»Dann lassen Sie mal hören.«

»Okay. Wir benötigen eine Auskunft zu einem möglichen Ermittlungsverfahren von 1994. Vermutlich Verdacht auf Körperverletzung. Ein Heim in …«, begann Schröder und sah zu Lorenz.

»Talershausen.«

»Talershausen. Dort ist ein Junge aus einem Fenster gesprungen. Es gab Verdächtigungen in Richtung Gewalttaten im Heim. Können Sie ausfindig machen, ob es dort Ermittlungen gab und gegen wen?«

Am anderen Ende war es eine Zeit still.

»1994?«, fragte die Staatsanwältin nach.

»Ja. 94.«

»Wow. Kaum eine Chance. Wenn Anklage erhoben wurde und es zu einer Hauptverhandlung gekommen ist, dann sind je nach Ausgang die Akten maximal zwanzig Jahre aufzubewahren. Wie gesagt, je nach Ausgang und so weiter. Wenn nur ermittelt wurde und keine Anklage erfolgte, waren die Akten vielleicht zwei, maximal fünf Jahre verfügbar. Bestenfalls liegen bei der damals ermittelnden Polizeidienststelle noch ein paar Zettel dazu herum. Wenn ermittelt wurde.«

»Nicht gerade ermutigend.«

»Kann man so sagen, Schröder.«

»Können Sie trotzdem schauen? Womöglich hat jemand vergessen, die Unterlagen zu vernichten.«

»Kann ich. Aber machen Sie sich nicht allzu große Hoffnungen.«

Schröder legte auf und presste die Lippen aufeinander.

»Wird nicht viel zu holen sein, wenn die schon alles weggeworfen haben«, meinte Kai Lorenz. Er griff nach einem vollgekritzelten Zettel. »Aber hier«, sagte er und wirbelte mit dem Blatt in der Luft umher, als ob es ein Hauptgewinn wäre. »Unser sauberer Herr Politiker«, begann er. »Zwei Verurteilungen wegen Körperverletzung. Kneipenschlägereien. Ist über zehn Jahre her, aber er neigt zu Gewalt.«

Schröder zuckte mit den Schultern. »Wird uns heute nicht mehr weiterbringen.«

»Ich hab noch mehr«, sagte Lorenz vielversprechend und schaute auf das Blatt, um seine eigene Schrift zu entziffern. »Nach diesen Gerüchten hat er versucht, Spekulationen der Presse zu unterdrücken. Aber wie du weißt, bleibt immer etwas hängen. Auch wenn die Presseheinis nichts Konkretes herausgefunden haben. Seine Frau«, begann Lorenz und sah wieder auf das Blatt Papier vor ihm. »Letztes Jahr zweimal. Dieses Jahr einmal. Warte«, sagte er und hackte auf die Computertastatur ein, dass sie kleine Sprünge machte. »Vor zwei Wochen«, er deutete an die Stelle der Lippe, an der Simone Brunner verletzt war. »Könnte damit zusammenhängen.«

Schröder rutschte auf seinem Stuhl näher an den Schreibtisch und kniff die Augen noch mehr zusammen. »Womit?«

Lorenz sah zu ihm auf. »Na hier«, sagte er und zeigte abermals zur linken Mundhälfte. »Ihre aufgeplatzte Lippe und so. Sie war zwei Tage im Krankenhaus. Ich habe dort angerufen. Sie wollen, oder besser gesagt, sie dürfen nichts dazu sagen. Auch wenn die Verletzungen, die sichtbaren zumindest, darauf hindeuten.«

»Okay. Sie hat den Arzt nicht von der Schweigepflicht entbunden?«, fragte Schröder.

»Leider nein. Somit kommen wir nicht an die Krankenakte ran. Die in der Klinik vermuten häusliche Gewalt. Mehr konnte ich aus der Schwester nicht rauskriegen. Und das war eigentlich schon zu viel, was sie mir da erzählte. Aber mein Charme«, sagte Kai und grinste seinen Kollegen an.

»Kommen wir über Notstand gemäß § 34 StGB an den Arzt heran?«

Lorenz schüttelte den Kopf. »Eher nicht. Einen Bruch der ärztlichen Schweigepflicht erreichen wir nur, wenn es sich um schwerste Taten gegen Leib, Leben und Freiheit handelt und Wiederholungsgefahr besteht. So zumindest die Theorie.«

»Wiederholungstäter ist er. Du sagtest, vorbestraft wegen Körperverletzung, und dann dieser Fall vor zwei Wochen.«

Lorenz schüttelte den Kopf. »Aber die äußerlichen Verletzungen deuten nicht auf schwerste Taten hin. So verlangt es das Gesetz.«

»Soll er sie erst totschlagen, ehe wir etwas unternehmen können?«, knurrte Schröder.

»Ja. Wir sind bei der Mordkommission. So sind die Gesetze eben. Das weißt du so gut wie ich. Reg dich ab.«

»Ich könnte diesen Brunner in den Arsch treten.«

»Das wiederum ist sofort strafbar. Hör zu, Schröder. Wir ermitteln in einem Mordfall und nicht wegen häuslicher Gewalt. Für uns reicht, was wir bis hierhin wissen, um ihn auf dem Radar zu haben.«

»Okay. Brunner ist ein Arschloch. Das wird uns aber im Fall Köstner nicht weiterbringen«, sagte Schröder.

»Wer weiß?«, begann sein Kollege. »Er schlägt seine Frau krankenhausreif. Sie beichtet. Was sie sonst nicht macht. Gut möglich, dass sie den Grund verraten hat, weswegen ihr Mann sie verdroschen hat.«

Schröder lehnte sich zurück und verschränkte die Arme hinter dem Kopf. »Warum soll er dann den Pfarrer töten?«

»Vielleicht wollte er nicht, dass der Pfarrer davon weiß und möglicherweise was ausplaudert?«

Schröder presste die Lippen zusammen und blickte zum Fenster hinaus. »Weit hergeholt. Findest du nicht? Der hat ja Schweigepflicht.«

Lorenz zuckte mit den Schultern. »Es wurde schon wegen weniger gemordet.«

Schröder sah nachdenklich zu Kai. »Okay. Wir reden mit ihm und behalten ihn im Auge.«

Kai Lorenz musterte seinen Kollegen. »Aber nur wegen dem Mordfall Köstner. Nicht, weil er seine Frau verprügelt.«

Schröder erwiderte nichts und nickte nur.

»Wie geht es weiter?«, fragte Lorenz schließlich.

»Wir müssen mehr über Köstners Vergangenheit erfahren. Die Finanzen. Die restlichen Namen auf dem Foto«, sagte er und zeigte zur Pinnwand, »ermitteln und prüfen, ob es weitere Verbindungen außer der zwischen Köstner und Aslan gibt.«

»Und Brunner überprüfen«, sagte Lorenz.

»Aber erst mal machen wir einen kleinen Ausflug.«

»Halt da vorne an«, sagte Schröder und schaute auf seine Armbanduhr.

»Dorfkrug?«, fragte sein Kollege und sah ihn verdutzt an.

»Du hast doch bestimmt Hunger. Ist kurz nach zwölf. In so einer Dorfkneipe erfährt man meistens mehr als sonst wo.«

Lorenz steuerte den Wagen auf den Parkplatz der Gaststätte, die mitten in Talershausen am Rand eines Marktplatzes lag. Schröder stieg aus und sah sich die Umgebung an. Rund um den Platz waren verschiedene Geschäfte angeordnet. Allesamt kleine Einzelhändler für Schuhe, Mode oder Sportbedarf. Dazwischen ein Dönerladen und eine Metzgerei.

Die beiden Kripobeamten betraten den Gasthof. Dunkles, getäfeltes Holz erinnerte an den Charme der siebziger Jahre. Hinter der massigen Theke stand ein dickbäuchiger Wirt, der sich mit einer Hand am Zapfhahn abstützte. Durch die gelblichen, mit Blumen bemalten Zinkfenster fiel dämmriges Licht in den Gastraum. Längs vor den Fenstern waren Tische mit jeweils sechs Stühlen, die aus der klassischen Brauereiausstattung für Pachtbetriebe stammten, ordentlich aufgereiht. Neben dem Tresen wies ein massiver runder Aschenbecher mit einem großen gebogenen Schild den Stammtisch aus. Die fünf Gäste, die dort in Gespräche vertieft waren, verstummten, als Schröder und Lorenz die Kneipe betraten, und sahen mit skeptischen Blicken zur Tür herüber.

»Guten Tag«, sagte Schröder, grüßte mit einer Kopfbewegung den Wirt und setzte sich an den Tisch gegenüber dem Stammtisch. Die Männer murmelten etwas Unverständliches und widmeten sich wieder ihren Diskussionen und Bierkrügen.

»Grüß Gott, die Herrschaften. Was darf es sein?«, begrüßte sie der Gastwirt.

»Gibt es irgendetwas zu essen? Ich habe einen Bärenhunger«, sagte Lorenz und strich sich über den Bauch.

Der Kneipenwirt trat zur Theke, beugte sich darüber und zog zwei Speisekarten hervor. »Bitte schön. Mittagskarte ist ganz vorne.«

»Ein Bier für meinen Kollegen und eine Cola Light für mich, bitte«, sagte Schröder und nahm die Karte entgegen.

Der Wirt ging hinter die Theke, zapfte das Bier und schenkte ein Glas Cola Light ein. Dabei sah er ständig zu den zwei fremden Gästen hinüber. Er brachte die Getränke, sie bestellten das Essen, welches der Wirt in die Küche rief, dann nahm er wieder seinen Platz hinter dem Zapfhahn ein. Fünfzehn Minuten später kam eine alte Frau in gebeugter Haltung aus der Küche, stellte zwei dampfende Teller auf die Theke, wischte die Hände an ihrer gemusterten Hausfrauenschürze ab und verschwand wortlos wieder in der Küche. Schröder schüttelte den Kopf darüber, wie sehr hier alle dem Dorfklischee entsprachen. Aber vielleicht musste das so sein, um sich hier wohlzufühlen. Der Gastwirt schnappte die zwei Teller und brachte sie zu Schröder und Lorenz an den Tisch.

»Guten Appetit.«

»Danke. Schaut gut aus«, sagte Schröder mit Blick auf die riesigen Portionen.

Sein Kollege leckte sich über die Lippen, stach mit der Gabel in den Schweinebraten und schnitt ein ordentliches

Stück ab. Der Wirt lächelte zufrieden und ging wieder hinter die Theke.

»Guten Appetit, die Herren«, rief ein Mann vom Stammtisch herüber, was die anderen bejahten und ihnen zuprosteten.

Die beiden speisten in Ruhe. Lorenz betonte immer wieder, wie gut der Braten gelungen war.

»Und jetzt ein Schnaps«, sagte er und strich sich glückselig mit den Händen über den kugelrunden Bauch.

Als der Kneipenwirt sah, dass sie ihre Mahlzeit verspeist hatten, kam er an den Tisch.

»Hat es geschmeckt?«

»Sehr gut«, sagten Schröder und Lorenz im Duett.

Der Wirt griff nach den leeren Tellern.

»Für mich noch einen Schnaps«, sagte Lorenz.

Schröder schüttelte den Kopf.

Der Gastwirt räumte ab und schenkte hinter der Theke einen Hausbrand ein. »Wir sind wegen des Kinderheims hier«, sagte Schröder, woraufhin der Mann sofort skeptisch schaute. »Muss irgendwo etwas außerhalb auf einem Hügel liegen.«

Der Kneipenwirt musterte Schröder und Lorenz kurz und warf einen Blick zum Stammtisch hinüber, an dem es merklich ruhiger wurde.

»Da fahren Sie am besten die Hauptstraße runter bis zum Ortsschild. Dann links rein. Ein paar hundert Meter den Berg rauf. Können Sie nicht verfehlen.«

»Danke. Eine Frage noch. Sind Sie schon länger der Betreiber dieser Gaststätte?«

Der Wirt schaute Schröder verwundert an. Dann blickte er wieder kurz zum Stammtisch, an dem die Männer verstummten. »Ja. Ist seit 1950 ein Familienbetrieb. Warum?«

»Können Sie sich noch an Vorkommnisse in diesem Heim dort oben von 1994 erinnern? Damals gab es auch Ermittlungen und einen Zeitungsartikel. Muss ziemlich was los gewesen sein im Dorf.«

Der Kneipenwirt sah erneut zum Stammtisch, an dem die Männer neugierig horchten und die beiden Fremden misstrauisch beäugten.

»Sind Sie von der Presse?«, fragte der Betreiber distanziert.

»Nein«, sagte Schröder und legte seine Kripomarke auf den Tisch.

Der Wirt zuckte kurz mit den Schultern. Am Stammtisch brach leises Gemurmel aus, nachdem die Männer die Marke gesehen hatten.

»Geht das schon wieder los?«, fragte der Mann.

Schröder sah zu seinem Kollegen, dann zum Wirt. »Was meinen Sie damit?«, fragte er.

Der Mann knetete sein Geschirrtuch in den Händen, dann setzte er sich zu den beiden Kripobeamten. Die anderen Männer wurden still. Ein jeder wollte hören, was es am Nebentisch über das Heim zu reden gab.

»Damals war hier die Hölle los. Die elendigen Presseleute. Alles haben die verdreht. Der arme Herr Pfarrer! Erst sind sie über ihn hergezogen, dann über den Neuen. Ein junger Kerl war das doch noch. War immer nett und saß am Sonntag nach der Messe dort mit am Stammtisch.«

»Keinem von den Bengeln hat er was getan«, rief einer vom Stammtisch herüber.

»Lumpenpack, allesamt, war das dort oben«, rief ein anderer.

Die restlichen Männer brummten zustimmend. Der Kneipenwirt warf einen Blick hinüber, und die Männer verstummten.

»Schlecht geredet haben die Jungen über den Herrn Pfarrer«, sagte der Wirt. Er atmete tief durch und legte sein Geschirrtuch auf die Tischplatte. Dann stand er auf, griff hinter die Theke und nahm die Flasche Hausbrand und Gläser hervor. Er stellte vor Schröder, Lorenz und sich ein Schnapsglas auf den Tisch und schenkte erneut ein.

»Was haben die Kinder erzählt?«, fragte Schröder mit Blick auf den Schnaps.

»Dass er sie angefasst hätte. Er war aber nur streng mit dem Gesindel. Was auch nötig war.«

»Was waren das für Kinder?«, fragte Lorenz.

»Von überallher kamen die. Allesamt Waisenkinder. Der arme Pfarrer ist kaum Herr über sie geworden. Haben sich im Dorf rumgetrieben. Geklaut, was das Zeug hielt.« Der Gastwirt leerte sein Glas und goss nach.

»Geprügelt haben sie sich, wann immer es ging. Meinem Buben hat mal einer die Nase blutig geschlagen. Dreckspack, elendiges.«

Schröder sah zu dem Mann am Stammtisch hinüber. »Ist es jetzt ruhiger?«, fragte er.

Der Wirt nickte und trank einen Schluck Bier. »Die meisten der Jungen haben sie danach woanders hingesteckt. Der Pfarrer ging auch.«

Schröder kratzte sich am Kinn und legte die Stirn in Falten. »Wie hieß der jüngere Pfarrer noch mal?«, fragte er und tat, als müsse er angestrengt nachdenken.

»Ich glaube, Köstner oder so«, sagte Lorenz und spähte zu Schröder.

Der Kneipenwirt starrte die Schnapsflasche an und schien zu überlegen. »Ja. Genau so hat er geheißen. Köstner. Ganz junger Mann noch. Nett war er«, sagte er und machte eine zustimmende Kopfbewegung. »Ja. Köstner. Der Junge hieß so. Der Alte …«

»Pesch Franz hat der geheißen«, rief einer der Männer von Stammtisch dazwischen.

Der Wirt nickte erneut und leerte noch einen Schnaps. Schröder sah zu Lorenz, der kaum merklich grinste.

»Wo haben sie die Kinder hingebracht?«, fragte Schröder.

»In andere Heime. Irgendwo. Alle waren froh, als sie weg waren«, sagte der Wirt.

»Redet nicht so viel dummes Zeug«, sagte plötzlich die alte Frau aus der Küche, die unbemerkt hinter ihnen aufgetaucht war. »Und du, Hermann, geh an deine Arbeit. Ruhe ist jetzt.« Sie warf den Männern am Stammtisch einen eisigen Blick zu.

Der Wirt stand auf und ging hinter die Theke, die alte Frau zurück in die Küche. Die Männer am Stammtisch murmelten etwas Unverständliches und widmeten sich wieder ihrem Bier.

Schröder sah seinen Kollegen zufrieden lächelnd an.

»Dort links rein«, sagte Lorenz, der glasige Augen hatte und nach Schnaps roch.

Schröder steuerte den Wagen in die enge, mit Schlaglöchern übersäte Straße, die sich um einen Hügel herum hinauf zum Kinderheim schlängelte.

»Was für eine alte Hütte!«, murmelte Lorenz, als das Gebäude vor ihnen auftauchte.

Unübersehbar wurde seit Jahren an Renovierungsarbeiten gespart. An der grauen Fassade bröckelte an vielen Stellen großflächig der Putz ab. Die Fensterrahmen hatten nach und nach ihre Lackschicht verloren, das Holz darunter lag frei. Das wellige Dach war mit verschiedenfarbigen Schindeln geflickt.

Schröder parkte den Wagen im Innenhof, über dessen Schotterbelag überall das Unkraut die Oberhand gewonnen hatte. Die beiden Polizeibeamten stiegen aus und ließen ihre Blicke über die Gebäude wandern, die eine trostlose Atmosphäre verbreiteten. Schröder begab sich zum Eingang und suchte nach einer Klingel, fand aber keine. Mit der Faust klopfte er an die Tür und sah zu seinem Kollegen, der fragend die Schultern zuckte und weiter beinahe fasziniert die bedrückenden Gemäuer beäugte.

»Es kommt jemand«, sagte Schröder, als er Schritte hörte.

Knarrend öffnete sich die Tür. Ein Mann in einem Priestergewand trat heraus und blinzelte gegen das Sonnenlicht.

»Grüß Gott«, sagte er.

»Guten Tag. Sind Sie der Heimleiter?«

Der Geistliche musterte Schröder, sah dann zu Lorenz. »Ja. Warum fragen Sie?«

»Dürfen wir Ihnen ein paar Fragen stellen?«

Der Mann hob eine Hand vor die blendende Sonne. »Damit haben Sie bereits begonnen.«

Schröder nickte.

»Also. Um was geht es?«

»Ich bin Hauptkommissar Schröder. Das ist mein Kollege Kai Lorenz. Wir sind von der Kripo ...«

»Kripo? Wer hat jetzt schon wieder etwas ausgefressen?«

Schröder hob beschwichtigend die Hände. »Keiner Ihrer Schützlinge.«

Der Mann wirkte erleichtert. »Gut. Bei den Jungen kann man nie wissen, was sie für Flausen im Kopf haben. Entschuldigen Sie, ich bin Gustav Moser. Kommen Sie herein«, sagte er und streckte die Hand zur Begrüßung aus.

Schröder und Lorenz betraten das Gebäude, das im Innern so schäbig war wie außen. Modrig feuchter Geruch schlug ihnen entgegen. Die einst weiß gestrichenen Wände waren von einem Grau überzogen, das in den Ecken ins Schwarze überging.

Der Geistliche bemerkte die Blicke Schröders und machte eine allumfassende Handbewegung. »Das Bistum spart an allem. Jedes Jahr beantragen wir Gelder, um das Heim zu renovieren oder wenigstens vernünftig zu erhalten. Indes gibt es wichtigere Ausgaben, scheint mir«, sagte Moser und hob in einer verzweifelten Geste die Arme. »Sind hier viele Kinder untergebracht?«, fragte Schröder.

Der Heimleiter drehte sich kurz zum Hauptkommissar um und ging weiter. »Das oberste Stockwerk ist nicht mehr bewohnbar. Keine vernünftige Isolierung. Im Sommer heiß wie die Sahara und im Winter kalt wie Grönland. Allerorten zieht der Wind durch.« Moser winkte mit einer Hand ab. »Ich weiß nicht, wie die Sprösslinge das dort oben früher durchgestanden haben. Noch vierzig Jungen beherbergt das Heim«, fügte er hinzu.

Sie gingen einen Flur hinab, in dem hier und da ein altes Heiligenbild aufgehängt war und über jeder Tür ein Kreuz prangte.

»So, da wären wir. Kaffee?«

»Nein, danke«, sagte Schröder.

Lorenz nickte jedoch. Moser lächelte und goss ihm einen Kaffeebecher voll.

»Setzen wir uns.«

Der Priester trank einen Schluck Kaffee und linste dabei erwartungsfroh über den Rand seiner Tasse. Schröder schätzte den Mann auf Mitte sechzig. Er hatte einen wachsamen Blick, dem nichts zu entgehen schien.

»Es ist so ruhig hier. Vierzig Kinder, sagten Sie?«, fragte Schröder.

Moser stellte die Kaffeetasse ab. »Ja. Vierzig. Alle in der Schule. Oben liegen zwei oder drei. Die sind krank oder haben keine Lust, zum Unterricht zu gehen. Ist ja auch eine Art Krankheit, heutzutage. Nicht wahr?«

Der Pfarrer musterte Schröder und sah zu Lorenz, der es sich in einem Sessel mit der Tasse Kaffee gemütlich gemacht hatte und sich im Raum umsah. Die Tapeten erinnern ihn bestimmt an die Wohnung seiner Mutter, dachte Schröder. Einmal war er zum Besuch bei ihr gewesen, als er Lorenz eigentlich nur hatte absetzen wollen.

»Leiten Sie dieses Heim schon lange?«, fragte Lorenz.

Moser zog die Augenbrauen zusammen. »Neun, ja, neun Jahre. Schon neun Jahre? Herrgott, wie doch die Zeit vergeht.«

»Wir ermitteln im Mordfall Pfarrer Köstners. Haben Sie davon gehört?«, fragte Schröder.

Der Heimleiter sah auf. »Ja. Die Kirche hat eine Information herumgeschickt. E-Mail. Ohne das Zeug kann man ja heute kaum noch überleben. Vorbeigekommen ist deswegen keiner.«

»Haben Sie ihn gekannt?«

Er schüttelte den Kopf. »Nein. Ich habe ihn leider nie kennengelernt. Mir war nicht einmal mehr bewusst, dass er früher dieses Heim geleitet hat. Trotzdem fühlt man sich betroffen, wenn man eine solche Nachricht hört. Auch wenn man diesen Menschen nie kennengelernt hat. Ist doch irgendwie seltsam. Vielleicht, weil er die gleichen Sorgen und Mühen durchlebt hat wie man selbst? Nun ja, die Wege des Herrn sind unergründlich, manchmal auch unbegreiflich. Nicht wahr?«

Der Priester starrte ins Leere. Nach ein paar Sekunden verzog er den Mund und griff wieder nach seinem Kaffee.

»Wissen Sie von den damaligen Vorfällen hier? Als ein Franz Pesch das Kinderheim noch leitete und dann Köstner die Leitung übernommen hat?«, fragte Schröder.

Moser setzte die Tasse ab. Er musterte den Hauptkommissar und sah dann zu Lorenz. »Vorwürfe! Nicht Vorfälle«, sagte der Heimleiter und hob einen Zeigefinger. »Ja. Mein Vorgänger hat mir davon erzählt. Die Kirche hatte wohl alle Kinder, die seinerzeit die Anschuldigungen erhoben hatten, in andere Heime gesteckt. Pesch wurde versetzt. Köstner hat die Leitung übernommen. Damit war die Angelegenheit erledigt. Lange her die Geschichte.«

»Gab es ansonsten Konsequenzen? Innerhalb des zuständigen Bistums?«

Moser verzog die Mundwinkel und trank einen Schluck Kaffee. Dann schüttelte er den Kopf. »Nicht dass ich wüsste. Weswegen denn? Die durchgeführten Ermittlungen brachten kein Vergehen zutage. Weder Franz Pesch noch Berthold Köstner wurden infolgedessen je angeklagt. Soviel ich weiß. Somit war die Sache beendet.«

Schröder betrachtete den Mann, der betroffen aussah. Ihm merkte man die Last an, obwohl er keinen Grund hatte, diese zu tragen. Aber vielleicht waren manche Kirchenmänner so. Immer wieder wurde sein Blick nachdenklich und schien ins Leere zu gehen.

»Gibt es Kontakte von außen zu den Kindern?«

»Wohin denken Sie denn? Auch wenn das Heim nicht gerade den besten Eindruck macht, sind die Jungen bei mir und meinen Kollegen sicher. Ich würde niemals zulassen, dass ihnen etwas zustößt. Schon gar nicht das, was Sie denken.«

Der Priester blickte Schröder mit ernster Miene an. »Selbst wenn die Kirche oftmals falsche Entscheidungen trifft oder damals vielleicht getroffen hat, war es doch eine richtige Entscheidung, mich hier einzusetzen. Dies gilt ebenso für meinen Vorgänger, der das Amt von Pfarrer Köstner übernommen hat. Der Bischof konnte sich darauf verlassen, dass es über dieses Heim kein Gerede mehr geben würde. Glauben Sie, ich finde es nicht beschämend, dass solche Angelegenheiten nur innerhalb der Kirche selbst abgehandelt werden? Der Gesetzgeber macht es sich meiner Meinung nach zu einfach. Weshalb verjähren alle Taten so rasch? Wenn sie ans Licht kommen, sind sie doch meist schon verjährt. Oder liege ich hier falsch?«

Moser schlug mit der flachen Hand auf die Lehne. Anscheinend war er dabei, sich in Rage zu reden. »Warum verjährt so etwas überhaupt? Das verstehe ich nicht. Sünden verjähren doch auch nicht. Da ist die Kirche wenigstens einmal dem Gesetz einen Schritt voraus. Wie schlimm muss es für die Betroffenen sein, wenn sie irgendwann einmal … vielleicht als Erwachsene … sich offenbaren. Dann bekommen sie zu hören, tut uns leid, ihr Fall ist verjährt. Das ist genauso grauenhaft wie das Wegschauen der Kirche bei solchen Taten. Einen Fehler werde ich nicht machen: Die Augen verschließen!«

Der Priester atmete schwer aus und fuhr sich mit der flachen Hand über die wenigen langen Haare. »Wenn einer der Jungen den Pfarrer getötet hat, so steh uns Gott bei«, sagte er ruhig und rutschte etwas tiefer in seinen Sessel.

»Warum?«, fragte Schröder.

»Warum?«, wiederholte der Geistliche und sah Schröder ernst an. »Weil sich dann Pfarrer Köstner an Gott versündigt hat und die Kirche an all den Kindern. Dann wäre alles wahr, was die Buben ihm und seinem Vorgänger seinerzeit angelastet haben und was keiner hören wollte. Es … es wäre schrecklich. Nicht wahr?«

»Das wäre es«, sagte Schröder. »Wissen Sie denn, was die Jungen Pfarrer Köstner damals vorgeworfen haben?«

Moser schüttelte kaum merklich den Kopf. »Nichts Offizielles. Ich habe nach meinem Einzug nur einen Zeitungsartikel gefunden. Pfarrer Antonius, mein Vorgänger, hatte ihn aufgehoben. Es hat ihn offenbar beschäftigt. Das ist alles, was ich weiß. In diesem Zeitungsartikel war von einem Unfall und Vorwürfen der Misshandlung die Rede. Aber darüber werden Sie ja bereits informiert sein, nehme ich an. Nicht wahr?«

»Antonius war Ihr Vorgänger und der direkte Nachfolger als Heimleiter von Köstner?«, fragte Schröder.

»Ja. Er wird Ihnen allerdings nichts mehr sagen können. Er ist hier verstorben. Dort haben sie ihn aufgefunden. Der Herr habe ihn selig«, sagte Moser und zeigte auf den Boden vor der Tür. Lorenz sah zu der Stelle, als ob der tote Pfarrer noch dort liegen würde.

»Herzinfarkt.«

»Wissen Sie, wer die Jungen waren, die Köstner damals belastet haben?«, fragte Schröder.

Moser schüttelte den Kopf.

»Es gibt keine Karteien über die ehemaligen Bewohner? Oder andere Aufzeichnungen, aus denen die Namen hervorgehen?«, fragte Schröder nach.

»Nein. Sehen Sie, es waren keine Unterlagen mehr hier, als ich die Stelle angetreten habe. Wozu auch? Von den Kindern lebte ja schon lange niemand mehr hier im Heim. Sie waren doch inzwischen erwachsen.« Der Priester sah den Hauptkommissar mit ernstem Blick an. »Ich hoffe, Sie finden den Mörder von Pfarrer Köstner. Was auch immer danach passieren mag.«

Schröder nickte ihm bedächtig zu. Er sah, wie der Mann mit dem Gedanken kämpfte, einer der damaligen Jungen könnte der Täter sein.

»Hat sich irgendetwas durch die Verdächtigungen verändert? Die Zuständigkeiten für das Heim? Das Interesse des Generalvikars oder des Bischofs an diesem Heim?«

Moser lächelte schmallippig. »Das Einzige, was sich seither offensichtlich geändert hat, ist der Zustand dieser Einrichtung. Wie Sie selbst sehen. Es wurde seit den Vorkommnissen kein Geld in die Gebäude hier investiert. Wahrscheinlich wird das Heim bald geschlossen.«

Schröder sah zu Lorenz, der ihm unmerklich zunickte. Ihnen war klar, dass sie nicht mehr erfahren würden.

»Dann möchte ich Ihre Zeit nicht weiter in Anspruch nehmen«, sagte Schröder und erhob sich. Moser stand auf und reichte ihm die Hand. »Christian Morgenstern sagte einst: Eine Wahrheit kann erst wirken, wenn der Empfänger für sie reif ist. Eine sehr treffende Aussage, wie ich finde. Ich weiß nur nicht, ob die Kirche reif dafür wäre.«

Schröder lächelte den Mann freundlich an. Er glaubte nicht, dass die Kirche dafür reif sein würde.

Nach einigen Minuten Fahrt wandte Lorenz seinen Blick nicht mehr der schönen Landschaft zu, sondern seinem Kollegen, der stumm das Auto steuerte. »Meinst du, es war gut, den Heimleiter zu befragen?«

»Ja, ich glaube schon.«

»Warum? Er hat doch nichts gesagt, was uns weiterbringen würde.«

Schröder sah kurz zu Lorenz und dann wieder auf die Straße. »Nein. Aber wenn der Chef davon erfährt, wissen wir, dass Moser mit dem Bischof oder dem Generalvikar in Kontakt steht. Was seinen Schilderungen zufolge und dem Zustand des Heims nach eigentlich kaum der Fall sein kann.«

10

Schröder blickte auf das neue Türschild und klopfte an. Er und sein Kollege waren direkt vom Kinderheim in Talershausen zur Staatsanwaltschaft gefahren. Schröder hatte keinen Termin vereinbart, weil er davon ausging, dass die Staatsanwältin an ihren ersten Tagen genug zu tun hatte und sicher noch im Büro beschäftigt war. Lorenz hatte während der Fahrt geschlafen und sich ins Präsidium verabschiedet.

Schröder sah auf die Uhr. Bereits siebzehn Uhr vorbei, stellte er fest, als er Julia Valentini rufen hörte.

»Herein.«

Er öffnete die Tür und trat ein.

»Schröder? Was machen Sie denn hier? Haben wir ein Meeting?«, fragte sie und blätterte sofort in einem Kalender.

»Nein«, sagte er, setzte sich und schaute sich um. »Schönes Büro haben Sie.«

Von der großen Fensterfront hatte man einen eindrucksvollen Ausblick auf den Fluss und die dahinterliegende Altstadt. Valentini hatte dem in Weiß gehaltenen Raum mit nur wenigen farbigen und geschickt platzierten Bildern und Vasen ein elegantes Aussehen verliehen.

»Danke. Ja, nehmen Sie ruhig Platz«, sagte sie. »Aber Sie sind doch bestimmt nicht ohne Termin gekommen, um meinen Arbeitsplatz zu bewundern?«

»Nein«, sagte er und blickte sich noch etwas um.

»Ich benötige einen Durchsuchungsbeschluss.«

Julia Valentini hob überrascht die Augenbrauen. »Im Mordfall Köstner? Bitte sagen Sie nicht, Sie wollen die Diözese durchsuchen, Schröder. Ohne mich.«

Schröder lächelte. »Ein Kinderheim. In Talershausen. Dort war Köstner ab 1994 als Heimleiter tätig.«

Er legte einen Ausdruck des Zeitungsartikels vor der Staatsanwältin auf den Tisch und klopfte mit dem Zeigefinger auf das Blatt. Die Staatsanwältin sah den Hauptkommissar an, nahm schließlich das Papier und las.

»Wow. Wie sind Sie darauf gestoßen?«

»Hat Lorenz im Netz gefunden.«

»Deshalb die Frage nach den Akten. Verstehe«, sagte Valentini.

»Wir müssen wissen, wer die Kinder waren, die Pesch und vielleicht Köstner belastet haben. Bevor er die Leitung übernahm, war er in diesem Heim tätig. Wenn also an den Vorwürfen etwas dran ist, dann hat er vermutlich etwas mitbekommen oder war involviert. Unabhängig davon, ob es zu einer Anklage kam oder eine Verurteilung gegeben hat.«

Die Staatsanwältin blickte wieder auf den Artikel. »Und Sie glauben, dass uns dies zum Mörder führen könnte?«

»Ja. Ich sehe in den damaligen Vorfällen im Kinderheim ein Motiv für eine Tat. Ist eine der Spuren, die wir haben. Vage. Ich weiß. Aber ein Anfang.«

»Eventuell ein Anfang. Die anderen Hinweise?«

Schröder wägte ab, was er antworten sollte. Alles, was sie sonst noch hatten, waren nicht zwingend bessere Anhaltspunkte. »Wir haben Wettscheine gefunden. Köstner gab viel Geld dafür aus. Sehr viel Geld. Vermutlich mehr, als er hatte. Auf einem alten Foto, vielleicht vor dreißig Jahren aufgenommen, ist er mit einem heutigen Wettbürobetreiber abgelichtet. Darauf ist auch Dominik von Roda, der Generalvikar der Diözese, zu erkennen. Wo das Bild gemacht wurde und wieso diese Männer dort zusammen fotografiert wurden, wissen wir noch nicht.«

»Sehen Sie einen Zusammenhang zum Mord?«

»Dazu ist es zu früh. Sollte an den Missbrauchsvorwürfen etwas dran sein, haben wir vielleicht ein Motiv.«

»Die Wetten könnten ebenso ein Motiv sein. Wettschulden?«

Schröder ließ den Blick nachdenklich zum Fenster hinauswandern und beobachtete kurz ein Boot, das auf dem Fluss vorbeifuhr. »Ja, Wettschulden sind ein Motiv. Aber würden Sie jemanden töten, von dem Sie noch Geld bekommen wollen?«

Valentini musterte den Hauptkommissar. »Wenn man davon ausgehen kann, dass der Schuldner nie bezahlt, ist das eine nicht unübliche Methode. Zumindest lassen sich dadurch säumige Klienten einschüchtern, und man zeigt ihnen, was passiert, wenn man seine Kreditwürdigkeit verspielt.«

Schröder hatte diese Art von Motiv bereits in Betracht gezogen. Sie war bekanntermaßen bei Mafia und Co. keine Seltenheit. Bei einem Pfarrer vielleicht eine umso effektivere Abschreckung.

»Sonst noch Erkenntnisse?«

Schröder zuckte mit den Schultern. »Wir haben die Frau ermittelt, die mutmaßlich zuletzt gebeichtet hat. Die Ehefrau von Michael Brunner.«

Valentini schaute überrascht drein. »Der Politiker?« Die Staatsanwältin lehnte sich zurück. »Sieh an. Aber weshalb soll das eine Spur sein? Irgendein Anhaltspunkt?«

Schröder zeigte auf die Stelle, an der Simone Brunner verletzt war. »Sie hat versucht, hier eine Wunde mit Schminke zu überdecken. Vermutlich von einem Schlag. Es gab in der Vergangenheit Gerüchte, dass Brunner seine Frau schlägt.«

»Das macht ihn neben seiner Politik noch unsympathischer. Aber den Pfarrer töten? Weswegen? Sehen Sie ein Motiv?«

»Im Moment nicht. Nein.«

»Dann sollten wir uns auf die anderen Spuren konzentrieren.«

Julia Valentini las den Zeitungsartikel abermals durch. Mit dem Ausdruck in der Hand musterte sie Schröder. »Das ist fünfundzwanzig Jahre her. Glauben Sie wirklich, dass sich jemand erst jetzt rächt? Vorausgesetzt, es wäre zu Gewalttaten oder noch schrecklicheren Dingen dort gekommen.«

Über diese Frage hatte er auch schon gegrübelt, aber noch keine Antwort darauf gefunden. Weshalb so spät? Warum sollte sich ein Opfer nach einem Vierteljahrhundert rächen?

»Ich weiß es nicht. Menschen machen manchmal die verrücktesten Dinge. Gut möglich, dass ihn das Erlebte nach und nach aufgezehrt hat. Er hat bis heute versucht, damit klarzukommen, und dann, eines Tages gibt es einen Auslöser. Eine Kleinigkeit, die alles zur Explosion bringt. Peng! Er flippt aus, weil er begreift, dass er mit dem, was ihm angetan wurde, niemals klarkommt. Vielleicht ausgelöst durch emotionalen Stress? Arbeit. Ehe. Trennung. Wir werden es herausfinden.«

Valentini schien Schröders Aussagen abzuwägen. »Glauben Sie wirklich, die haben noch Akten dort? Ich an deren Stelle hätte damals alles entsorgt, wenn an den Vorwürfen auch nur das Geringste dran gewesen wäre.«

»So arbeitet also die Staatsanwaltschaft.«

»Sie sind unmöglich, Schröder«, sagte Valentini und lächelte.

»Besorgen Sie mir den Durchsuchungsbeschluss. Wenn es schiefgeht, können Sie ja sagen, sie wussten sofort, dass ich ein unmöglicher Hauptkommissar bin.«

Die Staatsanwältin schmunzelte. »Kaffee?«, fragte sie.
»Cola Light?«
»Von mir aus auch eine Cola Light.«
»Aber nicht hier.«
»Soll das eine Einladung sein?«, fragte sie.
»Vielleicht.«

11

»Guten Tag, Herr Schröder. Schon wieder etwas ausgefressen?«, fragte die Sekretärin seines Vorgesetzten und lächelte. Schröder hatte seit längerem das Gefühl, dass er irgendwie ihr Typ sein musste. Er zuckte lässig mit den Schultern.

»Sieht so aus.«

Die Frau machte eine leichte Kopfbewegung zu Nowaks Bürotür. »Gehen Sie ruhig rein. Er wartet schon.«

Er betrat das Büro des Kripochefs. Werner Nowak war mit einem Besucher in ein Gespräch vertieft.

»Guten Tag«, sagte Schröder.

Der Mann drehte ihm den Kopf zu und lächelte gezwungen. Schröder nickte stumm zur Begrüßung.

»Da sind Sie ja endlich. Setzen Sie sich. Sie kennen den Herrn Generalvikar von Roda ja bereits.«

Nowak ließ den Blick kurz zwischen den beiden Männern hin und her schweifen.

Von Roda erhob sich, schüttelte dem Hauptkommissar die Hand und setzte sich wieder. Schröder stellte es die Härchen an den Unterarmen auf, als er die feuchte Hand des Mannes in seiner spürte.

»Schröder, der Herr Generalvikar hat wegen des Durchsuchungsbeschlusses für ein …«, begann sein Chef und schaute auf einen Zettel, »… Heim in Talershausen um ein Gespräch gebeten.«

Schröder musterte den Kirchenmann abschätzend, dann blickte er seinen Vorgesetzten entschlossen an. »Benötige ich inzwischen die Genehmigung der Kirche für eine Durchsuchung?«

Nowak hob beschwichtigend die Hände. »Schröder, beruhigen Sie sich! Der Herr Generalvikar möchte in dieser Angelegenheit kein öffentliches Aufsehen. Das ist alles.«

Schröder sah den Geistlichen an, dessen Gesicht keinerlei Regung zeigte. »Ich werde nicht hinnehmen, dass eine Institution wie die Kirche glaubt, sie könne Ermittlungen der Polizei lenken und dirigieren«, sagte er an von Roda gewandt.

Sein Chef funkelte ihn missbilligend an und lächelte dann dem Vertreter des Bistums gezwungen zu.

»Sehen Sie, Herr Schröder. Die Vorkommnisse in Talershausen sind fünfundzwanzig Jahre her. Es kam zu keiner Anklage gegen Pfarrer Köstner. Somit gilt er als unschuldig. Das müssen Sie nun einmal akzeptieren. Ich wüsste nicht, was dieser Fall mit dem Mord an ihm zu tun hat. Suchen Sie nach dem Verbrecher und nicht nach haltlosen Anschuldigungen in der Vergangenheit Köstners. Er ist nicht der Täter. Er ist das Opfer!«, sagte von Roda.

Schröder atmete tief ein und wieder aus. »Und ich würde gerne wissen, warum Sie so bemüht sind, unsere Ermittlungen zu behindern.«

»Schröder, bitte«, sagte Nowak und sah ihn tadelnd an.

Der Generalvikar hob leicht eine Hand, worauf der Kripochef schwieg und sich etwas zurücklehnte. »Wir möchten Ihre Untersuchungen keinesfalls verkomplizieren. Deswegen versuche ich, Sie doch eindringlich zu bitten, sich auf die Suche nach dem Täter zu konzentrieren und keine Zeit für die Aufarbeitung der Geschichte des Kinderheims zu vergeuden. Niemand hat mehr Interesse an einer Aufklärung des Mordes als das Bistum. Wir wollen nur verhindern, dass diese unsäglichen Vorwürfe, bei denen Pfarrer Köstner zu Unrecht beschuldigt wurde, wieder in den Medien erscheinen und seinem Andenken Schaden zufügen. Sie wissen doch selbst, wie sich diese Pressegeier auf so etwas stürzen. Gerade dann, wenn auch noch ein Mordfall mit im Spiel ist. Ein gefundenes Fressen, um wochenlang die Seiten mit Schlagzeilen und wilden Spekulationen zu füllen. Ich betone nochmals, Herr Schröder, alle Ermittlungen gegen Pfarrer Köstner wurden damals eingestellt. Er muss somit als unschuldig gelten. Dabei sollte es auch nach seinem bedauerlichen Tod bleiben. Das sind wir ihm alle schuldig.«

»Ich gehe davon aus, dass wir keine Unterlagen zu den Kindern finden, die 1994 dort gelebt haben?«, fragte Schröder.

Nowak fixierte über den Brillenrand den Generalvikar, der nur dünn lächelte.

»Hiervon können Sie in der Tat ausgehen. Wir bewahren solche Karteien nicht über zehn Jahre auf. Ihre Durchsuchung würde niemandem etwas bringen. Im Übrigen hat der leitende Oberstaatsanwalt dem Ansinnen der Frau Staatsanwältin Valentini nicht entsprochen.«

Schröder presste die Lippen aufeinander und stand auf. »Gut. Sie wollen es nicht anders. Dann werde ich bundesweit Suchanzeigen schalten lassen. Mit der Aufforderung, dass sich mutmaßliche Opfer von Pfarrer Köstner bei der Mordkommission melden sollen«, drohte Schröder.

Der Kripochef fuhr herum und holte tief Luft. »Sind Sie wahnsinnig, Schröder?«

»Nein, Chef. Ich versuche nur, meine Arbeit zu tun.«

Von Roda machte eine besänftigende Handbewegung. »Wenn Sie das machen, Herr Schröder, wird der hochwürdigste Herr Bischof äußerst ungehalten sein.«

Schröder schüttelte den Kopf.

»Es interessiert mich einen Scheißdreck, was Ihr Boss davon hält«, knurrte er.

»Schröder, setzen Sie sich und mäßigen Sie Ihren Ton«, brüllte Nowak und zeigte fordernd auf den Stuhl.

Schröder setzte sich und starrte seinen Chef wütend an.

»Meine Herren, bitte. Wir sollten eine Lösung finden, mit der wir alle leben können«, sagte von Roda.

»Die Kripo kann sich nicht von der Diözese diktieren lassen, wie wir unsere Ermittlungen durchzuführen haben. Da muss ich Schröder recht geben«, sagte Nowak mit vor Wut immer noch zitteriger Stimme zum Generalvikar.

»Was benötigen Sie von mir, Herr Schröder?«, fragte von Roda betont ruhig.

Schröder verwunderte das Einlenken des Geistlichen, der plötzlich völlig gelassen war, so, als ob es die letzten Minuten des Gesprächs nicht gegeben hätte.

»Die Namen der Jungen, die damals Pfarrer Köstner belastet haben.«

Von Roda sah zu Nowak, dann zu Schröder. »Kann ich mich darauf verlassen, dass diese Namen streng vertraulich und nur für Ermittlungszwecke, die in direktem Zusammenhang mit der Ermordung Pfarrer Köstners stehen, verwendet werden?«

»Ja, natürlich«, sagte Schröder.

Nowak nickte stumm.

»Sie ziehen Ihren Antrag auf diesen Durchsuchungsbeschluss zurück?«

Schröder bejahte, da er dies sowieso nicht tun musste. Der leitende Oberstaatsanwalt hatte ja anscheinend sein Ansinnen bereits abgelehnt.

»Pepe Bonetto, Alexander Jenkov, Dennis Pfeiffer – so hießen die Kinder. Wir wissen nicht, wo sie heute leben.«

Schröder stand auf. »Danke«, sagte er und griff nach der Türklinke. »Eine Frage noch, Herr von Roda?«

Der Generalvikar faltete die Hände wie zum Gebet.

Nowak musterte den Hauptkommissar abschätzend. »Wie lange kannten Sie Pfarrer Köstner?«

Von Roda hob überrascht die Augenbrauen und blickte kurz zum Kripochef. »Seit er für die Diözese tätig war.«

»Nach seinem Studium?«

Wieder sah der Generalvikar zu Nowak, ehe er antwortete. »Vermutlich seit seiner Priesterweihe. Mit Bestimmtheit kann ich das nicht mehr sagen. Warum fragen Sie?«

»Nur so«, sagte Schröder und verließ das Büro.

12

Schröder blickte Lorenz über die Schulter. Sein Kollege hatte die letzten Stunden mit der Recherche und Auswertung der Daten zu den drei vom Generalvikar genannten Personen zugebracht.

»Pepe Bonetto sitzt in Haft. Seit etwas mehr als einem Jahr. Da hat er wohl ein sehr gutes Alibi. Dennis Pfeiffer ist vor sechs Monaten unbekannt verzogen. Hat bis dahin in Osnabrück gelebt. Ist Hartz-IV-Empfänger. Arbeitslos, fast sein ganzes Leben lang. Einige Vorstrafen wegen Gewaltdelikten. Wir versuchen herauszufinden, wo er zurzeit lebt. Alexander Jenkov wohnt in der Nähe von Hamburg. Verheiratet. Keinerlei Einträge. Nicht mal ein Bußgeld für zu schnelles Fahren. Das alleine ist schon verdächtig. Er arbeitet bei DotComVision als Vertriebsleiter. Und jetzt pass auf, Schröder. Die haben hier in der Stadt eine Niederlassung«, sagte Lorenz und biss in einen Apfel.

»Machst du eine Diät?«

Lorenz sah zu ihm auf und verzog den Mund.

»Nein. Drohung. Von meiner Frau. Sie ist der Meinung, ich hätte zugenommen. Scheiße, Schröder. Schau mich an. Ich bin topfit.«

Schröder beugte sich etwas zurück und betrachtete ihn. »Wie kommt sie darauf, dass du zugelegt hast?«

Sein Kollege lächelte. »Keine Ahnung. Pass auf. Schau dir das an«, sagte er dann und zeigte auf den Monitor.

Der Hauptkommissar überflog die Daten. Ungläubig

schüttelte er den Kopf. »Okay. Seit drei Monaten regelmäßig hier, um diese Niederlassung aufzubauen.«

Lorenz biss wieder in seinen Apfel, verzog das Gesicht und sagte: »Und jetzt: Tataratää.«

Schröder starrte auf den Bildschirm. »Am Tag des Mordes im Hotel Linde eingecheckt. Bereits um dreizehn Uhr dreißig. Er ist bis Freitag dort als Gast. Liegt das Hotel nicht am Kirchplatz?« Schröder schaute seinen Kollegen fragend an.

»Scheiße, ja. Ich glaube, wir haben den Hauptgewinn gezogen.«

»Weshalb checkt er am Sonntag so früh im Hotel ein? Gewöhnlich reist man Sonntagabend an, vor allem, wenn man Familie hat?«, fragte Schröder.

»Vielleicht hatte er morgens etwas vor. Zum Beispiel Köstner ermorden. Danach hat er in aller Seelenruhe im Hotel eingecheckt«, antwortete Lorenz.

Schröder überflog nochmals die Daten. Dann klopfte er Lorenz auf die Schulter. »Okay. Ich rufe die Staatsanwältin an.«

Er ging zu seinem Schreibtisch, drückte am Telefon die Lautsprechertaste und wählte ihre Nummer. Gespannt starrten sie den Apparat an.

»Valentini.«

»Schröder.«

Kurz blieb es stumm in der Leitung. Die zwei Kripobeamten blickten sich verwundert an.

»Ich benötige einen Durchsuchungsbeschluss.«

Die Staatsanwältin räusperte sich. »Bitte nicht schon wieder, Schröder. Mein Chef hat mich zu sich zitiert. Das war sehr unangenehm. Er möchte von nun an über alle Ermittlungsschritte im Fall Köstner informiert werden. Ich kann unmöglich ohne seine Zustimmung zum Richter gehen.« »Warum haben die Herren von der Kirche eine solche Angst?«

»Vielleicht, weil sie in den Himmel kommen wollen?«, sagte Valentini.

»Sie auch?«

»Schröder. Unsere Kaffeepause war wirklich schön. Ich fange gerade an, Sie ein bisschen zu mögen. Machen Sie das nicht gleich wieder kaputt.«

Lorenz grinste, formte mit den Lippen einen Kussmund und warf seinem Kollegen ein Küsschen zu.

Schröder schüttelte den Kopf. »Kann ich Ihnen wenigstens sagen, für was ich den Beschluss benötige und wo?«

Valentini atmete hörbar aus. »Klar. Können Sie. Legen Sie los.«

»Hotel Linde. Das Zimmer von Alexander Jenkov. Er lebte vor fünfundzwanzig Jahren in dem Heim, das Köstner damals leitete. Er war einer von drei Jungen, die den Pfarrer belastet haben.«

Am anderen Ende der Leitung war es einige Sekunden still.

»Der Mann ist in der Stadt? In der Linde? Das gibt es doch gar nicht.«

»Direkt am Kirchplatz. Seit Sonntag.«

»Wissen Sie, weshalb er in diesem Hotel ist?«

»Vermutlich. Er arbeitet als Vertriebsleitung für DotCom-Vision in Hamburg und baut derzeit hier eine Niederlassung auf.«

»Er könnte den Pfarrer zufällig erkannt haben und dann auf dumme Gedanken gekommen sein«, sagte Valentini mit Entschlossenheit.

»Ja. Zumindest hätten wir ein Motiv. Den Rest kann er uns selbst erklären.«

»Woher haben Sie den Namen?«

»Vom Generalvikar persönlich.«

Die Staatsanwältin stieß einen Pfiff aus. »Haben Sie ihm ihre Dienstwaffe an den Schädel gehalten?«

»Ich war kurz davor.«

»Gut. Ich will es gar nicht so genau wissen. Ich hoffe nur, der Herr Generalvikar hat Ihnen keinen Köder vor die Füße geworfen.«

Lorenz sah fragend zu seinem Kollegen.

»Wie meinen Sie das?«, fragte Schröder.

»Wundert es Sie nicht, dass von Roda zuerst gegen alle Ermittlungsversuche arbeitet und seine Beziehungen spielen lässt, um Ihnen das Leben schwerzumachen, und dann plötzlich Namen preisgibt?«

Schröder kratzte sich am Hals. Darüber hatte er auch schon nachgedacht, ohne sich einen Reim darauf machen zu können. Vielleicht wollte der Generalvikar tatsächlich die Kirche vor negativer Presse schützen, vielleicht hatte er eigene Ziele.

»Wir werden sehen, was Jenkov weiß, wenn wir ihn verhören und das Hotelzimmer auf links gedreht haben«, sagte er dann.

»Gut. Ich besorge Ihnen den Durchsuchungsbeschluss. Mein Chef wird in diesem Fall bestimmt zustimmen.«

Schröder legte auf. Sein Kollege schaute ihn skeptisch an. Hatte von Roda vor, sie auf eine falsche Fährte zu schicken? Wenn ja, warum? Was würde es ihm nutzen?

Schröder hob die Beine und ließ die Motorradstiefel auf die Schreibtischplatte krachen, lehnte sich im Bürostuhl zurück und sah zur Decke. Er sah aus den Augenwinkeln, wie sein Kollege ihn mit zusammengekniffenen Augen musterte.

»Glaubst du, der Generalvikar gibt uns bewusst falsche Informationen?«

»Ich glaube langsam nichts mehr. Ich habe von Roda gefragt, wie lange er Köstner kannte.«

Lorenz hob den Kopf. »Und?«

»Er sagte, er hätte ihn um die Priesterweihe herum kennengelernt.«

Schröder stand auf und ging zum Foto an der Pinnwand. Er klopfte mit den Knöcheln darauf. »Niemals«, sagte er.

»Die Aufnahme ist sicher vor dem Studium entstanden. Schau dir die jungen Bengel an«, sagte Lorenz hinter ihm.

»Abiturfeier? Keinesfalls später.«

»Warum konfrontieren wir ihn nicht mit diesem Bild?«, fragte Lorenz.

»Noch nicht. Ich möchte zuerst wissen, wer die anderen drei Männer sind.«

»Jep. Wir können rein. Er ist nicht auf seinem Zimmer«, sagte Lorenz und steckte das Handy ein.

»Okay. Dann los.«

Die zwei Kripobeamten stiegen aus dem Wagen, gingen über die Straße hinüber zum Hotel und betraten die Lobby. Die Rezeption war mit einer jungen Frau besetzt. Jan sah sich im Eingangsbereich um. Es war ein klassisches Geschäftshotel, das hauptsächlich unter der Woche von Dienstreisenden besucht wurde, die im nahegelegenen Industriegebiet zu tun hatten.

Schröder trat an die Theke und legte seine Kripomarke auf eine Schreibunterlage, neben der ein Kugelschreiber an einer Kette baumelte. Die Dame am Empfang schaute darauf, lächelte verlegen und sah den Hauptkommissar unsicher an.

»Schröder. Kripo. Das ist mein Kollege Lorenz. Er hat gerade mit Ihnen telefoniert.«

Die Empfangsdame setzte ein höfliches Lächeln auf. »Moment bitte«, sagte sie und blickte kurz hinter sich in einen Raum, woraufhin ein älterer Herr herauskam.

»Guten Tag. Hofer. Ich bin der Hotelmanager.«

Schröder tippte auf seine Marke, holte den Durchsuchungsbeschluss heraus und hielt ihn dem Mann hin.

»Wann kommt Herr Jenkov gewöhnlich ins Hotel zurück?«

Der Manager sah fragend zur Rezeptionistin.

»Immer um achtzehn Uhr. Er ist sehr pünktlich«, antwortete sie.

Schröder sah auf die Uhr. Es war siebzehn Uhr dreißig.

»Welches Zimmer?«

»Herr Jenkov hat die 201. Die Aufzüge sind dort«, sagte der Hotelmanager. Er legte eine Zutrittskarte auf die Theke und zeigte den Flur entlang.

»Wo ist das Treppenhaus?«, fragte Schröder.

»Gleich hier vorne rechts.«

»Du nimmst den Aufzug. Ich die Treppe.«

Lorenz grinste zufrieden.

»Wir werden in seinem Zimmer auf ihn warten. Sie tun so, als sei nichts Ungewöhnliches, wenn er kommt. Wir nehmen ihn ohne großes Aufsehen fest und bringen ihn zur Wache. Verstanden?«

Der Manager schaute skeptisch.

»Die Alternative ist, wir rücken mit einem SEK an, wenn er da ist. Dann haben Ihre Gäste auch etwas davon.«

Hofer schloss kurz die Augen und deutete dann mit einem kaum merklichen Nicken seine Zustimmung an.

Im zweiten Stock zog Schröder die Karte durch den Leseschlitz und betrat mit gezogener Waffe den Raum.

»Schöner Ausblick auf Markt und Kirche. Wie praktisch«, erklärte sein Kollege, der ihm gefolgt war.

Schröder sah kurz zum Fenster, dann warf er einen Blick in das Bad und steckte die Pistole weg.

»Okay. Nimm dir das Bad und die Kleider vor, Kai. Ich schaue die Unterlagen auf dem Schreibtisch durch.«

Sie machten sich an die Arbeit. Das Wenige, was Jenkov im Zimmer hatte, war in ein paar Minuten durchsucht. Schröder sah auf die Uhr.

»Wir warten. Du stellst dich dorthin. Ich bleibe hier.« Er zeigte zu einem Stuhl, der etwas hinter der Tür stand. Dort würde der Verdächtige seinen Kollegen beim Betreten des Hotelzimmers nicht sehen. Schröder selbst stellte sich neben die Tür. Immer wieder tauschten die beiden Blicke aus und starrten zum Radiowecker auf dem Nachttisch. Als dieser auf achtzehn Uhr sprang, schoben sie sich mit den Rücken nah an die Wand. Kurz darauf wurde eine Zugangskarte durch den Leseschlitz gezogen. Jemand drückte gegen die Tür, doch sie ließ sich nicht öffnen. Abermals hörten sie die Magnetkarte durch den Schlitz gleiten. Erneut wurde an der Tür gerüttelt.

»Die Karte«, flüsterte Schröder seinem Kollegen zu.

Vermutlich war Jenkovs Kartennummer im System durch die Nummer überschrieben worden, die der Hotelmanager für ihren Zugang freigeschaltet hatte. Was für ein dummes Missgeschick!, dachte Schröder und hoffte, der Verdächtige würde den Braten nicht riechen. Er wusste, dass Kriminelle für ungewöhnliche Zufälle, vor allem aber für Fehler in Routineabläufen sehr sensibel waren. Schröder fasste auf den Türgriff und bewegte ihn langsam herunter. Er hatte beim Betreten des Zimmers bemerkt, dass die Türklinken innen und außen voneinander entkoppelt waren. Vom Flur aus war es nicht zu sehen, dass er den Griff hinunterschob.

Lorenz schüttelte den Kopf. »Verdammt«, murmelte er Schröder zu.

Abermals wurde die Karte durch den Schlitz gezogen. Nun jedoch hielt Schröder die Klinke innen nach unten. Als wieder gegen die Tür gedrückt wurde, ließ er den Türgriff los. Die Tür ließ sich von außen aufschieben. Ein Mann trat ein. Jan hielt ihm mit einer schnellen Bewegung von der Seite die Pistole an den Schädel. Schröder packte den linken Arm des Mannes. Mit einer schnellen Bewegung drehte er ihm den Arm auf den Rücken, so dass der Mann auf die Knie ging.

»Polizei. Bleiben Sie ganz ruhig«, sagte Schröder.

Der Mann verharrte.

»Der Kartenleser hat rot angezeigt«, sagte er verwirrt, als ob er jetzt erst begreifen würde, dass sich die Tür nicht hätte öffnen dürfen. Er wandte sein fassungslos dreinblickendes Gesicht dem Hauptkommissar zu.

»Was … was soll das?«

»Das erkläre ich Ihnen auf dem Revier.«

Lorenz trat hinter den Mann, ergriff dessen Arme und fixierte sie mit einem Kabelbinder.

»Jep. Das wär's«, sagte er.

»Stehen Sie langsam auf«, sagte Schröder.

Der Mann stand auf und starrte ins Leere. »Der Pfarrer. Richtig?«, sagte er, ohne einen der beiden Polizisten anzuschauen.

Schröder sah zu seinem Kollegen, der zufrieden lächelte. »Sie sind Alexander Jenkov?«

»Ja.«

»Sie sind vorläufig wegen Mordverdachts festgenommen«, sagte Schröder und erläuterte ihm seine Rechte. Der Verhaftete ließ alles schweigend über sich ergehen.

Schröder betrat den Vernehmungsraum und setzte sich gegenüber dem Verdächtigen auf den Stuhl. »Sie wollen keinen Anwalt?«

Jenkov legte die Ellbogen auf die Tischplatte und beugte den Oberkörper etwas vor. »Man hat mich über meine Rechte aufgeklärt.«

Schröder klappte eine Akte auf. »Sie arbeiten für DotComVision?«

»Das wissen Sie doch bereits alles.«

»Ich möchte es von Ihnen hören.«

Jenkov lehnte sich zurück und schaute zum verspiegelten Fenster, hinter dem Valentini und Lorenz die Vernehmung verfolgten.

»Schauen Ihre Kollegen zu?«

Schröder sah kurz zum Spiegel, ging aber nicht auf die Frage ein. »Wer hat in Ihrer Firma die Entscheidung für den Standort hier getroffen?«

Jenkov ließ den Blick noch kurz an der Spiegelscheibe haften, dann wandte er seine Aufmerksamkeit wieder dem Hauptkommissar zu. »Der Vorstand. Uns wurden für diesen Standort mehrere interessante Objekte in der Stadt angeboten.«

Schröder beobachtete die hageren Gesichtszüge des Mannes. Er hatte schon viele Seminare zum Thema Körpersprache besucht, vertraute aber meistens trotzdem auf sein Gefühl, das sich durch jahrelange Arbeit als Polizist entwickelt und verfeinert hatte und ihn selten täuschte. Jenkov zeigte äußerlich keinerlei Anzeichen oder Regungen, die normalerweise bei Verdächtigen zu sehen waren, die versteckten, dass sie nervös wurden. Er wirkte müde, resigniert und angespannt, alles natürliche Reaktionen auf eine Polizeibefragung.

»Wer hat aus den angebotenen Objekten die letztlich angemieteten Räume ausgewählt?«

Jenkov schaute Schröder an, ließ seinen Blick über dessen tätowierte Unterarme schweifen, verzog kurz den Mund und antwortete: »Ich. Das ist üblich so.«

»Warum haben Sie sich für die Büroräume am Kirchplatz entschieden?«

»Das war eine rein betriebswirtschaftliche Entscheidung. Ich habe dazu alle Daten, die ich meinen Vorgesetzten präsentiert habe, auf meinem Laptop. Sie können Sie gerne einsehen, wenn Sie sie verstehen.«

Schröder lächelte schmal und blätterte in der Akte eine Seite um. »Wussten Sie, dass Pfarrer Köstner in der Vitus-Kirche tätig war?«

Jenkov musterte Schröder einen Moment lang. Er schien abzuwägen, was er antworten sollte. »Nein. Ich glaube, es ist verständlich, dass ich keinen Gottesdienst besuche und wenig für die Kirche oder Kirchengemeinden übrighabe.«

Schröder sah den Mann ungerührt an. »Sind Sie dem Pfarrer eines Tages zufällig über den Weg gelaufen?«

»Köstner? Nie.«

»Wann haben Sie erfahren, dass er hier tätig ist?«

»Durch die Berichte in der Zeitung. Zu dem Mord. Es kam in allen Nachrichten. Kaum zu übersehen. Im Hotel wurde es auch an jedem Frühstückstisch diskutiert.«

»Wo waren Sie am Sonntag von zehn bis elf Uhr?«

Jenkov ließ den Blick zwischen Schröder und dem verspiegelten Fenster hin und her wandern.

»Auf dem Weg hierher. Ich bin um neun Uhr von Zuhause aufgebrochen. Nach dem Frühstück. Sie wissen, wo ich wohne, nehme ich an. Es ist unmöglich, den Weg in zwei Stunden hierher zu schaffen. Noch nicht einmal um zwölf Uhr war ich hier.«

Schröder schlug die Akte wieder auf. »Wer kann das bezeugen?«, fragte er.

»Ich habe mit meiner Frau und den Kindern, meiner Tochter und meinem Sohn, zusammen gefrühstückt. Wie jeden Sonntag, bevor ich auf Dienstreise gehe. Ich bin erst im Hotel eingetroffen, als alles schon vorbei war. Mir ist nur ein einzelner Streifenwagen auf dem Kirchplatz aufgefallen, als ich ins Hotel ging. Habe mir aber weiter keine Gedanken darüber gemacht. Auch nicht, warum die Frau an der Rezeption so bedrückt war. Das konnte ja alle möglichen Gründe haben.«

»Lorenz, überprüfe das«, sagte Schröder in ein Mikro, das auf dem Tisch stand.

Jenkov hob beide Hände und sah mit entsetztem Gesichtsausdruck zur verspiegelten Glasscheibe.

»Bitte. Warten Sie«, rief er.

Schröder lehnte sich zurück. »Weshalb?«

»Sie wissen nichts davon«, murmelte er.

»Wovon?«, fragte Schröder.

Jenkov sah auf. »Von den Missbrauchsfällen im Heim. Meine Frau und die Kinder, sie haben null Ahnung von allem, was mir früher in diesem Kinderheim widerfahren ist. Ich habe das irgendwann hinter mir gelassen und ihnen nie etwas davon erzählt. Ich musste alles hinter mir lassen. Sonst hätte es mich zerstört. Eines Tages habe ich mich gezwungen, keinen Gedanken mehr daran zu verschwenden und mein Leben keine weitere Sekunde nach der Vergangenheit auszurichten. Ich wusste, es wird niemals Gerechtigkeit geben. Niemand kümmern die Geschichten aus dem Heim. Die Kirche ist zu stark. Stärker als wir Kinder es je sein würden. Sie haben jeden Vorwurf abgestritten. Diese gottverdammten Priester! Warum sollten diese Menschen irgendwann Reue zeigen? Also beschloss ich, all das aus meinem Kopf zu löschen. Sie durften keine Gewalt mehr über mich haben. Ich habe ein neues Leben begonnen. Von heute auf morgen. Es klingt verrückt. Aber die Alternative wäre der Tod gewesen. Mein Tod! Vielleicht musste ich bis zu dieser Weggabelung gehen. Leben oder Tod. Verstehen Sie? Ich bin nicht mehr der Junge, der das einst erlebt hat. Ich bin seit acht Jahren glücklich verheiratet. Habe eine tolle Familie. Einen gut bezahlten Job. Ich denke keinen Tag mehr an das, was war. Es ist wie aus einem fremden Leben. So fern. Als ob es einem anderen Kind widerfahren wäre. Nicht mir. Wie einem Freund, der mir diese Geschichten einmal erzählt hat.«

Schröder verschränkte die Hände vor der Brust und presste die Lippen zusammen. »Inwieweit war Köstner in die Missbrauchsvorfälle im Heim verwickelt?«, fragte er.

»Ich weiß es nicht genau.«

»Sie wurden missbraucht und wissen nicht von wem?«

»Nein … ich … wir wurden damals zu privaten Abenden in verschiedenen Häusern geschickt, das alles fand nicht im Heim statt. Ich weiß nicht, inwieweit Köstner davon wusste oder ob er das mitorganisiert hat, ehrlich. Das war ja schon, bevor er das Heim übernahm.«

»Und es lief danach noch weiter?«

»Weiß ich nicht, ich kam dann in eine Pflegefamilie.«

»Und die ›privaten Abende‹ – wer war dort anwesend?«

»Ich weiß es nicht, bitte, es ist schon so lange her, und ich wollte nie wieder darüber nachdenken. Es waren verschiedene Männer, ich habe nie ihre Namen gehört.«

Schröder musterte Jenkov, dessen Finger auf der Tischplatte nervöse Muster zeichneten.

Der Mann sah ihn an. »Bitte. Ich habe ihn nicht getötet. Ich habe aus der Zeitung davon erfahren. Die Erinnerungen kehrten für einen Moment zurück. So real. Beinahe wie damals. Aber ich habe vor langer Zeit schon meinen Frieden damit gemacht. Ich habe diesen Männern verziehen. Auch wenn es schwer war und mich beinahe zerrissen hätte. Aber ich hätte sonst nicht weiterleben können. Meine Frau und die Kinder leben mit mir in meiner neuen Welt. Sollen sie das alles mitbekommen? Ich habe den Pfarrer nicht umgebracht. Auch wenn ich Grund genug dazu gehabt hätte. Bitte glauben Sie mir.«

Schröder beobachtete Jenkov. Starr vor Angst erwiderte er Schröders Blick mit geweiteten Augen. Schröder griff nach dem Mikro. »Okay. Lorenz. Ruf seine Ehefrau an. Sag ihr, es geht um einen Verkehrsunfall, bei dem ihr Mann eventuell als Zeuge aussagen könnte. Dann fragst du sie, wo er am Sonntag um neun Uhr war.«

Jenkov nickte dankbar. »Ich habe mir gedacht, dass ich zu den Verdächtigen zählen würde. Ich hatte vor, morgen früh auf Ihre Dienststelle zu kommen, um Ihnen zu sagen, dass ich unschuldig bin, bevor Sie bei mir zuhause auftauchen.«

»Wissen Sie, wo Dennis Pfeiffer wohnt?«

Jenkov schaute überrascht. »Dennis?« Er lachte auf und schüttelte den Kopf. »Nein. Ich hatte damals mehr Glück als er. Ich bin nach den Vorfällen bei einer Pflegefamilie untergekommen. Meinen Pflegeeltern habe ich sehr viel zu verdanken. Ich meine, aller Wahrscheinlichkeit nach wäre ich sonst auf die schiefe Bahn geraten. Wie die meisten aus dem Heim. Ich hatte danach eine gute Kindheit. Oft denke ich, dass es der Weg war, den ich gehen musste. Wenn das alles nicht passiert wäre, hätte ich niemals diese wundervollen Menschen als Eltern bekommen. Sie haben mich wie ihr eigenes Kind aufgenommen und erzogen. Das ist doch verrückt, oder? Diese grausamen Dinge wurden letztlich zur Eintrittskarte in ein normales, besseres Leben.«

Schröder verwunderte die Aussage des Mannes, auch wenn er sie zum Teil nachvollziehen konnte. Aber wie schaffte es jemand, der als Kind missbraucht wurde, heute zufrieden zu sein und solch schlimme Erlebnisse als Ursache für sein Glück anzuführen?

Lorenz riss Schröder beim Betreten des Verhörraums aus seinen Gedanken. Er sah gespannt zu ihm auf. »Seine Frau meinte, er war bis neun Uhr zuhause und hat mit ihr und den beiden Kindern gefrühstückt. Danach ist er aufgebrochen.«

Er legte einen Zettel mit der Telefonnotiz auf die Akte. Schröder nahm das Papier und steckte es in die Mappe.

»Danke, dass Sie ihr nicht den wahren Grund Ihres Anrufs genannt haben.«

»Weshalb sind Sie an diesem Sonntag bereits so früh angereist? Nach Auskunft des Hotels reisen Sie sonst immer gegen einundzwanzig Uhr an?«

»Ich hatte um vierzehn Uhr ein Bewerbungsgespräch. Wir suchen einen Systemadministrator. Der Bewerber konnte aber keinen Urlaub nehmen. Da hatten wir vereinbart, uns am Sonntagnachmittag im Hotel zu treffen. Das war der einzige Termin, der kurzfristig möglich war. Die Bewerbungsunterlagen sind auf meinem PC. Sie können den Bewerber gerne befragen. Im Hotel haben wir Kaffee getrunken. Die Rechnung ist auch bei meinen Unterlagen.«

Schröder stand auf, er griff nach den Unterlagen und schob den Stuhl zurecht. »Okay. Sie melden sich jeden Abend um achtzehn Uhr auf der Dienststelle. Sollten Sie auch nur eine Minute zu spät sein, lasse ich Sie wieder verhaften. Haben Sie das verstanden?«

»Ich danke Ihnen.«

Jenkov erhob sich, blickte Schröder kurz an, nickte und verließ das Zimmer.

»Glaubst du ihm?«, fragte Lorenz.

Schröder zuckte mit den Schultern. »Ich denke ja, vorerst. Aber reiner Zufall, dass er hier eine Niederlassung aufbaut? Ich bin mir nicht sicher. Trotzdem haben wir zurzeit keine Beweise gegen ihn.«

Valentini betrat mit vor der Brust verschränkten Armen den Raum. »Und jetzt, Schröder? Hatten Sie damit gerechnet, dass es sich um Missbrauchsvorwürfe gehandelt hat?«

Er drehte sich zu ihr um. »Ich habe es befürchtet. Wir müssen diesen Dennis Pfeiffer finden. Eine andere Spur von den Kindern zu Köstner haben wir nicht. Parallel sollten wir dringend die finanzielle Lage von Köstner klären. Neben dieser Missbrauchssache ist das bisher der einzige Anhaltspunkt, dass er in etwas verwickelt war.«

»Was, wenn Jenkovs Frau mitspielt?«, warf Lorenz ein, »Ihm ein Alibi gibt? Über alles, auch seine Vergangenheit, Bescheid weiß? Ihn in seiner Rache unterstützt? Kann man so eine schreckliche Kindheit vor seinem Partner verbergen?«

Schröder nickte. Möglich wäre es, dass die beiden unter einer Decke steckten und sie ihm ein Alibi gab. Vielleicht hatte sie ihren Mann jahrelang leiden sehen. »Und die Kinder? Er müsste damit rechnen, dass wir sie auch befragen. Nein, das würde er nicht riskieren«, sagte er.

»Es hätte alles gepasst. Ich hoffe, du hast recht, Schröder«, sagte Lorenz.

Die Staatsanwältin blickte zur Tür, durch die Jenkov verschwunden war. »Irgendwie ist das ein seltsamer Typ. Mir wurde richtig kalt, als ich ihn beobachtet habe.«

»Wir haben nichts gegen ihn in der Hand«, sagte Schröder.

»Soll ich ihn observieren lassen?«, fragte Lorenz.

Valentini schüttelte den Kopf. »Es wird ausreichen, wenn er sich täglich meldet«, sagte sie.

13

Lea rannte mit ausgebreiteten Armen aus dem Schulhof heraus. Freudig sprang sie den in die Hocke gegangenen Vater an und umarmte ihn.

»Nicht so stürmisch, Kleines. Wenn du größer bist, kann ich dich nicht mehr so einfach auffangen.«

»Da holt mich sowieso dann mein Freund ab.«

Schröder sah seine Tochter verdutzt an. Er konnte sich zwar nicht mehr erinnern, was er für Gedanken in diesem Alter hatte, aber bestimmt keine über Mädchen.

»Mit dem Freund warten wir vielleicht noch ein bisschen.«

»Okay.«

»Wie war dein Tag?«

Kaum hatte er diese Frage gestellt, ratterte Lea los, meistens bis sie zuhause angekommen waren. Sie erzählte etwas über jedes Schulfach, was sie gelernt und was sie wieder vergessen hatte, wobei er sich immer wunderte, wie sie wissen konnte, was sie vergessen hatte.

Dann berichtete sie über ihre Freundinnen. Dabei kamen ihm die Kinder aus dem Heim in den Kopf. Wie schockiert er selbst von der Aussage Jenkovs war und es niemanden hatte merken lassen. Aber er spürte, wie es ihn belastete und ihm heiß wurde, wenn er seine Tochter ansah und daran dachte, dass ihr so etwas Schreckliches zustoßen würde. Schnell schob er die Gedanken von sich.

»Was magst du essen?«

Lea blies die Backen auf und dachte nach. Sie ging an den Kühlschrank, riss die Tür auf, knallte sie wieder zu, ohne wirklich hineingeschaut zu haben. Dann öffnete sie den Küchenschrank mit den Vorräten, schaute hinein und zog eine Packung heraus.

»Spaghettiiiiii!«, rief sie und legte das Nudelpäckchen auf die Anrichte.

»Schatz, wir können doch nicht jeden Tag Spaghetti essen.«

»Ich schon. Du nicht?«

»Nein.«

»Warum nicht?«

»Okay, wir machen Spaghetti. Komm her«, sagte Schröder und hatte das Gefühl, seine Tochter in die Arme nehmen und ihr einen Kuss aufdrücken zu müssen.

Als er beim Essen immer wieder zu Lea schaute, wie sie ihre Spaghetti in sich einsog und die Nudelenden rote Striemen von Tomatensoße in ihrem Gesicht hinterließen, musste er unweigerlich an den Fall Köstner denken, daran, ob jemand die Kinder geschlagen und ihnen noch Schlimmeres angetan hatte.

Er atmete tief durch. Er musste sich zusammenreißen, er ermittelte in einem Mordfall, in dem es mehrere Verdächtige gab. Er durfte sich nicht durch seine Gefühle in eine falsche Richtung lenken lassen. Er musste die Beweislage als Landkarte für seine Ermittlungen im Auge behalten. Er durfte sich nicht von seinen Emotionen steuern lassen und deswegen eine Jagd auf vielleicht Unschuldige beginnen. Und vor allen Dingen durfte er die Dinge nicht zu nah an sich heranlassen, nicht an sich und nicht an seine Tochter, das hatte er sich nach Michelles Unfall geschworen.

14

»Morgen, Schröder«, sagte Kai Lorenz, als Schröder das Büro betrat.

Lorenz stand von seinem Schreibtischstuhl auf, nahm einen Zettel in die Hand und stellte sich damit neben den Schreibtisch seines Kollegen.

Der Hauptkommissar schaute ihn neugierig an.

»Was ist los, Kai?«

Lorenz legte das beschriebene Blatt Papier auf Schröders Tisch.

»Dieser Brunner ist wieder im Spiel.«

Schröder nahm den Zettel, ohne seinen Kollegen aus den Augen zu lassen. Als er mit Lesen begann, kommentierte Lorenz die Notizen.

»Ich habe mich im Netz über Brunner und seine Partei informiert. Zieht gerade wegen der anstehenden Wahlen durch die Stadt. Gaststätten, Vereinsheime und öffentliche Säle. Das Übliche. Er hatte am Sonntag einen Auftritt im Brauhauskeller. Der ist am Kirchplatz.«

»Wo siehst du da einen Zusammenhang?«

Lorenz zeigte auf eine Zeile auf dem Papier. »Er sollte um zehn Uhr dort sein, meinte der Wirt vom Brauhaus. Er kam aber erst um zehn Uhr fünfundvierzig. War anscheinend gestresst.«

Schröder blickte zu seinem Kollegen auf. »Zu spät zu einem Termin zu kommen bedeutet nicht, ein Verbrechen begangen zu haben.«

Lorenz deutete wieder auf das Blatt. »Er geriet eine Woche zuvor in Streit mit Köstner. Wegen des geplanten Wahlkampfauftritts im Brauhauskeller. Der Pfarrer wollte verhindern, dass diese Rechtskonservativen auf seinem Kirchplatz auflaufen oder sich da herumtrieben.«

Schröder sah überrascht auf. »War Köstner politisch engagiert?«, fragte er verwundert.

»Keine Ahnung. Allerdings unterstützt die Kirche einen Kandidaten der Christdemokraten. Logisch.«

»Und seine Frau geht dort zum Beichten. Was er ihr eventuell vorgeworfen hat.« Schröder kratzte sich an seinen Bartstoppeln.

»Sie hielt sich bis kurz vor halb elf in der Kirche auf. Um zehn Uhr achtundzwanzig hat die Drohne sie an ihrem Wagen aufgenommen. Ihr Mann kommt um zehn Uhr fünfundvierzig im Brauhaus an, das gegenüber liegt. Könnte von der Todeszeit her passen«, sagte Lorenz.

Schröder musterte nachdenklich den Zettel. »Das Motiv?«, fragte er dann.

Lorenz ging zu seinem Schreibtisch und ließ sich auf den Stuhl sinken.

»Jemanden töten, weil man wegen eines Wahlkampfauftritts in Streit gerät? Oder die Frau bei einem vermeintlichen Gegner die Beichte abgelegt hat?«, beantwortete sich Schröder selbst die Frage.

»Wir sollten ihn trotzdem sprechen. Ich kann mir noch keinen Grund zusammenreimen, weswegen Brunner ihn hätte umbringen sollen. Aber der zeitliche Ablauf am Tatort ist verdächtig. Es würde alles auf die Minute genau passen«, sagte Lorenz und legte das Blatt auf die Akten.

Lorenz ließ den alten Dienstwagen in die Hofeinfahrt hinein ausrollen.

»Sprit sparen?«, fragte Schröder, der seinen Kollegen, während sie langsam dahinrollten, von der Seite beobachtete.

»Schleichfahrt«, sagte Lorenz und grinste.

»Park die Schüssel und lass uns den Herrn Politiker vernehmen.«

»Wir sind wegen dem Mordfall hier. Nicht, weil der Typ seine Frau schlägt.«

»Ja«, brummte Schröder. Er hatte schon die ganze Fahrt hierher überlegt, wie er Brunner gegenübertreten sollte. Er hasste Männer, die ihre Frauen schlugen. Aber sein Kollege hatte recht. Sie waren wegen Köstner hier und nicht wegen häuslicher Gewalt. Trotzdem musste er an sich halten, um dem Politiker unvoreingenommen die notwendigen Fragen zu stellen.

»Er scheint da zu sein«, sagte Lorenz. Schröder schaute fragend zu seinem Kollegen. »Der aufgepimpte Cayenne wird sein Auto sein.« Sein Kollege zeigte auf einen mattschwarzen Porsche SUV mit riesigen Alufelgen.

»Was arbeitet der eigentlich, außer Politiker zu sein?«

»Brunner gehört das große Baugeschäft BB.«

»BB?«

»Ja. Brunner Bau. Hauptsächlich Generalunternehmer für Wohnungsbau. Läuft anscheinend ziemlich gut.«

Schröder stieg aus und trat zur Haustür. Als er den Klingelknopf drücken wollte, schob Lorenz seine Hand beiseite. »Warte. Hörst du das?«

Schröder drehte den Kopf und hielt das Ohr näher an die Tür. »Der Kerl schreit seine Frau an. Verstehst du was?«

Lorenz hob etwas den Arm und deutete seinem Kollegen an, ruhig zu sein.

»Lass uns besser klingeln, bevor er sie wieder verprügelt.«

»Pssst«, machte Lorenz und hörte gespannt zu.

Schröder lehnte an die Haustür, bekam aber nur Wortfetzen mit. Er beobachtete den angestrengt zuhörenden Lorenz, der anscheinend mehr mitbekam als er.

»Was ist jetzt?«, fragte er leise.

Abermals winkte sein Kollege ab. »Er hat sie dreckige Schlampe genannt.«

»Lass uns klingeln. Das geht nicht mehr lange gut.«

»Sei still«, raunte Lorenz wieder.

Schröder atmete mit einem Stoß aus und nestelte nach seiner Dienstwaffe.

Lorenz verzog das Gesicht und schüttelte den Kopf. »Jetzt ist es ruhiger. Kann kein Wort mehr verstehen. Vielleicht gehen sie zum Versöhnungsritual über.«

»Was genau hast du gehört?« Schröder drückte die Waffe in das Halfter zurück.

»Er hat ihr vorgeworfen, immer noch fremdzugehen. Sie hat ständig nur geschrien, er solle sie in Ruhe lassen und dass er sich das einbilde. Er meinte, sie habe ihm versprochen, dass damit Schluss sei. Irgendwie brüllte er, dass sie dadurch seine Wahl gefährde. Das war so das, was ich aus dem Gebrüll rausgehört habe. Seine Frau ist aber auch nicht gerade zimperlich in ihrer Wortwahl. Was für ein Traumpaar!«

»Sie hatte eine Affäre?«

»Scheint so. Warum sorgt er sich deswegen um seine Wahl?«

»Der Typ ist erzkonservativ. Die haben es ganz streng mit dem klassischen Familienbild. Es wäre eine Blamage für ihn, wenn herauskommt, dass seine Frau ihn betrügt.«

»Hilft uns bei Köstner auch nicht weiter«, sagte Lorenz. Er drückte den Klingelknopf zweimal. »Du bleibst ruhig.

Verstanden?«, sagte er an Schröder gewandt, als sie Schritte hörten.

Michael Brunner öffnete die Tür und schaute die beiden Kripobeamten überrascht an. »Was wollen Sie?«, fragte er rau.

»Schröder. Kripo. Das ist mein Kollege Lorenz. Können wir Sie einen Moment sprechen?«

Brunner musterte zuerst Schröder, dann Lorenz. »Weshalb?«

»Wir ermitteln im Mordfall des Pfarrers Köstner«, sagte Schröder.

»Was habe ich damit zu tun?«

»Könnten wir kurz reinkommen, oder sollen wir Sie auf die Dienststelle zur Vernehmung laden?«

Brunner sah Schröder abschätzend an. »Meinetwegen. Kommen Sie rein. Ich weiß zwar nicht, was ich damit zu tun haben soll. Aber Sie werden es mir schon erklären«, sagte der Bauunternehmer. Er ließ die Tür los und ging voran.

Schröder musterte den grobschlächtigen Mann, der ein breites Kreuz hatte und Hände so groß wie Bratpfannen. Dann schaute er sich um.

»Bitte«, sagte Brunner und zeigte auf die Sitzgruppe im Wohnzimmer.

Die Kripobeamten nahmen Platz. Michael Brunner setzte sich gegenüber und ließ seinen Blick zwischen den beiden hin und her wandern.

»Ist Ihre Frau auch hier?«, fragte Schröder. Lorenz sah seinen Kollegen fragend an.

»Meine Frau ist oben. Soll ich Sie dazu holen?«, antwortete Brunner an Schröder gewandt.

»Nein«, kam Lorenz ihm zuvor.

»Und? Was kann ich nun für die Herren tun?«, fragte Brunner knapp.

»Sie hatten am Tag des Mordes einen Auftritt im Brauhauskeller am Kirchplatz?«

Brunner nickte.

»Sie wollten um zehn Uhr dort sein. Sind aber erst um zehn Uhr fünfundvierzig erschienen. Weshalb?«

Der Bauunternehmer sah überrascht auf. Anscheinend hatte er mit dieser Frage nicht gerechnet.

»Stand im Stau.«

»Am Sonntagvormittag?«

»Warum nicht?«

»Ihre Frau war zur selben Zeit in der Kirche. Wussten Sie das?«, fragte Schröder.

»Wissen Sie, was Ihre Frau den ganzen Tag treibt?«

»Ich stelle hier die Fragen«, sagte der Hauptkommissar in einem harten Tonfall.

Brunner erhob sich und ging zur Küchenzeile. Dort nahm er drei Gläser und eine Flasche Wasser in die Hand. Am Tisch stellte er sie auf Korkuntersetzer und goss ein.

»Ja, ich wusste das«, sagte der Bauunternehmer knapp.

»Waren Sie auch in der Kirche?«

»Ich? Nein. Wozu?«

»Weshalb sind Sie dann später in das Brauhaus gekommen?«

Brunner lehnte sich zurück und trank einen Schluck. Auf Schröder wirkte es, als ob er Zeit schinden wollte.

»Ich wollte vor meiner Rede mit meiner Frau sprechen. Ich wollte, dass sie im Braukeller dabei ist, sich an meiner Seite zeigt. Wir hatten am Morgen Streit gehabt. Nichts Weltbewegendes. Das war alles.«

»Wann und wo haben Sie mit Ihrer Frau gesprochen?«, fragte Schröder.

Wieder trank Brunner einen Schluck Wasser, ohne den Hauptkommissar aus den Augen zu lassen.

»Überhaupt nicht. Ich habe sie nicht gefunden«, sagte er und beugte sich etwas vor. Er spielte mit dem Glas in den Händen herum. »Sie kam nach der Messe nicht mit den anderen heraus. Ich habe, als alle draußen waren, durch den Haupteingang hineingeschaut, sie aber nirgends gesehen. Dann bin ich einmal um die Kirche gelaufen.« Er zeichnete mit der Hand eine kreisrunde Bewegung in die Luft. »Ich dachte, sie hätte vielleicht einen Seitenausgang benutzt. Aber sie war nirgendwo zu sehen. Dann bin ich allein zum Brauhaus gegangen.«

Schröder sah kurz zu Lorenz. »Ist Ihnen etwas aufgefallen, als Sie in die Kirche hineingeschaut haben oder als Sie um die Kirche gegangen sind? Ist später noch jemand herausgekommen?«

Brunner schüttelte den Kopf. »Habe niemanden gesehen.«

Abermals blickte Schröder zu seinem Kollegen, der den Bauunternehmer immer noch zweifelnd beäugte.

»Fünfundvierzig Minuten?«, fragte Lorenz.

»Ich habe in dem Moment nicht auf die Zeit geachtet.«

»Weshalb sind Sie in der Woche davor mit Pfarrer Köstner in Streit geraten?«, fragte Schröder.

Brunner lachte auf. »Ach. Daher weht der Wind. Deshalb sind Sie hier. Bin ich deswegen verdächtig?« Er griff nach seinem Glas Wasser.

»Er wollte nicht, dass sich Mitglieder oder Wähler meiner Partei am Kirchplatz herumtreiben. So hat er das gesagt. Wo leben wir denn? Wir sind eine eingetragene Partei. Nur weil die Kirche einen anderen Kandidaten unterstützt, wollen diese Leute mir vorschreiben, wo ich eine Wahlveranstaltung mache und wo nicht. Das habe ich ihm an den Kopf geworfen. Ich gebe zu, es war etwas lauter als gewollt. Aber der Herr Pfarrer war auch nicht gerade zimperlich in seiner

Wortwahl. Das war alles nur ein Wortgefecht. Fertig. Oder glauben Sie etwa, ich habe ihn deswegen umgebracht?«

»Der Streit mit Ihrer Frau am Morgen …«, begann der Hauptkommissar.

Sofort griff Lorenz seinem Kollegen an den Arm und fiel ihm ins Wort. »Gut, Herr Brunner. Das war es für den Anfang. Hier ist meine Karte. Wenn Ihnen noch etwas einfällt, dann melden Sie sich bitte bei mir«, sagte Lorenz und erhob sich.

Schröder stand widerwillig auf, behielt aber den Bauunternehmer im Blick.

»Gibt es noch etwas?«, fragte Brunner gereizt.

Schröder machte einen Schritt auf den Mann zu.

Lorenz zog am Jackenärmel seines Kollegen. »Komm«, sagte er.

»Sie sollten Ihre Frau besser nicht mehr schlagen«, knurrte Schröder.

Brunner wich überrascht etwas zurück. »Was wollen Sie von mir? Verschwinden Sie aus meinem Haus«, sagte er mit lauter werdender Stimme.

»Komm schon, Schröder. Reiß dich zusammen!«

Schröder sah kurz zu ihm und dann wieder zu dem Politiker.

»Lass es, oder willst du, dass dir Nowak den Fall entzieht?«, sagte Lorenz so leise, dass es der Bauunternehmer nicht hören konnte.

Schröder schaute zu seinem Kollegen, der ihn wütend anstarrte. »Okay«, sagte er und ließ von dem Mann ab.

»Raus jetzt«, sagte Brunner.

»Bist du total bescheuert?«, brüllte Lorenz ungehalten, als sie im Wagen saßen.

Schröder sah zum Haus hinüber, von dem sie sich langsam entfernten. »Er ist ein Drecksack.«

»Na und?« Lorenz schlug mit der flachen Hand auf das Lenkrad. »Wenn dieser Kerl deswegen Stress macht, dann nimmt dir Nowak den Fall ab. Was hast du dann damit erreicht?«

Schröder atmete tief durch. Er wusste, dass sein Kollege recht hatte. »Entschuldige«, sagte er müde.

»Alles gut mit dir?«, fragte Lorenz versöhnlich.

»Seine Frau … sie erinnert mich an Michelle. Sie hat dasselbe offene Lächeln. Was glaubst du, wie gerne ich Michelle nochmals in den Arm nehmen würde. Und dieses Arschloch hat nichts Besseres zu tun, als seine Frau zu verprügeln.«

»Tut mir leid, Schröder.«

»Ist schon okay. Manchmal … vergiss es.«

Eine Zeitlang fuhren sie stillschweigend dahin.

»Was hältst du von seiner Aussage?«, unterbrach Lorenz irgendwann die Stille.

Der Hauptkommissar sah zu ihm hinüber und zuckte die Achseln. »Er lügt.«

»Wie kommst du darauf?«

»Brunner kam um zehn Uhr fünfundvierzig zum Brauhaus. Seine Frau war laut dem Zeitstempel auf dem Drohnenfoto bereits um zehn Uhr achtundzwanzig am Auto. Wie lange hat sie bis dahin benötigt? Fünf Minuten? Was hat er die ganze Zeit dort gemacht?«

Lorenz dachte einige Momente nach, ehe er antwortete. »Gut möglich, dass er, als er durch die Hauptpforte in die Kirche hineinschaute, seine Frau nicht bei den Bänken am Beichtstuhl sehen konnte. Die sind rechts davon.«

»Ja. Das wäre eine Erklärung. Aber er sagte, er habe zum Haupteingang hineingeschaut. Er kann von da nicht den gesamten Innenraum überblicken und geht außen herum. Warum geht er nicht hinein?«

»Ich weiß es nicht.« Schröder sah zu Lorenz, der konzentriert den Wagen durch den Verkehr lenkte. »Vielleicht ist er doch reingegangen.«

Lorenz sah ihn fragend an.

»Was, wenn er etwas gesehen hat, das er nicht hätte sehen sollen?«

15

»Pssst. Ganz ruhig, Kleines. Was ist denn los?«

Lea stand im Türrahmen und rieb sich die tränenden Augen.

»Komm her, Schatz.«

Sie drückte ihr Kuscheltier an die Brust und ging zu ihrem Vater ans Bett.

Er griff sie an der Hüfte und hob sie zu sich auf die Matratze. »Was ist los? Hast du schlecht geträumt?«

Lea nickte und schluchzte.

»Was hast du denn geträumt?«

»Vom Fegerfeuer.«

Schröder zog die Augenbrauen zusammen. »Vom Fegerfeuer? Du meinst Fegefeuer. Wie kommst du denn darauf. Komm her.«

Seine Tochter wischte sich mit dem Handrücken über ihre Rotznase. Schröder nahm ein Taschentuch und putzte ihr die Nase. Dabei kitzelte er sie, so dass sie lachen musste.

»Besser?«

Lea nickte heftig. »Wirst du auch angezündet?«, fragte sie.

Er strich ihr über die Haare und sah sie erstaunt an. »Niemand wird angezündet. Wie kommst du denn auf so was?«

Seine Tochter fuhr sich mit dem Handrücken über die Nase und schaute ihn mit großen Augen an. »In Religion haben wir das Fegerfeuer gemalt, und der Lehrer hat gesagt, dass alle in die Hölle kommen, die … ich weiß nicht mehr, wer«, sagte sie und fing wieder an zu schluchzen.

»Ihr habt das Fegefeuer gemalt?«

Lea nickte und krabbelte vom Bett. »Da! Pass auf ihn auf!«, sagte sie und drückte ihm ihr Kuscheltier in die Hand.

Kurz darauf kam sie mit einem Blatt Papier zurück und gab es ihrem Vater. Schröder schaute die Zeichnung ungläubig an. Sie zeigte ein Kind, das auf dem Boden lag. Es war übersät mit bunten Flammen. Daneben stand ein schwarz gekleideter Mann.

»Das habt ihr in der Schule gemalt?«, fragte er argwöhnisch.

Lea nickte wieder eifrig und zog die Mundwinkel nach unten. Er legte das Bild auf sein Nachtkästchen und schloss seine Tochter in den Arm.

»Das ist Blödsinn, was dir der Lehrer da erzählt hat. Du musst nicht mehr zu ihm gehen. Okay?«

Schröder wusste, dass ein Pfarrer den Religionsunterricht abhielt. Es würde sinnlos sein, mit dem Kleriker darüber zu sprechen. Besser, er würde sie abmelden und am Ethik-Unterricht teilhaben lassen. Sie nickte erschöpft und gab ihrem Vater einen Kuss. Schröder nahm sich vor, gleich am Montag sein Kind aus dem Religionsunterricht und der Kirche abzumelden, so wie er es bereits vor vielen Jahren selbst gemacht hatte.

Er blickte abermals auf das Blatt. Jedes Mal war er beeindruckt, wie gut Lea schon zeichnen konnte. Dann schaute er auf den Radiowecker. Es war ohnehin an der Zeit aufzustehen und irgendetwas Vernünftiges mit dem Wochenende anzufangen, jetzt, wo die Ermittlungen nach dem Reinfall mit Jenkov ins Stocken geraten waren. Schröder sah nochmals zum Bild mit dem Fegefeuer. Sein Blick blieb bei dem schwarzgekleideten Mann hängen.

»Du kannst toll malen, Kleines. Magst du mir auch etwas malen?«

Lea nickte ein paar Mal.

»Gut. Meinst du, du kannst den lieben Mann malen, der dir das Eis geschenkt hat?«

Sie überlegte kurz und lief los, um ihre Malsachen zu holen. Als sie zurückkam, setzte sie sich vor dem Bett auf den Boden und begann zu zeichnen. Schröder schaute zu und musste grinsen. Immer wenn seine Tochter in etwas vertieft war, legte sie die Zungenspitze an die Nasenspitze. Und jedes Mal, wenn er das sah, versuchte er, es nachzumachen, bis ihn die Zunge schmerzte.

»So«, sagte Lea.

Sie stand auf und drückte ihrem Vater das Bild in die Hand.

»Das war er«, sagte sie.

Sie zeigte auf den schwarzen langen Mantel. »So ein Kleid hatte der Mann an. Da vorne waren Knöpfe.«

Schröder betrachtete die Zeichnung. Die Knopfleiste am langen Rock. Sogar an den Ärmelenden befanden sich Knöpfe.

»Und der Hut war viel zu klein«, sagte sie. »O warte«, meinte sie dann und holte einen Stift.

Sie nahm ihrem Vater das Bild aus der Hand und malte in der Mitte der Kappe eine Art kleine Schlaufe.

»Und die war so violett?«

»Jaaaa. Paapaaa. Die Farbe war wie da, wo du die Waschmaschine verwaschen hast.«

Schröder musste grinsen. Er hatte einmal aus Versehen eine lila Socke von ihr mit in die Maschine geworfen, als er weiße Wäsche wusch. Danach war alles violett. Er schüttelte den Kopf, als er an seine vielen Kämpfe mit der Waschmaschine denken musste. Dieses Monstrum mit den vielen Dreh- und Druckknöpfen. Er strich Lea über den Kopf, als er daran dachte, wie einmal aus allen Ritzen und Fugen

Schaum aus der Maschine gequollen war. Er stand bis zu den Knöcheln im Schaum, als seine Tochter die Treppe heruntergekommen war und sagte: »Mama hat das immer in der Badewanne gemacht.« Beim nächsten Waschversuch hatte Lea an einem Knopf gedreht, einen anderen gedrückt, und die Waschmaschine lief problemlos an. Es verwunderte ihn immer wieder, wie viel sie von ihrer Mutter gelernt hatte und jetzt ihm zeigte – er war wirklich zu wenig zuhause gewesen. Er war stolz, dass sie jetzt so ein gutes Team geworden waren.

Er nahm seine Tochter in den Arm und küsste sie auf die Wange. »Darf ich das behalten?«

Lea betrachtete das Bild, dann ihren Vater. Sie schien abzuwägen, ob sie es verschenken sollte.

»Okay. Kannst es haben.«

»Danke, mein Schatz«, sagte er und küsste sie abermals.

16

Valentini und Lorenz saßen bereits am Besprechungstisch, als Schröder hereinkam.

»Guten Morgen zusammen«, sagte er und legte Leas Zeichnung vor den beiden auf den Tisch.

Er musterte kurz die Staatsanwältin, die ihre blonden Haare streng nach hinten zu einem Pferdeschwanz gebunden hatte. Es stand ihr gut und machte sie noch attraktiver, da man mehr von ihrem Gesicht sah. Sofort bekam er ein schlechtes Gewissen. Seine Frau hatte ihr schwarzes Haar auch oft so getragen.

Julia Valentini bemerkte seine Blicke und lächelte verlegen. »Morgen, Schröder«, sagte sie.

Schröder spürte ihre Verlegenheit, schaute schnell auf die Zeichnung vor ihnen und klopfte mit dem Zeigefinger auf den Mann, den seine Tochter gemalt hatte.

»Er hat sich nach dem Mord auf dem Kirchplatz herumgetrieben. Er hat beobachtet, was sich vor der Kirche tat. Sieht für mich wie ein Geistlicher mit einem höheren Amt aus. Dass es einer war, hat ein Eisverkäufer mir bestätigt.«

Die Staatsanwältin und sein Kollege betrachteten das Bild.

»Ich verstehe nicht so ganz, worauf Sie hinauswollen, Schröder. Viele Neugierige haben dort gestanden und gegafft«, sagte die Staatsanwältin.

»Soll das jetzt ein Phantombild sein?«, fragte Lorenz und lachte.

Schröder warf ihm einen düsteren Blick zu, worauf sein Kollege beschwichtigend die Hände hob. »Er hat meine Tochter vor der Kirche angesprochen und sie ausgefragt. Dann hat er sie zu einem Eis eingeladen. An was erinnert euch der Mann?«

Er schob das Bild näher zu den beiden hin. Valentini griff danach und betrachtete es genauer.

»Sie kann toll malen. Das ist eindeutig ein Pileolus oder auch Zucchetto genannt. Manche sagen auch Scheitelkäppchen«, sagte sie und deutete auf die Kappe des Geistlichen.

Schröder und Lorenz blickten fragend drein.

»So eine Kopfbedeckung haben Amtsträger der Kirche auf. Äbte, Bischöfe, Kardinäle oder auch der Papst. Kleriker, die zur Verwendung der Pontifikalien berechtigt sind, tragen solche Käppchen. Sie unterscheiden sich in der Farbe, die sich nach dem üblichen Farbengebrauch der Kirche richtet. Diese hier ist eher violett als rot. Vielleicht auch scharlachrot. Nicht genau zu erkennen«, sagte sie und hielt die Zeichnung in verschiedenen Winkeln, um den Farbton besser bestimmen zu können. »Es muss jedenfalls ein hoher Würdenträger der Kirche sein. Dafür spricht auch das hier … ein Brustkreuz«, erläuterte sie und zeigte auf das Kreuz, das der Mann um den Hals trug.

Abermals tauschten Schröder und Lorenz verwunderte Blicke aus.

Valentini sah kurz auf und widmete sich wieder der Zeichnung. »Das könnte eine Art Soutane sein. Würde bestätigen, dass es sich tatsächlich um einen Kirchenmann gehandelt hat und nicht um jemanden, der einfach einen langen Sommermantel trug.«

Schröder rückte etwas an den Tisch heran und beugte sich mit zusammengezogenen Augenbrauen über das Bild seiner Tochter. Die Staatsanwältin hatte viel mehr darin entdeckt, als er wahrgenommen hatte. Natürlich sah dieser Mann für ihn auch wie ein Geistlicher aus, aber so detailliert wie sie konnte er die Darstellung des Klerikers nicht deuten.

Julia Valentini bemerkte seinen Blick. »Ich war in einem Mädcheninternat«, sagte sie beinahe entschuldigend.

Schröder zeigte mit dem Finger auf den Mann. »Nehmen wir an, es war ein höherer Würdenträger. Dem Scheitelkäppchen nach vielleicht ein Kardinal oder Bischof. Aber warum beobachtet er, was sich auf dem Kirchplatz abspielt, und kommt nicht einfach in die Kirche, um nachzusehen, was da los ist? Es müsste ihm doch Sorgen bereiten, wenn er vor einem Gotteshaus Polizei, Krankenwagen und sogar einen Rechtsmediziner stehen sieht.«

Valentini lehnte sich zurück und verschränkte die Arme vor der Brust. »Das ist eine gute Frage«, sagte sie nachdenklich.

Lorenz griff nach der Zeichnung und sah den Mann einige Sekunden an. »Was könnte ein höherer Würdenträger mit dem Mord zu tun haben? Wenn es ein Bischof oder sogar ein Kardinal war, wäre er in die Kirche hineingegangen. Da bin ich mir sicher. Ich glaube eher, es war Zufall, dass er dort war und gegafft hat. Vielleicht war es doch nur ein Passant«, sagte er und legte das Blatt Papier auf den Tisch.

»Es gibt nicht so viele Bischöfe, dass sich dort zufällig einer herumtreibt. Etwas über hundert in Deutschland. Bischöfe und Weihbischöfe zusammengenommen, soweit ich mich erinnern kann«, sagte Valentini.

Schröder hob anerkennend die Augenbrauen. Er wusste noch nicht einmal, was die genaue Aufgabe eines solchen Kirchenamtes war. »Der Eisverkäufer meinte auch, es wäre ein Priester gewesen.«

Lorenz zuckte mit den Schultern. »Wahrscheinlich war es ein Geistlicher, aber es hilft uns nicht wirklich weiter.«

»Ja, zuviel Spekulation«, sagte Valentini.

Schröder nickte. »Okay. Ich lege das Bild in die Akte. Konzentrieren wir uns auf die Suche nach Dennis Pfeiffer und die Namen der anderen Männer auf dem Foto.« Er stand auf. »Und wann kommen endlich diese Finanzen, Kai?«

»Ich rufe die Bank noch mal an.«

17

Es waren bereits zwei Wochen vergangen, in denen sie bei den Ermittlungen im Fall Köstner keinen Schritt vorangekommen waren. Die Sommerferien neigten sich dem Ende. Schröder war froh, dass er viel Zeit mit Lea verbracht hatte, auch wenn er bei ihren Unternehmungen ständig über den noch ungelösten Mordfall nachdenken musste.

Inzwischen führten sie täglich eine Melderegisterauskunft durch, was bei mehr als fünftausend Einwohnermeldeämter in Deutschland eine langwierige und schwierige Aufgabe war. Lorenz prüfte regelmäßig die Daten im Polizeicomputer. Sämtliche Polizeidienststellen des Landes hatten Informationen zu Dennis Pfeiffer erhalten. Aber das Wichtigste dabei, ein Foto des Mannes, fehlte. Von daher war es kaum verwunderlich, dass bislang keinerlei Hinweise eingingen. Alle Bemühungen waren bisher erfolglos oder im Sande verlaufen. Pfeiffer war nicht aufzufinden. Warum war der ehemalige Heimbewohner vor einigen Monaten spurlos verschwunden? Hing es mit dessen damaliger Beschuldigung Köstners zusammen, oder hatte es überhaupt nichts mit dem Fall zu tun?

Die Kontoprüfungen von Köstner hatten ergeben, dass er weitaus mehr Geld für Wetten ausgegeben haben musste als das, was er als Pfarrer verdiente. Rätselhaft blieb, woher das Geld für die Wetten stammte. Auf seinem Konto gingen nur das Gehalt ein und regelmäßige normale Ausgaben und geringe Barabhebungen ab. Woher hatte er also das viele Geld für die Wetten? Die Ermittlungen nach weiteren Konten blieben erfolglos. Erbschaften waren auch keine bekannt. Solange das nicht geklärt war, wollte Schröder, dass Hakan Aslan weiterhin zu den Verdächtigen gezählt wurde. Leider hatte der Wettanbieter ein stichfestes Alibi, er war mit seiner Familie und Freunden am Sonntag im Park grillen gewesen. Auch hatte er bei einer weiteren Befragung beteuert, Köstner kein Geld geliehen zu haben, er leihe seinen Klienten niemals Geld, und Schulden habe Köstner auch nicht bei ihm gehabt.

Lorenz war unentwegt damit beschäftigt gewesen, sämtliche Schulen, Hochschulen, Vereine und Verbände zu überprüfen, die gemeinsame Ausflüge und Abschlussfahrten durchführten und in der Region lagen, wo Köstner gelebt hatte. Bisher hatten sie damit jedoch keinen Erfolg gehabt und wussten immer noch nicht, wer die anderen drei Männer auf Köstners altem Foto waren. Der Hauptkommissar hatte gehofft, darauf auch Michael Brunner wiederzuerkennen. Er war aber keiner der Abgelichteten. Schröder seinerseits war immer noch davon überzeugt, dass der Bauunternehmer in den Fall verstrickt war. Dafür sprachen der zeitliche Ablauf und der Aufenthalt des Mannes an der Kirche. Ob Brunner selbst beteiligt oder sogar der Täter war oder nur zufällig etwas gesehen hatte, konnte Schröder nicht sagen. Allerdings fiel ihm auf, dass es seitens der Partei des christlichen Lagers verdächtig ruhig gegenüber der Politik Brunners geworden war. Was konnte das zu bedeuten haben?

Schröder stand von seinem Schreibtisch auf und sah zum Fenster hinaus. In den Geschäften auf der anderen Straßenseite gingen unzählige Menschen ein und aus, schleppten Tüten oder schauten beim Laufen auf ihre Smartphones.

Er rieb sich mit der Hand das Kinn und beobachtete die

Szenerie eine Zeitlang. Dann setzte er sich an seinen mit Akten überquellenden Arbeitsplatz und wählte die Handynummer seines Kollegen, der wahrscheinlich wieder auf irgendeiner internen Feier einen Kuchen verschlang.

»Schröder hier, Kai. Lass eine Schufa-Abfrage über Dennis Pfeiffer durchführen. Danach möchte ich, dass wir alle verfügbaren Konsumentendatenbanken überprüfen. Wie du da drankommst, überlasse ich dir. Wenn jemand damit Probleme hat, binden wir die Staatsanwältin ein.«

Lorenz versprach, sich sofort darum zu kümmern. Schröder war überzeugt, dass der Gesuchte irgendwann eine Spur hinterlassen haben würde. Irgendwo. Im Straßenverkehr. Im Internet. Bei einer Online-Bestellung. Niemand konnte spurlos in Deutschland leben. Wenn er noch in diesem Land war. Trotzdem musste er die Akte Köstner ein weiteres Mal intensiv prüfen. Alle Berichte. Alle Fakten. Er durfte keine Spur übersehen. Keinen Anhaltspunkt vernachlässigen.

18

»Hallo, ich bin Karsten. Du bist die Lea?«

»Was hast du da?«, fragte Lea und zeigte auf die Blätter und Stifte neben Karsten Großmanns Laptop.

»Malzeug. Dein Papa hat gesagt: Du malst auch so gerne wie ich?«

»Kannst du auch Blumen malen?«, fragte sie mit großen Augen.

Karsten Großmann, der Polizeizeichner, lächelte und sah kurz zu Schröder, der ihm mit einem Nicken andeutete, dass er so weitermachen solle.

»Klar, aber ich mal viel lieber Menschen. Am liebsten Gesichter.«

»Gesichter?«

Lea verzog gelangweilt den Mund.

»Das macht Spaß mit dem Computer.«

Das Mädchen schaute Großmanns Laptop an. »Nicht mit Malstiften?«

»Manchmal schon«, sagte er und zog ein Blatt Papier und einen Stift hervor. In Sekundenschnelle skizzierte er Schröders Gesichtszüge.

Lea lachte auf. »Das ist Papa. Das möchte ich auch können.«

»Na, dann komm her, wir malen heute mit dem Computer.«

Lea ließ die Hand ihres Vaters los und ging um den Tisch zu Karsten. Unsicher kaute sie auf der Unterlippe herum und blickte immer wieder zu ihrem Vater, der ihr ermutigend zulächelte.

»So. Dann rauf zu mir, damit du was sehen kannst«, sagte der Polizeizeichner. Er schnappte das Mädchen an der Hüfte und hob sie neben sich auf den Stuhl.

Schröder hatte bewusst Karsten Großmann als Phantomzeichner ausgewählt. Er war sehr kinderlieb und geduldig. Zuhause hatte er selbst fünf Kinder, die ihn manchmal mit seiner Frau in einem Familienvan vom Revier abholten. Jedes Mal stürzten die Sprösslinge aus dem Wagen auf ihn zu und hängten sich wie Kletten an ihn. Schröder musste immer grinsen, wenn er die Szenerie vom Bürofenster aus beobachtete.

»Jetzt zeichnen wir deinen Papa mit dem Computer. Schau mal, ich hab ganz viele Augen.«

Lea lachte, musterte ihren Vater und zeigte auf den Bildschirm. »Die hier. Papa, der hat gaaaaanz viele Augen.«

Großmann zog das Menü mit den Nasen größer. Wieder kicherte Lea und schaute konzentriert ihren Vater an. Karsten Großmann blickte zufrieden zu Schröder. Eine Zeit arbeitete sein Kollege mit Lea, die völlig vertieft in ihre Aufgabe war. Ständig betrachtete sie ihren Vater, deutete auf den Bildschirm oder sagte etwas zu dem Phantomzeichner.

»Das ist Papi«, rief sie plötzlich und klatschte in die Hände. »Guck mal, schnell, das bist du.«

Schröder ging um den Tisch herum und sah auf den Monitor. Die beiden hatten ein Phantombild erstellt, das ihn erstaunlich genau darstellte.

Stolz strich er Lea über das Haar. »Jetzt machen wir was Schwierigeres. Ein Spiel. Du erklärst mir, wie jemand aussieht, und wir malen ihn. Ja?«, sagte Schröder.

Sie klatschte aufgeregt, dann schaute sie unverhofft traurig. »Wen denn?«

»Vielleicht den Mann, der dir das Eis geschenkt hat?«, sagte er.

»Au ja«, sagte sie und rutschte auf ihrem Stuhl näher zum Bildschirm.

Nach einer halben Stunde waren sie mit dem Phantombild fertig. Schröder hatte danebengestanden und war erstaunt, wie genau sein Kind den Geistlichen beschreiben konnte.

»Guck mal, Papa. So hat der ausgeschaut. Jetzt hab ich keine Lust mehr«, sagte sie und kletterte vom Bürostuhl.

Der Hauptkommissar sah auf die Phantomzeichnung, er klopfte Großmann kurz anerkennend auf die Schulter und wandte sich seiner Tochter zu.

»Das hast du toll gemacht, mein Schatz«, sagte er, hob Lea hoch und küsste sie auf die Wange. »Sollen wir ein Eis essen gehen?«

»Ja! Ich will ein Erdbeereis.«

Als er seine Tochter absetzte und bei der Hand nahm, drehte er sich nachdenklich zu Großmann um. »Es gibt doch solche Programme, um Menschen älter werden zu lassen. Funktioniert das?«

Großmann klickte mit der Maus herum und zeigte auf den Monitor. »So eins meinst du? Möchtest du wissen, wie deine Kleine einmal aussieht?«

Schröder lachte und trat einen Schritt näher. »Nein. Ich habe ein altes Foto. Darauf sind Männer, die wir versuchen zu identifizieren. Ist es möglich, diese um dreißig Jahre älter zu machen?«

Großmann schien abzuwägen. »Ein alter Abzug? Keine digitalen Daten vorhanden, vermute ich. Dann muss ich es hochauflösend scannen. Wenn das Bild eine einigermaßen gute Qualität hat, die Gesichter ausreichend erkennbar sind, Kontrast und Konturen haben, ja.«

Schröder nickte zufrieden. »Ich lasse dir die Aufnahme zukommen«, sagte er und bedankte sich mit einer Kopfbewegung.

19

Schröder sah auf die Wanduhr. Es war bereits drei Uhr in der Nacht. Seit er seine Tochter ins Bett gebracht hatte, saß er am Laptop und durchsuchte im Internet sämtliche Kirchenseiten der Gegend nach Aufnahmen, die dem Geistlichen, den Lea mit Karsten Großmann gezeichnet hatte, ähnlich sahen. Er fokussierte die Suche dabei auf die Kirchengemeinden in der Umgebung, konnte aber nicht von allen Gemeinden Informationen im Web finden. Vielleicht ließen einige der Kirchenmänner keine Berichte oder Fotos im Netz zu. Diese Seelenhirten zählten ja nicht unbedingt zu den modernsten und fortschrittlichsten Menschen. Schröder hatte das Gefühl, ewig mit der erfolglosen Recherche zu verbringen. Nur selten fand er auf Bildern, die Pfarrer und andere Kleriker zeigten, jemanden, der Ähnlichkeit mit dem Mann auf der Phantomzeichnung hatte.

Müde trottete Schröder in die Küche und brühte einen Kaffee auf. Er lehnte sich an die Arbeitsplatte, trank einen Schluck und dachte an Julia Valentini. Hatte sie nicht etwas von einer Farbzuordnung dieser Kappen gesagt? Er ging zum Computer zurück und öffnete eine Suchmaschine. Als er einen Suchbegriff eintippen wollte, schloss er das Programm wieder, griff zu seinem Handy und wählte Valentinis Nummer. Es schien ewig zu läuten, doch niemand nahm ab. Gerade als er im Begriff war aufzulegen, meldete sich eine verschlafene Stimme.

»Schröder? Ich hoffe, Sie haben einen furchtbar wichtigen Grund, mich aus dem schönsten Schlaf seit Wochen zu reißen.«

Er erschrak, verzog das Gesicht und schaute verlegen zur Küchenuhr. »Verdammt«, fluchte er wortlos vor sich hin. Er hatte die Staatsanwältin um vier Uhr in der Nacht geweckt. Er hatte während der Recherche am PC die Zeit komplett vergessen.

»Entschuldigen Sie, ich rufe Sie später im Büro an«, sagte er, obwohl er sich freute, ihre Stimme zu hören.

»Nun bin ich schon wach. Also, was gibt es Dringendes?«

Er trank einen Schluck Kaffee. »Trinken Sie gerne Kaffee?«, fragte er.

»Ja! Ich hoffe jetzt mal für Sie, dass Sie mich nicht wegen dieser Frage mitten in der Nacht angerufen haben.«

Schröder schmunzelte. »Nein. Nicht nur. Das war nur die einleitende Frage. Der Eisbrecher sozusagen.«

»Eisbrecher? Um vier Uhr morgens?«

Schröder nippte wieder an seiner Tasse.

»Trinken Sie gerade Kaffee?«, fragte die Staatsanwältin.

»Ja.«

»Einen Kaffee könnte ich jetzt auch gebrauchen.«

»Ich kann Ihnen gerne einen vorbeibringen. Aber ich fürchte, der wird kalt, bis ich da bin.«

Schröder hörte Valentini ausatmen. »Das wäre mal wieder etwas Wunderbares, einen Kaffee ans Bett gebracht zu bekommen. Am besten gleich Frühstück dazu. Ach je! Nun, Schröder, was gibt es?«

»Okay. Sie sagten doch, dass die Farbe dieser Kappen, die die Geistlichen tragen, bestimmten Ämtern zugeordnet wird. Wer trägt welche Farbe?«

»Schröder! Deswegen wecken Sie mich? Wegen der Farben von diesen blöden Scheitelkäppchen? Sie machen mich echt wahnsinnig.«

»Ja. Entschuldigen Sie, ich sitze hier schon die ganze Nacht und suche nach einem Mann, dessen Foto zum Phantombild passt. Wenn ich die Recherche nach seinem Amt eingrenzen kann, komme ich vielleicht schneller voran.«

Schröder hörte, wie Valentini aufstöhnte. »Schröder, Sie sind bescheuert.«

Er musste lachen. So wie sie es sagte, klang es beinahe herzlich und hatte etwas Versöhnliches. »Danke.«

»Der Papst trägt ein weißes Pileolus. Ich denke, den können Sie ausschließen. Der wird ja wohl kaum auf irgendeinem Kirchplatz herumspazieren.«

»Schon gestrichen.«

Er dachte daran, wie das aktuelle Oberhaupt der Kirche aussah, und war sich dann nicht mehr sicher, ob er wirklich jedem aufgefallen wäre.

»Scharlachrot ist den Kardinälen vorbehalten. Das sind hohe Würdenträger. Es gibt etwa zweihundert, wenn ich richtigliege. Ungefähr die Hälfte von ihnen wählt den Papst.«

Schröder kratzte sich am Kinn und betrachtete das Bild Leas. »Die Farbe passt nicht. Es ist eher ein Violett. Moment.« Er lief zu Leas Zimmer, schlich sich hinein und holte ihr Malzeug heraus. Er wühlte darin, bis er den passenden Stift gefunden hatte. »Jawohl. Es ist violett. Steht auf dem Malstift«, sagte er dann zufrieden.

»Violett tragen die Bischöfe.«

»Gibt es viele davon?«

»Deutschland ist in siebenundzwanzig Bistümer aufgeteilt. Jedes wird von einem Bischof geleitet. Dazu kommen ungefähr sechzig Weihbischöfe und Erzbischöfe. Die genaue Anzahl weiß ich aber nicht. Müsste ich recherchieren.«

»Das wäre ja überschaubar.«

»Schröder, Sie verdächtigen jetzt aber nicht einen Bischof?«

Schröder goss noch einen Kaffee ein, drückte ein Stück Süßstoff aus dem Spender hinzu und rührte um.

»Sie machen sich schon wieder einen Kaffee?«

»Ja. Hilft gegen die Müdigkeit.«

»Sie sind ein Ekel.«

»Danke.«

»Um auf den Bischof zurückzukommen. Sie werden nicht etwa einen beschuldigen und von mir verlangen, dass ich Ihnen einen Durchsuchungsbeschluss besorge?«

»Zunächst suche ich nach Beweisen. Wenn ich genügend davon gesammelt habe, dann verdächtige ich jemanden. Wenn es ein Bischof sein sollte, ist es eben ein Bischof.«

Er hörte, wie sich Valentini auf das Bett zurückfallen ließ.

»Nicht gut?«, fragte er.

»Machen Sie, was Sie nicht lassen können.«

»Okay. Dann bringe ich Ihnen jetzt einen Kaffee vorbei«, sagte er und sah auf die Uhr. Es war kurz nach halb fünf. »Oder wollen Sie noch etwas schlafen?«

»Wissen Sie was, Schröder? Ich nehme ihr Angebot an. Allerdings erst um sieben Uhr.«

Schröder grinste. »Ich komme um sieben Uhr bei Ihnen vorbei. Cappuccino?«

»Cappuccino wäre fein.«

»Brötchen?«

»Warum nicht? Aber nur, wenn Sie mich jetzt endlich weiterschlafen lassen.«

Valentini nannte ihm ihre Adresse und legte auf.

Schröder stand länger in der Küche und betrachtete das Bild seiner Frau, die Lea im Arm hielt. Es war eines der letzten Fotos, das er von ihr besaß. Über ein Jahr war es bereits her, dass sie tödlich verunglückt war. Seither hatte er noch nicht einmal eine andere Frau angeschaut, geschweige denn angesprochen. Und jetzt hatte er sich mitten in der

Nacht mit der Staatsanwältin zum Frühstück verabredet. Er musste den Blick vom Bild seiner Frau abwenden. Er hatte sie wirklich geliebt, vielleicht tat er es immer noch. Wie viel Zeit brauchte die Trauer? Er wusste es nicht und ging zurück zu seinem Computer, wo er Leas Zeichnung betrachtete.

»Bischöfe«, murmelte er vor sich hin und dachte länger nach. Dann tippte er einen Gedanken in die Suchmaschine.

Nach wenigen Sekunden starrte er verblüfft den Monitor an.

»Das gibt es doch gar nicht«, sagte er und druckte das Foto aus.

Schröder klemmte sich die Tüte mit den Brötchen unter das Kinn und die zwei Coffee-to-go-Becher zwischen den linken Unterarm und die Brust. Mit der rechten Hand öffnete er die Gartentür. Das Mietshaus lag im Villenviertel der Stadt. Hier standen hauptsächlich Anwesen und Häuser der gehobenen Klasse. Eine Mischung aus alten Stadtvillen mit parkähnlichen Grundstücken und modernen Bungalows. Dazwischen gab es ein paar Mehrfamilienhäuser, die aus Eigentumswohnungen der oberen Preiskategorie bestanden. Er betrachtete das Gebäude und war beeindruckt von der versetzten Bauweise der Wohnungen, die an eine Treppe erinnerte. So hatte jede eine große Terrasse. An der Tür schaute er auf die Klingeln und wunderte sich nicht, dass die Staatsanwältin im Penthouse residierte.

»Lieferservice«, sagte er, als die Gegensprechanlage klackte.

»Schröder? Sind Sie es wirklich?«, fragte Valentini.

»Sicher.«

»Ganz oben«, sagte sie, und gleichzeitig summte der Türöffner.

Die Wohnungstür im obersten Stock stand auf. Schröder trat einen Schritt ein. »Hallo?«

»Ich bin hier«, rief Valentini.

Schröder ging in die Richtung, aus der die Staatsanwältin gerufen hatte. Beeindruckt ließ er seinen Blick durch das helle, große Wohnzimmer wandern, an das rechter Hand eine offene Küche mit Essbereich anschloss. Alles war nur mit den nötigsten Designermöbeln ausgestattet. Die Südseite bestand aus einer einzigen Glasfront, durch die man nicht nur eine wundervolle Aussicht auf die riesige Dachterrasse hatte, sondern über die ganze Stadt.

»Wow«, sagte er und stellte Kaffee und Brötchen auf die Theke, die Küchenbereich und Esszimmer trennte.

Julia Valentini holte zwei Teller aus einem Schrank und stellte sie auf der Theke ab. »Guten Morgen, Schröder.«

»Schön haben Sie es hier.«

Sie schaute kurz zum Fenster und hob die Achseln. »Goldener Käfig. Gehört alles meinem Mann.«

Schröder blickte sich instinktiv über die Schulter.

»Keine Sorge. Der ist bei seiner neuen Liebe. Zehn Jahre jünger als ich. Ein Model aus reichem Haus. Wie er. Gleich und gleich gesellt sich gerne. Ich kann hier noch bis zur Scheidung wohnen. Da ist er großzügig.« Sie verzog das Gesicht zu einer Grimasse.

»Zehn Jahre jünger als Sie? Dann muss sie minderjährig sein. Soll ich ihn verhaften?«

»Sie Charmeur.«

Schröder musterte die Staatsanwältin, wie sie in der Küche herumwirbelte. Sie trug nur einen schwarzen Kimono und Hausschuhe, die man problemlos zum Ausgehen hätte anlassen können.

»Scheidung?«

Valentini machte eine wegwerfende Handbewegung. »Erinnern Sie mich nicht daran. Nächste Woche ist der Termin. Dann werde ich hier wohl ausziehen müssen.«

»Tut mir leid.«

»Keine Sorge. Ich komme schon irgendwo unter.« Sie winkte ab und stellte ein paar Einmachgläser auf den Tisch. »Marmelade? Selbst gemacht.«

»Dann natürlich gerne«, sagte Schröder und nahm ein Glas in die Hand, um es zu betrachten.

»Hat mir meine Mutter beigebracht.«

Sie setzte sich auf einen der Hocker an der Theke und reichte Schröder einen Teller und ein Messer.

»Danke.«

Valentini stützte den Kopf auf die Hände und ließ ihren Blick über die reichlich gedeckte Platte wandern. »Sind Sie heute Nacht noch fündig geworden?«, fragte sie.

Er nickte und zog den Ausdruck und das Phantombild aus der Gesäßtasche, faltete beides auseinander und legte es vor ihr auf die Theke. Die Staatsanwältin bestrich ein Brötchen mit Erdbeermarmelade und biss ab, während sie die zwei Bilder betrachtete.

»Heilige Scheiße«, murmelte sie kauend.

»So kann man das auch nennen.«

»Entschuldigung. Ist mir so rausgerutscht«, sagte Valentini und trank einen Schluck Kaffee. »Oh. Der ist gut. Wo haben Sie den her?«

»Selbst gemacht.«

»Lügner.«

Schröder deutete mit dem Kopf zu den Fotos. »Unmöglich, dass Lea sich täuscht oder sich irgendetwas einfallen lässt. Das Phantombild ist so ziemlich das treffendste, das ich jemals gesehen habe.«

Valentini betrachtete wieder die Bilder. »Das bedeutet, er hat ihr ein Eis ausgegeben. Und?«

»Dass er vor der Kirche war. Aber warum? Warum treibt er sich auf dem Kirchplatz herum, beobachtet alles und kommt nicht herein zu uns?«

Die Staatsanwältin nahm den Ausdruck in die Hand, nippte an ihrem Kaffee und legte das Foto zurück. »Sie verlangen jetzt aber nicht, dass ich einen Durchsuchungsbeschluss für Sie beschaffe?«

Schröder ergriff die Blätter, faltete sie und steckte sie wieder in die Hosentasche. »Dafür ist es zu früh«, sagte er.

Valentini griff nach der anderen Brötchenhälfte und bestrich sie nachdenklich mit etwas Butter.

»Schröder, seien Sie vorsichtig. Mit denen ist nicht zu scherzen. Es sind mächtige Leute. Machen Sie keinen unbedachten Schritt.«

Er sah sie überrascht an.

»Glauben Sie mir«, fügte sie hinzu.

Er ließ gedankenverloren seinen Blick durch die Wohnung schweifen. Er wusste, dass er es mit Menschen zu tun bekommen würde, die über allerbeste Kontakte verfügten. Aber Verbrechen war Verbrechen.

20

»Verflucht. Da bist du ja endlich, Schröder. Ich versuche schon den ganzen Morgen, dich anzurufen«, sagte Lorenz vorwurfsvoll.

Schröder zog das Smartphone aus der Tasche. Er hatte es auf lautlos gestellt, weil er mit der Staatsanwältin ungestört reden wollte. Auf dem Display sah er, dass es sein Kollege zehnmal versucht hatte.

»So dringend?«

»Hier, sieh dir das an. Wir haben eine Spur«, sagte Lorenz und hielt dem Hauptkommissar einen Ausdruck entgegen.

Schröder nahm ihn und las ihn stirnrunzelnd, während er sich an den Schreibtisch setzte. »Wo?«

»Elektronikfachmarkt. Der Neue im Industriegebiet.«

Schröder legte das Papier vor sich hin und drückte die Fingerkuppen an die Stirn. »Läuft die Überwachung?«

Lorenz hob und senkte genervt die Arme. »Ja. Nowak hat sich um die Genehmigung bei der Staatsanwaltschaft gekümmert. Wir haben die Valentini nicht erreicht. Sie war noch nicht im Büro.«

Schröder nahm den Ausdruck wieder auf und schaute darauf, dann spähte er mit schlechtem Gewissen über das Blatt hinweg zu Lorenz hinüber.

»Nein. Oder? Du spinnst, wenn es das ist, was ich vermute«, sagte sein Kollege und atmete seufzend aus.

Schröder hob beide Hände entschuldigend in die Höhe. »Wir haben nur geredet. Über den Fall.«

Lorenz schüttelte den Kopf. »Nur gequatscht. Alles klar, Schröder. Du bist ein Idiot.«

Schröder legte das Papier vor sich auf den Tisch. Er konnte verstehen, dass sein Kollege wütend war. Es hatte sich eine heiße Spur im Fall Köstner aufgetan, und Lorenz erreichte weder ihn noch die Staatsanwältin. Nun musste er denken, sie hätten sich miteinander vergnügt.

»Okay. Sehr gut. Wir lassen die Nummer überwachen. Hat schon jemand geprüft, ob die Adresse stimmt?«, fragte Schröder.

Sein Kollege verzog das Gesicht. »Ja. Er hat seinen Personalausweis für den Handyvertrag vorgelegt. Ist noch die Anschrift von seinem früheren Wohnort. Dort wohnt aber anscheinend niemand mehr. Es ist zumindest kein Mieter nach ihm eingezogen. Das Haus wird sicherheitshalber observiert. Ein Team ist vor Ort. Wir werten gerade die Überwachungskameras des Elektronikmarktes aus. Vielleicht ist es möglich, ihn auf einer Aufzeichnung zuzuordnen. Mit dem Zeitstempel der Kameras. Die Uhrzeit steht auf dem Kassenbeleg. Das müsste klappen. Dann haben wir endlich ein Foto von ihm«, erläuterte Lorenz.

Schröder nahm den Ausdruck abermals in die Hände. Hatte Pfeiffer also doch eine Spur hinterlassen. Aber warum schloss er einen Handyvertrag auf seinen richtigen Namen ab? Wusste er nicht, dass solche Daten überwacht werden konnten und es ein Leichtes war, ihn dadurch zu finden? Oder war es einfach nur ein unbedachter Fehler? War es ihm möglicherweise auch egal, weil er gar nicht untergetaucht war? War ihm vielleicht nicht einmal bewusst, dass er gesucht wurde?

Schröder legte das Blatt wieder zurück und kratzte sich am Kinn.

»Was ist?«, fragte Lorenz.

Der Hauptkommissar zeigte auf den Ausdruck und zuckte mit den Schultern. »Begeht ein Mörder wirklich so einen simplen Anfängerfehler? Einen Handyvertrag mit dem echten Namen abzuschließen? Dann noch mit der ehemaligen Adresse?«

»Ist wie beim Fußball. Da fallen die Tore auch nach Fehlern. Er ist halt kein Profi. Was weiß ich. Auf jeden Fall haben wir ihn. Sei froh darüber.«

Schröder lehnte sich zurück, verschränkte die Arme hinter dem Kopf und sah zur Decke. Vielleicht hatte sein Kollege recht. Sie hatten lange darauf gewartet, dass der Verdächtige sich überhaupt zeigte, damit sie ihn befragen konnten. Nur gut, dass er einen Fehler machte. Dass er irgendwo eine Spur hinterließ. Nun war es so weit. Endlich. Schröder ließ sich nach vorne kippen.

»Okay. Was ist mit Alexander Jenkov? Meldet der sich jeden Tag?«, fragte er.

Lorenz nickte. »Ja. Er erzählt auch sofort, was er so treibt. Er geht zur Arbeit. Fährt zwischendurch nach Hause. Telefoniert mit allen möglichen Geschäftsleuten. Mit seiner Firma. Mit Kunden. Mit der Frau. Den Kindern. Scheint ein anständiger Mann zu sein. Die Kollegen amüsieren sich, wenn er kommt und losplappert.«

»Das Verbrechen fand ja auch schon statt. Was gibt es da noch zu verbergen? Er kann seinem gewohnten Gang nachgehen. Das macht ihn am wenigsten verdächtig.«

Schröder zog das Phantombild heraus und den Ausdruck mit dem Foto, das er in der Nacht im Internet gefunden hatte. Er reichte beides über den Schreibtisch hinüber. Lorenz nahm die Blätter, faltete sie auseinander und betrachtete die Bilder darauf.

»Ziemlicher Treffer«, murmelte er.

»Ziemlich guter Treffer, Kai. Würde ich sagen.«

Sein Kollege verglich die zwei Gesichter noch eine Zeit.

»Verfluchte Scheiße. Wenn da was dran wäre«, sagte er.

»Weißt du, wer der Mann ist?«, fragte Schröder.

Lorenz sah die Bilder an, dann blickte er auf.

»Ja. Aber das passt nicht zusammen.«

»Weshalb nicht?«

Lorenz legte die Ausdrucke auf den Schreibtisch und atmete tief durch. »Pfeiffer ist die beste Spur. Er hat ein Motiv und ist untergetaucht. Wir verhaften und verhören ihn. Dann sehen wir weiter«, sagte er.

Schröder zeigte auf die Fotos. »Okay. Aber wir bleiben da dran.«

Lorenz hatte recht behalten. Die Aufzeichnung aus der Überwachungskamera konnte mit der genauen Uhrzeit auf dem Kassenbeleg synchronisiert werden. Von Pfeiffer konnte dadurch ein gestochen scharfes Foto erstellt werden. Das wurde an alle Streifenfahrzeuge gemeldet. Durch die Ortung des Handys war er ihnen innerhalb weniger Stunden ins Netz gegangen. Ein Zivilfahrzeug der Kripo folgte ihm bis zu seinem Unterschlupf, vor dem ein Sondereinsatzkommando nun Stellung bezogen hatte.

»Guten Morgen. Ziemlich kalt. Hier, bitte«, sagte Valentini und hielt Schröder eine Flasche Cola Light entgegen.

»Danke«, sagte er und drehte den Plastikverschluss auf.

»Schon das zweite Mal diese Woche, dass ich Ihretwegen so früh aufstehen muss. Warum findet das hier in aller Herrgottsfrüh um fünf Uhr statt?«, fragte sie.

Schröder trank einen Schluck. »Zur Eigensicherung. Die meisten Menschen schlafen um diese Zeit und reagieren kaum, wenn die Wohnung gestürmt wird.«

Die Staatsanwältin stand da und wärmte beide Hände an ihrem Coffee-to-go-Becher. Schröder sah an ihr herab. Sein Blick blieb an ihren High Heels hängen. Es war ihm ein Rätsel, wie man jeden Tag in solchen Schuhen laufen konnte.

»Das richtige Schuhwerk für so eine Aktion.«

Valentini tat überrascht und sah an sich hinunter. »Oh. Ich wusste nicht, dass ich die Bude stürmen sollte. Aber Sie haben ja die passenden Stiefel an, um Türen einzutreten«, sagte sie und zeigte auf seine schweren Motorradstiefel.

»Wir wären bereit, Herr Hauptkommissar«, sagte ein Polizeibeamter, der in vollem Kampfanzug und Sturmhaube zu ihnen trat.

Der Kripochef hatte darauf bestanden, dass ein SEK die Wohnung von Dennis Pfeiffer stürmte. Schröder konnte sich des Eindrucks nicht erwehren, dass die Männer vom Einsatzkommando froh waren, endlich mal wieder rauszukommen, anstatt nur in irgendeiner Kaserne der Bereitschaftspolizei zu trainieren. Schließlich waren Geiselnahmen und andere Verbrechen, bei denen ein SEK hinzugezogen wurde, zum Glück in der Region nicht alltäglich. Er war sich jedoch immer noch sicher, dass es ausgereicht hätte, wenn sie zu einer normalen Zeit geklingelt hätten, um dem Verdächtigen den Durchsuchungsbeschluss unter die Nase zu halten. Aber er war damit bei Nowak auf taube Ohren gestoßen, als der aktuelle Wohnort von Pfeiffer ermittelt war. Sein Chef verwies auf die Anweisung des leitenden Oberstaatsanwalts, ein SEK hinzuzuziehen, ansonsten hätte er den Beschluss nicht unterzeichnet. Anscheinend wollte niemand ein Risiko eingehen und den Kollegen vom SEK einen Auftritt gönnen. Vielleicht hatte sein Chef dann beim Leiter dieser Truppe wieder einen Stein im Brett.

»Okay. Wenn Sie die Wohnung gesichert haben, übernehmen wir die Durchsuchung und Befragung«, sagte Schröder.

Der Mann flüsterte ein paar Befehle in sein Mikrofon am Helm und trabte im Laufschritt davon.

»Hoffentlich geht alles gut«, sagte die Staatsanwältin.

»Ihr erster SEK-Einsatz?«, fragte Schröder.

Sie nickte.

»Kann eigentlich kaum etwas schiefgehen. Außer die Jungs vom SEK malträtieren Pfeiffer so, dass wir ihn nicht mehr verhören können.«

Valentini schaute den Hauptkommissar ungläubig an.

»Hatten wir alles schon. Manchmal drehen die Kollegen durch, wenn man sie von der Leine lässt.«

Sie schüttelte mit hochgezogenen Augenbrauen den Kopf. »Ist das jetzt so eine Seemannsgeschichte eines Polizisten, oder wollen Sie mir damit Angst machen?«

Schröder lächelte. Er war in der Vergangenheit bei einigen SEK-Einsätzen dabei gewesen, bei denen die vermummten Beamten mehr Gewalt als notwendig angewendet hatten und sogar mit ihren Stiefeln auf hilflos am Boden liegende Personen eingetreten hatten. Viele Opfer hatten später gegen diese Polizeibeamten geklagt, hatten aber nie eine Chance gehabt, den Prozess zu gewinnen. Dieses Thema nervte Schröder schon immer, und er hatte für keinen Kollegen Verständnis, der so ein Vorgehen guthieß, tolerierte oder deckte. Die Staatsanwältin würde ihre Erfahrung damit eines Tages noch selber machen.

»Ich kann Ihnen gerne ein paar Geschichten erzählen, wo Einsätze ein bisschen aus dem Ruder gelaufen sind und die Jungs den Verdächtigen ziemlich übel mitgespielt haben.«

Sie hob abwehrend die Arme und verzog den Mund zu einem gespielten Grinsen. »Lassen Sie das bitte! Ich möchte es gar nicht wissen. Und wenn ich Derartiges mitbekomme, werde ich das auch keinesfalls dulden.«

Schröder hob eine Hand und deutete auf sein Funkgerät. »Sie gehen rein«, sagte er.

Die Staatsanwältin trat etwas näher zum Hauptkommissar heran und lauschte am Gerät. Sie standen in sicherer Entfernung in einer Seitengasse und hörten dem Einsatz zu, der nur wenige Minuten dauerte.

Als der SEK-Einsatzleiter wieder zu ihnen kam und die erfolgreiche Verhaftung vermeldete, gingen Schröder und Valentini hinter ihm her in das Haus, in dem Dennis Pfeiffer eine kleine Etagenwohnung bezogen hatte. Als sie die Wohnung betraten, schlug ihnen kalter Zigarettenrauch entgegen. Valentini rümpfte die Nase und hielt sich den Ärmel ihres dünnen Pullovers vor das Gesicht. Vom Flur aus blickten beide in die davon links und rechts abgehenden Wohnräume. In der schmalen Küche türmten sich leere Pizzakartons und Plastikflaschen. Im Schlafzimmer lag eine Matratze auf dem Boden, und in einer Ecke türmte sich ein Stapel ungewaschener Kleidung. Neben der Schlafstätte lag ein Mann, der nur mit Boxershorts bekleidet war, bäuchlings auf dem Fußboden. Seine Hände und Füße waren mit Kabelbindern gefesselt. Daneben standen zwei mit Sturmhauben vermummte SEK-Beamte. An ihren Schultern hingen Heckler & Koch-MP5-Maschinenpistolen. In der Hand hielten sie SIG-Sauer-P9-Pistolen auf den Verdächtigen gerichtet.

Schröder ging gegenüber von dem am Boden liegenden Mann in die Hocke.

»Schröder. Kripo. Sind Sie Dennis Pfeiffer?«

»Fick dich. Könnt ihr nicht klingeln?«

Schröder nickte. Eigentlich hatte der Mann recht.

»Klingeln war kein Bestandteil der Ausbildung des SEK. Die Jungs können so etwas nicht. Also, sind Sie Dennis Pfeiffer?«

»Ja, Mann. Was wollt ihr?«

»Herr Pfeiffer«, sprach Valentini den am Boden Liegenden an und wedelte mit ein paar Zetteln.

Er drehte stöhnend den Kopf zu ihr. Als er die Staatsanwältin sah, lächelte er gespielt und pfiff dünn durch die Lippen. »Von Ihnen lasse ich mich gerne mal fesseln. Aber nicht von diesen vermummten Idioten.«

»Ich hab da was für Sie«, sagte sie und faltete ein Blatt auseinander.

Der Verdächtige blickte stirnrunzelnd auf das Dokument. »Was soll das sein?«

»Durchsuchungsbeschluss und vorsorglich ein Haftbefehl.«

Pfeiffer leckte sich mit der Zunge über die blutende Lippe. Anscheinend hatte er bei der Festnahme etwas abbekommen. Die Staatsanwältin musterte kurz eine weitere kleine Wunde an der Stirn. Sie schien froh, dass dem Mann nicht noch mehr während der Verhaftung passiert war.

»Warum?«, fragte er.

»Sie werden verdächtigt, Pfarrer Berthold Köstner getötet zu haben.«

Pfeiffer ließ den Kopf auf den Boden sinken.

Valentini erläuterte ihm seine Rechte. Dann packten ihn zwei Beamte unter den Achseln und führten ihn in ein bereitstehendes Polizeifahrzeug.

Schröder drehte sich um und schaute zur Tür. Lorenz stand schwer schnaufend im Türrahmen.

»Verschlafen?«

Sein Kollege hing die Zunge buchstäblich heraus. Mit seinem bleichen Gesicht sah er aus wie nach einer durchzechten Nacht. »Nein. Diese beschissenen Äpfel machen mich fertig. In meinem Leib geht es zu wie bei einem verdammten Silvesterfeuerwerk.«

Schröder grinste. Valentini sah kurz zu Lorenz auf und kramte dann wieder in den Kleidungsstücken von Dennis Pfeiffer.

»Dem Erfinder der Gummihandschuhe gehört heute noch gedankt«, sagte sie und hob eine schmutzige Jeans mit zwei Fingern in die Höhe, um die Taschen zu durchsuchen.

Schröder stand inmitten von Kleidern, Werbezeitungen und leeren Getränkeflaschen. Wie konnte man nur in so einem Müllberg leben, dachte er und schaute sich kopfschüttelnd um, dann ging er ein paar Schritte zu einem weiteren Berg Unrat.

»In dieser Wohnung ist wirklich nur Müll. Ich glaube, hier finden wir nichts, was uns weiterbringt«, sagte er und sah von einem Stapel Papiermüll auf.

Sein Kollege ließ den Blick durch die Wohnung wandern. Die Gedanken daran, diesen Dreck durchwühlen zu müssen, schien seinem Magen nicht gerade zuträglich zu sein. Er griff sich mit einer Hand an den Bauch und atmete schwer aus. »War schon jemand in der Küche?«, fragte er.

»Ja. Auch nur Abfall«, antwortete die Staatsanwältin.

»Ein paar Pizzareste, falls du noch was anderes als Äpfel essen möchtest«, sagte Schröder zu seinem Kollegen und lächelte Valentini an.

Sein Kollege verzog angewidert den Mund. »Arschloch«, murmelte er.

Schröder ließ den Blick durch das Zimmer wandern. Es machte alles den Eindruck, als ob Dennis Pfeiffer hier nur provisorisch gehaust hätte. Die wenigen Möbel sahen aus wie vom Sperrmüll zusammengetragen. In der Küche befanden sich ein Teller, ein Satz Besteck und ein Topf. Im Schlafzimmer lagen eine Matratze und ein Stapel Kleidung herum. Im Wohnzimmer stand ein alter Fernseher, den Computer hatten die Spezialisten zur Auswertung bereits mitgenommen. An der Wand hing eine große leere Korkwand, an deren rechten unteren Ecke viele farbige Pins steckten. Socken, Unterhosen, Plastikflaschen und Fast-Food-Packungen bedeckten den Boden.

»Kai, frag bitte den Hausverwalter, ob ein Kellerraum zur Wohnung gehört«, bat Schröder.

Sein Kollege schien dankbar über die Aufgabe zu sein und ging los.

Wenig später kehrte er zurück und lehnte sich völlig außer Atem an den Türrahmen.

»Wenn es da genauso aussieht, kotze ich ihm in die Bude«, sagte er.

»Im Keller?«

»Keller Nummer 13«, bestätigte Lorenz.

Die drei liefen hintereinander die dämmrige Kellertreppe hinunter. Die Trennwände der einzelnen Kellerräume bestanden aus Holzlatten. Schröder griff zum Gürtel und zog eine Taschenlampe heraus, mit der er durch die Lattenspalte in jeden Raum hineinleuchtete.

»Hier ist die 13«, sagte die Staatsanwältin und zeigte auf eine mit schwarzer Farbe gepinselte Zahl.

Schröder leuchtete zwischen den Latten hindurch in das Kellerabteil.

»Nur ein Karton«, murmelte er.

Die Tür war mit einem Vorhängeschloss gesichert. Er ging einen Schritt zurück, holte mit dem Bein aus und trat mit einem Tritt die Lattentür auf.

»Deswegen also die Stiefel«, flüsterte Valentini und betrat den Raum. Sie sah sich in dem dämmrigen Abstellraum um. »Ah«, schrie sie plötzlich und krallte sich an Schröders Oberarm fest.

»Ganz ruhig. Das war nur eine Maus«, sagte er und griff ihr um die Schulter.

»Diese ekligen Viecher. Ich hab einen Mordsschreck bekommen.«

»Nur Altpapier und Pornohefte«, sagte Lorenz, der bereits neben dem Karton kniete und den Deckel geöffnet hatte.

Er zog ein Heft heraus, sah auf das Deckblatt und warf es den beiden zu, die immer noch eng beieinanderstanden.

»Böse Jungs. Netter Titel.« Lorenz lachte.

Schröder fing das Schundheft auf und betrachtete die Titelseite. Darauf war ein Junge abgebildet, der über einen Stuhl gebeugt war. Hinter ihm stand ein mit einer Ledermaske verkleideter Mann mit einer Gerte. Er drehte das Pornoblatt zu Valentini, die das Bild auf der Vorderseite angeekelt musterte.

»Wir stellen den Karton sicher. Beamte sollen ihn ins Präsidium bringen«, sagte Schröder.

Sein Kollege sah verwundert auf und breitete die Arme aus. »Schröder, das ist nur Altpapier. Soll ich etwa die vollgewichsten Heftchen durchschauen?«

»Machst du doch bestimmt gerne. Vielleicht findest du auf dem Revier ein paar fleißige Helfer.«

Valentini verzog das Gesicht. Sie ging näher an den Karton und blickte hinein. »Sieht wirklich nur nach Papierabfall und Schundheftchen aus. Ob uns das weiterbringt?«

Schröder trat neben sie und warf das Heft in die Pappschachtel. »Wir nehmen alles mit.«

Lorenz stand auf und wischte sich die Hände an den Hosenbeinen ab. »Hör auf, Schröder. Ich werfe den Scheiß in die Altpapiertonne. Ich wühl den Dreck nicht durch. Ohne mich. Hab echt keinen Bock, die verwichsten Drecksdinger durchzuschauen.«

Schröder schaute sich um, dann wieder auf den Karton. »Wo steht die?«, fragte er unvermittelt.

Die beiden anderen sahen ihn verwundert an.

»Was steht wo?«, fragte Lorenz.

»Die Altpapiertonne. Wo steht die?«

»Da vorne links geht es zu einem weiteren Kellerraum. Vielleicht dort«, antwortete die Staatsanwältin.

Schröder schritt los, Valentini ging ihm hinterher, und Lorenz fluchte vor sich hin.

»Hier«, sagte sie und zeigte auf einen Rollcontainer, an dem ein einlaminierter Zettel mit dem Aufdruck *Altpapier* hing.

Schröder öffnete den Deckel und sah hinein. »Bingo.«

Die Staatsanwältin stellte sich auf die Zehenspitzen und schaute ebenfalls in den Container.

»Volltreffer«, murmelte sie und sah den Hauptkommissar mit großen Augen an.

»Sie haben richtig Probleme. Ist Ihnen das bewusst?«, sagte Schröder.

Dennis Pfeiffer, der bisher in einer teilnahmslosen und lethargischen Haltung dagesessen hatte, blickte auf. »Hört sich so an, als ob ich mal wieder in der Scheiße sitze. So wie mein ganzes Leben schon«, murmelte er kaum hörbar und ließ den Kopf wieder sinken.

Schröder musterte den dürren, sehnigen Kerl. Er hatte tiefliegende Augen, in dunklen, grau umrahmten Höhlen, als ob er tagelang nicht zum Schlafen gekommen wäre. Die halblangen, vom Schweiß verklebten blonden Haare standen in alle möglichen Richtungen ab. Einige Haarsträhnen klebten wie hingegelt auf seiner Stirn. Die Kleidung, die er trug, war abgenutzt und schmutzig. Ein leicht süßlicher Duft hüllte den ungepflegten Mann ein.

»Sie werden als Beschuldigter vernommen. Sie werden verdächtigt, Pfarrer Berthold Köstner ermordet zu haben. Sie können sich zur Sache äußern oder die Aussagen verweigern. Sie können einen Anwalt Ihrer Wahl hinzuziehen oder einen Pflichtverteidiger bestellen lassen …«, begann Schröder, ehe ihm Pfeiffer ins Wort fiel.

»Das haben Sie mir doch schon alles ausführlich erklärt. Noch mal: Ich habe nichts getan und brauche deswegen keinen Anwalt. Verstanden?«

Schröder rutschte mit seinem Stuhl näher an den Vernehmungstisch heran. »Wo waren Sie am vergangenen Sonntag zwischen zehn und zwölf Uhr?«

Pfeiffer sah gelangweilt auf und schnaubte abfällig. »Im Bett. Sonntags penne ich immer aus.«

»Kann das jemand bezeugen?«

Der Verdächtige lehnte sich zurück und legte den Kopf schief. »Ja. Mein Kuscheltier.«

Schröder lächelte künstlich. »Sie sind erst fünfunddreißig. Sie haben wahrscheinlich noch viele gute Jahre vor sich. Helfen Sie mir, und Sie werden voraussichtlich alle davon in Freiheit verbringen können.«

Dennis Pfeiffer grinste schräg. »Klar, Mann«, sagte er und schaute gespielt im Raum umher. »Wie kann ich Ihnen helfen?«

Schröder nahm eine bequeme Haltung ein und spielte gelassen mit dem Kugelschreiber herum. »Sie können mir und vor allem sich selbst helfen, indem Sie das Ganze hier abkürzen und mir die Wahrheit erzählen.«

»Klar, Mann. Kein Problem.«

Der Hauptkommissar stand auf, ging um den Tisch zum Verdächtigen und stemmte die Fäuste neben Pfeiffer auf die Tischplatte.

»Ich höre.«

Der Verhaftete sah ihn abschätzend an. »Ich war's nicht. Ich hab den Pfaffen nicht gekillt. Alles klar? War's das? Kann ich jetzt gehen?«

Schröder atmete tief ein. Er musterte den Beschuldigten einige Sekunden nachdenklich und setzte sich wieder hin. »Ich dachte, Sie würden vernünftiger sein. Es ist Ihre Zeit, die Sie hier verplempern. Ich gehe heute Abend nach Hause. Sie sitzen dann immer noch in Ihrer Zelle fest. So lange, bis Sie mit uns zusammenarbeiten. Oder wir den Fall ohne Ihre Hilfe gelöst haben. Aber wir werden ihn lösen. Mit oder ohne Ihr Zutun.«

Schröder betrachtete den ungepflegten Mann, der keinerlei Gefühlsregung erkennen ließ. Dennis Pfeiffer zuckte nur kurz die Achseln und blickte wieder teilnahmslos vor sich hin.

Dann griff der Hauptkommissar nach einem Stapel Fotos, die als Beweisstücke in einer durchsichtigen Asservatentasche lagen, und hob sie hoch.

»Aus der Altpapiertonne«, sagte er und warf den Stapel Bilder auf den Tisch.

Dennis Pfeiffer schaute auf. Das oberste Foto in dem Plastikbeutel zeigte Köstner, wie er die Kirche betrat. Leicht verschoben daneben war eine Großaufnahme des Pfarrers, wie er gerade am seitlichen Kircheneingang einem Jungen über das Haar strich.

»Papiercontainer? Im Keller? Kann jeder da reingeworfen haben«, sagte Pfeiffer.

»Stimmt. Blöd nur, dass Ihre Fingerabdrücke darauf sind«, begann Schröder und zeigte auf das Bild. »Sehen Sie das kleine Loch am oberen Bildrand?«, fragte er. »Die Fotos waren an Ihrer Pinnwand im Wohnzimmer angebracht. Spielt aber keine Rolle. Die Fotos befanden sich auch auf Ihrem Computer.«

Dennis Pfeiffer verzog verächtlich das Gesicht. Sein Atem schien schneller zu gehen. Er begann nervös auf dem Stuhl herumzurutschen.

»Ich war's nicht, Mann. Die verkackten Fotos sind kein Beweis. Jeder kann jeden fotografieren. Das ganze Internet ist voll mit Scheißfotos, die irgendein Idiot von jemandem gemacht hat. Was beweist das schon?«

Schröder lächelte und nahm einen weiteren Asservatenbeutel mit einem Stapel Zeitungsartikeln vom Tisch. Dann drehte er ihn um und hielt ihn hoch. »Alles Artikel über Pfarrer Köstner. Hochzeiten. Taufen. Beerdigungen. Was so in einer Kirchengemeinde anfällt.«

Pfeiffer betrachtete die Zeitungsberichte unter dem Plastik mit zusammengekniffenen Augen, zuckte mit den Schultern und verzog den Mund. »Auch aus dem Altpapier?«, fragte er betont lässig.

»Ja.«

»Wie viele wohnen in dem Haus?«

»Einige. Die haben aber nicht Ihre Fingerabdrücke.«

»Na und? Ich interessiere mich eben für Kirchenfeste. Ist das verboten? Bin ja schließlich in einem Heim von Kirchenheinis aufgezogen worden. Das hinterlässt bleibende Eindrücke.«

Schröder schob den Stapel in der Asservatentasche zur Seite. Er legte die tätowierten Unterarme auf den Tisch und beugte sich dem Verdächtigen etwas entgegen. »Hat es Ihnen dort so gut gefallen, dass Sie in die Nähe von Pfarrer Köstner gezogen sind? Haben Sie ihn vermisst?«

Pfeiffer rutschte zurück, als ob er sich vom Hauptkommissar bedroht fühlte. Dann verzog er das Gesicht zu einer aggressiven Fratze. »Lecken Sie mich doch, Mann.«

Schröder lächelte und sah dem nervös gewordenen Mann einige Sekunden streng in die Augen, bis dieser seinem Blick auswich. »Warum haben Sie sich nicht an ihrem neuen Wohnort angemeldet?«

»Vergessen.«

Schröder beobachtete die Gesichtszüge des Verdächtigen, der plötzlich wild im Raum umherschaute, als ob er nach einem Ausgang suchte. Immer wieder blickte er hektisch zu dem großen verspiegelten Fenster, hinter dem die Staatsanwältin und Lorenz standen.

»Wollen Sie mir von damals erzählen? Von Ihrer Zeit im Heim mit Pfarrer Köstner?«

Plötzlich funkelten Pfeiffers Augen den Hauptkommissar wütend an, und sein Atem ging schneller. Sein Herz schien zu rasen. Überall im Gesicht und am Hals bildeten sich rote Flecken.

»Lassen Sie mich in Ruhe, Mann!«, brüllte er und sah zur Spiegelscheibe. »Verpisst euch alle!«

Pfeiffer sprang auf und kickte den Stuhl um. Sofort stürmten zwei Justizbeamte in den Raum und rissen den Verdächtigen zu Boden. Er trat und schlug dabei wild um sich.

»Okay. Das reicht für heute. Bringen Sie ihn in seine Zelle«, sagte Schröder.

Schröder betrat das Nebenzimmer des Verhörraums und sah eine nachdenkliche Staatsanwältin. Sie stand mit verschränkten Armen da und blickte immer noch durch die Scheibe in den grau gestrichenen Raum hinein, in dem bis vor ein paar Minuten Dennis Pfeiffer gesessen hatte.

Lorenz schlürfte an einem Kaffee. »Wir bekommen ihn schon weich. Bei der nächsten Befragung knickt er ein«, sagte er.

Valentini atmete tief ein und drehte sich zum Hauptkommissar um. »Seine Reaktion, als Sie ihn auf den Pfarrer angesprochen haben, war ziemlich heftig. Er ist so voller Hass auf diesen Mann. Weshalb?«

Schröder legte die Akte auf den Tisch. »Ja. Ich wollte ihn damit provozieren. Sehen, ob er emotional einbricht. Das ist er. Er wäre fähig gewesen, Köstner zu töten. Aus Rache. Wenn er der Täter war, wird ihm das bei der nächsten Befragung das Genick brechen.«

Valentini schüttelte den Kopf. »Aber warum? Nehmen wir an, Köstner hat Pfeiffer misshandelt, in welcher Form auch immer, oder diese Treffen organisiert, von denen Jenkov gesprochen hat. Lassen wir das einmal dahingestellt. Nehmen wir weiter an, er hat sich deswegen an ihm gerächt und ihn getötet. Müsste er jetzt nicht erleichtert sein, da er es dem einstigen Peiniger heimgezahlt hat? Weshalb rastet er dann derart aus, wenn er auf das Heim angesprochen wird?«

Schröder nahm auf einem Stuhl Platz und stützte die Unterarme auf den Oberschenkeln auf.

»Vielleicht ist er aufgrund der Ereignisse traumatisiert? Er war damals zehn Jahre alt. Das hinterlässt für immer Spuren. Da holt einen kein Psychiater mehr raus. Eventuell hat er geglaubt, es würde ihn befreien, wenn er den Pfarrer tötet. Hat es dann womöglich doch nicht. Die Freude über die Rache währte möglicherweise nur so lange, bis er sich mit den kommenden Konsequenzen auseinandergesetzt hat. Den Anfang davon hat er gerade erlebt. Er empfindet wieder Hass auf Köstner, weil er ohne das damalige Geschehene jetzt nicht in dieser Situation stecken würde.«

Valentini setzte sich zu Schröder und goss sich einen

Kaffee ein, sie schüttete etwas Zucker dazu und rührte bedächtig um. »Gut möglich. Ich bin kein Psychologe«, sagte sie.

Lorenz griff zur Thermoskanne und schenkte sich eine weitere Tasse nach. »Er war es. Punkt. Er hat ein Motiv und kein Alibi. Die Fotos und die Zeitungsartikel sind übersät mit seinen Fingerabdrücken. Wozu hätte er die sonst sammeln sollen? Außerdem, warum ist Pfeiffer in die Nähe des Pfarrers gezogen? Um ihn zu beobachten! Um im richtigen Moment zuzuschlagen. Nur deswegen.«

Schröder kaute auf der Unterlippe herum. Er stand auf und stemmte die Hände in die Seiten.

»Genau das verstehe ich nicht. Weshalb zog er hierher? Er hätte von überall in die Stadt kommen, den Pfarrer töten und wieder verschwinden können. Aber nein. Er bezieht eine Wohnung in unmittelbarer Umgebung zur Kirche. Wozu? Das Risiko ist doch viel zu groß. Dieses Vorgehen ist ja fast schon dumm.«

Lorenz trank einen Schluck Kaffee. »Weil er bekloppt ist. Nur ein Irrer fotografiert das Opfer vorher, sammelt Artikel über ihn und lagert das Zeug im eigenen Keller. So blöd kann man eigentlich gar nicht sein. Aber er ist verrückt. Er wollte dem Pfarrer nahe sein. Tötet ihn dann irgendwann, als er die Nähe nicht mehr ertragen konnte. Wir sollten einen Psychofritzen hinzuziehen.«

»Ja. Vermutlich müssen wir das tun. Ich werde ein psychiatrisches Gutachten anfordern«, sagte Valentini.

Lorenz nickte zufrieden. Für ihn war der Fall erledigt.

»Gut. Meinetwegen. Es kann uns nur weiterbringen. Was haben wir sonst noch? Die Fotos. Die Zeitungsartikel. Alles mit Fingerabdrücken von Pfeiffer darauf. Okay. Das ist aber auch schon alles. Keine Tatwaffe. Keine Fingerabdrücke oder DNS von ihm am Tatort. Keine Augenzeugen. Keine

Bilder aus einer Überwachungskamera. Nichts«, resümierte Schröder.

»Ziemlich wenig für einen Indizienprozess«, sagte Valentini und verschränkte die Arme nachdenklich vor der Brust. »Ein guter Pflichtverteidiger zerlegt uns damit. Und das Motiv … das kann uns das Genick brechen. Es wird ihn entlasten. So verrückt das klingen mag.«

Die beiden Kripobeamten schauten die Staatsanwältin überrascht an.

»Warum soll uns ausgerechnet das Motiv das Genick brechen?«, fragte Schröder verwundert.

»Weil es keines ist. Besser gesagt, es gibt kein Motiv. Gegen Köstner wurde nie Anklage erhoben. Also ist im juristischen Sinne nichts passiert. Verstehen Sie? Es ist nichts geschehen. Das hat die Staatsanwaltschaft damals festgestellt. Also kann Pfeiffer deswegen kein Motiv haben. Es gab juristisch keine Misshandlungen oder andere strafbare Verbrechen. Würde die Staatsanwaltschaft die Missbrauchsvorwürfe als Motiv zulassen, würde sie gleichzeitig die damaligen Vorwürfe bestätigen oder, anders gesagt, sich widersprechen.«

Schröder setzte sich hin und fuhr sich mit der Hand durch das Gesicht. »Wir brauchen ein Geständnis. Mit einem guten Anwalt spaziert er sonst hier raus.«

Dennis Pfeiffer saß auf demselben Stuhl wie bei der ersten Vernehmung. Er zeigte mit dem Daumen lässig auf die Person, die neben ihm Platz genommen hatte. »Das ist mein Anwalt«, sagte er mit stolzem Unterton und schob die Brust etwas vor.

Schröder, Valentini und Lorenz nickten kurz zur Begrüßung. Sie kannten den Pflichtverteidiger. Er hatte schon einige Fälle gewonnen, bei denen nur Indizien vorgelegen hatten. Er war ein unangenehmer Typ, der stets griesgrämig dreinschaute, aber gut in seinem Job war.

Schröder konnte sich keinen Reim darauf machen, wie der Beschuldigte gerade an diesen Verteidiger gekommen war. Wolfgang Harrer. Ausgerechnet dieser Advokat, dachte Schröder.

»Okay. Bringen wir es hinter uns«, begann der Hauptkommissar und setzte sich dem Verdächtigen und seinem Strafverteidiger gegenüber.

»Sie sind vor drei Monaten umgezogen. Warum?«

Pfeiffer verschränkte die Arme und lächelte schief. »Ich wollte mal was anderes sehen. Osnabrück hat mich gelangweilt. Ich musste raus da. Einfach so.«

»Weshalb aber sind Sie gerade hierhergekommen?«

»Keine Ahnung. Hab geschaut, in welcher Stadt ich schnell eine neue Wohnung finde. Ist ja heutzutage auch schwierig, was Bezahlbares zu bekommen. Hätte genauso gut Hamburg oder Berlin werden können.«

Der Anwalt legte eine Hand auf Pfeiffers Unterarm. »In diesem Land kann jeder dort leben, wo er es für richtig hält. Freizügigkeit ist das Recht einer Person zur freien Wahl des Wohn- und Aufenthaltsortes. Es ist ein Grundrecht. Das sollten Sie wissen. Ihn wegen eines Umzuges zum Verdächtigen machen zu wollen, ist gelinde gesagt eine Unverschämtheit und wird Konsequenzen nach sich ziehen.«

Schröder quittierte die Aussage des Verteidigers mit einem knappen Nicken. »Warum haben Sie Fotos von Köstner gemacht?«

»Fotografieren ist mein Hobby. Pfarrer sind ein interessantes Motiv. Alleine die Klamotten. Sie sind eben anders. Sie feiern schöne Feste. Ich steh auf den krassen Scheiß, Mann«, sagte Dennis Pfeiffer und lachte auf.

Wieder legte der Rechtsbeistand die Hand auf den Unterarm des Beschuldigten.

»Wollen Sie meinen Mandanten jetzt auch noch wegen seiner Freizeitbeschäftigung verdächtigen? Hauptkommissar Schröder, Sie bewegen sich auf sehr dünnem Eis.«

»Weshalb haben Sie die ganzen Zeitungsartikel über Köstner in Ihrem Keller aufbewahrt?«

Dennis Pfeiffer blickte zu seinem Anwalt. Dieser machte eine wohlwollende Kopfbewegung. »Gut. Ende mit dem Quatsch«, begann der Beschuldigte plötzlich in einem ernsten Tonfall. »Ja. Ich bin wegen diesem Pfarrer hierhergezogen«, fuhr er hastig fort und sah mit nervös zuckenden Augen zwischen dem Hauptkommissar und seinem Rechtsanwalt hin und her. »Ich habe das Zeug gesammelt, weil ich vorhatte, mich irgendwie an ihm zu rächen. Es blieb aber beim Beobachten. Keine Ahnung. Vielleicht hätte ich das noch Jahre so gemacht. Es tat gut zu wissen, ich könnte ihm alles heimzahlen. Sofort. Auf der Stelle. Es war ein Gefühl der Macht über ihn. Die Macht, die er jahrelang über mich hatte. Ich wusste, wo er war, was er tat. Ich hätte jederzeit zuschlagen können.«

Schröder stand auf und ging im Raum umher. Harrer war clever, er ließ seinen Mandanten die Flucht nach vorne antreten. Wahrscheinlich würde der Psychologe ihm diese Machtstory abnehmen.

»Weshalb jetzt? Warum nicht schon vor Jahren?«

Pfeiffer hob die Arme und ließ sie mit einem lauten Schnaufen sinken. »Ich kam nach dem Interview mit dieser Reporterin auf die Idee, den Pfaffen zu suchen. Ich hatte ja Zeit. Kein Job und so. Als ich ihn das erste Mal nach so vielen Jahren gesehen habe, war plötzlich alles wieder da. Auf einen Schlag. Als ob man einen Schalter umlegt. Ich bin wieder jede beschissene Nacht schweißgebadet aufgewacht.

In jedem verdammten Traum sehe ich die Männer, wie sie mich anfassen wollen. Wenn sie mich berühren, schrecke ich schreiend hoch.«

Schröder sah stumm zu Pfeiffer und musterte ihn.

Der Verdächtige machte eine Pause. Er sah mitgenommen aus.

Also doch Missbrauchsvorwürfe, wie Schröder insgeheim schon vermutet hatte. Die Aussage traf ihn mehr, als er sich im ersten Moment eingestehen wollte.

»Hat Pfarrer Köstner Sie auch … angefasst?«, fragte Schröder.

Pfeiffer schüttelte den Kopf. »Nein. Er nicht. Ich hatte den Eindruck, dass er eher so etwas wie die Puffmutter war. Wissen Sie, was ich meine?« Er zuckte mit den Schultern. »All die Erinnerungen, die ich die letzten Jahre versuchte zu vergessen, waren zurück. Ich verspürte einen endlosen Hass auf das Dreckschwein und seine Kumpane. Auf ihn, weil er uns diesen Männern ausgeliefert hat und uns nicht in Schutz nahm, was sein Job gewesen wäre. Ich war so hilflos. Ich war ein Kind. Verdammt. Nur ein Kind. Er ein angesehener Pfarrer. Ein geachtetes Mitglied der Gemeinde. Ich war nur eines dieser elenden Waisenkinder, die froh sein konnten, ein Dach über dem Kopf zu haben und etwas zu essen zu bekommen. Abschaum. Mehr nicht. Niemand hat uns geglaubt. Diese Kirchenheinis und ihre Freunde waren unschuldig und wir schuldig. Zur Lösung des Problems hat man uns fortgeschafft. Damit die heile Welt wieder in Ordnung kam. Damit die Wahrheit weit weg war und ihnen nicht mehr gefährlich werden konnte, Mann.«

Er ließ sich zurücksinken, atmete tief durch und starrte eine Zeit ins Leere.

»Da habe ich mir überlegt, ob ich ihn kaltmache.« Pfeiffer formte mit den Fingern eine Pistole und zielte auf den

Hauptkommissar. »Peng!« Er ließ die Hand wieder sinken. »Aber ich habe es nicht getan.« Der Verdächtige sah zu Boden, dann mit feuchten Augen zu Schröder.

»Ich war zu feige.« Tränen rannen ihm nun die Wangen hinunter. »Ich war verdammt noch mal zu feige.«

Harrer griff ihm an den Oberarm und reichte ihm ein Taschentuch. »Ich denke, das genügt jetzt.«

Pfeiffer blickte seinen Verteidiger an und schüttelte den Kopf. Anscheinend wollte er es endlich hinter sich bringen.

»Okay. Ich glaube Ihnen«, begann Schröder ruhig, »eine Frage noch. Nehmen wir an, Sie hätten ihn töten wollen. Was für eine Waffe hätten Sie benutzt?«

Valentini und Lorenz schauten Schröder irritiert an.

Der Anwalt hob abweisend eine Hand. »Das geht jetzt wirklich zu weit, Herr Hauptkommissar.«

»Abgeknallt hätte ich ihn. Wie einen räudigen Straßenköter«, fuhr Pfeiffer dazwischen.

Alle sahen den Verdächtigen an, der mit entschlossener Miene dasaß. Schröder glaubte zu erkennen, dass er es bereute, nicht der Täter gewesen zu sein. Er hätte den Priester erschossen, da war sich Schröder sicher. Wahrscheinlich hätte er vor Wut und Hass ein ganzes Magazin in das Opfer gejagt. Dieser Mann wäre niemals zum Beichten in eine Kirche gegangen, um Köstner dort heimlich zu erstechen. Er hätte dem Pfarrer voller Wut eine Kugel nach der anderen in den Leib geballert, und das am besten an einem Ort, an dem man den Pfaffen sofort gefunden hätte – nicht versteckt im Beichtstuhl.

»Eine weitere Frage noch, bitte«, sagte der Hauptkommissar und sah dabei den Verteidiger an. »Sie sagten vorhin, Sie wären nach einem Interview auf die Idee gekommen, Köstner zu suchen. Um was ging es in diesem Interview?«

Pfeiffer entspannte sich etwas. Sein Anwalt hörte mit

einem leicht zugekniffenen Auge zu. »Über das Heim. Die Vergewaltigungen an uns Kindern. Um das, was diese Pfaffen und die anderen Dreckschweine mit uns gemacht haben.« Er rückte näher zum Tisch und stützte die Ellbogen darauf. »Sie haben uns wie Vieh irgendwo hingekarrt. Wie auf Bestellung. Pizzadienst oder so.« Er lachte verächtlich. »Sie haben uns meistens zu Partys gebracht. Auch mal zu jemandem nach Hause oder in eine Wohnung. Aber eher selten. Meistens zu diesen Partys. Zu irgendwelchen reichen Typen. Sah man an den Autos, die vor der Hütte standen.« Pfeiffer atmete tief durch.

»Was für eine Hütte?«, fragte Schröder dazwischen.

»In irgendeinem Wald. Sah aus wie eine Jagdhütte oder so was. Da haben sie immer gefeiert. Irgendwo in der Gegend. Keine Ahnung wo, wir haben bei der Fahrt durch die Nacht und durch die abgedunkelten Scheiben nur wenig gesehen.«

Schröder sah zu Lorenz, der nickte und sich dazu Notizen machte.

»Okay. Wieder zurück zu dieser Reporterin.«

Pfeiffer fummelte mit einer Hand herum, als ob er seinen Gedanken auf die Sprünge helfen wollte. »Sie hat an irgendeinem Artikel über die Vorfälle in unserem Heim gearbeitet. Für eine Zeitung oder so.« Er presste die Lippen zusammen. »Sollte eine ganz große Nummer werden – der Bericht. Scheiße, Mann, ich musste sogar unterschreiben, dass ich bis zur Veröffentlichung mit niemandem darüber rede.«

»Wann war das Interview?«, fragte Schröder.

Dennis Pfeiffer sah angestrengt zur Decke. »Etwas über ein Jahr ist das her. Vielleicht anderthalb. Danach habe ich begonnen, den Pfarrer zu suchen. War gar nicht so einfach.«

»Wann und wo wurde das veröffentlicht?«

Pfeiffer zuckte mit den Schultern. »Keine Ahnung, Mann. Diese Reporterin hat sich nie wieder bei mir gemeldet. Obwohl ich noch Geld von ihr bekommen hätte«, sagte er. »Aber so sind die Zeitungsfuzzis. Wahrscheinlich war der Artikel doch nichts für die Leser, die nur Gutes hören wollen. Oder irgendjemand wollte keinen Artikel über das, was in den Heimen der Kirche vorgeht. Was weiß ich.« Er machte eine wegwerfende Handbewegung.

Die Geschichte war so frei erzählt, dass Schröder nicht anders konnte, als ihm zu glauben.

»Der Artikel wurde also nie veröffentlicht? Wie heißt diese Reporterin oder die Zeitung, für die sie tätig ist?«, fragte Schröder und hielt den Bleistift auf einem Blatt Papier bereit.

»Keine Ahnung mehr. Schreiner, Schulze, Schröder. Genau!«, sagte Pfeiffer plötzlich und blickte den Hauptkommissar mit einer Gewissheit an, die ausdrückte, dass ihm der richtige Name soeben eingefallen war. »Schröder. Genau, Mann. Sie heißen doch auch so. Oder? Witzig. Mann, das ist über ein Jahr her. Aber ich bin mir sicher. Ja, Schröder. Wie Sie. Ich kann mich noch an ihren Vornamen erinnern«, sagte er und schaute beinahe verträumt vor sich hin.

Schröder zog die Augenbrauen zusammen, und seine Hand, die den Bleistift hielt, begann zu zittern. »Okay, wie hat der Vorname dieser Journalistin gelautet?«, fragte er mit leicht bebender Stimme.

»Michelle Schröder. So hieß sie. Scheiße, Mann, war das ein scharfes ...« Pfeiffer verstummte abrupt, als der Bleistift des Hauptkommissars auf dem Papier zerbrach.

Schröders Atem ging plötzlich rasend schnell. Sein Brustkorb hob und senkte sich wie nach einem Marathon.

»He, was ist los, Mann?«, stammelte Pfeiffer und rutschte mit dem Stuhl erschrocken zurück.

»Michelle Schröder?« Der Hauptkommissar sprang auf.

Harrer erhob sich gleichfalls und hielt schützend die Arme hoch.

Schröder taumelte leicht.

Julia Valentini packte ihn am Oberarm. »Was ist los mit Ihnen? Beruhigen Sie sich.«

Schröder rieb sich mit den Händen durch das Gesicht.

»Helfen Sie mir, Lorenz«, rief die Staatsanwältin. »Bringen Sie den Verdächtigen raus. Schnell«, herrschte sie einen Justizbeamten an. »Setzen Sie sich«, redete sie mit ruhiger Stimme auf den Hauptkommissar ein. »Es ist alles gut.«

Schröder ließ sich auf einen Stuhl fallen, stützte die Ellbogen auf die Oberschenkel und legte das Kinn auf die Handflächen. Er atmete schwer ein und aus und zitterte am ganzen Leib.

Die Staatsanwältin ging vor ihm in die Hocke. »Was ist denn mit Ihnen los?«, fragte sie mit sanfter, mitfühlender Stimme.

Lorenz schob Schröder ein Glas Wasser hin. »Trink was. Du siehst ziemlich scheiße aus«, sagte er.

Schröder saß einige Momente stumm da, dann schüttelte er den Kopf.

»Michelle Schröder war meine Frau.«

21

»Hier. Ich habe Ihnen etwas zu trinken besorgt«, sagte die Staatsanwältin und stellte die Flasche Cola Light auf Schröders Schreibtisch.

Er sah auf. »Danke.« Dann blickte er wieder ins Leere.

Valentini zog einen Stuhl heran und setzte sich neben ihn. »Es tut mir leid, was passiert ist.«

Schröder schaute zu ihr auf. Schließlich vergrub er das Gesicht in den Händen. Sie legte tröstend eine Hand auf seinen Rücken.

»Sie war Journalistin«, begann er irgendwann. »Ich wusste aber nie, an was für einer Story sie gearbeitet hat. Das war so ein Abkommen zwischen uns. Oft hat sie investigativ für eine Story recherchiert. Hätte ich davon gewusst, hätte ich als Polizist eventuell Untersuchungen einleiten müssen. Dann wäre wiederum ihre Arbeit nichts mehr wert gewesen. In ihrem Beruf zählte es, der Erste zu sein, der mit einer Story rauskam. Als verdeckter Ermittler durfte ich ihr aber auch nicht alles anvertrauen, woran ich für einen Fall arbeitete. Irgendwann beschlossen wir, dass jeder seine Arbeit macht. Es hat gut funktioniert. Wir stellten sogar fest, dass wir besser abschalten konnten, wenn wir zusammen die Zeit verbrachten. Es gab diesen Zwang nicht mehr, dem einen zu erzählen, was im Job los war. Wir kamen schneller zur Ruhe. So den Arbeitstag hinter sich zu lassen, das haben wir genossen.«

Valentini nickte verständnisvoll.

Schröder stieß ein Seufzen aus. »Ihre Storys bekam ich immer erst kurz vor der Veröffentlichung zu sehen. Sie waren gut, gründlich recherchiert, tiefgründig. Sie sah gerne hinter die Fassaden. Hinter die Kulissen. Dafür habe ich sie bewundert. Sie war eine großartige Journalistin. Ihre Geschichten berührten die Leser. Zeigten das wahre Leben.« Er griff nach der Flasche und trank einen Schluck.

»Wussten Sie, dass Ihre Frau an einem Artikel über das Kinderheim und die Vorwürfe um Pfarrer Köstner gearbeitet hatte?«, fragte die Staatsanwältin.

Schröder schüttelte den Kopf. »Als Pfeiffer Michelles Namen nannte, war plötzlich alles wieder da. Die ganzen Erinnerungen an diesen furchtbaren Tag …«

Valentini legte eine Hand auf seine Schulter und schien abzuwägen, ob sie die Frage stellen sollte, tat es aber dann doch. »Was ist genau passiert?«

Er atmete tief durch. Jeden Tag versuchte er, nicht an diesen gottverdammten Abend zu denken. Am besten half es ihm, wenn er sich um Lea kümmerte. Dann vergaß er alles um sich herum.

Schröder richtete sich etwas auf und sah Valentini an. »Nach der Arbeit in der Redaktion ist sie mit dem Fahrrad nach Hause gefahren. Es war schon dunkel. Das war es meistens, wenn sie das Büro verließ. Ich war bereits zu Hause. Habe mit unserer Tochter Spaghetti mit Tomatensoße gekocht. Lea und Michelle liebten Spaghetti.«

Er wischte mit dem Handrücken ein paar Tränen von den Wangen. Auch Valentini bekam feuchte Augen.

»Sie fuhr über eine Kreuzung. Da kam der Wagen und erfasste sie. Sie war …«

»Es tut mir so leid, Schröder«, sagte Valentini und legte den Kopf an seine Schulter.

»Das Grausamste ist, dass er ihr nicht geholfen hat. Der

gottverdammte Fahrer hat sie einfach so liegen und sterben lassen.«

»Schrecklich«, murmelte Valentini.

Schröder stand auf und atmete tief durch. »Sie muss eine halbe Stunde schwerverletzt auf der Straße gelegen haben.« Er ging zum Fenster und sah hinaus. »Sie war ganz alleine. So einen Tod hatte sie nicht verdient.« Langsam drehte er sich zur Staatsanwältin um. »Das macht mir am meisten zu schaffen, dass sie dort einsam starb. Dass niemand bei ihr war, dass ich nicht bei ihr war.«

Er griff nach seiner Jacke und verließ den Raum.

22

Schröder lag auf dem Sofa und starrte mit rot geschwollenen Augen zur Decke, als Lea ins Wohnzimmer kam.

»Papa, wir haben heute Englisch am Computer gemacht. Der hat gesprochen.«

Schröder hob die Beine vom Sofa, Lea kletterte hinauf und lehnte sich an ihn.

»Der hat mit dir gesprochen?«

»Jaha. Aber der konnte nur Englisch.«

»Was hat er denn gesagt?«

»Was ich gesagt habe. Nur Englisch. Wenn ich Milch gesagt habe, hat er ›milk‹ gesagt.«

»Was hast du ihn noch gefragt?«

Lea blies die Backen auf und überlegte. »Papa.«

»Was hat er dann gesagt?«

»Dädi oder so. Papa ist schöner.«

»Hat es Spaß gemacht?«

Lea sah ihren Vater an und schnitt Grimassen, dann sagte sie plötzlich: »Ja, schon.«

»Englisch und Computer kann man gut gebrauchen, wenn man groß ist.«

Schröder war froh, dass Lea in eine moderne Schule ging, die schon ab der ersten Klasse begann, die Kinder an Fremdsprachen und Computer heranzuführen.

»Hast du auch einen Computer, wo du arbeitest?«

»Ja. Einen ganz großen«, sagte er und zeichnete mit den Händen ein Rechteck in die Luft. »Mit zwei Bildschirmen.«

»Für jedes Auge einen?«, fragte Lea mit erstauntem Blick.

»Nein, Schatz. Man kann nicht mit jedem Auge etwas anderes anschauen«, sagte er, und prompt schaute Lea angestrengt im Wohnzimmer umher. »Was machst du?«, fragte ihr Vater.

»Geht nicht. Ich sehe immer nur eins.«

»Ich auch.«

Anscheinend war Lea damit zufrieden, dass er auch nur ein Bild mit beiden Augen sehen konnte, und drückte sich näher an ihn heran. Wenige Augenblicke später schlief sie ein, und er brachte sie ins Bett.

Als Schröder wieder auf dem Sofa saß, gab er sich einen Ruck. Er erhob sich und ging zum Büro seiner Frau. Dort öffnete er beinahe andächtig die Tür. Er hatte das Zimmer seit ihrem Tod nicht mehr betreten. Er wollte längst etwas anderes aus diesem Raum machen. Aber was? Oder würde er seine Frau damit aus der Wohnung verbannen? Er setzte sich auf das Sofa neben dem Bücherregal. Es war halb mit Stapeln von Zeitungen, Zeitschriften und Journalen bedeckt. Er hatte ab und zu hier gesessen, wenn Michelle konzentriert Wort um Wort in ihren Laptop geschrieben hatte. Dabei hatte sie gelegentlich zu ihm herübergesehen und gelächelt, um sich daraufhin sofort wieder ihren Texten zu widmen. Er blickte zum Schreibtisch. Es sah alles so aus, als ob sie gleich nach Hause kommen und an die Arbeit gehen würde.

Schröder erhob sich und ging hinüber an ihren Arbeitsplatz. Er bewegte die Maus, aber es rührte sich natürlich nichts. Dann schaltete er den Laptop an, starrte auf das Display und wartete. Kurz darauf erschien eine Aufforderung zur Passworteingabe.

Er lächelte. Klar, dass sie alles geschützt hatte. Das ganze investigative Journalistengeschäft war eine Geheimniskrämerei. Bis zur Veröffentlichung. Dann wurden aus Geheimnissen Schlagzeilen. Dann mussten Freund und Feind wissen, was Sache war.

Während er den blinkenden Cursor fixierte, dachte er nach. Was hatte Michelle als Passwort gewählt? Gewiss keines, auf das jeder so einfach kommen konnte. Leas oder seinen Namen? Vielleicht ihr Geburtsdatum? Möglicherweise auch beides kombiniert. Er hielt es zwar für unwahrscheinlich, versuchte es aber trotzdem.

Nachdem er alles, was ihm eingefallen war, vergeblich eingetippt hatte, lehnte er sich frustriert zurück. Er klappte den Laptop zu, zog das Netzkabel aus der Steckdose und packte alles ein.

»Hier«, sagte Schröder, als er den Arbeitsplatz im Untergeschoß des Präsidiums von Nadine van Blomgaard betrat, und legte ihr das Gerät auf einen großen Tisch.

Das von hellen Neonleuchten geflutete Labor erinnerte ihn an das Chemielabor seiner alten Schule. Überall standen technisches Equipment, Computer, kleine Maschinen und sonst noch allerhand Zeug, mit dem er nichts anzufangen wusste.

Nadine sah auf und biss von einem Schokoriegel ab. »Was hast du da, Schröder?«, fragte sie kauend und zeigte mit dem Riegel auf den Laptop.

Er setzte sich auf einen Stuhl und schlug die Beine übereinander. Nadine van Blomgaard war die fähigste Computerspezialistin, die er je kennengelernt hatte. Als er ihr das erste Mal begegnet war, hatte er geglaubt, sie sei ein junger Mann. Sie trug Klamotten, wie man sie von Rappern aus Filmen und Videos kannte, und ihrer Frisur nach ging sie zu einem Herrenfriseur; auch in ihren Gesten und ihrer Mimik gab sie sich wie ein Kerl. Schröder war es egal. Sie war die Beste auf ihrem Gebiet, und das war für ihn entscheidend.

»Das ist der Laptop meiner Frau.«

»Kaputt?«

»Nein. Er ist mit einem Passwort gesichert.«

»Und ich soll ihn jetzt für dich knacken? Damit du ihr nachspionieren kannst?«

Schröder schluckte. Er hatte völlig vergessen, dass Nadine ihren Job erst nach Michelles Tod angetreten hatte.

»Sie ist tot.«

Die junge Frau biss wieder von ihrem Riegel ab, kaute und schien dabei über seine Aussage nachzudenken. »Oh... das... das tut mir leid, Schröder. Lass mal sehen.« Sie stand auf und griff nach dem Rechner. »Was brauchst du? Nur den Zugang?«

»Meine Frau war Journalistin. Gut möglich, dass sie einzelne Dateien oder Dokumente gesichert hat.«

Nadine drehte das Gerät in ihren Händen und begutachtete es.

»Zieh mir alle Textdateien herunter. Auch Notizen, Fotos und Tabellen. Wenn du welche findest.«

Die Computerexpertin legte den Laptop auf einen Tisch. »Kannst du heute Mittag abholen.«

»So schnell?«

Sie biss wieder in ihren Schokoriegel und lächelte kauend. Schröder stand auf, klopfte ihr auf die Schulter und verließ das Labor.

Vier Stunden später klingelte sein Telefon. Das Display zeigte Nadines interne Nummer. Fast bedächtig hob er den Hörer ab.

»Komm runter, Schröder. Das musst du dir anschauen.«

Schröder hetzte die Treppe hinunter. Mit langen Schritten nahm er immer zwei bis drei Stufen auf einmal.

Nadine schaute sich um, als er schnaufend im Türrahmen stand. »Vermutlich suchst du das«, sagte sie und klopfte auf einen Stapel Papier.

Er trat langsam näher. Kurz vor ihrem Labortisch stockte er, als ob er sich einem gefährlichen Tier näherte.

»Harter Tobak, Schröder«, sagte sie und hielt ihm die ausgedruckten Blätter entgegen.

Schröder sah Nadine zu, wie sie sich eine Handvoll Chips in den Mund schob und die fettige Hand an der Jeans abwischte. Er nahm das Dokument und begann zu lesen. Nach ein paar Minuten setzte er sich. Die Computerspezialistin beobachtete ihn, wie er dasaß und den Artikel las. Irgendwann legte er den Ausdruck beiseite, lehnte sich zurück und rieb sich mit beiden Händen durch das müde Gesicht.

»Ich kann es nicht glauben«, sagte er und blickte zu der jungen Frau. »Was hast du noch gefunden?«

Sie wandte sich dem Laptop zu. »Hier. Jede Menge. Scheint eine Riesennummer gewesen zu sein. Gesprächsprotokolle, Recherchen, Textentwürfe, Personenlisten. Sieht so aus, als ob sie kurz vor der Fertigstellung des Artikels war. Und ganz ehrlich, Schröder. Das wäre der Hammer geworden!«

Die Computerspezialistin klang für ihn, als ob sie von weit weg zu ihm sprechen würde.

»Vermutlich«, sagte Schröder müde.

Nadine schaute noch mal auf den Monitor. »Wenn das alles stimmt, was dort steht, würde das eine Welle der Entrüstung auslösen.«

»Kalendereinträge?«, fragte Schröder.

»Ja«, sagte van Blomgaard und öffnete mit ein paar Klicks einen Kalender. »Sie verweist darin öfters auf ein Notizbuch. Ich hab aber keins auf dem Rechner gefunden. Das Standardnotizbuch ist leer.«

Ihr Notizbuch. Das Kleine mit dem braunen Ledereinband, das man abschließen konnte. Sie hatte es immer bei sich gehabt. Aber es befand sich nicht bei ihren persönlichen Dingen, die sie ihm nach dem Tod ausgehändigt hatten. Schröder fluchte in sich hinein. Das war ihm damals gar nicht aufgefallen.

»Sie nutzte noch ein klassisches Notizbuch.«

Nadine schaute verständnislos. »So eins mit Papier?«, fragte sie. »Zum Reinschreiben?«

»Ja.«

Sie wandte sich wieder dem Computer zu. »Hier, Schröder, sie hatte eine Liste mit offenen Fragen«, sagte sie und zeigte auf den Bildschirm.

Er stand auf und trat neben Nadine. Er las die ersten Punkte durch und schüttelte ungläubig den Kopf. »Okay. Ich nehme das Ding mit.«

»Passwort habe ich deaktiviert.«

»Gut. Danke«, sagte er und klopfte ihr wieder auf die Schulter.

Schröder klappte den Laptop zu und ging los. Als er die Tür öffnete, sagte Nadine: »Ach, noch was, Schröder.«

Er drehte sich zu ihr um.

»Sei vorsichtig.«

23

Schröder legte den Kopf zu Lea auf das Kissen. Zärtlich streichelte er ihr über das Haar. Sie war neben ihm eingeschlafen. Im Fernsehen quasselten Comik-Figuren seltsames Zeug. Er schaltete ab, küsste seine Tochter und widmete sich wieder den Unterlagen seiner Frau.

Eine Stunde später klappte er den Laptop frustriert zu. Auch wenn Michelles Artikel alle Grausamkeiten offenbarte, denen die Jungen ausgesetzt gewesen waren, konnte er keine Hinweise für die Ermittlungen im Fall Köstner finden. Nicht einen Anhaltspunkt, der ihn weiterbrachte. Offensichtlich hatte sich die Staatsanwaltschaft damals doch getäuscht oder täuschen lassen. Den Aussagen der Betroffenen nach zu urteilen, begann der sexuelle Missbrauch an ihnen mit der Unterbringung im Kinderheim. Systematisch. Sie wurden aus dem Heim heraus vermittelt. So wie Pfeiffer es ausgesagt und Jenkov es angedeutet hatte. Die Jungen wurden dazu regelrecht vom Kinderheim ausgeliefert. Wie Pizza vom Lieferdienst. Was waren das für Menschen, die sich zu einer Party Kinder liefern ließen und über diese erbarmungswürdigen Geschöpfe herfielen?

Schröder verzog unwillkürlich das Gesicht. So wie es aussah, hatte Pfeiffer die Wahrheit gesagt. Alles, was er bei der Vernehmung erzählt hatte, fand sich in einer ähnlichen Form in Michelles Aufzeichnungen wieder.

Pfeiffer wurde in dem fast fertigen Text als Dennis P. bezeichnet. Die anderen Namensabkürzungen konnte er niemandem zuordnen. Die Vor- und Nachnamen hatte sie abgekürzt und in roter Schrift gehalten. Er vermutete, dass sie mit den betroffenen Personen nochmals hätte reden müssen oder ihre Freigabe für den Text benötigt hatte. Vielleicht wollten diese Geschädigten auch nur mit solch unkenntlich gemachten Namen bei der Veröffentlichung erscheinen. Abermals starrte er auf die Abkürzungen. P. B., K. T., L. B. und F. V. Es waren anscheinend alles die Namen von Opfern. Das ging zumindest aus dem Hauptdokument hervor. Die Kürzel der Täter waren bis auf Pfarrer P. und Pfarrer K. mit dem Vermerk *in Prüfung, Klärung beim Termin* versehen. Alles andere, als dass es sich bei den Pfarrern P. und K. um Pesch und den getöteten Köstner handelte, hätte ihn verwundert. Wenn er nur eine Liste aller Jungen auftreiben könnte, die in diesem gottverdammten Heim gewesen waren! Aber die Namen würde er niemals vom Generalvikar erhalten. P. B. dürfte Pepe Bonetto sein, der seit über einem Jahr im Knast saß. Und der Rest? Sicherlich standen die wichtigsten Kontaktdaten in Michelles Notizbuch. Vermutlich auch die Klarnamen der Abkürzungen und die Namen, die sich hinter dem Hinweis *in Prüfung, Klärung beim Termin* befanden. Aber davon fehlte jede Spur. Warum?

Michelle hatte es immer bei sich getragen. Weshalb war es bei den Gegenständen, die er nach ihrem Tod ausgehändigt bekommen hatte, nicht dabei gewesen? Ihn beschlich ein unheimliches Gefühl. Er versuchte die Frage, die sich in ihm aufdrängte, niederzukämpfen. Der Gedanke, dass es vielleicht gar kein Unfall gewesen war, nagte an ihm. Er schüttelte ihn ab und widmete die volle Aufmerksamkeit abermals den Dokumenten.

Der einzige Hinweis war vielleicht P. B. – Pepe Bonetto.

Schröder legte den Kopf in die Hände. Es war frustrierend, dass er in dem Artikel so viel Unglaubliches niedergeschrieben fand, dass die Verbrechen an den Kindern benannt und die mutmaßlichen Drahtzieher enttarnt worden waren und doch für ihn unzugänglich blieben. Wieder starrte er auf die Abkürzungen und die Verweise.

Nur ein Mensch hätte ihm da weiterhelfen können: seine tote Frau Michelle.

Es musste einen Weg zur Wahrheit geben.

»Nur wo?«, murmelte er.

24

Schröder stand vor der Pinnwand im Büro. Er hatte die Hände auf dem Rücken verschränkt und ging in Gedanken die zusammengetragenen Beweise und die daraus resultierenden Theorien im Mordfall Köstner durch. Als die Tür aufflog, wurde er aus seinen Überlegungen gerissen.

»Das Alterungsteil ist da«, rief Lorenz begeistert und trat mit großen Schritten zu seinem Kollegen. Zufrieden streckte er dem verwundert dreinblickenden Hauptkommissar den Fotoausdruck hin. Schröder nahm ihn, verstand, was sein Kollege meinte, und schaute lange darauf.

»Unglaublich, was die mit ihrer Software so alles machen können«, sagte Lorenz.

Schröder war ebenso überrascht.

»Köstner, von Roda und dieser Aslan sehen tatsächlich heute so aus«, stellte er verblüfft fest.

An Köstner, von Roda und Aslan konnte man erkennen, wie gut die noch unbekannten Männer getroffen sein mussten und heutzutage wohl aussahen.

»Meinst du, du findest heraus, wer die anderen drei sind?«

Lorenz nahm den Ausdruck aus der Hand seines Kollegen, befestigte ihn mit einem Pin an das Board und klopfte mit dem Zeigefinger darauf.

»Wenn einer von ihnen jemals ein Foto von sich ins Internet gestellt hat oder in einer Zeitung abgelichtet wurde, dann ja«, antwortete er selbstsicher.

Schröder sah auf die Uhr, als es auch schon an der Bürotür klopfte und sie geöffnet wurde.

»Morgen, die Herren«, sagte Nowak gut gelaunt.

»Guten Morgen, Schröder. Guten Morgen, Herr Lorenz«, sagte die Staatsanwältin beim Eintreten.

Die beiden Kripobeamten erwiderten den Gruß.

»Lassen Sie uns direkt hier an der Pinnwand beginnen«, sagte Schröder. »Wir haben hier alles Wesentliche zusammengestellt.«

Der Kripochef trat vor die Wand und schaute zufrieden. Valentini stellte sich neben ihn und überflog das Sammelsurium an Fotos, Ausdrucken, Verbindungslinien und Gekritzel darauf.

»Bitte, Schröder«, forderte Nowak seinen Mitarbeiter mit einer Handbewegung auf, Licht in das Wirrwarr an der Pinnwand zu bringen.

»Wir haben im Mordfall Köstner vier mehr oder weniger heiße Spuren«, begann der Hauptkommissar und deutete zuerst auf ein Foto des getöteten Pfarrers, das in der Mitte angeordnet war. Mit einer Kreisbewegung zeigte er über die gesamte Wand. An den mit Zahlen beschrifteten Ecken waren die jeweiligen Ermittlungsrichtungen und die dazugehörenden Anhaltpunkte angebracht. »Hier haben wir Material, das einen Racheakt als wahrscheinlich erachten lässt. Gestützt auf die Vorkommnisse im Kinderheim in Talershausen vor fünfundzwanzig Jahren.«

Sein Chef rümpfte die Nase. Er schien sich mit dieser Theorie noch nicht anfreunden zu können.

»Dafür spricht die frühere Aussage der Kinder, das Verhalten der Kirche, vielleicht ein Artikel meiner verstorbenen Frau«, führte Schröder weiter aus.

Valentini sah reflexartig zum Hauptkommissar. Nowak legte die Stirn in Falten.

Schröder blickte kurz zu den beiden und fuhr fort. »Dennis Pfeiffer ist zwar zurzeit der Hauptverdächtige aufgrund seiner Überwachung des Pfarrers, er hat jedoch nicht einmal in Ansätzen gestanden. Und es bleiben noch viele Fragen offen. Wo ist die Tatwaffe? Handelte er möglicherweise allein, oder hatte er Komplizen? Wer der damaligen Heimbewohner kommt als Täter noch in Frage? Warum hat einer der damals Betroffenen den Pfarrer erst nach fünfundzwanzig Jahren getötet? Das können Sie alles aus dem Zwischenbericht entnehmen.«

»Was ist hiermit?«, fragte der Kripochef und zeigte auf das alte Foto aus dem Sekretär.

»Da tappen wir noch etwas im Dunkeln«, gab Schröder zu. »Wir wissen, wer diese drei sind. Köstner, von Roda und Hakan Aslan. Das Bild wurde vor dreißig, vielleicht fünfunddreißig Jahren aufgenommen. Von Aslan führt eine Spur zu diesen Wettscheinen. Er betreibt einen Teil der Wettbüros in der Stadt. In einem hat Köstner regelmäßig höhere Summen verspielt. Größere Gewinne konnten wir jedoch nicht feststellen. Auch keine entsprechenden Geldeingänge auf seinem Konto, mit denen er die getätigten Einsätze hätte bezahlen können. Bleiben die Fragen offen: Wie hat er seine Spielsucht finanziert? Woher stammt das Geld?«

»Dieser Aslan«, Nowak deutete mit dem Finger auf den Mann, »kannte Köstner seit über dreißig Jahren und den Generalvikar auch?«

»Ja«, bestätigte Schröder, »er hat allerdings bei einer ersten Befragung behauptet, er kenne Köstner von seinen gelegentlichen Besuchen in den Wettlokalen.«

Überrascht sah Nowak zu seinem Mitarbeiter. »Haben Sie ihn mit dieser Aufnahme konfrontiert?«

»Noch nicht. Ich möchte zuerst alle Männer auf dem Foto identifizieren. So sehen sie wahrscheinlich heute aus«, sagte der Hauptkommissar und zeigte auf den Ausdruck mit den bearbeiteten Gesichtern.

Der Kripochef trat näher an die Wand und begutachtete das neue Bild. »Gute Arbeit«, sagte er.

»Worin sehen Sie den Zusammenhang zwischen diesem Foto und dem Mord? Haben Sie ein Motiv?«, fragte die Staatsanwältin, die ebenfalls näher an die Pinnwand getreten war und die künstlich gealterten Gesichter betrachtete.

»Als Motiv kommen Spielschulden in Frage. Wie wir bereits zusammen gemutmaßt haben. Offen bleibt die Frage: Weshalb Aslan verschweigt, dass er Köstner seit Ewigkeiten kannte«, sagte Schröder.

»Warum ist der Generalvikar auf der alten Aufnahme mit Köstner und Aslan abgelichtet?«, fragte Nowak mit zusammengekniffenen Augen.

»Das wissen wir noch nicht. Interessanterweise behauptet von Roda ebenfalls, Köstner erst später kennengelernt zu haben. Zur Zeit von dessen Priesterweihe. Das Foto entstand allerdings Jahre zuvor«, antwortete Schröder.

Sein Vorgesetzter wirkte nachdenklich. »Glauben Sie«, er zeigte auf das Material, das bei den vermutlichen Missbrauchsfällen im Heim angeordnet war, »dass zwischen dieser Aufnahme und Ihren Verdachtsmomenten mit dem Kinderheim irgendein Zusammenhang bestehen könnte?«

Die Staatsanwältin trat noch näher an die Pinnwand, sah zwischen den Fotos hin und her und musterte dann den Hauptkommissar.

»Ich habe darüber nachgedacht. Habe aber noch keine Antwort darauf. Köstner und von Roda spielen bei den Missbrauchsvorwürfen eventuell eine Rolle. Köstner und Aslan bei den Wetten«, sagte Schröder.

Valentini klopfte auf das alte Foto. »Den Zusammenhang

haben Sie doch hier hergestellt. Das alte Bild. Klären Sie zügig, wer die anderen Männer sind, und konfrontieren Sie dann von Roda und Aslan damit«, sagte sie.

Der Kripochef seufzte, und Schröder ahnte, dass Nowak insgeheim hoffte, dass dies nicht wieder Ärger mit der Diözese bedeutete.

»Was ist mit ihm hier?«, fragte Nowak und zeigte auf Michael Brunner.

Schröder stöhnte auf. »Dieser Politiker ist so glitschig wie ein Aal. Irgendwie nicht zu fassen.« Valentini lächelte.

»Ich kann bei ihm kein Motiv erkennen. Allerdings war er zur Tatzeit an oder vielleicht in der Kirche. Das Timing würde exakt passen. Seine Frau hat als Letzte gebeichtet, und Brunner hat sie an diesem Sonntagmorgen angeblich dort gesucht. Er sagte dazu aus, dass er mit seiner Ehefrau am Morgen in Streit geraten war und er sich mit ihr vor seinem Wahlkampfauftritt versöhnen wollte. Zu diesem Auftritt kam er fünfundvierzig Minuten zu spät.«

»Er schlägt seine Frau«, ergänzte Lorenz die Ausführungen seines Kollegen. »Sie betrügt ihn. Das könnte ihn Wählerstimmen kosten.«

»Er hatte mit Köstner eine Woche vor dessen Tod eine lautstarke Auseinandersetzung«, fügte Schröder hinzu.

Der Kripochef und die Staatsanwältin sahen ihn fragend an.

»Köstner wollte nicht, dass Brunner im Brauhauskeller auftritt und seine Anhängerschaft auf dem Kirchplatz aufläuft.«

»Aber bringt man deswegen jemanden um?«, fragte Valentini in die Runde.

»Brunner neigt zu Gewalt. Gut möglich, dass der Streit mit dem Pfarrer und der Umstand, dass seine Frau auch noch bei diesem gebeichtet hatte, ihn so in Rage versetzt haben, dass er ausgerastet ist und Köstner getötet hat«, spekulierte Schröder.

Nowak schüttelte vehement den Kopf. »Nein. Dann hätte er Köstner vor lauter Wut erschlagen. Aber ihn heimtückisch im Beichtstuhl erstechen? Mit einer mitgebrachten Stichwaffe? Eine solche Waffe führt niemand einfach so mit sich. Das war geplant«, sagte er.

»Dem würde ich mich anschließen«, sagte Valentini.

Schröder sah die beiden an. »Wir behalten ihn im Auge. Vielleicht hat er etwas gesehen, das uns helfen kann, den Täter zu identifizieren«, sagte der Hauptkommissar.

»Machen Sie das! Überprüfen Sie diese restlichen Kinder, die Köstner beschuldigt haben, und konzentrieren Sie sich auf die Männer auf diesem Foto«, sagte der Kripochef und zeigte darauf. »Und finden Sie dringend heraus, wo Köstner das Geld herhatte. Meine Herren, der nächste Termin wartet auf mich«, schloss Nowak und verließ den Raum.

Als sein Chef gegangen war, atmete Schröder auf. Nowak hatte anscheinend den Artikel seiner Frau vergessen und dazu keine Fragen mehr gestellt.

25

Lea fischte einzelne Buchstaben aus der Suppe, schob sie vorsichtig auf den Tellerrand und versuchte, sie dort konzentriert zu ordnen.

Schröder sah zu, wie sie dabei wieder die Zunge Richtung Nasenspitze legte. Er zwang sich, es nicht zu versuchen.

»P – A – P – A. Papa«, sagte sie, drückte den Rücken durch und schaute stolz zu ihrem Vater.

»Toll. Ich probiere das auch aus«, sagte er und begann nach passenden Buchstaben in seinem Teller zu suchen.

»L – E – A – H. Leah«, sagte er.

Lea klatschte in die Hände und lachte laut auf. »Papa. Das stimmt nicht. Ohne H«, rief sie, rutschte vom Stuhl und ging um den Tisch zu ihrem Vater.

»Warte«, sagte sie, fingerte das H vom Tellerrand und leckte es vom Zeigefinger. »Jetzt stimmt es, Papa«, sagte sie im Ton einer Lehrerin.

»Sicher?«, fragte Schröder und zog die Stirn in Falten.

»Du weißt das ganz genau«, tadelte sie ihn und setzte sich wieder.

»Du wirst bestimmt einmal Lehrerin«, sagte er.

»Nö. Polizeimann.«

»Kommissarin.«

Lea schaute skeptisch.

»Warte, da kannst du mir gleich bei meinen Ermittlungen helfen«, sagte er und stand auf, um zwei Ausdrucke an den Tisch zu holen.

»Schau mal. Erkennst du ihn wieder?«, fragte er und schob ein Foto zu ihr hinüber.

Lea schaufelte zwei Löffel Buchstabensuppe in sich hinein und musterte währenddessen das Bild.

»Der Mann hat mir das Eis gegeben. Den haben wir bei dem Mann mit den vielen Augen und Nasen gemalt«, sagte sie und schob noch mal einen Löffel Suppe hinterher. »Der hat den Rock angehabt und die kleine Kappe. Hast du auch schon mal einen Rock angehabt?«

Schröder lachte. »Nein. Nur Männer von der Kirche haben meistens Röcke an. Sonst sind das eher Frauenkleider.«

»Ich hab aber schon mal deine Jacke und deine Schuhe angezogen. Die Schuhe sind blöd. Da kann man gar nicht drin laufen. Da bin ich hingefallen.«

»Mit meinen Schuhen?«

»Ja. Den großen.«

Schröder schüttelte den Kopf bei der Vorstellung, wie Lea mit seinen großen Motorradstiefeln und seiner schweren Lederjacke durch die Wohnung gelaufen war.

Er sah seine Tochter schmunzelnd an, die wieder begann, Buchstaben aus der Suppe zu sortieren.

26

»Hallo, Schröder«, sagte Julia Valentini mit musterndem Blick, als ob sie nach einer äußerlichen Verletzung Schröders suchte. Anscheinend machte sie sich seit dem Vorfall beim Verhör von Pfeiffer Sorgen um den Hauptkommissar.

»Mir geht es gut. Machen Sie sich keinen Kopf um mich«, sagte er.

»Setzen Sie sich«, sagte sie und zeigte auf die Sitzgruppe in der Ecke. Sie stand vom Schreibtisch auf und ging zu dem runden Glastisch mit den vier Ledersesseln. »Was kann ich für Sie tun?«

Schröder legte einige Dokumente vor ihr auf die Glasplatte. Er hatte lange darüber nachgedacht, ob er diesen Schritt gehen sollte. Aber die Fakten im Mordfall Köstner ließen ihm keine Wahl, obwohl er wusste, dass es damit für ihn und voraussichtlich auch für die Staatsanwältin ungemütlich werden konnte.

»Ich möchte Bischof Franz Josef Gnad vernehmen.«

Valentini faltete die Hände, zog die Augenbrauen hoch und spitzte die Lippen. »Puh.«

Er sah sie entschlossen an und verteilte die Unterlagen auf dem Tisch. »Lea hat ihn so beschrieben und auch auf dem Foto wiedererkannt. Er war eindeutig der Mann, der sich nach dem Mord auf dem Kirchplatz herumgetrieben und meine Tochter zu einem Eis eingeladen hat.«

Valentini machte eine Handbewegung zu den Fotos. »Das zweifle ich inzwischen nicht mehr an, auch wenn das so natürlich keine rechtskräftige Identifikation war. Die entscheidende Frage ist aber doch: Warum war er dort? Ich meine, als Bischof ist er für alle Kirchen in seiner Diözese zuständig. Vielleicht wollte er der Kirche einen Besuch abstatten. Oder Pfarrer Köstner. Und als er angekommen ist, hat er den ganzen Tumult gesehen. Polizei, Krankenwagen und so weiter. Gut möglich, dass er dachte, er möchte den Einsatz nicht mit seinem Erscheinen stören. Was hätte er auch Hilfreiches tun können?«

Schröder wog zweifelnd den Kopf hin und her. »Ich wäre als Oberhaupt dieser Kirche hineingegangen und hätte nach dem Rechten geschaut. Sie etwa nicht?«

Valentini ließ die Frage unbeantwortet.

Schröder räusperte sich. Einen Moment überlegte er, ihr Michelles Artikel zu zeigen. Dann entschied er sich dagegen. »Nach den Aussagen von Jenkov und Pfeiffer zweifle ich nicht daran, dass Köstner in etwas verwickelt war, was ihn das Leben gekostet hat. Aber es muss dazu noch Hintermänner geben, die von Köstners Taten profitiert haben, darauf lassen alle Aussagen über die Missbrauchsvorfälle bisher schließen. Ich muss davon ausgehen, dass diese Hintermänner Köstners Vorgesetzte sein könnten«, sagte er.

»Weshalb? Warum nicht ein Kollege von Köstner oder Köstner selbst. Dass er bei den Vorfällen eine zentrale Rolle erst unter Pesch und dann als Leiter des Heims hatte, geht aus den Aussagen bisher hervor. Umso mehr wundert es mich, dass die Staatsanwaltschaft damals keine Anklage erhoben hat. Aber der Kopf kann genauso gut ein Kollege Köstners gewesen sein, dieser Pesch zum Beispiel. Wieso ausgerechnet der Generalvikar oder der Bischof? Vielleicht hat jemand von außen mit den Heimleitern zusammengearbeitet«, sagte die Staatsanwältin.

»Gut möglich. Es hätte auch jemand anderes sein können. Ich bin davon überzeugt, dass ein so gut organisierter Kindesmissbrauch innerhalb der Kirche ohne Wissen und vor allem Deckung der Obrigkeit aufgefallen wäre. Die Vorgesetzten hätten blind sein müssen, wenn ihnen nichts aufgefallen wäre. Vor allem bei diesem Ausmaß. Vielleicht wollte Pfarrer Köstner auspacken. Kurz vor seinem Tod reinen Tisch machen? Dazu möchte ich mehr vom Bischof erfahren.«

»Gut«, begann die Staatsanwältin und beugte sich ihm entgegen. »Aber sagen Sie mir: Warum sollte jemand aus der Kirche Köstner erstechen, wo er doch schwer krank war und sowieso bald sterben würde? Die Diözese wusste von seinem Krebsleiden. Warum ein solches Risiko auf sich nehmen? Gnad oder wer auch immer hätte nur abwarten müssen, und das Problem hätte sich von alleine gelöst.«

Schröder seufzte. »Wenn er aber vor seinem Tod Buße tun wollte? Sich offenbaren? Nicht nur vor Gott, sondern auch vor einer weltlichen Instanz? Die Kinder endlich aus ihrem Albtraum befreien wollte? Das wäre nur gegangen, wenn er damit an die Öffentlichkeit, zumindest aber an die Justiz herangetreten wäre. Dann hätte es alle Beteiligten getroffen. Da hätten wir in der Tat ein Motiv.«

Als Schröder diese Gedanken ausgesprochen hatte, kam ihm ein anderer, der ihm schier den Atem nahm. Er spürte, wie ihm Schweißperlen auf die Stirn traten.

»Alles in Ordnung, Schröder?«, fragte Valentini.

Er nickte und schwieg, obwohl der neue Gedanke ihn fast wahnsinnig machte: Was war, wenn sie von dem geplanten Artikel seiner Frau gewusst hatten?

27

»Guten Morgen, Chef. Habe ich eine Besprechung verpasst?«, sagte Schröder argwöhnisch, als Nowak das Büro betrat.

Werner Nowak machte eine Kopfbewegung zu Lorenz' Schreibtisch. »Wo ist der Kollege?«

Schröder sah kurz zu dessen Arbeitsplatz, dann wieder zu seinem Vorgesetzten. Nowak hatte den obersten Knopf des Kragens geöffnet und die Krawatte gelockert. Er sah aus, als habe er bereits am frühen Morgen einen Besprechungsmarathon hinter sich gebracht. Schröder beschlich ein ungutes Gefühl. »Besorgt wahrscheinlich Frühstück«, antwortete er.

Sein Chef trat ans Fenster und sah hinaus. Nowak verschränkte die Hände auf dem Rücken, dann ließ er die Hände wieder in den Hosentaschen verschwinden. »Sie wissen, dass ich etwas von Ihnen halte?«, begann er und drehte sich zu Schröder um. »Aber sagen Sie mir: Warum wollen Sie unbedingt diesen Bischof vernehmen?«

Schröder begriff, weshalb sein Chef sich die Mühe gemacht hatte, ihn hier aufzusuchen. Offensichtlich verfügte die Kirche über mehr Macht und Einfluss, als er sich vorgestellt hatte. Aber wieso sollte es in der Kirche anders zugehen als in der Politik, Wirtschaft oder irgendeiner anderen Institution? Es ging immer um Macht und Geld.

»Der Bischof war am Tatort. Jedenfalls auf dem Kirchplatz. Deshalb habe ich einige Fragen an ihn, von denen ich mir ein paar Hinweise im Fall Köstner verspreche.«

Nowak verzog den Mund. »Ihre Tochter …«

»Lea.«

»Richtig. Lea. Sie hat ihn identifiziert?«

»Ja. Sie hat ihn eindeutig identifiziert. Niemand, der das Phantombild gesehen hat, hegt einen Zweifel daran, dass es sich um Bischof Gnad handelt.«

»Das bezweifle ich gar nicht«, sagte Nowak, »trotzdem wissen Sie so gut wie ich, Schröder, dass Kinder über eine außerordentliche Fantasie verfügen. Vielleicht hat sie ihn ja irgendwo einmal gesehen oder ein Bild von ihm im Religionsunterricht aufgeschnappt. Gnad ist ja nun kein Unbekannter in seiner Diözese.«

Gewiss hatte Lea eine tolle Fantasie, die oft schwer von der Realität zu unterscheiden war. Allerdings wusste Schröder, dass insbesondere kleineren Kindern die Fähigkeit zum überzeugenden Lügen oft fehlte, da sie keine gute Vorstellung von verschiedenen Perspektiven hatten, die jedoch zum gezielten Schwindeln notwendig war. Man durfte sie nur nicht mit falschen Fragen beeinflussen. Darauf hatte er seither geachtet, wenn er mit Lea redete und etwas nachfragte.

»Sicher. Das ist möglich. Allerdings war der Bischof mit Lea ein Eis essen. Lea hat nicht den Bischof identifiziert, sondern den Mann, der ihr ein Eis geschenkt hat. Das ist für sie etwas anderes. Verstehen Sie?«

Sein Chef ballte eine Faust in der Hosentasche, anscheinend war er bemüht, ruhig zu bleiben. »Verstehe. Warum haben Sie diesen Pfeiffer laufen lassen? Er hat ein Motiv und kein Alibi. Was wollen Sie denn noch? Dass er den Mord zugibt?«

Schröder lehnte sich zurück und legte die Motorradstiefel auf den Schreibtisch. So einen abrupten Themenwechsel brachte Nowak nur an, wenn ihm kein Argument mehr einfiel. »Wir müssen wissen, weshalb der Bischof auf dem Kirchplatz war. Wenn er eine Erklärung dafür hat, ist das Thema erledigt. Für uns und für ihn«, kam Schröder zur Ausgangsfrage zurück.

Nowak zog eine Hand aus der Tasche und machte eine wegwerfende Geste. »Ich bin immer noch der Meinung, dass es dieser Pfeiffer war. Aus Rache. Aus Wut.«

»Das passt nicht zur Tatdurchführung.«

Nowak sah Schröder an.

»Es wurde nur ein Stich ausgeführt. Das sieht eher nach einem sehr gezielten Angriff aus. Auch wenn es unmöglich erscheint, durch die engmaschige und bespannte Holzwand einen gezielten Stich zu führen. Sie wissen, wie jemand zusticht, der in Wut gerät. Mehrmals. Schnell hintereinander. Zack. Zack. Zack. Ohne genau zu zielen«, sagte Schröder und ahmte mit einer Hand die Stiche in schneller Folge nach.

Er wusste, dass sein Vorgesetzter früher selbst ein guter Ermittler gewesen war. Er musste wissen, dass der Täter nicht in absoluter Rage zugestochen hatte.

»Wie dem auch sei. Lassen Sie Dennis Pfeiffer verhaften.«

Schröder hob beide Hände. »Und dann?«

Nowak trat zu ihm an den Tisch und stemmte die Fäuste darauf. »Nehmen Sie ihn in die Mangel. Bis er auspackt. Wäre das erste Mal, dass Sie das nicht hinbekommen.« Sein Chef blickte ihn mit entschlossener Miene an und richtete sich auf, ohne den Blick abzuwenden. »Das verlangt im Übrigen auch der Leitende Oberstaatsanwalt«, sagte er und schritt zur Tür. Er griff nach der Türklinke und drückte sie hinab. Dann drehte er sich wieder zum Hauptkommissar um. »Ach, noch etwas, Schröder. Vergessen Sie bitte die Vorladung von Bischof Gnad. Sie würden sich damit keinen Gefallen tun.«

Schröder nahm die schweren Stiefel vom Tisch, nachdem Nowak die Tür hinter sich geschlossen hatte. »Arschloch«, sagte er in dem Moment, als Lorenz mit Tüten bepackt das Büro betrat. Sein Kollege sah ihn erschrocken an und blieb abrupt stehen.

»Vergiss es. Ich habe nicht dich gemeint.«

Lorenz deutete grinsend zur offenen Tür. »Den Alten?«

Durch das Klingeln des Telefons kam Schröder um eine Antwort herum. »Schröder.«

»Valentini. Schon gehört?«

»Ja.«

28

»Guck, das bist du«, sagte Lea und zeigte auf ein altes Foto ihres Vaters. Er stand neben einer Harley-Davidson. Er konnte sich noch gut daran erinnern. Es war seine Erste, die er damals in Norddeutschland günstig erstanden und mit einem Freund dort abgeholt hatte.

»O ja. Das ist aber lange her.«

»Da hast du noch ganz viel Haare im Gesicht«, sagte Lea.

Schröder fuhr sich über seinen Dreitagebart und musste schmunzeln. Damals hatten er und sein Freund sich Vollbärte wachsen lassen. Sie wollten wie richtige Harley-Fahrer aussehen. Er schüttelte den Kopf über das schreckliche Bild.

»Boot fahren«, rief Lea und klatschte in die Hände. »Wo du im Boot aufgestanden bist. Da bist du ins Wasser gefallen.«

»Nur, weil du am Boot gewackelt hast.«

»Stimmt gar nicht.«

Lea hatte immer Spaß, wenn sie alte Fotos herauskramten und sich zusammen anschauten. Nur manchmal huschte ein trauriger Ausdruck über ihr Gesicht, wenn sie die Bilder ihrer lachenden Mutter sah. Schröder war sich am Anfang nicht sicher gewesen, welchen Effekt die Bilder auf seine kleine Tochter haben würden.

»Da bist du in den Beton gefahren«, sagte Schröder und lachte.

Lea sah die Aufnahme nachdenklich an.

»Weißt du das nicht mehr?«

Sie schüttelte den Kopf. Das Foto zeigte ein Kinderfahrrad, das nach einer kurzen Spur in frischem Beton stand. Kleine Schuhabdrücke gingen vom Fahrrad zum Bildrand. Schröder konnte sich noch erinnern, wie er mit ihr Fahrradfahren geübt hatte und Lea zu schnell geworden war. Sie konnte nicht mehr bremsen und fuhr bei einem Nachbarn in das frisch gegossene Fundament für die Garage. Das Rad blieb stecken, und Lea kämpfte sich durch den dicken Beton auf die Straße zurück.

»Das ist drüben beim Nachbarn. Da haben sie eine Garage um dein Fahrrad gebaut«, sagte er zu ihr.

Lea sah ihn mit großen Augen an. »Du lügst«, sagte sie.

Schröder fuhr ihr durch das Haar. »Du merkst auch alles.«

»Schau hier. Wieder eine Harli«, sagte sie bei einem anderen Bild.

Wieder war er mit seinem Freund abgelichtet. Diesmal waren sie irgendwo in Stuttgart und holten ein altes Modell ab, mit dem er nie glücklich geworden war und das er später wieder verkauft hatte. Schröder sah auf den Mann, den er damals auf der Polizeischule kennengelernt hatte und der viele Jahre sein Wegbegleiter gewesen war. Auch beruflich.

»Ich muss mal kurz telefonieren«, sagte er zu Lea, die nur kurz aufsah und weiter in den alten Erinnerungen kramte.

Schröder wählte eine Nummer, er hörte das Freizeichen und kurz darauf eine bekannte Stimme: »Ich werde wahnsinnig, wenn das nicht mein alter Freund Jan ist.«

Schröder lächelte. Es tat gut, seinen alten Freund und ehemaligen Kollegen Carl Brauer am Telefon zu hören. Er hatte schon seit einer gefühlten Ewigkeit vor, sich bei ihm zu melden, hatte es aber immer wieder verschoben. Erst jetzt schien er zu merken, wie schnell die Zeit nach Michelles Tod vergangen war. Vielleicht lag es an den vielen neuen

Aufgaben, die er zu erfüllen hatte. Sich um Lea kümmern. Den Haushalt erledigen. Ihren gemeinsamen Alltag organisieren. Die neue Herausforderung bei der Mordkommission. Es tat ihm leid, dass er es immer wieder hinausgeschoben hatte, Carl anzurufen. Brauer hätte niemals so lange gewartet. Aber er bestand damals darauf, dass er sich nach dem Tod seiner Frau bei ihm melden würde, wenn es ihm besser ginge. Er hatte den Abstand zu allem aus seinem alten Leben dringend nötig gehabt.

Die beiden Männer verband eine tiefe Freundschaft. Ihr uneingeschränktes gegenseitiges Vertrauen entstand während der Jahre ihrer Zusammenarbeit als verdeckte Ermittler in der organisierten Kriminalität. Jeder musste für den anderen einstehen. Bedingungslos. Immer. Bei Tag und bei Nacht.

»Geht es dir gut, mein Freund?«, fragte Schröder.

Einige Sekunden war Stille in der Leitung.

»Ja. Es ist nicht mehr so wie früher, als wir die Jungs ordentlich aufgemischt haben, aber es ist gut. Ja, Jan, ich könnte mir keinen anderen Job vorstellen. Auch wenn das alles leicht bekloppt ist, was ich jeden Tag riskiere. Aber das weißt du ja selbst. Wie ist es bei dir? Seit ... seit das mit Michelle passiert ist?«

Schröder wischte sich mit dem Handrücken über die Augen. Sein Freund und Kollege war damals der Erste, der ihn nach dem Unfall sofort aufgesucht hatte und etliche Tage bei ihm geblieben war, um ihm beizustehen. Wie viele es gewesen waren, wusste er heute kaum noch. Es war in jener Zeit so, als ob er in einem dichten Nebel wandelte. Carl hatte es verstanden, in dieser schwierigen Phase richtig mit ihm umzugehen. Er hatte gespürt, wann sein Freund Unterhaltung brauchte und wann es besser war, nur dazusitzen und zu schweigen.

»Ich komme klar. Lea ist mir eine große Hilfe. Wir sind inzwischen ein großartiges Team.«

»Ja. Die kleine Prinzessin ist wunderbar.«

»Manchmal glaube ich, sie verkraftet das alles einfacher als ich. Wahrscheinlich hat sie diese Stärke von ihrer Mutter.«

»Ja. Kinder können sich oft schneller an neue Situationen gewöhnen als wir. Verdammt, Jan, ich würde gerne mal wieder mit dir um die Häuser ziehen.«

Schröder lachte auf. »Keine gute Idee, Carl. Das letzte Mal ging eine Kneipe zu Bruch, und wir hatten ziemlich Ärger mit dem Alten und mussten uns einiges auf der Dienststelle anhören.«

Brauer kicherte wie ein frecher Schuljunge ins Telefon. »Oh, verdammt. Erinnere mich nicht daran. Aber diese Sesselpupser müssen auch nicht jeden Tag ihren Kopf hinhalten.« Brauer schwieg kurz und fuhr dann fort. »Die letzte Riesenparty, auf der ich war, war übrigens deine Beerdigung. Mann, da hast du echt was verpasst.«

Schröder konnte sich gut vorstellen, wie das abgelaufen war. Er hatte damals weder Zeit noch Interesse, das Ganze aus sicherer Entfernung anzuschauen, er war selbst bei einer Trauerfeier. Es war der grausamste Tag in seinem Leben. Schlimmer als der Todestag selbst. Er musste seine geliebte Frau für immer loslassen und der Erde übergeben.

»Haben sie alles geglaubt, oder gab es Zweifel?«, fragte Schröder.

Er selbst hatte lange Bedenken, weil er seinen Ausstieg so schnell wollte und dadurch unter Umständen die Operation und das Team hätte gefährden können. In Windeseile hatte man seinen Unfalltod arrangiert. Sämtliche Beamte am Unfallort durften nur aus eingeweihten Ermittlern bestehen. Das Motorrad und alle notwendigen Requisiten für ein echt wirkendes Foto mussten beschafft oder hergestellt werden. Aber es ging damals nicht anders. Er wollte nach Michelles Tod von heute auf morgen aussteigen. Allein Lea zuliebe. Carl hatte ihm deswegen nie irgendwelche Vorwürfe gemacht. Er hatte zu ihm gestanden und war jedem mit äußerster Schärfe entgegengetreten, der auch nur die Spur einer Kritik äußerte. Obwohl Brauer bewusst war, dass die beteiligten Polizisten und Ermittler dadurch in Gefahr geraten konnten.

»Nicht im Geringsten. Niemand zweifelte daran. Der Unfall war gut inszeniert. Die Beerdigung perfekt. Bei Gott, Jan. Wenn du das gesehen hättest, wie sich dreihundert harte Rocker an deinem Grab die Tränen aus den Augen wischten. Unglaublich! Ich hätte beinahe mitgeflennt. Sie haben dich verehrt! Ich glaube sogar geliebt.«

Schröder musste grinsen. So eisern und brutal viele von diesen Männern auch waren, Freundschaft war ihr oberstes Gut. Wenn einer von ihnen für immer ging, traf es sie tatsächlich bis ins Mark.

»Wie war die Party danach?«

»Wild. Verdammt wild. Sie haben dir alle Ehre gemacht.«

Schröder wusste, je wilder die Party nach der Beerdigung, desto mehr vermissten und respektierten sie den verstorbenen Bruder. Aber sollte jemals einer dieser Rocker herausbekommen, dass alles nur fingiert war und er als verdeckter Ermittler unter ihnen gearbeitet hatte, würden sie alles dafür tun, ihn dorthin zu bringen, wo sie ihn schon wähnten. Unter die Erde. Dann würde er ihren unerbittlichen Hass zu spüren bekommen. Keiner von ihnen würde ruhen, bis er tot wäre. Ein Verräter war das Erbärmlichste für diese Männer.

»Wie geht es in deinem neuen Job?«, fragte Brauer.

»Gut. Okay, derzeit habe ich einen schwierigen Fall aufzuklären.«

Schröder erzählte ihm vom Mord an Pfarrer Köstner und dem aktuellen Stand der Dinge.

»Was kann ich dabei für dich tun, mein Freund?«, fragte Carl, als Schröder mit den Ausführungen zum Mordfall geendet hatte.

»Ich traue niemandem hier. Vermutlich hat der Bischof den Polizeipräsidenten und den Leitenden Oberstaatsanwalt dazu gebracht, dass Dennis Pfeiffer für alles geradestehen soll.«

»Hat der Pfaffe euren Oberbullen und den Staatsanwalt in der Hand?«

Darüber hatte er schon nachgedacht. Er konnte sich aber noch keinen Reim auf das Verhältnis zwischen Bischof Gnad, Steinbach und dem leitenden Oberstaatsanwalt Rodenbrock-Schleekamp machen. Er wusste nur, dass der Bischof über irgendjemanden Druck auf seinen Chef ausgeübt hatte. Dieser würde niemals von selbst die Ermittlungen eines Kripobeamten stören. Schon gar nicht eine Vorladung zu einer Vernehmung als nichtig erklären. Schröder vermutete, dass Polizeipräsident Steinbach dahintersteckte, ein Machtmensch, wie er im Buche stand, und allein deswegen für Schröder verdächtig.

»Ich bin auf der Suche nach der Antwort auf diese Frage.«

»Wie kann ich dir helfen?«

»Ich benötige von zwei Verdächtigen die letzten Verbindungsdaten der Handynummern und die Ortungen zur Tatzeit.«

Er gab Brauer die Nummern von Dennis Pfeiffer und Alexander Jenkov.

»Kein Problem. Traust du euren Daten nicht?«

Schröder ließ die Frage unbeantwortet. Er war sich nicht sicher, wem und was er trauen konnte.

»Kannst du alle Verkehrskontrollsysteme und Überwachungseinrichtungen im Umkreis von zwei Kilometern zum Tatort auswerten lassen? Geschwindigkeitsdelikte. Falschparker. Unfälle. Kameraüberwachungen. Das ganze Programm?«

»Ein spezielles Kennzeichen?«

»Nein.«

»Wann brauchst du das?«

»Ich wäre froh, wenn ich es schon hätte.«

»Gut. Ich mache mich an die Arbeit und melde mich bei dir.«

»Okay. Danke, Carl.«

Schröder saß in der kleinen Kantine und starrte appetitlos auf den Kartoffeleintopf vor sich, als das Handy neben dem Suppenteller einmal piepte. Er sah zum Display, auf dem der Hinweis auf eine neue SMS angezeigt wurde, griff nach dem Smartphone und wählte die eingegangene Kurznachricht an.

Check deine Mails. Gruß C. B.

Schröder erhob sich so schnell, dass die Lehne an den Stuhl hinter ihm anschlug. Einige Besucher des Speisesaals starrten zum Hauptkommissar herüber und stocherten dann wieder in ihrem Essen herum oder führten ihre Gespräche fort. Schröder steckte das Telefon in die Hosentasche, trank seine Cola Light in einem Zug aus und hastete zu seinem Büro. Carl Brauer hatte ihm eine Nachricht von einem anonymen E-Mail-Account gesendet. Er öffnete den Anhang, in dem ein pixeliges Schwarz-Weiß-Foto unverkennbar einen Mann zeigte, den er seit Anfang der Ermittlungen kannte. Am unteren Ende des Radarfotos standen das Datum und die Uhrzeit der Aufnahme.

»Zweiter August, zehn Uhr acht«, murmelte er und sah auf den Text der E-Mail. »Stationäre Geschwindigkeitsmessstelle. Burgenstraße.«

Er trat an den großen Stadtplan, der im Büro hing. Mit dem Zeigefinger fuhr er die Straßen um die Kirche herum ab. Dann verharrte sein Finger, und er klopfte zweimal auf den Straßennamen.

»Keine zwei Minuten vom Tatort entfernt«, murmelte Schröder vor sich hin.

Er setzte sich an den Computer und druckte das Radarbild aus.

»Danke, Carl«, sagte er leise, nahm das Foto aus dem Druckerschacht, blickte auf das Bild und ging los.

Schröder stapfte an der überrascht dreinschauenden Sekretärin vorbei in Nowaks Büro. Er legte den Ausdruck vor seinem Chef auf den Schreibtisch und klopfte mit den Knöcheln darauf.

»Ich werde älter, Schröder. Meine Ohren geben langsam auch den Geist auf.« Nowak steckte sich demonstrativ einen Finger ins Ohr und rüttelte, als ob er es putzen wollte. »Hab Sie nicht mal klopfen hören«, sagte er, linste über den Brillenrand und griff nach dem Radarfoto.

»Und was soll das sein?«, fragte der Kripochef und sah zu ihm auf.

»Ihre Augen werden auch schlechter, glaube ich«, sagte Schröder und setzte sich.

Nowak rümpfte die Nase und schaute abermals auf das Bild. »Das ist doch dieser Generalvikar, richtig?«

»Ganz genau. Dominik von Roda.«

»Nehmen Sie Platz. Ach, Entschuldigung. Sie sitzen ja schon«, knurrte sein Chef und musterte noch eine Zeitlang das Foto.

»Schauen Sie sich das Datum und die Uhrzeit an.«

Nowak linste über den Brillenrand. »Zu klein. Kann ich nicht lesen.«

»Zweiter August, zehn Uhr acht.«

Der Kripochef legte den Ausdruck auf den Schreibtisch und sah Schröder an. »Wo?«

»Keine zwei Minuten von der Kirche entfernt.«

Sein Chef nahm das Foto wieder auf und knirschte mit den Zähnen. »Wo haben Sie das her?«

Sein Chef schien sich daran zu erinnern, dass alle Abfragen auf Verkehrsdelikte und Auswertungen von öffentlichen Kameras in einem Umkreis von zwei Kilometern rund um den Tatort ergebnislos verlaufen waren.

»Von einem Freund.«

»Ach, kommen Sie, Schröder. Was haben Sie für Freunde? Wo hat er das her, dieser Freund? Von der NSA?«

Schröder griff über den Schreibtisch und nahm ihm das Foto aus der Hand. Er betrachtete es und drehte es seinem Gegenüber wie eine Trophäe zu. »Bischof Gnad wurde kurz nach der Tat auf dem Kirchplatz gesehen. Generalvikar von Roda kurz vor der Tat auf dem Weg zur Kirche. Der zeitliche Ablauf würde passen.«

Nowak kratzte seinen unrasierten Hals. »Was hat das zu bedeuten?«

Schröder stand auf. »Das werde ich herausfinden.«

Sein Chef fuchtelte mit einer Hand herum. »Lassen Sie mir eine Kopie da. Vielleicht hat der Herr Polizeipräsident ja jetzt ein Einsehen.«

Schröder war es egal, was Steinbach für eine Meinung dazu hatte. Er würde beide, den Bischof und den Generalvikar, mit seinem Wissen konfrontieren. Sollte der Bischof ruhig seine Kontakte spielen lassen – er, der Hauptkommissar Schröder, würde allen noch so kleinen Indizien und Spuren dieses Falles folgen. Er war sich sicher, dass er so früher oder später über Umwege auf die Fährte der Kirchenmänner gelangen würde. Er wusste instinktiv, dass es etwas zu finden gab – ob es nun etwas mit Köstners Tod zu tun hatte oder nicht. Aber der ungelöste Mordfall gab ihm die Gelegenheit, das ganze Umfeld des Priesters zu durchstöbern. Und das würde er tun, gerade weil ihm immer wieder Steine in den Weg gelegt wurden. Sollten sie nur machen, auch er hatte seine Methoden. Schröders Erfahrung war, dass er mit purer Dickköpfigkeit und Beharrlichkeit schon so manchen Täter in die Enge getrieben hatte, der sich seiner Sache sehr sicher gewesen war. Und dass die beste Taktik, einen starken Gegner aus der Reserve zu locken, war, ihn so lange auf die Palme zu bringen, bis er einen Fehler machte. Schröders Devise: Je mehr mächtige Feinde er sich machte, desto mehr war er auf dem richtigen Weg. Und wenn er etwas konnte, dann Leuten auf den Schlips treten.

Schröder nickte Nowak zu und verließ den Raum.

Als Schröder zurück ins Büro kam, saß Lorenz bereits am Schreibtisch. Er sah zu ihm herüber und schob sich genüsslich mit der flachen Hand einige Brösel in den Mund.

»Schon wieder jemand Geburtstag?«, fragte Schröder.

Sein Kollege nickte kauend. »Gülsen«, sagte er schmatzend und stopfte ein weiteres Stück Gebäck hinterher.

Schröder zog fragend die Augenbrauen zusammen.

»Die Putze. Musst du probieren«, half ihm Lorenz auf die Sprünge und zeigte auf die süßen Backwaren, die auf dem Tisch standen. »Dieses türkische Baklava ist unglaublich. Ich glaube, ich liebe sie.« Er leckte sich genüsslich über die Lippen.

»Die Frau oder ihr Baklava?«

»Beides«, antwortete er grinsend.

»Okay. Nimm noch eins und komm mit.«

Lorenz sah überrascht zu Schröder, dann auf das Honiggebäck, aus dem zuckrige Masse ausgelaufen war und klebrig auf dem Teller schimmerte. Fast schon verzweifelt schaute er auf die zuckersüßen Naschereien.

»Wo willst du hin?«

»Zu Generalvikar von Roda. Wir vernehmen ihn«, sagte Schröder und hob das Radarfoto hoch.

Lorenz lehnte sich zurück, leckte seine Finger ab und zeigte auf das Blatt. »Scheiße, Schröder. Was ist das?«

Er trat zu seinem Kollegen an den Schreibtisch und hielt ihm den Ausdruck wie einen Steckbrief unter die Nase.

»Der Generalvikar wurde kurz vor der Tat in der Nähe der Kirche geblitzt.«

Lorenz riss ihm das Dokument aus der Hand, schob sich ein weiteres Stück Baklava in den Mund und betrachtete schmatzend das Foto. »Das ist nicht möglich. Ich habe alle Verkehrsdelikte um den Tatort geprüft. Wo hast du das her?«, fragte er irritiert.

»Die Frage ist: Warum haben wir nichts gefunden?«

Sein Kollege starrte ihn ungläubig an. Schröder wusste, Lorenz hatte sämtliche Datenbanken abgefragt. Die verfügbaren Auskunftstellen allesamt abgeklappert. Sogar bei den Politessen der Stadt hatte er vorbeigeschaut. Und jetzt stand der Hauptkommissar mit einem Radarfoto, das zur fraglichen Zeit in der Nähe der Kirche gemacht wurde, vor ihm. Schröder beobachtete, wie sein Kollege vor Wut, Enttäuschung und Scham rot anlief.

»Wo hast du das her?«, wiederholte Lorenz zornig.

»Von einem Freund. Los, komm!«

»Verdammt, Schröder, was hast du für Freunde? Geheimagenten?«, rief Lorenz schwer schnaufend.

Dann wuchtete er den massigen Körper aus dem Bürostuhl, schnappte sich seine Jacke, griff nach einem letzten Stück Honiggebäck und hastete sogar vor seinem Kollegen zum Fahrstuhl.

29

»Was sagt der Alte, wenn wir hier auftauchen und den Generaloberst der Kirche vernehmen? Hat schon einmal richtig Ärger gegeben«, sagte Lorenz, als Schröder den Wagen am Straßenrand parkte.

»Ich habe ihm das Foto der Radarkontrolle gezeigt.«

Lorenz schaute aus dem Seitenfenster, musterte das Gebäude und schnallte den Gurt ab. »Aber er weiß nicht, dass wir hier sind?«, fragte er und sah zu ihm.

»Indirekt.«

»Indirekt? Mann, Schröder. Du machst mich noch wahnsinnig«, sagte er und schlug die Tür des Wagens zu. »Wenn der Alte deswegen wieder Theater macht, ist das dein Ding. Verstanden? Halt mich da raus. Ich brauche meinen Job. Und auf Strafzettelverteilen habe ich keinen Bock.«

»Bisschen Bewegung würde dir nicht schaden.«

»Ach, leck mich.«

Schröder zuckte mit den Schultern und lief zum Eingang. Als er sich umsah, zog sich Lorenz die Hose am Gürtel etwas hoch und folgte ihm.

»Kripo, Schröder. Das ist mein Kollege Lorenz. Wir müssen dringend den Herren Generalvikar sprechen.«

Die Empfangsdame schaute von einem Ordner auf und sah die beiden Kripobeamten überrascht an.

»Haben Sie einen Termin?«

»Nein«, sagte Schröder und hielt ihr seinen Dienstausweis hin.

»Moment bitte.«

Sie ergriff den Telefonhörer, ohne die zwei Beamten aus den Augen zu lassen, und flüsterte etwas hinein.

»Er erwartet Sie. Sie müssen dort …«

»Ich kenne den Weg. Danke.«

Lorenz betrachtete die Gemälde in den Gängen, so dass sich Schröder immer wieder nach ihm umdrehen und ihn antreiben musste.

»Das sind ja richtige Kunstwerke. Da ist jedes Bild bestimmt mehr wert, als wir im Jahr verdienen.«

»Du und Kunst? Ich dachte, du interessierst dich nur für Kulinarisches.«

»Manchmal bist du ein Idiot, Schröder. Die hängen sich wirklich keinen billigen Schrott vom Trödelmarkt hier rein.« Lorenz blieb wieder vor einem der Werke stehen und betrachtete es wissend. »Das ist ein echter van Balen. Kein Kunstdruck. Sieht man an den feinen Pinselstrichen, die man in der Farbe erkennen kann. Daran kann man im Übrigen auch Künstler unterscheiden. Oder nachweisen, ob ein Gemälde echt ist oder nur gefälscht. Jeder hinterlässt seine persönlichen Spuren in der Farbe. Irgendwie wie Fingerabdrücke.« Er machte mit der Hand eine Bewegung, als ob er mit einem Pinsel einen schwungvollen Strich malte.

Schröder drehte sich zu ihm um und sah kurz auf das Bild, auf dem ein langhaariger Mann mit Bart abgebildet war, der mahnend einen Finger erhoben hatte.

»Könnte ein Harley-Fahrer sein, mit den langen Haaren. Jetzt komm.«

Lorenz zeigte Schröder den Vogel und hastete ihm hinterher.

»Guten Tag, die Herren. Darf ich Sie hereinbitten?«, sagte von Roda, der die beiden Kripobeamten an der Bürotür persönlich in Empfang nahm. Freundlich deutete er auf die

Sitzgruppe um den kleinen Besprechungstisch herum. »Was kann ich für Sie tun?«

Schröder zog den Ausdruck des Radarbilds aus der Gesäßtasche seiner Jeans, legte ihn vor dem Generalvikar auf den Tisch und musterte ihn, während er sich setzte. Lorenz rutschte unruhig auf dem Stuhl hin und her.

Von Roda sah sein Gegenüber mit wachsamen Augen an, ließ kurz den Blick über dessen tätowierte Unterarme streifen und ergriff das Blatt. Er schaute kurz darauf. »Das Bußgeld dafür ist sicher schon beglichen. Sind Sie inzwischen bei der Verkehrspolizei? Würde Ihnen gut stehen.«

Schröder lächelte dünn. »Warum waren Sie ausgerechnet an dem besagten Tag um diese Uhrzeit dort?«

Von Roda betrachtete die Aufnahme in seiner Hand genauer und schaute auf das Datum und die Zeit am unteren Bildrand. Dann warf er das Bild mit einer lässigen Bewegung auf den Besprechungstisch zurück, wo es bis vor den Hauptkommissar rutschte.

»Das weiß ich nicht mehr. Ich bin viel unterwegs. Wahrscheinlich bin ich hingefahren, um Brötchen für das Frühstück zu holen. Es gibt da einen Bäcker, direkt am Eck, der hat sonntags geöffnet. Die Kirche sieht das nicht gerne, wenn die Menschen am Tag des Herrn arbeiten, aber die Brötchen sind noch selbst gemacht und die besten in der Stadt.«

»Das stimmt. Der Bäcker …«, begann Lorenz, ehe ihm sein Kollege einen strengen Blick zuwarf, woraufhin er schwieg und errötete.

Lächelnd ergriff Schröder das Radarbild, faltete es zusammen und steckte es wieder in die Tasche. Mit ernster Miene sah er den Generalvikar an, der völlig entspannt schien.

»Das war am Tattag. Zwischen dreißig Minuten und einer Stunde vor dem Mord. Nur ein kurzes Stück mit dem Wagen von der Kirche entfernt.«

Dominik von Roda verschränkte die Arme vor der Brust. »Was bedeutet das Ihrer Meinung nach?«

Schröder sah zu Lorenz, auf dessen Stirn Schweißperlen glänzten. Er hatte nicht damit gerechnet, dass der Mann ihm einen Grund dafür nennen würde, warum er in der Nähe des Tatorts war. Der Geistliche hatte durch seine Äußerung Schröders Mutmaßung nur bestätigt. Blieb noch zu klären, ob das Bußgeld tatsächlich beglichen worden und ob das Beweisfoto dazu vor oder nach der Bezahlung verschwunden war.

Zufrieden nickte der Hauptkommissar. »Es bedeutet, dass Sie in die Reihe der Verdächtigen aufgerückt sind.«

Von Roda lächelte kalt. »War das alles?«

»Nein«, sagte Schröder ernst und blickte dem Gegenüber tief in die Augen.

Lorenz packte seinen Kollegen an den Unterarm. »Komm«, sagte er kaum hörbar.

Schröder schüttelte die Hand ab, griff in die Innentasche und zog das alte Foto aus Köstners Sekretär heraus. Eigentlich wollte er mit dieser Konfrontation warten. Aber da sie bisher keinerlei Anhaltspunkte hatten, wer die anderen drei Männer waren, kamen sie mit dem Foto ohnehin nicht voran. Wie eine Pokerkarte legte er die Aufnahme vor dem Generalvikar auf den Tisch.

»Kennen Sie dieses Foto?«, fragte er.

Von Roda schaute auf das Foto, dann zum Hauptkommissar und nahm auch dieses Bild in die Hand. Er kniff ein Auge zusammen. »Nein«, sagte er und warf das Bild auf den Tisch zurück.

»Sie sagten, Sie kennen Köstner seit seiner Priesterweihe. Dieses Foto ist der Beweis, dass Sie ihn schon Jahre früher gekannt haben. Warum haben Sie uns dazu angelogen?«

Von Roda atmete tief ein und lehnte sich zurück. »Vielleicht habe ich mich getäuscht. Gut möglich, dass ich Köstner Jahre zuvor bei irgendeiner Feier oder einer Unternehmung begegnet bin. Können Sie sich jeden Menschen merken, den Sie schon einmal getroffen haben?«, gab der Generalvikar mit kühler Stimme zurück.

»Kennen Sie die anderen Männer auf dem Foto?«

Von Roda zuckte die Achseln. »Nein, ich glaube nicht.«

»Das«, begann Schröder und zeigte auf den Mann neben Köstner, »ist Hakan Aslan. Mit dem zumindest Köstner bis zuletzt in Kontakt stand. Was genau das für eine Verbindung war, werden wir noch herausfinden. Ich nehme an, Sie werden es uns nicht freiwillig sagen, oder?«

»Das Gespräch ist hiermit beendet«, erklärte von Roda.

Schröder erhob sich und schob den Stuhl zurecht. »Vorerst ja. Ich nehme an, Sie werden als Verdächtiger keine weiteren Angaben ohne einen Anwalt machen?«

Der Generalvikar nickte, während er Schröder mit dunklem Blick musterte.

»Ich könnte Ihnen den Allerwertesten aufreißen. Warum haben Sie nicht gewartet, bis ich mit Steinbach geredet habe?«, polterte Nowak los.

Wenige Minuten, nachdem sie vom Generalvikariat zurückgekommen waren, stand ihr Chef bei ihnen im Büro. Mit hochrotem Kopf hatte er sich vor den beiden Kripobeamten aufgebaut und fluchte. Mit einer Handbewegung machte er Lorenz klar, ihn und Schröder alleine zu lassen. Lorenz erhob sich schwerfällig, sah verärgert zu seinem Kollegen und hastete aus dem Raum.

»Was haben Sie sich dabei gedacht. Sagen Sie es mir, Schröder?«, brüllte der Kripochef.

Schröder drehte den Bürostuhl in Nowaks Richtung und musterte ihn einige Augenblicke. Er wusste, dass sein Chef manchmal ausrastete und gelegentlich auch mal etwas an die Wand warf, wenn ihm danach war. Aber er stand immer hinter den Männern und Frauen des Kommissariats und war niemals nachtragend. Irgendjemand musste ihn derart aufgebracht und wahrscheinlich in die Schranken gewiesen haben, dass er kurz davor war zu explodieren. Denn eines mochte der Kripochef überhaupt nicht: wenn man versuchte, ihm in seine Arbeit oder die seiner Mitarbeiter reinzureden. Vor allem dann, wenn es um anderweitige Interessen als die Suche nach Beweisen und der Wahrheit ging.

»Was ich mir dabei gedacht habe? Ist das jetzt Ihr Ernst?«

Nowak stemmte die Fäuste in die Hüfte. »Ja. Soll ich es Ihnen buchstabieren? J. A. Ja. Angekommen?«

Schröder stand auf und trat ihm einen Schritt entgegen. Mit zornigem Gesichtsausdruck hob er den Zeigefinger. »Bei niemandem, noch niemals, egal bei wem, haben Sie sich je aufgeregt, wenn wir ihn verhört haben. Braucht es für diese Herren von der Kirche die Erlaubnis des Papstes oder was?«, brüllte Schröder lauter, als er beabsichtigt hatte. »Was bilden sich diese Kirchenmänner ein, über ihre Beziehungen und ihren Einfluss ihre Macht spielen zu lassen, um unsere Ermittlungen steuern zu wollen. Was glauben die, wer sie sind? Allmächtige?«

»Sie wissen doch, dass diese Scheißkerle sofort zum Präsidenten rennen, um Ihnen in die Suppe zu spucken«, sagte der Kripochef mit ruhigerer Stimme.

»Es interessiert mich einfach nicht, wenn der Herr Polizeipräsident meint, er könnte unsere Arbeit stören. Was glaubt dieser …«

Nowak hob beschwichtigend eine Hand. »Hören Sie zu. Steinbach ist nun mal der Boss. Ob es Ihnen passt oder nicht.

Keine Ahnung, weshalb er sich von diesen Leuten reinreden lässt und dabei anscheinend zu vergessen scheint, dass er Polizeipräsident ist.«

Schröder dachte über die Aussage seines Chefs nach und setzte sich wieder. Nowak hatte recht. Aus welchem Grund schafften diese Kirchenmänner es, Steinbach so zu manipulieren?

»Es ist seltsam, dass die Kirche ihn in diesem Fall so beeinflussen kann. Er muss doch auch sehen, dass eine Spur zu ihnen führt. Er kann nicht so blind und arrogant sein«, sagte Schröder.

Nowak machte eine wegwischende Handbewegung. Er wirkte plötzlich in sich zusammengesunken und bedrückt. In dem blassen Gesicht zeichneten sich dunkle Augenränder ab. Der Zorn und die Wut waren auf einmal wie verflogen. Als ob er alles mit dieser einen Handbewegung weggewischt hätte. Dafür kehrte in ihn eine Art Resignation ein, die Schröder mehr Sorge bereitete als die gewohnten Wutausbrüche.

»Ich weiß es nicht. Hören Sie zu. Es tut mir leid. Ich gebe den Fall an Lorenz. Er soll die Ermittlungen weiterführen. Staatsanwalt Rodenbrock-Schleekamp und Steinbach haben beschlossen, dass Pfeiffer wieder verhaftet wird. Sie sind der Überzeugung, dass Sie die Beweislage falsch bewerten. Diese Fotos und Zeitungsartikel, die wir in seiner Wohnung gefunden haben, schätzen die Herren anders ein als Sie. Sie glauben außerdem, dass Sie sich aus persönlichen Gründen verrannt haben und die Kirche mit aller Gewalt als Schuldigen präsentieren wollen.«

Schröder ließ sich auf einen Stuhl sinken. Er starrte seinen Chef an. »Sie geben den Fall an Lorenz?«, fragte er ungläubig.

»Die Herren möchten es so. Es tut mir leid, Schröder. Ich

kann nichts anderes entscheiden. Nehmen Sie sich ein paar Tage frei und kümmern Sie sich um Ihre Tochter. Etwas Entspannung wird Ihnen guttun.«

Schröder sprang auf und trat so nahe an den Kripochef heran, dass er einen Schritt zurückwich.

»Sind Sie wahnsinnig?«, knurrte Schröder seinen Chef an.

»Reißen Sie sich zusammen, Schröder.«

»Pfeiffer ist unschuldig. Das wissen Sie so gut wie ich.«

»Wir werden sehen, was bei einer erneuten Vernehmung herauskommt.«

»Chef, Sie kennen Lorenz. Er ist ein guter Mann, aber er kann keine Ermittlungen leiten. Oder ist das bewusst so ausgewählt?«

Nowak zuckte mit den Schultern. »Haben wir es jemals mit ihm versucht?«

Schröder atmete tief ein.

»Er braucht vielleicht mal eine Chance. Wer weiß, was in ihm steckt?«, sagte Nowak.

Schröder riss seine Lederjacke von der Stuhllehne und starrte den Kripochef wütend an. »Das heißt, ich bin den Fall los. Einfach so. Wegen dieser Kirchenmänner. Die auch noch zu den Verdächtigen gehören. Habe ich das richtig verstanden?«

Nowak hob beschwichtigend beide Hände. »Ach kommen Sie, Schröder. Es spricht vieles dafür, dass es Pfeiffer war. Vielleicht haben Sie sich da tatsächlich in etwas verrannt. Lassen Sie Lorenz zeigen, was er kann. Sehen Sie es sportlich.«

»Ich soll es sportlich sehen? Lecken Sie mich am Arsch«, sagte Schröder und griff nach der Türklinke.

»Schröder!«

Er drehte sich zu Nowak um.

»Lassen Sie die Finger von diesem Fall. Ich sehe Sie in vier Wochen gut erholt in meinem Büro. Verstanden?«

Schröder schlug wortlos die Tür hinter sich zu, so dass alle Kollegen im Flur wie angewurzelt stehenblieben und ihn anstarrten.

30

Schröder hatte den ganzen Morgen nur auf dem Sofa gelegen und an die Decke gestarrt. Irgendwann raffte er sich auf, holte Lea von der Schule ab, wenn er schon einmal die Zeit dazu hatte, und kochte für sie. Nach dem Essen saßen sie noch am Tisch, und Lea erzählte von der Schule.

»Morgen hast du frei. Es ist Wochenende.«

»Schade«, sagte sie.

»Man braucht auch mal eine Pause.«

»Wozu?«

»Um sich zu erholen.«

»Aber wenn es doch schön ist.«

Manchmal erschreckte es Schröder, wie altklug seine Tochter war. Ob das bei allen Kindern so war, fragte er sich.

»Wenn es schön ist, braucht man keine Pause«, stimmte er zu.

»Hast du keinen Hunger?«, fragte sie und sah auf die beinahe unangerührte Portion Spaghetti auf dem Teller ihres Vaters.

»Nein.«

»Bist du krank?«

Schröder sah seine Tochter an, die sorgenvoll wirkte. »Sollen wir wegfahren?«

»Au ja«, rief sie. »Wohin?«, fragte sie dann nachdenklich und blies die Backen auf.

»An einen See?«

»Boot fahren?«

»Das können wir machen.«

»Aber nicht wieder reinfallen, Papa«, sagte sie.

»Okay. Ich versuche es. Schau mal, was du mitnehmen möchtest. Aber nicht wieder so viel«, sagte er.

Lea rutschte vom Stuhl und rannte in ihr Zimmer. Als Schröder gerade das Geschirr in die Spülmaschine räumte, kam sie mit zwei Taschen zurück und stellte sie ab.

»Hab alles. Wir können los«, sagte sie.

Er drehte sich zu ihr um. Sie stand mit einer großen Sonnenbrille vor ihm und grinste.

»Wir wollen nicht ausziehen. Ich schau besser mal, was du alles mitnehmen willst.«

»Okay«, sagte sie.

Schröder machte die beiden Taschen auf und legte alles auf den Tisch.

»Schminkkoffer?«, fragte er erstaunt.

»Ja. Damit ich hübsch bin, wenn wir essen gehen.«

Er räumte ihn mit ein paar anderen Dingen zur Seite. »Ich glaube, das lassen wir alles da.«

Lea verzog das Gesicht. »Ich schau bei dir auch, was du mitnimmst.«

Schröder strich ihr über die Haare. »Dann komm gleich mit und hilf mir packen«, sagte er und ging in das Schlafzimmer.

Wenig später fuhren sie los, um ein Wochenende fernab von Gedanken an Arbeit und Schule zu verbringen.

31

»Also, Männer. Wie ihr alle wisst, wird der Kerl verdächtigt, einen Pfarrer getötet zu haben. Er ist vermutlich bewaffnet. Ich verlange absolute Konzentration. Verstanden?«

Im Morgengrauen standen die Beamten des SEK mit voller Bewaffnung im Halbkreis vor ihrem Kommandanten. Leichter Regen tropfte auf ihre ballistischen Einsatzhelme und die Schulterpolster und lief in silbrig schimmernden Rinnsalen über die schwarzen Kampfanzüge hinab, um an den Schnürstiefeln kleine Pfützen zu bilden. Aufmerksam hörten sie den Ausführungen ihres Truppenführers zu. Bereits am Abend zuvor war der Einsatz mit der Leitstelle im Detail besprochen worden. Jeder wusste, wo sein Platz war und was er zu tun hatte. Die Mitglieder des Spezialeinsatzkommandos bejahten mit der Daumen-hoch-Geste, ehe sie im Laufschritt zu den ihnen vorgegebenen Positionen abrückten. Ein Mann nickte dem Einsatzleiter des SEK kurz zu, bevor er den anderen folgte. Der Leiter der Gruppe erwiderte kaum merklich das Nicken, dann bestieg er die Treppe in den Einsatzwagen.

»Es geht los«, sagte er, an Julia Valentini und Kai Lorenz gewandt.

Die Staatsanwältin verschränkte die Arme vor der Brust und sah gespannt auf die Monitore, auf denen nur schemenhafte Aufzeichnungen von der Umgebung des Hauses zu sehen waren. Die Bildübertragung fand direkt durch die Kameras an den Helmen dreier SEK-Männer statt. Als sie den

Beamten zusah, wie sich diese an die ihnen vorgegebenen Positionen bewegten, musste sie an die Worte Schröders über Einsätze von SEKs denken. Sie hätte ihn nun gerne mit seiner beruhigenden Art und Erfahrung neben sich gehabt.

Fünf Männer schlichen die Stufen zur Haustür hinauf. Zwei blieben am letzten Treppenabsatz stehen. Drei der SEK-Beamten bezogen mit ihren gezogenen P9-Pistolen links und rechts der Eingangstür Stellung. Bereit, die Wohnung zu stürmen. Einer brachte sich mit einer Türramme in Position. Ein weiterer Polizist gab seinem Kollegen per Handzeichen den Hinweis, das erste Zimmer links zu sichern, er selbst würde das Zimmer rechts, das Schlafzimmer, übernehmen. Alle am Einsatz Beteiligten hatten den Grundriss des Gebäudes im Kopf und kannten den Einsatzort, hatte man Valentini versichert. Die zwei Männer, die am Treppenabsatz standen, hatten die Aufgabe, nach dem Eindringen in die Wohnung ihre Kollegen zu sichern, damit diese weiter vorrücken konnten.

Als durch die Ohrhörer des Helms das Kommando zum Zugriff dröhnte, stieß der Mann mit der Ramme beherzt die Tür auf und sprang zur Seite. Die beiden SEK-Beamten stürmten mit vorgehaltenen Pistolen in die ersten Räume. Gebannt saßen der Kommandant, die Staatsanwältin und Lorenz in der mobilen Einsatzzentrale und lauschten dem Geschehen.

Dennis Pfeiffer fuhr hoch, als die Eingangstür krachend gegen die Wand flog. Er war schlagartig wach und sprang mit einem Satz aus dem Bett, ohne zu begreifen, was um ihn herum passierte.

»Waffe runter. Waffe runter«, brüllte einer der SEK-Beamten, ehe ein Schuss durch die Wohnung hallte.

Für einen Moment herrschte Totenstille. Die anderen Männer hoben instinktiv ihre Waffen und sahen sich um.

Das Ganze wirkte durch die Monitore einen surrealen Moment wie ein Videospiel auf Valentini. Dann hörten sie alle durch die Kopfhörer einen Körper auf dem Boden aufschlagen. Der Polizist, der in das erste Zimmer links gestürmt war, hetzte mit vorgestreckter Pistole ins Schafzimmer, aus dem das typische Knallen einer abgefeuerten Schusswaffe gekommen war. Die beiden nachrückenden Kollegen trafen Sekunden hinter ihm ein und leuchteten mit Taschenlampen, die sie neben ihren Waffen hielten, in den dämmrigen Raum.

Ein auf dem Fußboden kniender Mann sah sich kurz zu den anderen um und schüttelte den Kopf. Er hatte zwei Finger auf die Halsschlagader von Dennis Pfeiffer gelegt. Sofort wurden Funksprüche mit der Aufforderung nach einem Notarzt abgesetzt.

Einer der SEK-Beamten griff seinem Kollegen an die Schulter, zog ihn von dem Angeschossenen weg und brachte ihn hinaus. Ein weiterer sicherte die Waffe, die Dennis Pfeiffer in einer Hand hielt. Unter dem Schwerverletzten bildete sich eine große Blutlache.

Der SEK-Kommandant drehte sich zur Staatsanwältin um und hörte noch einige Sekunden gebannt dem Funkspruch über sein Headset zu.

»Er war bewaffnet und hat auf einen Beamten angelegt. Herrgott! So ein Idiot!«, sagte er und hämmerte mit der Faust auf die Tischplatte.

Valentini starrte mit großen Augen auf das verpixelte Bild des blutenden Mannes. Lorenz ließ den Kopf sinken und fluchte leise.

Kurz darauf stand einer der Polizisten im Einsatzwagen. »Der Notarzt kümmert sich um den Mann. Sieht aber schlecht aus. Das hier haben wir in der Wohnung gefunden.«

Er legte einen Asservatenbeutel auf den Tisch, in dem eine seltsam schlanke Stichwaffe mit einer Länge von ungefähr zwanzig Zentimetern lag. Valentini und Lorenz sahen sich an. Die Staatsanwältin nahm den durchsichtigen Beutel und hielt ihn hoch. Sie drehte ihn etwas in der Hand und musterte die goldglänzende Stichwaffe darin. Sie hatte eine dünne Klinge und einen in sich gedrehten Griff mit Gravuren. Zwischen Klinge und Griff war eine etwa vier Zentimeter lange Parierstange eingearbeitet, die der Waffe die Form eines Kreuzes verlieh.

Plötzlich knackte es im Funksprechgerät. Der Kommandant drückte den Kopfhörer an ein Ohr.

»Pfeiffer ist tot«, sagte er zur Staatsanwältin gewandt.

Julia Valentini blickte zu Lorenz, der den Kopf schüttelte. Der Kommissar tat ihr leid. Er hatte keine Chance, nach Schröders Abzug von diesem Fall irgendetwas anderes zu tun, als ihm befohlen wurde.

32

Julia Valentini sah sich um, dann trat sie in die schmale Seitengasse hinein, in der es bereits nahezu stockfinster war. Sie zwang sich ein Lächeln auf und schüttelte den Kopf wegen ihrer eigenen Hysterie. Manchmal glaubte sie in solchen Situationen, in denen sie auch noch vollkommen alleine war, verrückt zu werden. Aber wer sollte sie schon verfolgen oder beobachten? Alle hielten den Mord an Pfarrer Köstner für geklärt. Der leitende Oberstaatsanwalt hatte den Fall mit dem Tod Dennis Pfeiffers abgeschlossen. Beweise wurden inzwischen ausreichend sichergestellt. Auch wenn die Tatwaffe bei der ersten Hausdurchsuchung nicht gefunden werden konnte und jetzt keinerlei Blut- oder andere Spuren des Opfers aufwies, waren die Fingerabdrücke Pfeiffers darauf festzustellen gewesen. Die Maße stimmten laut Bericht des Rechtsmediziners mit der Stichwunde überein, und sie hatten das Stilett in Pfeiffers Wohnung entdeckt. Möglicherweise hatte er es irgendwo versteckt und nach der Entlassung aus der U-Haft, als er glaubte, nicht mehr zu den Verdächtigen zu gehören, wieder hervorgeholt – womöglich als eine Art Trophäe. Pfeiffer konnte diese Frage nicht mehr beantworten. Er war tot. Erschossen von einem SEK-Beamten.

Valentini musste an Schröders Worte über die Gewaltbereitschaft solcher Einsatztruppen denken. Sie schüttelte abermals den Kopf. Sie musste diese Gedanken loswerden und ging schneller voran, um kurz darauf wieder in Grübeleien zu verfallen.

Aber wenn alles geklärt war und der Mord eindeutig Pfeiffer zugerechnet werden konnte, warum war sie dann der Bitte Schröders nachgekommen, sich mit ihm zu treffen? Wegen dieses leisen Zweifels, den sie nicht verdrängen konnte und den sie versuchte zu unterdrücken? Oder war es die Sorge, was nun mit dem Hauptkommissar passieren würde? Als sie an ihn dachte, spürte sie eine undefinierbare Wärme in sich aufsteigen. Aber was kümmerte sie die Zukunft des Hauptkommissars? Schließlich hatte er bis zum Tod des Hauptverdächtigen unbeirrbar dessen Unschuld vermutet.

Die Staatsanwältin ließ ihren Blick den schmalen düsteren Gang hinabwandern. Sie atmete tief durch und ging den mit alten Steinen gepflasterten Weg weiter entlang. Immer wieder musste sie sich an einer Hauswand abstützen, um auf ihren hohen Schuhen nicht umzuknicken.

Plötzlich zuckte sie zusammen, als sie eine Hand an ihrem Unterarm spürte.

»Hier lang.«

Sie erstarrte. »Bei Gott, Schröder. Sie haben mich zu Tode erschreckt.«

»Kommen Sie.«

»Langsam. Auf diesem Boden bricht man sich ja die Knöchel.«

Er sah an ihr herunter. »Wieder das richtige Schuhwerk an?«

Valentini griff ihm an den Arm. »Ich wusste nicht, dass Sie mich durch solch eine Steinwüste schicken würden.«

Nach wenigen Metern öffnete Schröder eine Tür. »Hier rein.«

Sie trat ein und ließ ihren Blick durch den Raum schweifen. »Ein Männerparadies«, sagte sie.

Schröder nickte. »Hier sind wir sicher. Niemand von den

Kollegen kennt die Werkstatt. Ich komme hierher, wenn ich Ruhe haben möchte. Ist nicht weit von meiner Wohnung.«

Die Staatsanwältin begutachtete eine alte Harley-Davidson, die auf einer Motorradhebebühne festgezurrt war. »Dann basteln Sie hier an diesen ölverschmierten Motorrädern rum?«

Schröder lächelte Valentini an und blickte zu seinem neuesten Objekt. »Ja. Könnte man auch Hobby nennen. Das da ist eine 65er Pan Head. Letztes Baujahr. Danach hat Harley diesen Motor gebaut«, sagte er und zeigte auf eine Maschine, die neben einer Werkzeugkiste stand.

»Fahren die Kisten auch, oder basteln Sie nur daran herum?«

Schröder lachte. Sie sah in seinen glänzenden Augen, wie er diese Motorräder liebte. Sie konnte sich gut vorstellen, wie er hier alleine an ihnen herumwerkelte und dabei die Zeit vergaß.

»Ja, manchmal fahren die Dinger auch. Ich nehme Sie gerne mal mit«, sagte er breit grinsend.

Sie hob die Hände und streckte Schröder einen Fuß entgegen. »Völlig falsche Schuhe dafür«, sagte sie.

Und auch die völlig falsche Kleidung, um hinten auf der Harley eine Runde mitzufahren, dachte sie, aber sie wusste, dass ihr das blaue Kostüm ausgesprochen gut stand.

Valentini sah sich in der Werkstatt um, die die Größe zweier Doppelgaragen und nach vorne ein zweiflügeliges Holztor hatte. Anscheinend waren sie durch die Hintertür hereingekommen. Neben der Motorradhebebühne standen noch zwei weitere Harleys. Auf einer Werkbank, die sich über die gesamte Stirnseite erstreckte, war ein ausgebauter Motor in eine Halterung gespannt, um den jede Menge Werkzeuge herumlagen. An der anderen Seite des Raums war eine kleine Bar mit Hockern angebracht.

»Auch Ihre Maschinen?«

»Ja.«

Sie nickte anerkennend. Eigentlich waren die Motorräder hübsch anzusehen, von dem zerlegten, an dem offensichtlich gerade herumgeschraubt wurde, einmal abgesehen. Die Staatsanwältin trat an einen der Barhocker und lehnte sich an. »Warum wollten Sie mich treffen?«

»Kaffee?«

Valentini machte ein gespielt erstauntes Gesicht. »Hier gibt es Kaffee?«

»Klar. Wieso nicht?«

»Gerne.«

Schröder warf seine Kaffeemaschine an. Kurz darauf blubberte es, und ein angenehmer Duft durchströmte die Werkstatt. Er stellte Tassen, Zucker und Milch auf die Theke und setzte sich.

»Noch richtiger Filterkaffee?«, fragte sie.

»Ja. Bohnenkaffee. Frisch gemahlen. Alles ein bisschen Old School bei mir.«

»Ja. Das sehe ich. Aber ehrlich gesagt, es passt zu Ihnen.« Sie lächelte und ließ ihren Blick wieder durch Schröders kleines Reich wandern, das durch die roten Backsteine und die alten Emaillebilder, auf denen Motorräder oder Öle beworben wurden, ein gemütliches Flair ausstrahlte. In der Tat passte diese Werkstatt als Rückzugsort zu diesem an den Armen bis hinunter zu den Handgelenken tätowierten Mann, den sie noch nie etwas anderes hatte tragen sehen als hochgeschlagene Jeans, Motorradstiefel, bedruckte T-Shirts und Lederjacke.

»Danke«, sagte sie, als Schröder ihr einen Kaffee eingoss. »Was führt mich nun hierher? Sie suchen sicher keine Aushilfsmechanikerin.«

Schröder griff hinter die Theke und zog einen Stapel Papier hervor, den er vor der Staatsanwältin ausbreitete. »Das ist der Artikel, an dem meine Frau vor ihrem Tod gearbeitet hat. Ich habe ihn mehrmals intensiv durchgearbeitet. Pfeiffer hat uns nicht belogen. Michelle hat ihn interviewt. Im Text taucht er als Dennis P. auf. In ihren Aufzeichnungen mit vollem Namen. Dennis Pfeiffer.«

Valentini trank einen Schluck Kaffee und nahm die Ausdrucke auf. »Was soll das beweisen?«, fragte sie.

Schröder zeigte auf die Blätter. »Lesen Sie.«

»Sie glauben immer noch, dass jemand aus der Kirche etwas mit der Ermordung des Pfarrers zu tun hat?«

Er nickte.

Sie legte den Artikel zurück auf die Theke. »Dennis Pfeiffer zog nach den Recherchen Ihrer Frau in die Stadt. In die Nähe von Köstner. Wahrscheinlich haben die Fragen Ihrer Frau alles wieder in ihm hochkochen lassen. So wie er es im Verhör behauptet hat. Nur mit einem anderen Ausgang, als er uns damals erzählt hat.«

Schröder verzog das Gesicht.

»Es tut mir leid, Schröder. Das wissen Sie. Aber Pfeiffer hat dies als Grund genannt. Dass er wegen des Interviews hierher gezogen ist. Die ganzen Fotos und Zeitungsartikel, die wir bei ihm gefunden haben, die er über Köstner gesammelt hat. Er hat ihn gestalkt.«

Valentini trank noch einen Schluck und sah den Hauptkommissar an, der regungslos dastand und ihren Ausführungen horchte.

»Die Tatwaffe wurde bei ihm sichergestellt. Es waren seine Fingerabdrücke darauf. Mehr braucht es an Beweisen nicht.«

Schröder trat näher an die Theke und lehnte sich an. »Weshalb haben wir diese Waffe nicht bei der ersten Durchsuchung entdeckt? Haben wir sie übersehen? Schlecht gearbeitet? Oder war sie einfach nicht da? Was waren sonst noch für Spuren auf der Waffe?«

»Sonstige Spuren?«

»Ja. Außer den Fingerabdrücken.«

»Keine«, begann Valentini und hob sofort die Arme. »Das muss nichts bedeuten. Er kann die Waffe gesäubert haben, um alle Beweise darauf zu vernichten.«

»Warum hat er sie nicht einfach in den Fluss geworfen? Er macht sie so sauber, dass noch nicht einmal ein winziges bisschen DNA des Pfarrers darauf gefunden wird? Aber seine Fingerabdrücke lässt er darauf?«

»Herrgott, Schröder. Ich weiß es nicht, warum er die Waffe gesäubert hat. Aus der KTU und dem Bericht des Rechtsmediziners geht hervor, dass die Waffe zur tödlichen Verletzung passen kann.«

Schröder stellte die Kaffeetasse ab und schaute die Staatsanwältin durchdringend an. »Wie lang ist die Waffe? Wie lang sind der Griff und die Klinge?«

Valentini trank einen Schluck und dachte nach. »Zwanzig Zentimeter – ungefähr.«

Schröder trat hinter der Theke hervor, ging zu einer Werkbank und zog einen Zollstock aus einer Schublade heraus. »Setzen Sie sich seitlich auf den Hocker und rücken Sie näher an die Theke«, forderte er die Staatsanwältin auf.

Valentini zuckte die Schultern und setzte sich, wie er es wollte.

»So?«, fragte sie kopfschüttelnd.

»Zwanzig Zentimeter? Okay.«

Schröder legte den Zollstock an die Stelle an, an der die Einstichwunde bei Köstner festgestellt worden war.

»Nehmen wir an, die Theke ist der Beginn der Trennwand des Beichtstuhls. Die Wand ist einen Zentimeter dick. Der Griff der Waffe maximal acht Zentimeter. Schauen Sie«, sagte Schröder und machte eine Kopfbewegung zum Zollstock.

Valentini sah an ihrer linken Seite hinunter. »Zwölf Zentimeter«, murmelte sie und rückte noch etwas zur Theke. »Zehn.«

Schröder nickte. »Darüber habe ich mir die ganze Zeit über Gedanken gemacht.«

»Worüber?«

»Die Länge der Klinge. Zehn Zentimeter von ihnen bis zur Theke, die die Trennwand darstellt. Einen Zentimeter ist die Trennwand dick. Angenommen, der Griff ist acht Zentimeter lang …«

»Das sind dann schon neunzehn Zentimeter«, beendete Valentini Schröders Rechenaufgabe. Sie sah vom Zollstock verwundert zum Hauptkommissar.

»Bleibt ein Zentimeter. Das gibt maximal einen kleinen Kratzer. Es fehlen mindesten acht Zentimeter. Besser zehn, um sicher das Herz zu treffen.«

Die Staatsanwältin atmete tief durch.

»Glauben Sie noch an das sauber geputzte, zwanzig Zentimeter lange Stilett?«, fragte der Hauptkommissar. »Wer benutzt auch schon so eine seltsame Waffe?«

Die Staatsanwältin antwortete nicht darauf.

»Ich nicht«, fuhr Schröder fort. »Woher sollte Pfeiffer eine antike Waffe haben, die aus dem 16. oder 17. Jahrhundert stammt? Wir haben sämtliche Antiquitätenhändler vernommen, die in der Gegend mit solchen Waffen handeln.«

Valentini blickte wieder nachdenklich zum Zollstock.

»Der Rechtsmediziner hat in seinem Bericht geschrieben, dass die tödliche Verletzung von einer dünnen, spitzen Waffe, vermutlich einem Stilett oder ähnlicher Stichwaffe herrührte.«

Die Staatsanwältin zuckte mit den Schultern.

»Okay. Weiter. Warum haben wir das Radarfoto nicht in der Datenbank gefunden? Was haben von Roda und Gnad zur Tatzeit bei der Kirche getan?«

Valentini hob eine Hand, so dass er innehielt. »Genau. Das hat mich lange beschäftigt, Schröder. Wozu sollten beide Männer dort gewesen sein? Die Aufzeichnung der Radarkontrolle ist eindeutig. Das Phantombild des Bischofs, das auf Basis der Aussage Ihrer Tochter gemacht wurde, auch. Hätte Lea nur von Bischof Gnad als den Mann identifiziert, der sie zum Eis eingeladen hat, könnte ich mir das noch vorstellen. Aber beide? Glauben Sie wirklich, dass der Generalvikar und der Bischof am Tatort waren? Nahezu gleichzeitig?«

Schröder rührte gedankenverloren in der Kaffeetasse. »Das ist tatsächlich seltsam. Am Tatort spricht faktisch nichts für zwei Täter. Einem würde ich das Verbrechen zutrauen. Aber zusammen?«

»Sehen Sie, Schröder, es gibt keine Erklärung, warum beide dort gewesen sein sollten. Und an Zufall möchte ich nicht glauben. Das wäre seltsam.«

»Stimmt, Zufall ist es nicht, aber Mörder sind beide zusammen auch nicht.« Schröder ging zu einem roten Coca-Cola-Kühlschrank und holte sich eine Flasche heraus. »Auch etwas zu trinken?«

Valentini schüttelte den Kopf.

»Wieso hat mich Nowak beurlaubt, nachdem ich Generalvikar von Roda mit dem Blitzerfoto und dem alten Foto von Köstner konfrontiert habe?«

Die Staatsanwältin umklammerte mit beiden Händen ihre Kaffeetasse. »Zu diesem Zeitpunkt war der Fall noch nicht gelöst, geschweige denn abgeschlossen. Der erneute Haftbefehl gegen den Verdächtigen war noch nicht ausgesprochen.«

Er öffnete mit einer Zange seine Cola-Light-Flasche und warf den Kronkorken in ein leeres, aufgeschnittenes Ölfass, das in der Ecke stand und als Mülleimer diente. »Warum wollte man ihn wieder festnehmen? Was hatte sich in der Zwischenzeit an der Beweislage geändert?«

Die Staatsanwältin hatte ebenfalls lange darüber nachgedacht. Es hatte in der Tat keine neuen Beweise gegen Dennis Pfeiffer gegeben. Die Anweisung zur Verhaftung war vom Leitenden Oberstaatsanwalt gekommen.

»Pfeiffers Handy war zur Tatzeit am nächsten Sendemast zur Kirche eingeloggt«, sagte Valentini, obgleich sie wusste, dass dies ein dünnes Argument war.

»Okay. Das ist aber auch der Mast, der unmittelbar bei seiner Wohnung steht. Ein paar Häuser weiter auf einem Dach montiert. Wir haben das überprüft«, entgegnete der Hauptkommissar.

»Die Anweisung kam von oben. Von Rodenbrock-Schleekamp persönlich. Was hätten wir tun sollen? Ihn ignorieren? Den Leitenden Oberstaatsanwalt? Ich bitte Sie. Er ist mein Chef.«

Schröder trank einen Schluck und stützte sich mit beiden Armen an der Theke ab.

»Warum sollte der Bischof oder der Generalvikar Köstner erstochen haben? Was ist das Motiv?«, fragte Valentini.

»Deshalb!«, sagte Schröder und klopfte auf einen Stapel Papier.

»Was ist das?«

»Das ist der Artikel meiner Frau über die Missbrauchsvorwürfe. Ich habe ihn von ihrem PC.«

Valentini blickte zu dem Dokument.

Was spricht sonst noch für Gnad oder von Roda?«, fragte sie.

»Das Blitzerfoto. Lorenz hat recherchiert, ob es Falschparker, Geschwindigkeitsverstöße oder andere Verkehrsdelikte im Umkreis von zwei Kilometern zur Tatzeit um die Kirche herum gab. Er hat keinen Hinweis darauf entdeckt. Und er ist gut im Recherchieren. Verdammt gut! Ihm entgeht so leicht nichts. Weshalb hat er das Bild der Radarkontrolle nirgends in den Systemen gefunden?«

Die Staatsanwältin dachte nach. Es war in der Tat merkwürdig, dass dieses Foto nicht sofort bemerkt worden war. »Vielleicht hat er es übersehen. Jeder macht mal einen Fehler. Sie haben es ja schließlich aufgestöbert.«

»Nein, ich habe es nicht entdeckt.«

Valentini legte die Stirn in Falten. »Woher haben Sie es dann?«

»Von einem Freund. Sagen wir so: Er hat mehr Möglichkeiten, auf Daten, auch gelöschte oder kopierte, zuzugreifen als wir.«

Ihr Blick verfinsterte sich. »Wie meinen Sie das?«

»Er war früher ein Kollege von mir. Wir hatten als verdeckte Ermittler des BKA viel mehr … sagen wir: Optionen.«

Valentini musterte Schröder und trank einen Schluck Kaffee. »Sie meinen, dass dieses Foto nicht gefunden werden sollte?«

»Wäre zumindest eine Erklärung, weshalb ich nach dem Offenlegen des Fotos beurlaubt wurde. Vermutlich hat sich irgendjemand fürchterlich erschreckt.«

Sie stellte ihre Tasse auf der Theke ab.

»Sie gehen davon aus, dass jemand bewusst versucht hat, das zu vertuschen? Dann müsste es ja irgendwer von der Polizei oder Staatsanwaltschaft gewesen sein. Das ist absurd.«

»Ja. Leider hat er sich nicht ganz so geschickt angestellt. Es wurde eben doch gefunden. Allerdings wäre das mit den herkömmlichen Recherchemöglichkeiten, die uns bei der Kripo zur Verfügung stehen, nicht gelungen.«

»Puh, Schröder. Ich kann es kaum glauben.« Valentini griff nach dem Artikel seiner Frau, der noch immer vor ihr lag. »Was halten Sie für besonders relevant hier drin?«

»Schauen Sie selbst.«

Die Staatsanwältin schlug die erste Seite auf, blickte kurz zum Hauptkommissar und begann zu lesen.

Nach einigen Minuten legte sie die Blätter auf die Theke und schaute Schröder an. »Wenn das alles stimmt«, sagte sie, »dann wäre das für die Kirche ein Desaster.«

Schröder nickte und legte das Dokument beiseite.

»Und nun? Was wollen Sie mit diesem Artikel anfangen?«

»Der Sache nachgehen.«

Julia Valentini legte eine Hand auf Schröders Arm. »Kann ich Ihnen dabei irgendwie helfen?«

Er sah auf ihre Hand und zog behutsam den Arm weg, um zur Cola-Light-Flasche zu greifen. »Sie können«, sagte er.

33

Elisabeth Rothenbacher faltete die Tageszeitung zusammen und legte sie ordentlich neben die Kaffeetasse auf den Küchentisch. Reglos saß sie einige Minuten da, dann stand sie auf und zog sich den schwarzen Mantel über, den sie zur Beerdigung ihres Mannes gekauft hatte. Seit dessen Tod trug sie tagein, tagaus Trauerkleidung. Das war sie ihm schuldig, da sie stets das Gefühl gehabt hatte, Alfons zu betrügen. Denn ihre andere große Liebe, die Arbeit für die Kirche, war eigentlich immer vorgegangen.

Vor der Polizeiwache sah sie skeptisch an dem Backsteinbau hinauf. Sie war ihr ganzes Leben noch nie auf einer Wache gewesen. Aber jetzt musste es sein. Sie nahm allen Mut zusammen, griff nach dem Handlauf und ging die Treppe empor.

»Guten Tag«, sagte sie durch eine gelochte Glasscheibe zu einem Polizeibeamten.

Der Mann schaute gelangweilt zu ihr auf. »Ja, bitte?«

Die Mesnerin musste sich räuspern, sonst hätte sie kein Wort herausbekommen.

»Ich muss diesen jungen Herrn Kommissar sprechen.«

Vor Aufregung hatte sie die Visitenkarte Schröders auf der Anrichte liegen lassen.

»Wir haben hier einige junge Kommissare.«

Ein anderer Beamter sah vom Schreibtisch herüber und grinste den Kollegen an.

»Wegen dem Mord in der Vitus-Kirche. An Pfarrer Köstner. Er hat hier überall die Arme bemalt«, sagte Elisabeth Rothenbacher und zeigte auf ihre Unterarme.

»Ach, Sie meinen den Hauptkommissar Schröder.«

Die Mesnerin nickte. »Ja, so heißt der junge Mann.«

»Moment.« Der Polizeibeamte ging zu dem Beamten an den Schreibtisch. Beide unterhielten sich im Flüsterton miteinander, dann trat er wieder an die Glasscheibe.

»Hauptkommissar Schröder ist nicht im Haus. Ich rufe einen Kollegen zu Ihnen. Ja? Warten Sie dort drüben. Er wird gleich da sein«, sagte er, während der andere Polizist telefonierte.

Elisabeth Rothenbacher nickte und tat, wie ihr geheißen. Sie nahm Platz und sah sich unruhig um, bis ein in Zivil gekleideter Beamter auf sie zukam.

»Lorenz. Guten Tag.«

Die alte Frau stand auf und schüttelte ehrfürchtig seine Hand.

»Bitte. Setzen Sie sich doch wieder.«

Die Mesnerin setzte sich, strich sich mit den Händen den Rock glatt, stellte ihre Handtasche auf die Oberschenkel und hielt diese links und rechts fest.

»Was kann ich für Sie tun?«

Elisabeth Rothenbacher blickte zu den Polizisten, die hinter der Glasscheibe beschäftigt waren. »Ich bin wegen dem Zeitungsbericht da. Der junge Mann, der beim Festnehmen erschossen wurde ....«

»Kommen Sie«, unterbrach Lorenz die Frau und sah zu den Kollegen hinüber. »Wir gehen besser in mein Büro.«

Er erhob sich. Die Mesnerin folgte ihm durch die Korridore ins Innere der Polizeistelle bis zu einem Büro mit mehreren Schreibtischen.

»Bitte«, sagte er und zeigte auf einen Stuhl an einem kleinen Tisch. Er selbst zog den Bürostuhl heran und setzte sich.

»Wo ist der Kommissar?«

»Hauptkommissar Schröder hat Urlaub.«

Elisabeth Rothenbacher stand auf und ergriff ihre Handtasche. »Ich glaube, ich möchte mit ihm sprechen. Wann kommt er denn zurück?«

Der Kommissar verzog den Mund und deutete mit einer Handbewegung an, dass sie sich wieder setzen solle. Langsam ließ sich die Mesnerin auf den Stuhl sinken. Zögerlich sah sie sich im Büro um, das ihr trist und unordentlich vorkam.

»Ich bearbeite den Fall. Eigentlich ist er abgeschlossen. Sie haben ja in der Zeitung gelesen, was passiert ist. Der Mörder von Pfarrer Köstner wurde bei der Festnahme getötet, als er auf einen Beamten schießen wollte.«

Elisabeth Rothenbacher nestelte an ihrer Handtasche. Kaum merklich schüttelte sie dabei den Kopf. »Den jungen Mann, den die Polizei erschossen hat, habe ich nie in der Kirche gesehen. Wissen Sie? Auch nicht an diesem Sonntag, als der Pfarrer erstochen wurde.«

Der Polizist lächelte sie wohlwollend an. »Machen Sie sich deswegen keine Vorwürfe. Er hat sich mit Sicherheit in die Kirche geschlichen. Er wollte, dass Sie ihn nicht sehen.«

Die Mesnerin sah zu Boden, damit er ihren Ärger nicht bemerkte, und schüttelte abermals den Kopf. »An dem Tag war ich fast die ganze Zeit in der Kirche. Auch nach der Messe. Bis der Herr …«

Ein Klopfen an der Tür unterbrach sie. Ein Polizist spähte durch den Türspalt herein. Der Beamte schaute auf die Uhr.

»Ich komme sofort«, sagte er zu dem Mann.

Der Beamte nickte und schloss die Bürotür.

»Machen Sie sich keine Sorgen. Der Fall ist abgeschlossen. Es tut uns allen leid, dass so ein junger Kerl bei der Festnahme getötet wurde. Dummerweise hat er versucht, auf einen Beamten zu schießen.«

»Aber er war doch nicht dort. In der Kirche, meine ich. Es kam der Herr…«

Der Kommissar fasste der Mesnerin tröstend an den Oberarm. »Machen Sie sich keine Vorwürfe, dass Sie ihn nicht gesehen haben…«

»Ich mache mir doch keine Vorwürfe. Der Kommissar hat gesagt, wenn mir noch was einfällt, soll ich es ihm sagen.«

»Bitte, Frau Rothenbacher. Der Fall ist abgeschlossen. Wir können ohnehin nichts mehr tun. Auch wenn wir wollten.«

Der Polizist sah abermals auf die Uhr. Elisabeth wusste, es war kurz nach zwölf Uhr. Der Mann schien loszuwollen, vielleicht hatte er noch viel zu tun.

»Ich verstehe ja, dass es schwer ist für Sie. Ein Mord in Ihrer Kirche. Das ist wirklich schrecklich. Seien Sie froh, dass der Täter gefasst… also, dass man weiß, wer der Verbrecher war.«

»Mir ist aber noch was eingefallen.«

Der Kommissar sah ihr fest in die Augen. »Was denn?«, fragte er mit einem Seufzer.

»Die Frau, die gebeichtet hat. Mit diesem Schal. Die war zwei Wochen davor auch schon einmal beim Beichten. Das weiß ich noch ganz genau, weil an dem Tag der Generalvikar zu Besuch war, sie aber ausdrücklich nach Köstner verlangt hat. Sie hat mir dann einen Briefumschlag für Köstner in die Hand gedrückt. Ausgerechnet, wo Hochwürden bei uns waren! Und am Tag, wo Pfarrer Köstner ermordet wurde, kam…« Sie stockte.

»Bitte, Frau Rothenbacher. Es spielt jetzt alles keine Rolle mehr. Der Fall ist abgeschlossen.«

Elisabeth Rothenbacher umklammerte ihre Handtasche

und stand auf. »Wann kommt der Herr Kommissar wieder?«, fragte sie mit fester Stimme.

Der Kommissar atmete tief ein.

»Wahrscheinlich erst in ein paar Wochen. Aber er wird Ihnen auch nichts anderes sagen können«, antwortete er und hob kapitulierend die Hände.

»Auf Wiedersehen«, sagte die Mesnerin. Sie stand auf und hastete aus dem Büro, ohne sich noch einmal umzudrehen.

34

Schröder las den Artikel seiner Frau bereits zum vierten Mal. Es erschauderte ihn immer noch wie beim ersten Lesen. Unglaublich, was diese Kinder für Torturen hatten erleiden müssen. In einem Kinderheim der Kirche, in dem sie sicher sein und behütet aufwachsen sollten. Doch anstelle christlicher Nächstenliebe lernten sie die brutalen Perversionen einiger Männer kennen. Was sollte aus den Jungen, die derartigen Übergriffen ausgesetzt waren, nur werden? Wie dachten diese Kinder über das Leben und die Welt? Über die Erwachsenen? Über die Geistlichen, die sie beschützen sollten? Würden die sexuell Missbrauchten die psychischen und körperlichen Verletzungen jemals überwinden können? Es war ein Jammer, dass die Taten bereits verjährt waren und er nichts tun konnte. Aber irgendeinen Angelpunkt musste er finden, um Gerechtigkeit für die Jungen zu erhalten. Und für Michelle.

Er sah auf den Notizblock, auf dem er die wesentlichen Informationen notiert hatte. Auf einem Blatt Papier daneben standen die wichtigsten Fragen, die es noch zu klären gab.

Schröder legte den Artikel seiner Frau beiseite und überflog die Aufzeichnungen.

Pepe Bonetto war acht Jahre, Alexander Jenkov und Dennis Pfeiffer waren zehn Jahre alt gewesen. Timm Henning, der Junge, der sich aus einem Fenster gestürzt hatte, war neun Jahre alt gewesen. Danach hatten Dennis, Alexander und Pepe noch am selben Tag beschlossen, aus dem Heim fortzulaufen. Sie packten in aller Eile ein paar Habseligkeiten und liefen davon. Eine Woche später wurden sie nur wenige Kilometer weiter in einem Heuschober völlig verdreckt, in zerlumpten Kleidern und mit blutigen Füßen aufgegriffen. Sie offenbarten sich der Polizei und wurden in andere Kinderheime oder – im Falle von Alexander Jenkov – bei einer Pflegefamilie untergebracht.

Die Staatsanwaltschaft hatte Ermittlungen eingeleitet, die jedoch im Sande verlaufen waren. Die Heimleitung behauptete, dass Timmy beim Klettern von der mächtigen Eiche gestürzt war, die direkt neben dem Gebäude stand, aus dessen Fenster er laut Angaben der anderen Jungen gesprungen war. Pfarrer Köstner äußerte sogar den Verdacht, dass die geflüchteten Kinder Timm Henning nachgesetzt hatten und er deswegen auf den Baum geklettert war, um sich zu verstecken, und nur ihretwegen herabgefallen war. Dies würde letztlich auch das Weglaufen der drei Burschen aus dem Heim erklären.

Seine Freunde behaupteten, dass Timmy sich wegen der ständigen sexuellen Übergriffe in die Tiefe gestürzt hatte und sie deshalb abgehauen waren. Die Heimleitung sagte, die Jungen wollten sich mit diesen Anschuldigungen nur selbst vor der Verantwortung ihrer Tat drücken. Sie wüssten, was sie Timmy angetan hatten, und versuchten sich auf ungeheuerliche Art und Weise zu schützen. Das Ermittlungsverfahren gegen Pfarrer Köstner und seinen Vorgänger war schließlich eingestellt worden; Timmys Sturz hatte man als bedauerlichen Unfall zu den Akten gelegt.

»Vielleicht werden sie doch noch die ganze Wahrheit erzählen«, murmelte Schröder.

Er erinnerte sich an die Männer in der Dorfkneipe, die ebenfalls der Überzeugung waren, die Jungen hätten Pfarrer Köstner zu Unrecht bezichtigt.

Die Aussagen in Michelles Artikel stammten allesamt von Pfeiffer und Jenkov. Seine Frau hatte sie in ihrem Text Dennis P. und Alexander J. genannt. Aber in ihren Aufzeichnungen waren ihre kompletten Namen aufgeführt. Zudem stimmten sie mit denen überein, die ihm von Generalvikar von Roda übergeben worden waren.

Der Einzige, von dem Michelle nichts geschrieben hatte, war Pepe Bonetto, der zurzeit eine Haftstrafe absaß.

Schröder lehnte sich zurück und starrte zur Decke.

»Oder sie hatte da noch nicht mit ihm gesprochen«, sagte er leise vor sich hin.

Er musste unbedingt nochmals mit Jenkov reden. An ihn konnte er ohne Probleme herankommen.

Er nahm den Artikel und las abermals eine Passage über Jenkov nach: »Alexander J. saß jede Nacht in seinem Bett, umklammerte die angewinkelten Beine, legte das Kinn zwischen die Knie und schaukelte so lange hin und her, bis er vor Erschöpfung einschlief. Tagsüber redete der Junge so gut wie kein Wort. Wenn Pfarrer K. zu ihm kam, stand er von seinem Bett auf, streckte eine Hand aus, die K. ergriff, und ging schweigend mit ihm davon.«

Schröder strich sich über seinen Dreitagebart und sah auf das Blatt mit den notierten Fragen.

Mit wem hatte sich Michelle vor ihrem Tod getroffen?

Wer waren die Hintermänner?

Kannte der Informant, mit dem sie vor ihrem Unfall verabredet war, diese Männer?

Warum stand nichts von Pepe Bonetto in ihrem Artikel?

Er nahm den Zettel und knüllte ihn zusammen. Wie ein Basketballspieler warf er ihn zum Papierkorb, auf dessen Rand er aufkam und auf den Boden daneben fiel.

»Schröder. Hallo, Herr Jenkov. Ich muss Sie noch einmal sprechen.«

Er hörte den Mann am anderen Ende der Leitung stöhnen. »Wozu? Ich dachte, der Fall sei abgeschlossen.«

»Das ist richtig. Es geht um die Vorfälle damals im Kinderheim.«

»Glauben Sie, dass Dennis den Pfaffen gekillt hat?«, fragte Jenkov plötzlich.

Schröder überlegte, ob er ihm die Wahrheit sagen sollte, hielt es dann aber für vernünftiger, es zu lassen. »Die Mordwaffe wurde in seiner Wohnung gefunden.«

Für einige Sekunden herrschte Stille in der Leitung.

»Ja, Dennis war schon immer ein verrückter Kerl.«

»Wann kann ich Sie sprechen?«

»Ich habe Ihnen doch gesagt, dass ich kein Interesse habe, darüber zu reden.«

»Tun Sie es für Dennis.«

»Zu spät. Dennis ist tot. Das wird ihm nichts mehr nützen. Es würde sowieso niemanden interessieren. Das war früher so und ist es heute erst recht.«

»Mich interessiert es!«

»Es ist alles verjährt. Also, was soll das?«

»Hören Sie, ich kann im Moment nichts dazu sagen, aber vielleicht nützt es Dennis doch noch. Es geht auch um sein Andenken. Um seinen Namen. Oder wollen Sie, dass er für immer der Mörder eines Pfarrers bleibt?«

»Es ist so lange her. Ich war ein kleiner Junge. Ich kann mich kaum noch an irgendetwas erinnern. Zum Glück. So soll es auch bleiben.«

»Sie haben vor etwas über einem Jahr mit einer Journalistin über die Vorfälle im Kinderheim gesprochen. Warum haben Sie mir bei Ihrer Vernehmung dazu nichts gesagt?«

»Warum hätte ich das tun sollen? Dieser Zeitungsbericht

kam nie heraus. Ich hatte auch gar nicht mehr daran gedacht. Hat sich wohl im Sande verlaufen.«

»Die Reporterin war meine Frau. Michelle Schröder. Sie starb nach einem Interview mit jemandem, der ebenfalls in das Geschehen verwickelt war.«

»Das … das tut mir leid.«

»Sie wurde überfahren, als sie auf dem Weg nach Hause zu unserer Tochter und mir war. Der Unfallverursacher hat Fahrerflucht begangen. Ich möchte herausfinden, ob ihr Tod mit den Vorfällen im Heim zu tun hat«, sagte Schröder.

Das Gefühl von Verlust und Einsamkeit stieg in ihm hoch. Das Jahr voller Trauer, in dem er etwas Abstand bekommen hatte, schien wie weggeblasen zu sein. Es fühlte sich an, als sei alles erst gestern passiert.

»Ich bin im Büro in der Stadt. Kommen Sie dorthin. Sie wissen ja, wo es ist.«

Als Schröder sich bedanken wollte, hatte Jenkov bereits aufgelegt. Für einige Sekunden betrachtete Schröder wie abwesend das Display seines Handys, dann schob er es in die Tasche und machte sich auf den Weg.

Jenkov wartete vor dem Eingang zum Bürogebäude. Er stand mit hängendem Kopf da und hielt in der einen Hand eine Zigarette, an der er in kurzen Abständen zog. Die andere Hand steckte in der Hosentasche. Er trat nervös von einem auf das andere Bein.

Schröder stellte sein Motorrad wenige Meter neben ihm ab. Jenkov beachtete ihn gar nicht. Vermutlich rechnete er nicht damit, dass ein Polizeibeamter mit einer Harley vorfahren würde.

Als Schröder den Helm und die Sonnenbrille abnahm, lächelte Jenkov und ging ein paar Schritte auf ihn zu.

»Schöne Maschine. Sind das jetzt die Dienstfahrzeuge der Bullen?«, sagte er.

»Ich bin privat hier.«

Jenkov legte die Stirn in Falten und zog an der Zigarette.

»Der Fall Köstner ist abgeschlossen. Zum Unfall meiner toten Frau gibt es keine offiziellen Ermittlungen. Noch nicht.«

»O Mann, das wird ja immer besser. Na ja. Kommen Sie«, sagte Jenkov und schnippte die Kippe in einen Gully.

Er ging die Treppe in den ersten Stock und zu einem kleinen Büro voraus, in dem er dem Hauptkommissar einen Platz und Getränke anbot.

Schröder sah sich in dem Raum um, der penibel aufgeräumt und wohnlich eingerichtet war.

»Sind Sie öfters hier in der Stadt?«

»Ein bis zwei Tage die Woche. Wenn die Niederlassung angelaufen ist, habe ich die Wahl, ganz hierher zu gehen oder in Hamburg weiterzuarbeiten.«

Schröder nickte und trank einen Schluck. Jenkov hatte ihm eine Cola Light auf den Tisch gestellt.

»Wie werden Sie sich entscheiden?«

Jenkov zuckte mit den Schultern.

»Okay«, begann Schröder. »Meine Frau hat Sie vor etwas mehr als einem Jahr interviewt. Der fast fertige Artikel liegt mir vor. Außer mit Ihnen hat sie noch mit Dennis Pfeiffer gesprochen. In Michelles Aufzeichnungen taucht der Name Pepe Bonetto auf, den sie nicht oder bis zu ihrem Tod noch nicht interviewt hatte, und ein gewisser Timm Henning. Alle nannten ihn Timmy. Dem Artikel zufolge haben Sie und die anderen Jungen damals behauptet, Timmy sei aus einem Fenster gesprungen oder gestürzt.«

Alexander Jenkov warf ein Stück Würfelzucker in seinen Kaffee und rührte eine Zeitlang andächtig um.

»Gesprungen. Er ist gesprungen.«

Schröder musterte den jungen Mann, wie er geistesabwesend in seine Kaffeetasse starrte. »Haben Sie das gesehen? Ich meine, dass er sich hinausgestürzt hat?«

Jenkov sah auf, er schüttelte den Kopf und biss sich auf die Unterlippe. »Pepe ist durch alle Zimmer gerannt und hat immer wieder gerufen: Timmy ist gesprungen, Timmy ist gesprungen. Ich saß auf meinem Bett und habe mir die Hände auf die Ohren gehalten. Seine Rufe hallten im ganzen Flur nach. Timmy ist gesprungen, Timmy ist gesprungen. Immer wieder. Es war furchtbar. Die Kinder sind zueinander in die Betten gekrochen und haben sich festgehalten. Ich bin jahrelang schweißgebadet bei Nacht von diesen Rufen aufgewacht. Habe immer Pepe gesehen, wie er durch die Zimmer rannte und brüllte.« Jenkov starrte auf die Tischplatte, schien aber etwas ganz anderes zu sehen. »Timmy ist gesprungen. Timmy ist gesprungen«, murmelte er.

Schröder musterte ihn. Es schien, als ob er gleich durchdrehen würde. Jenkov schüttelte plötzlich den Kopf und lächelte verzweifelt, dann fuhr er fort: »Als Pepe seine Runde durch die Zimmer gedreht hatte, kam er völlig außer Atem zu mir. Er sagte, ich solle alles, was mir lieb sei, schnappen. Wir würden abhauen. Er, Dennis und ich. Ich weiß noch, wie er so gemacht hat.« Er machte mit dem ausgestreckten Zeigefinger der rechten Hand eine Bewegung, als ob er sich den Hals durchschneiden wollte. »Pepe sagte, die killen uns sonst. Ich zitterte am ganzen Leib und habe mir vor Angst fast in die Hosen gepisst. Pepe grinste nur schief. Er war immer ein bisschen verrückt.«

»Sie sind dann gemeinsam mit Pfeiffer und Bonetto aus dem Heim weggelaufen?«

Jenkov nickte und trank einen Schluck Kaffee. »Ja. Die beiden hingen immer miteinander rum. Ich bin häufig dabei gewesen. Wir waren eine Art Clique. Deshalb haben wir uns zusammen verdrückt. Ich war froh, dass sie mich mitgenommen haben und nicht alleine abgehauen sind.« Er atmete tief durch und strich sich über die feuchten Augen. »Seit ich in diesem Heim war, weiß ich, wie die Hölle aussieht.«

Schröder schaute ihn mitfühlend an. Alexander Jenkov litt noch deutlich unter dem Erlebten, auch wenn er es anscheinend im Alltag zu verbergen verstand.

»Pepe und Dennis waren der Mittelpunkt der Clique. Ich glaube, sie sind die besten Freunde dort gewesen. Pepe erzählte Dennis immer zuerst, was er wieder im Heim gesehen und gehört hatte. Pepe konnte nie ruhig sitzen oder schlafen. Ständig schlich er irgendwo umher. Sah durch Schlüssellöcher oder öffnete heimlich Türen und hörte zu, worüber die Pfaffen redeten. Wenn einer etwas wusste, dann Pepe. Ich glaube, er stand darauf, uns seine Storys zu erzählen. Jedenfalls saßen alle dabei um ihn herum und starrten ihn mit offenen Mündern an.«

»Haben Sie diese Geschichten interessiert?«

Jenkov zuckte die Achseln und verzog angewidert das Gesicht. »Mir hat gereicht, was ich erlebt habe. Vielleicht war es auch eine Art Abmachung zwischen beiden.«

»Eine Abmachung? Zwischen Pepe und Dennis?«

»Ja. Dennis wurde wie Pepe immer abgeholt oder irgendwohin gebracht. Dennis erzählte Pepe, was er erlebt hatte, und Pepe Dennis auch. Die reinsten Schauergeschichten haben sie sich erzählt.«

Schröder konnte sich vorstellen, was für grausame Geschichten sie austauschten. Die Jungen schienen untereinander, zumindest im engen Kreis, offen damit umgegangen zu sein. Vielleicht war es eine Art perverse Normalität, die in ihrem Leben eingekehrt war. Oder sie verarbeiteten durch das gegenseitige Erzählen ihre schrecklichen Erlebnisse.

»Haben Sie mitbekommen, wohin Pepe oder Dennis gebracht wurden?«

Alexander Jenkov sah Schröder einige Sekunden an, trank einen Schluck Kaffee und stellte die Tasse auf den Unterteller. Dann drehte er die Kaffeetasse so, dass der Griff exakt neunzig Grad nach rechts zeigte, musterte alles kurz und lehnte sich zurück.

»Pepe war der Liebling des Generalvikars. Er wurde oft zu diesem ekelhaften, fetten von Roda gebracht. Sie haben erzählt, sie seien auf Partys von irgendwelchen reichen Männern gewesen. Meist waren sie in einer Hütte im Wald. Draußen standen wohl die tollsten Autos herum. Manchmal träumte ich davon, auch in einer solch tollen Limousine chauffiert zu werden. Aber für mich haben sie sich nicht interessiert. Ich war traurig, dass ich nie bei einer Party dabei war. Wenigstens für einen Abend. Ist das nicht völlig verrückt?«

Schröder nickte. Ja, das war es, dachte er sich. Aber wer wäre in diesem Kinderheim normal geblieben?

»Glauben Sie, dass Pepe Bonetto gesehen hat, wie Timm Henning gesprungen ist?«

Jenkov zögerte einen Moment. »Ja«, sagte er dann. »Da bin ich sicher.«

Schröder freute sich darauf, Julia Valentini wiederzusehen. Er hatte sie nach dem Gespräch mit Alexander Jenkov angerufen und sie darum gebeten, mit Pepe Bonetto sprechen zu dürfen. Sie hatte ihm zugesagt, ihr Möglichstes zu tun, auch wenn er offiziell nicht im Dienst war.

Er schaute auf die Uhr, dann zum Fenster des Cafés hinaus, in dem er auf die Staatsanwältin wartete. Als die Bedienung zu ihm an den Tisch trat, kam Valentini hereingehetzt. Die Kellnerin hielt höflich Abstand, bis die beiden sich begrüßt hatten, und nahm dann die Bestellungen auf.

»Es tut mir leid, Schröder. Ich habe für Sie keine Besuchserlaubnis bekommen.«

Schröder spielte mit einem Zuckerstreuer herum. »Ich muss unbedingt mit diesem Pepe Bonetto sprechen.«

Valentini griff nach seiner Hand, die immer noch mit dem Zucker hantierte. Sie umklammerte sie fest und sah ihn an. »Ich weiß. Ich habe mir lange Gedanken über den Artikel Ihrer Frau gemacht. Sie … sie war eine mutige Journalistin. Das wollte ich Ihnen nur sagen.«

Schröder war froh, dass in diesem Moment die zwei Kaffees serviert wurden und er so einige Zeit schweigen konnte.

»Ja. Das war sie. Danke.«

Beide rührten in ihren Tassen, bis die Staatsanwältin die Stille durchbrach.

»Pepe Bonetto war der Einzige der drei Jungen, den Ihre Frau nicht interviewt hatte.«

»Ich vermute, dass Michelle kurz vor ihrem Tod mit ihm gesprochen hat.«

»Das habe ich mir auch schon gedacht.«

»Ich muss unbedingt mit ihm sprechen. Können Sie ihn nicht zu einer Vernehmung irgendwohin bringen lassen?«

Valentini hob kurz die Schultern. »In welchem Fall? Nein, das wird kaum möglich sein. Wohin auch? Auf das Polizeirevier?«

Schröder schob die Kaffeetasse ein Stück von sich und starrte zum Fenster hinaus. »Dann hole ich ihn aus dem Knast«, sagte er.

Die Staatsanwältin lachte auf und hielt sich die Hand vor den Mund. »Dann muss ich Sie verhaften lassen«, sagte sie schmunzelnd.

Er beugte sich etwas über den Tisch. »Wenn Sie dafür sorgen, dass ich bei Pepe Bonetto in der Zelle lande, gerne.«

»Woanders wäre mir lieber.«

Schröder sah Valentini an.

»Entschuldigung«, sagte sie und redete mit leicht errötetem Kopf sofort weiter. »Ich hatte die Idee, dass Sie mir Ihre Fragen geben und ich mit ihm spreche. Was halten Sie davon?«

Schröder nickte anerkennend. Er schätzte das Bemühen der Staatsanwältin, was letztlich für sie selbst nicht ohne Konsequenzen bleiben konnte. »Das ist sehr nett von Ihnen.«

Sie senkte etwas den Kopf und lächelte verlegen.

»Wann wollen Sie zu ihm?«, fragte Schröder.

»Heute. Ich habe mich bereits in der JVA angemeldet.«

Er zog die Kaffeetasse zu sich heran, leerte sie in einem Zug und stand auf. »Gehen wir«, sagte er, fischte einen Zehn-Euro-Schein aus der Hosentasche, legte ihn auf den Tisch und griff nach seinem Helm, während er die Staatsanwältin auffordernd ansah.

Valentini trank noch einen langen Schluck Kaffee, nahm ihre Handtasche und erhob sich.

»Fahren Sie bei mir mit?«, fragte Schröder.

»Ein anderes Mal. Sie wissen doch …«

»Die falschen Schuhe.«

Am Eingang zur JVA wartete Schröder, bis die Staatsanwältin ihren Dienstwagen geparkt hatte.

»Ich habe eine Idee. Sie müssen aber mitspielen«, sagte Valentini plötzlich, als sie auf ihn zukam.

»Okay. Für Ideen bin ich immer zu haben.«

Als sie den Eingang erreichten, zog sie ihr Jackett gerade, und er schenkte ihr ein lächelndes Kopfschütteln. »Julia Valentini. Staatsanwaltschaft. Das ist Kai Lorenz von der Kripo. Wir sind angemeldet«, sagte sie und hielt ihren Dienstausweis an die Scheibe, hinter der ein Justizvollzugsbeamter saß. Schröder kramte unterdessen in seinen Hosentaschen.

Der Beamte schaute kurz auf, dann in einen Monitor.

»Guten Tag, Frau Staatsanwältin. Sie sind hier aufgeführt«, sagte er und machte eine Pause, in der er auf einer Tastatur herumtippte. »Lorenz, sagten Sie?«

»Ja.«

»Ich suche gerade meinen Ausweis«, sagte Schröder und hob entschuldigend eine Hand.

Der Justizbeamte nickte und tippte weiter irgendetwas in seinen Computer. »Tut mir wirklich leid. Ich kann Herrn Lorenz nicht auf der Besucherliste finden.« Der Beamte schob ein Klemmbrett unter der Scheibe hindurch. »Füllen Sie das bitte schon mal aus.«

Valentini nahm das Formular und trug sich ein. »Was ist nun? Wir haben noch einen Anschlusstermin«, sagte sie zum Justizbeamten und schaute gereizt auf ihre Armbanduhr.

Der Mann zuckte mit den Schultern und schüttelte den Kopf. »Nichts zu machen. Ich finde keinen Lorenz.«

»Haben Sie es ohne t versucht. Nur L-O-R-E-N-Z?«

Wieder machte sich der Beamte am Computer zu schaffen. Die Staatsanwältin sah, dass er sichtlich nervös wurde.

»Schauen Sie im Verzeichnis der Kripo nach. Vielleicht haben Sie ihn falsch geschrieben.«

Der Justizbeamte nickte und tippte schnell auf der Tastatur herum. »Ich gehe noch mal zum Wagen. Womöglich liegt mein Ausweis dort«, sagte Schröder.

»Bleiben Sie hier. Das ist doch nicht nötig. So viel Zeit haben wir nicht«, entgegnete Valentini.

Der Beamte blickte auf, als Valentini sagte: »Hören Sie, wenn Sie Herrn Lorenz nicht finden können, dann rufen Sie einfach beim Leitenden Oberstaatsanwalt an. Der wird Ihnen bestätigen, dass wir heute diesen Termin mit Bonetto haben. Aber langsam rennt uns die Zeit davon.«

»Wird schon in Ordnung sein. Ich drucke noch schnell die Besucherausweise aus. Die Dienststellenbezeichnung von Herrn Lorenz habe ich im System gefunden.«

Valentini sah schnell zu Schröder und zwinkerte ihm zu. Er nickte anerkennend. Ein paar Augenblicke später schob der Mann zwei laminierte Ausweise unter der Scheibe hindurch, und an einer Tür wenige Meter weiter surrte der Öffner.

»Danke«, sagten beide zusammen und gingen los.

Die Staatsanwältin ergriff den Türknauf und zog die schwere Eingangstür auf.

»Halt, warten Sie!«, rief der Justizbeamte ihnen plötzlich durch die Glasscheibe hinterher.

Schröders Blick streifte kurz Valentinis, die erstarrt stehen blieb.

Der Beamte stand auf und zeigte auf das Klemmbrett. »Tragen Sie sich bitte hier noch ein, Herr Lorenz.«

Schröder lächelte freundlich und ging zur Anmeldung zurück. Valentini atmete aus. Er trug seinen falschen Namen in die Liste ein, in der Hoffnung, ihn richtig zu schreiben. Der Justizbeamte nahm das Formular zurück, ohne es eines weiteren Blickes zu würdigen.

Die Staatsanwältin schloss vor Erleichterung kurz die Augen und trat durch die Tür, auf deren anderer Seite sie ein Wachmann in Empfang nahm. Er führte sie in einen Besucherraum, in dem Pepe Bonetto bereits wartete.

»Buona giornata, bella signora«, sagte er, beäugte Valentini von oben bis unten und stand auf. Er streckte ihr breit grinsend die Hand entgegen und ließ abermals seinen Blick über ihren Körper wandern.

»Bleiben Sie bitte sitzen«, sagte der Justizbeamte zu ihm und ging zügig einen Schritt auf ihn zu.

»Culo«, sagte Bonetto und setzte sich wieder.

Schröder und Valentini nahmen dem Gefangenen gegenüber Platz. Immer noch konnte er sich nicht an der hübschen Frau sattsehen. Seine gierigen Augen folgten jeder ihrer Bewegungen.

»Molto bella.«

»Grazie«, sagte die Staatsanwältin.

Schröder schaute zuerst Pepe Bonetto, dann Valentini fragend an.

»Keine Sorge, Schrö... Lorenz. Wir unterhalten uns auf Deutsch, oder, Herr Bonetto?«

»Sì. Sì. Wir sprechen deutsch für den Herrn.«

»Sind Sie in Italien aufgewachsen?«, fragte Julia Valentini.

Er beugte sich etwas über den Tisch, so dass der Wachmann sofort wieder einen Schritt auf ihn zuging.

»Ich war noch nie in bella Italia«, sagte er und lehnte sich breit grinsend zurück.

»Aber Sie sprechen Italienisch?«

Er warf beide Hände in die Luft und lachte. »Ich lerne es gerade. Hier drin hat man Zeit, und niemand stört einen. Gut. Manchmal die Jungs da«, sagte er und zeigte auf den Beamten, der dies mit einem mürrischen Ausdruck quittierte.

Pepe Bonetto leckte sich mit der Zunge über die Lippen und starrte unverhohlen auf Valentinis Ausschnitt. »Ich bin wahrscheinlich der Einzige hier, der einen italienischen Namen hat, aber kein Italienisch spricht«, sagte er und lachte wieder.

»Aber Ihre Eltern sind Italiener?«

Er spitzte den Mund und machte übertrieben große Augen. Er streckte die Hände links und rechts in einer großzügigen Geste von sich. »Keine Ahnung. Habe sie nie kennengelernt.«

Schröder musterte den etwa ein Meter fünfundsechzig großen, dürren Mann, der seine schwarzen Haare mit viel Gel glatt nach hinten gekämmt hatte. Offensichtlich machte er mindestens den Versuch, wie ein Klischee-Italiener auszusehen.

»Okay«, begann Schröder. »Wir untersuchen die Vorfälle in dem Kinderheim, in dem Sie mit Dennis Pfeiffer, Alexander Jenkov und Timm Henning eine Zeitlang untergebracht waren.«

»Scheißdreck«, flüsterte Bonetto.

Er ließ seinen Blick von Schröder zu Valentini wandern und wieder zurück zum Hauptkommissar. Dann schaute er kurz zum Wachmann, der mit vor der Brust verschränkten Armen in einer Ecke stand und neutral dreinblickte.

Pepe beugte sich etwas nach vorne. »Ist nicht Ihr Ernst?«

»Was können Sie uns zu den Missbrauchsvorwürfen gegen Pfarrer Köstner sagen?«, fragte Valentini.

Er spähte nochmals zum Wachmann. »Nichts. Ich kann Ihnen nichts dazu sagen.«

Die Staatsanwältin schaute zu dem Vollzugsbeamten und deutete ihm an, sie mit dem Gefangenen alleine zu lassen. Der Mann nickte knapp und verließ den Raum.

»Warum können oder wollen Sie uns nichts zu den Vorfällen erzählen?«

Bonetto legte die Arme auf den Tisch und faltete die Hände. »Diese Sache ist lange her. Hab gehört, den Pfaffen hat es erwischt?« Er sah Schröder und Valentini ernst an.

»Ja. Pfarrer Köstner wurde ermordet.«

»Dennis ist tot? Hab ich gehört«, sagte er und nickte mehrmals nachdenklich.

»Ja«, sagte die Staatsanwältin.

»Vergessen Sie es. Dennis war zwar ein bisschen verrückt wie wir alle, aber er konnte keiner Fliege etwas antun. Der hat diesen Pfaffen nicht gekillt. Auch wenn er es verdient hat.«

Schröder sah kurz zu Valentini, die konzentriert ihr Gegenüber musterte. »Weshalb sind Sie sich da so sicher, dass es Pfeiffer nicht war?«

Bonetto zuckte mit den Schultern. »Er war ein anständiger Junge. Hatte mit Gewalt wenig am Hut. Ich glaube es einfach nicht. Basta.«

»Okay. Was können Sie uns über Pfarrer Köstner erzählen?«, fragte Schröder.

Bonetto sah ihn an und knetete eine Weile seine Hände. »Nichts.«

»Gut«, sagte Valentini und legte eine Akte auf den Tisch. »Sie wurden zu viereinhalb Jahren Haft wegen gewerbsmäßigen Drogenhandels verurteilt«, begann sie und blätterte weiter. »Ihre Chancen auf Bewährung tendieren zurzeit, sagen wir, gegen null.« Die Staatsanwältin klappte die Mappe zu.

Bonetto zuckte kurz mit den Schultern, als ob er begriff, dass es etwas Endgültiges oder Unabänderliches war, was sie gesagt hatte.

Valentini schaute ihn gelassen an.

»Irgendjemand hat mir diese Drogen untergeschoben. Ich hatte mit dem Zeug nie etwas zu tun. Habe auch gar keinen aus der Szene gekannt. Wie denn, wenn ich nie was genommen habe?«

»Das behaupten sie alle«, sagte Schröder.

Bonetto nickte mehrmals mit wütender Miene. »Dieser elende Drecksack von Staatsanwalt hat mir zwei Jahre versprochen, wenn ich gestehe«, sagte er. »Etwas zugeben, was ich nicht getan habe, damit ich weniger Strafe bekomme. Ist das nicht irre?«

»So läuft das nun mal«, sagte Valentini.

Schröder sah überrascht zu ihr. Er selbst hielt nichts von den erpresserischen Deals der Staatsanwaltschaft, um schnell an Geständnisse zu kommen, mit denen die Fälle ohne viel Arbeit abgeschlossen werden konnten. Die Angeklagten waren die Verlierer in diesem perfiden Spiel. Sie gaben reihenweise Delikte zu, die sie nie oder nicht alleine begangen hatten, um wenigstens schnellstmöglich wieder aus dem Knast zu kommen. Dafür ließ sich die Anklagebehörde für eine hohe Aufklärungsquote feiern.

»Vielleicht nützt es Dennis, wenn Sie aussagen«, sagte Schröder.

»Dem hilft nichts mehr. Den haben die Bullen abgeknallt. Der ist tot. Aus und Ende.«

Valentini öffnete abermals ihre Akte und nahm ein Dokument heraus. Sie legte es auf den Tisch und schob es vor Pepe Bonetto hin.

»Was ist das?«

»Eine Vereinbarung. Wenn Sie im Fall Köstner umfassend aussagen und die wahren Täter gefasst werden, erhalten Sie vollen Straferlass.«

Der Häftling kniff lauernd ein Auge zusammen und ließ seinen Blick zwischen dem Schriftstück und der Staatsanwältin hin und her wandern.

Schröder sah Valentini überrascht an, die nur kurz mit den Schultern zuckte und ihn anlächelte.

»No. Ich hab schon mal einen Deal mit euch gemacht. Und? Ging ziemlich in die Hose. Zweimal lasse ich mich nicht von euch verarschen«, sagte er und schob das Angebot von sich.

»Sie können es gerne Ihrem Anwalt zeigen. Der wird Ihnen bestätigen, was ich sage. Sie helfen uns, den Mörder zu finden, und Sie sind ein freier Mann.«

Bonetto griff nach dem Papier und las es durch. Immer wieder leckte er sich über die Lippen. Valentini kramte einen Kugelschreiber aus ihrer Tasche und hielt ihn dem Gefangenen hin.

»Buono. Wenn das noch mal schiefgeht, möchte ich nicht in Ihrer Haut stecken, wenn ich jemals aus diesem Puff rauskomme.« Er kritzelte seine Unterschrift auf das Blatt und schob der Staatsanwältin den Zettel zu. »Eine Kopie. Ich möchte eine Kopie«, sagte er fest.

»Bekommen Sie nachher«, sagte Valentini, was ihn sichtlich beruhigte.

»Also. Was wollen Sie wissen, Signora?«, fragte Bonetto großmütig, grinste gönnerhaft und breitete die Arme in einer ausladenden Geste aus.

»Hatten Sie jemals ein Interview mit einer Journalistin? Ihr Name war Michelle Schröder«, fragte Schröder.

Bonettos Blick verengte sich. Er rutschte nervös auf seinem Stuhl hin und her. »Ja. Warum?«

»Wann war das Gespräch?«

Der Gefangene zuckte mit den Achseln. »Das weiß ich nicht mehr. Ist über ein Jahr her. Bestimmt.«

»Kann es ein, dass dies am Tag vor Ihrer Festnahme war?«

Bonetto zeigte mit einem Finger auf Schröder. »Ja. He, das stimmt. Jetzt kann ich mich erinnern. Der Tag, bevor die Bullen mich wegen nichts hochgenommen haben.«

»Um was ging es bei dieser Unterhaltung?«

Der Italiener sah zu Valentini, die ihm aufmunternd zunickte. »Sie wollte alles über das Heim wissen. Sie plante, etwas in irgendeiner Zeitung zu schreiben.«

»Was haben Sie ihr erzählt?«

»Alles. Sie … sie hat mich dazu gebracht, alles zu erzählen. Ich habe nie darüber geredet. Aber sie … sie hat es geschafft. Keine Ahnung warum. Sie hatte wohl vor, diesen Hurensöhnen mit Anlauf in die Eier zu treten.«

Schröder musste daran denken, mit welchem Glauben und Enthusiasmus Michelle völlig unnachgiebig einer Story nachgegangen war. Er konnte sich gut vorstellen, wie sie Pepe Bonetto für sich und ihre Idee hatte einnehmen können. Und ja, sie hätte der Kirche mit Wucht zwischen die Beine getreten. Er musste bei diesem Gedanken kurz schmunzeln.

»Okay. Was haben Sie ihr erzählt?«

»Alles. Echt, Mann. Alles. Ich weiß gar nicht, wo ich anfangen soll.«

»Uns interessiert vor allem Generalvikar Dominik von Roda«, sagte Valentini.

»Und Bischof Franz Josef Gnad. Was wissen Sie über diese Männer?«

Bonetto schluckte.

»Vielleicht fangen Sie mit Timm Henning an«, sagte Schröder.

Pepe Bonetto schien ins Leere zu starren. »Timmy«, begann er und wippte mehrmals mit dem Kopf. »Timmy haben diese erbärmlichen Wichser dazu gebracht, aus dem Fenster zu springen. Ich saß oben. Im ersten Stock. In einer Fensternische und hab auf den Hof hinuntergeschaut. Da saß ich oft und habe beobachtet, wer kam und ging und so. Da hatte ich meine Ruhe. Auf jeden Fall rollte die schwarze Limousine wieder auf den Innenhof. Ein Mann stieg aus und ging hinüber zur Eingangstür, wo Pfarrer Köstner schon wartete. Sie redeten kurz. Dann fuhr die hintere Scheibe am Wagen ein Stück runter. Das war irgendwie unheimlich. Irgendein Oberpfaffe mit einer fetten, todbleichen Fresse glotzte raus und lächelte Köstner zu. Der machte eine Art Verbeugung.

Als ob er dem Fettgesicht gleich in seinen dicken Arsch kriechen wollte. Dann ging er ins Haus hinein. Der andere Typ blieb draußen stehen. Der sah rüber zu seinem Boss in der Edelkarosse und nickte.«

Bonetto schaute zu Schröder, der ihm regungslos zuhörte, und zu Valentini, die ihn mit einem sanften Lächeln aufforderte weiterzusprechen. Er rieb sich die Hände und fuhr fort: »Plötzlich hörte ich ein Fluchen und einen Schmerzensschrei. Dann wurde die Tür zum Treppenhaus aufgerissen. Jemand stürmte die Stufen hinauf und wie wild an mir vorbei. Das war Timmy. Er rannte mit seinen kleinen O-Beinen an mir vorbei, als sei der Teufel hinter ihm her. Irgendwie war er das ja auch.« Bonetto lachte verzweifelt auf.

»Auf jeden Fall hat mich Timmy nicht in der Fensternische sitzen sehen. Als ich aufstehen wollte, um ihm hinterherzurennen, hörte ich, wie Köstner fluchend die Treppe hochkam. Ich drückte mich tiefer in die Nische rein, und der Pfaffe hechelte an mir vorbei, ohne mich zu bemerken. Stellen Sie sich vor, er ist in seinem Pfaffenkostüm den Flur entlang hinter Timmy hergerannt. Er hat geschnauft wie ein alter Ochse.« Bonetto lachte erneut, dann verfinsterte sich sein Blick wieder. »Köstner hat immer gerufen: Bleib hier, Junge, bleib hier, verdammt. Der hat echt *verdammt* gebrüllt. Der Herr Pfarrer. Können Sie sich das vorstellen?«

Er schaute zu Valentini und Schröder, die keine Reaktion zeigten.

»Timmy nahm die Treppe ins oberste Stockwerk. Ich hörte ihn die Stufen hochrennen. Tapptapp, Tapptapp. Tapptapp. Der Pfaffe hetzte ihm hinterher. Ich kroch aus der Nische und stürmte los. Ich wollte Timmy helfen«, sagte er und blickte zu seinen beiden Zuhörern, als ob er eine Bestätigung für sein Handeln erwarten würde. »Als ich in den obersten Flur kam, stand Timmy am offenen Fenster. Tränen liefen ihm übers das Gesicht. Er hielt mit einer Hand den Fensterrahmen fest, und mit einem Bein stand er auf dem Sims. Er schaute Köstner durch seine verweinten Augen an. Köstner ging langsam auf Timmy zu. Streckte einen Arm aus und sagte: ›Komm zu mir. Es wird alles gut.‹ Der Kleine schüttelte den Kopf und verschwand durch das Fenster.«

Still saßen alle da.

Bonetto knetete seine Finger, so dass es ständig knackte. Valentini starrte ihn an. Schröder sah, wie Bonettos Augen feucht wurden. Sogar fünfundzwanzig Jahre später litt er noch darunter.

Schröder durchbrach schließlich die Totenstille. »Wer war der Geistliche im Wagen?«

Die Frage riss den Häftling aus seinen Gedanken.

»Der Mann im Auto? Der hinten saß? Den habe ich nicht gekannt. Keine Ahnung. War mir auch egal. Diesen von Roda kannten alle. Die Namen der anderen Männer, die immer auf der Party in so einer Waldhütte waren, kannte niemand. Und eins sage ich Ihnen: Wenn Dennis wirklich den Pfaffen abgemurkst hat, dann hat er meinen Respekt verdient. Sie verstehen das vielleicht nicht, wissen nicht, was wir durchgemacht haben, aber ...« Er schüttelte den Kopf und war offenbar unfähig weiterzusprechen.

»Was haben Sie getan, nachdem Timm Henning gesprungen war?«, fragte Schröder und versuchte, möglichst viel Ruhe in seine Stimme zu legen.

Bonetto lehnte sich zurück. »Ich ... ich stand da und glotzte. Ich hätte das dem kleinen Kerl nie zugetraut. Aber was weiß man schon über die Menschen? Auf jeden Fall ist der Pfaffe ans Fenster gegangen und hat rausgeschaut, dann hat er sich zu mir umgedreht. Ich glaube, er ist erschrocken, weil ich da stand und alles gesehen habe. Da bin ich losgerannt. Nach unten. Hab allen erzählt, dass Timmy aus dem Fenster gesprungen ist. Dann bin ich raus zu Timmy.« Bonetto wischte sich mit dem Handrücken über die Augen. »Er lag so da, völlig verdreht. Sah ziemlich übel aus. Ich wusste sofort, dass es schlecht um ihn stand. Dann bin ich wieder reingerannt. Hab Dennis und Alex gesagt, dass wir abhauen müssen. Ich hatte solchen Schiss, dass die uns abmurksen. Jeder hat ein paar Sachen geschnappt. Was Kinder halt so für wichtig halten. Alles nicht zu gebrauchen auf der Flucht, haben wir später festgestellt. Auf jeden Fall haben die Bullen uns eine Woche später gekriegt. Wir haben völlig fertig in einem Heuschober gepennt. Hatten unterwegs nur Äpfel und so Zeug gegessen.« Bonetto lachte.

Valentini sah zu Schröder.

»Danach sind Sie in andere Heime gekommen? Jeder woandershin?«, fragte der Hauptkommissar.

Bonetto nickte. »Ja. Diesmal bei Nonnen. Die haben mich wenigstens nicht vergewaltigt. Und wenn, wäre es bestimmt nicht so schlimm gewesen.«

»Wo hat man Alexander Jenkov und Dennis Pfeiffer untergebracht?«, fragte die Staatsanwältin.

»Keine Ahnung. Hab sie nie wiedergesehen.«

»Wer … wenn ich fragen darf … wer war für Sie am dominantesten … ich meine … wer hatte Ihrer Meinung nach das Sagen?«, fragte Schröder zögerlich.

»Ich weiß, was Sie meinen. Von Roda. Irgendwie haben alle nach seiner Pfeife getanzt«, sagte Bonetto.

»War er es, der mit dem anderen Mann im Wagen kam und mit Köstner vor der Tür sprach?«

Bonetto nickte.

»Ich denke, das reicht fürs Erste. Würden Sie diese Aussagen vor Gericht unter Eid wiederholen?«, fragte Valentini.

»Jederzeit. Da können Sie sich drauf verlassen. Und denken Sie an diesen Zettel da. Diese korrupten Bullen haben mich übers Ohr gehauen. Ich habe niemals Drogen angefasst.«

»Ich werde Ihrem Anwalt eine beglaubigte Kopie zusenden.«

Bonetto lachte auf. »Beglaubigt? Prima. Dann kann ja nix schiefgehen.«

»Eine Frage noch, Herr Bonetto.«

»Sì«, sagte er und öffnete wieder in einer großzügigen Geste die Arme.

»Die anderen Männer – waren das immer dieselben? Hatten Sie das Gefühl, dass sich die Männer kannten?«

Bonetto hob die Augenbrauen. »Ja. Ich glaube, das waren Kumpels. Irgend so eine perverse Clique. Die feierten immer zusammen. Dann gab es noch hier und da andere Männer. Wir waren nicht die einzigen Jungen in dem Heim. Andere wurden woanders hingefahren.«

»An die Namen von den Männern können Sie sich nicht erinnern? An die Namen der anderen Kinder auch nicht?«

Er schüttelte den Kopf. »Das wollte diese Reporterin auch wissen. Aber ich kann mich nicht daran erinnern, wie die geheißen haben. Es kamen und gingen ständig irgendwelche Jungs. Die Männer waren alle irgendwas Wichtiges. Hatten dicke Autos und so.«

»Okay. Wissen Sie vielleicht etwas zu dem Unfall von Michelle Schröder, der nach dem Interview mit Ihnen passierte?«

Bonettos Blick verfinsterte sich wieder. Er schüttelte abermals den Kopf. »Nein. Hören Sie, sie war die Erste, die sich für unsere Geschichte interessiert hat. Ich habe nicht einmal mitbekommen, dass sie einen Unfall hatte. Ich dachte, der Artikel erscheint nicht, weil es wieder irgendjemanden nicht in den Kram passte oder die Pfaffen sich darum gekümmert haben, dass er nicht gedruckt wird.«

»Okay«, begann Schröder und zog aus seiner Jacke ein Foto heraus und legte es auf den Tisch. »Schauen Sie sich bitte dieses Foto an. Erkennen Sie diese Männer?«

Bonetto sah den Hauptkommissar an, nahm das Bild mit zitternden Händen an sich und schaute darauf. Langsam begannen Tränen über seine Wangen zu laufen. Immer wieder wollte er etwas sagen, konnte es aber nicht. Er nickte nur und schob Schröder das Bild wieder zu.

»Sie kennen die Männer auf dem Foto, aber nicht deren Namen?«, fragte die Staatsanwältin.

Bonetto nickte.

Schröder stand auf.

»Okay. Ich danke Ihnen.«

»Glauben Sie ihm? Oder erzählt er uns nur, was wir hören wollen?«, fragte Valentini, nachdem sie den Besucherraum verlassen hatten.

»Die Geschichte mit Timm Henning ist exakt so, wie sie Michelle in ihrem Artikel geschrieben hat, und ihre Quellen waren ja mindestens noch Jenkov und Pfeiffer. Dass sie sich alle abgesprochen haben, glaube ich eigentlich nicht.«

»Die armen Kinder! Es muss die Hölle gewesen sein.«

»Wir können jetzt dafür sorgen, dass es für die Schuldigen die Hölle wird.«

Die Staatsanwältin zog die Augenbrauen hoch. »Höre ich da irgendwelche Rachegedanken?«

Schröder steckte die Hände tief in die Hosentaschen und lehnte sich mit dem Rücken an die Wand. »Rache? Nein. Ich würde Gerechtigkeit dazu sagen. Niemand hat jemals den Jungen geglaubt. Man hat ihnen wahrscheinlich noch nicht einmal richtig zugehört. Das können wir ändern.«

Valentini drehte sich zu einem Fenster und schaute lange hinaus. »Alle Taten, von denen uns Bonetto erzählt hat, sind verjährt. Ich habe keine Chance, eine Untersuchung einzuleiten.«

Schröder trat neben sie. Erst jetzt fiel ihm ihr blumiges Parfüm auf, das ihn an den Frühling erinnerte. »Dann haben Sie ihn eiskalt angelogen, als Sie ihm Hafterlass versprochen haben? Das Dokument ist nichts wert?«

»Ja. Aber es hat funktioniert, oder?«

Schröder bewunderte ihre Kaltblütigkeit, das hätte er nicht erwartet. Er schwieg einen Moment. »Wer sagt, dass es vorbei ist?«, sagte er schließlich.

Sie wandte sich zu ihm um. »Wie meinen Sie das?«

»Warum sollten diese Männer aufhören, Kinder zu schänden? Sie wurden nie belangt. Noch nicht einmal verdächtigt.«

»Sie glauben ...«

»Ja.«

Valentini drehte sich wieder zum Fenster. »Was haben Sie vor?«, fragte sie.

»Diese Verbrecher zu Fall zu bringen.«

»Der Mordfall Köstner ist abgeschlossen. Ansonsten gibt es keine Ermittlungen.«

»Ich habe Urlaub und Zeit.«

Sie drehte sich um und musterte Schröder. »Sie sind verrückt.«

»Nein, bin ich nicht. Wenn ich das nicht tue, werde ich verrückt.«

»Sie glauben immer noch nicht daran, dass Dennis Pfeiffer der Mörder war?«

»Nein. Sie?«

»Was spricht dagegen?«

Schröder dachte nach. Gewiss gab es zurzeit keine

Beweise, die Pfeiffer entlasten konnten. Ganz im Gegenteil. Vieles belastete ihn. Die Fotos und die Zeitungsartikel im Keller. Der nicht wirklich erklärbare Umzug in die Nähe des getöteten Pfarrers. Kein Alibi zur Tatzeit. Die Handyortung konnte ihm genauso gut negativ ausgelegt werden. Eine Waffe wurde bei ihm gefunden, bei der Schröder sich jedoch ziemlich sicher war, dass es nicht die Tatwaffe war.

Pfeiffer hatte zudem einen SEK-Beamten bei dem Versuch der Verhaftung mit einer Waffe bedroht. Ein Eingeständnis seiner Schuld? Und was am schwersten wog: Er hatte ein Motiv, das ausgerechnet der Artikel von Michelle offenbart hatte: die späte Rache an jenem Mann, der an dem Missbrauch beteiligt war.

»Es spricht objektiv viel für Dennis Pfeiffer als Täter. Alles, was auf dem Tisch liegt. Aber sehen Sie nicht auch die Dinge, die dort im Dunkeln liegen? Die Vergewaltigungen an den Jungen? Diese müssen wahr sein, sonst hätte Pfeiffer kein Motiv, und das würde die gesamte Beweiskette sprengen. Das Radarfoto von Generalvikar von Roda belegt, dass er in der Nähe war. Kurz vor dem Mord. Er hätte zur Tatzeit am Tatort sein können. Die Phantomzeichnung des Bischofs bestätigt, dass er auf dem Kirchplatz war. Zumindest nach der Tat. Wie lange er dort bereits war, weiß niemand. Also hätte er ebenso zur fraglichen Zeit in der Kirche sein können. Meine überraschende Beurlaubung. Aufgrund einer sehr dünnen Argumentation. Und dann die Unstimmigkeiten: das plötzliche Auftauchen der mutmaßlichen Tatwaffe in Pfeiffers Wohnung. Eine Waffe, die nicht wirklich zum Tathergang passt, oder zum Täter, wie wir beide festgestellt haben. Wo sollte Pfeiffer sie herhaben? Warum so eine teure, auffällige Waffe? Diese Pistole, die er beim Eindringen der SEK-Beamten in der Hand hielt. Angeblich. Warum haben wir die bei der ersten Durchsuchung nicht gefunden, und warum hat er nicht diese für den Mord verwendet? Hat er sich die Waffe nach der Tat zugelegt? Wozu?«

»Was wollen Sie jetzt unternehmen?«

»Meinen Urlaub vernünftig nutzen.«

35

»Hallo, Kai. Ich bin's, Schröder. Wie geht es dir?«

Lorenz schob die Akte beiseite, in der er geblättert hatte, klemmte sich den Telefonhörer fest zwischen Ohr und Schulter und lehnte sich zurück. Seit der Aufklärung des Tötungsdeliktes an Köstners hatte Nowak ihm keinen Mordfall oder andere größere Aufgaben übergeben. Der Kripochef meinte, er solle bis zu Schröders Rückkehr alte ungelöste Verbrechen prüfen oder Überstunden abbauen. Nichts von dem konnte er mit Freude umsetzen. Zuhause war es ihm zu langweilig, und für die ungeklärten Fälle gab es kaum neue Erkenntnisse, die ihn weiterbrachten. Daher vertrieb er sich die Zeit im Büro oder ging mit einem Kaffee in der Hand durch die Zimmer und schaute, ob er jemanden fand, der ein Schwätzchen unter Kollegen vertragen konnte.

»Mensch, Schröder. Was macht der Urlaub?«

»Lea tut es gut. Sie freut sich, dass wir viel unternehmen können. Und gesund ist es auch, da ich jetzt auch mal was anderes als Spaghetti koche. Gemüse, zum Beispiel, auch wenn sie es Uargh-Gemüse nennt.«

Lorenz lachte. »Fährt sie immer noch so gerne auf deinen Harleys mit?«

»Ja, das liebt sie. Ich glaube, sie kann es gar nicht erwarten, irgendwann selbst eine zu fahren.«

Sein Kollege nickte vor sich hin. »Sie wird wohl einmal ganz der Papa. Wann kommst du wieder?«

»Offiziell in zwei Wochen.«

Lorenz riss die Augen auf. »Offiziell? Du wirst doch nicht … Schröder, bitte.«

»Hör zu, Kai. Ich brauche den KTU-Bericht zur Schusswaffe, die bei Pfeiffer gefunden wurde …«

»Nein!«

»Und die Aussage des SEK-Beamten. Wer hat ihn eigentlich erschossen?«

»Ich weiß nicht mehr genau, wie der heißt. Warte kurz.« Lorenz kramte in einem Stapel Unterlagen. »Greiner. Sebastian Greiner.«

»Greiner?«

»Ja, Greiner. Scheiße, Schröder, warum mach ich das? Der Alte reißt mir den Arsch auf.«

»Weil du ein guter und gewissenhafter Polizist bist und genau weißt, dass es keinen Grund gab, mich vier Wochen in den Urlaub zu schicken.«

»Keine Ahnung, warum der Chef das gemacht hat. Aber wenn Nowak mitbekommt, dass du am Fall Köstner weiterarbeitest, dann suspendiert er dich.«

»Soll er ruhig tun. Das hält mich auch nicht davon ab, die Wahrheit herauszufinden.«

»Schröder, manchmal bist du ziemlich verbohrt. Und ein stures Arschloch.«

»Okay. Kannst du mir nun die KTU-Unterlagen zu Pfeiffers Pistole mailen?«

Sein Kollege schloss die Augen und atmete tief durch. »Verdammt, Schröder, ich brauche meinen Job.«

»Okay. Aber du kannst in den Bericht schauen?«

»Wozu? Es war eine gewöhnliche tschechische Brünner CZ75. 9 mm. Die Dinger bekommst du an jeder Straßenecke«, erklärte Lorenz. Waffen waren sein Spezialgebiet. Schusswaffen aus der ehemaligen Sowjetunion wurden hierzulande schon ab hundert Euro gehandelt. Das machte es nicht einfacher. Ihm waren ausgefallene Waffen bei Verbrechen lieber. Deren Herkunft war leichter nachzuvollziehen als bei dieser osteuropäischen Massenware. Aber anscheinend hatte der Käufer darauf geachtet, dass die Quelle schwer festzustellen war und er trotzdem eine qualitativ hochwertige Waffe bekam. Denn das war die CZ75. auf jeden Fall. Eine sehr gute Pistole, die von vielen anderen Waffenschmieden weltweit kopiert wurde.

»Schau doch kurz rein, ob es besondere Merkmale gibt oder die Herkunft bekannt ist. Irgendwo muss Pfeiffer die Knarre ja herhaben.«

»Du machst mich wahnsinnig. Warte. Warum mach ich das nur?« Lorenz hackte mit solcher Kraft auf den Tasten seines Computers herum, als handele es sich um eine uralte mechanische Schreibmaschine. »Komisch«, sagte er. »Der KTU-Bericht ist gesperrt.«

»Gesperrt? Warum?«

»Weiß ich nicht. Einfach gesperrt.«

»Was läuft da?«

Lorenz sah immer noch verwundert auf das Wort auf dem Monitor. Nicht einmal er als ermittelnder Beamter in diesem Fall hatte Zugriff auf den Bericht.

»Warte. Ich schaue mal in die Akte. Die liegt hier irgendwo noch.«

Als einige Aktenbündel krachend zu Boden gingen, fluchte Lorenz laut. »Schröder?«

»Ja?«

»In der Mappe ist kein KTU-Bericht der Waffe.«

»Dann ist er in der internen Ermittlungsakte. Mit dem Vernehmungsprotokoll des SEK-Beamten.«

Lorenz drehte sich um und warf die Akte wieder auf den Tisch. »Du weißt doch, dass wir keinen Zugriff auf Unterlagen der Internen haben.«

»Ja. Kommst du trotzdem dran?«

»Nein. Da komme ich nicht dran.«

»Okay. Dachte ich mir. Vielleicht ist der KTU-Bericht noch gesperrt, weil die internen Untersuchungen zum Tod bei der Festnahme noch nicht abgeschlossen sind.«

»Ja. Vermutlich ist er deswegen nicht freigegeben«, sagte Lorenz und setzte sich.

»Das wird wohl der Grund sein«, erklärte Schröder. Womöglich spielte das Dokument über die Schusswaffe, die Pfeiffer in den Händen hatte, als er erschossen wurde, bei der internen Ermittlung eine Rolle. Schließlich musste nachgewiesen werden, dass der SEK-Beamte keine andere Wahl hatte als zu schießen.

»Schröder?«

»Ja.«

»Lass die Finger davon. Sonst haut dir irgendjemand mächtig darauf.«

»Danke für den Tipp, Kai.«

»Hallo, Carl. Ich bin es, Jan.«

»Ich dachte mir, dass du dich noch mal meldest. Wie kommst du voran?«

»Ich wurde vom Fall abgezogen.«

»Weshalb?«

»Ich weiß es ehrlich gesagt nicht wirklich. Schätze, ich bin einigen Kirchenoberen zu sehr auf die Füße getreten.«

»Stecken die da mit drin? In diesem Mordfall, an dem du gearbeitet hast?«

»Ich vermute, ja.«

»Geht es dir gut, Jan? Du hörst dich müde an.«

Schröder stand auf und ging ein paar Schritte durch das

Wohnzimmer. Er bückte sich, hob einen Legobaustein auf und legte das Teil auf den Tisch. Inzwischen spielte Lea mehr mit diesem Zeug als mit Puppen. Ob sie das auch tun würde, wenn sie eine Mutter hätte? Er setzte sich und stützte den Kopf auf einen Arm. »Ich vermisse Michelle noch immer. Jeden beschissenen Tag.«

»Ich weiß. Es tut mir leid.«

»Schon okay.«

»Bleibst du trotzdem an dem Fall dran?«

Schröder musste lächeln. Carl kannte ihn so gut, dass er sofort geahnt hatte, dass er auf eigene Faust weiterermitteln würde. »Ich muss.«

»Warum?«

Schröder fuhr sich mit der Hand durch das Gesicht. Es fühlte sich an, als ob sie über Schleifpapier glitt. Er hatte sich seit mindestens drei Tagen nicht mehr rasiert. Wenigstens fand Lea es schön. Sie sagte dann immer Kratzbürste zu ihm und rieb ihre Wangen daran.

»Ich habe da so eine Ahnung«, sagte Schröder.

»Eine Ahnung?«

Er überlegte, ob er seinem Freund die Wahrheit erzählen sollte. Aber wenn nicht ihm, wem dann? Er rutschte unruhig auf dem Stuhl umher. Er schämte sich plötzlich, überhaupt darüber nachgedacht zu haben, ihm gegenüber nicht ehrlich zu sein. Seinem einzigen Freund.

»Jan, was für eine Ahnung?«, wiederholte Brauer nach ein paar Sekunden.

»Dass sie etwas mit Michelles Tod zu tun haben.«

Für einige Zeit war es still in der Leitung.

»Die Kirchenleute?«, fragte Carl.

»Ja.«

»Wie kommst du da drauf?«

»Sie war an einem Artikel über Kindesmissbrauch in

einem Heim dran. Diese Einrichtung wird von der Diözese betrieben. Nachdem sie mit einem der damaligen Heimkinder gesprochen hatte, wurde sie durch den Unfall getötet. Das Interview mit diesem Mann war sozusagen ein Schlüsselbaustein, um den Text fertigzustellen. Er hätte der Kirche schwer geschadet. Vor allem Bischof Gnad und seinem Handlanger Generalvikar von Roda. Es hätte sie vermutlich den Kopf gekostet. Der ermordete Pfarrer Köstner war ebenfalls in die Missbrauchsvorwürfe verstrickt. Er hat zu der Zeit in dem Heim gearbeitet. Ich vermute, er wurde zum Schweigen gebracht. Genau wie Michelle.«

Wieder war Todesstille in der Leitung. Schröder hörte Carl schneller atmen als sonst. Er war ein absolut ruhiger Typ. Bis dieser Mann einen höheren Puls bekam, musste einiges passieren. Anscheinend wühlten ihn Schröders Mutmaßungen auf.

»Bist du dir sicher, Jan?«

»Ja.«

»Das hört sich nicht gut an. Überhaupt nicht gut. Wenn ich dir helfen kann, du weißt…«

»Ich weiß, Carl.«

»Ich nehme mir ein paar Tage frei und komm rüber. Ich helfe dir, diese Verbrecher zu schnappen.«

»Nein, Carl. Bleib dort. Das nützt mir mehr. Ich komme an keine Daten mehr ran. Nur über dich.«

»Gut. Was brauchst du?«

Schröder lächelte, als er das Engagement in Brauers Stimme hörte. Er wusste, dass er sich auf ihn verlassen konnte. »Ich benötige den KTU-Bericht der Waffe, die Pfeiffer bei sich hatte, als er bei der Verhaftung erschossen wurde.«

»Kein Problem.«

»Dann alles, was du über den SEK-Beamten hast, der ihn erschossen hat.«

»Name?«

»Sebastian Greiner.« Schröder hörte Carl schreiben. Als er fertig war, fuhr er fort: »Und die Akte von Michelles Unfall.«

»Die Unterlagen von ihrem Unfall?«

»Ja. Ich habe sie mir nie angesehen. Ich konnte einfach nicht.«

»Bist du dir sicher, dass du es jetzt möchtest?«

»Ja. Vielleicht finde ich darin irgendeinen Hinweis. Es muss eine Spur geben. Ich habe mir damals vor Kummer keine Gedanken über die Ermittlungen zu ihrem Tod gemacht. Wozu auch? Es gab keinen Grund, daran zu zweifeln, dass es ein Verkehrsunfall war. Aber wenn ich heute darüber nachdenke, waren die Untersuchungen schnell abgeschlossen. Ziemlich schnell. Ich muss prüfen, ob es Gutachten gab und wer diese erstellt hat. Ich muss den ganzen Fall anschauen und auswerten, als ob er heute passiert wäre. Das bin ich Michelle schuldig.«

»Gut. Du bekommst alles so schnell wie möglich. Ich setze mich sofort ran. Private Mail, vermute ich?«

»Ja.«

»Bis bald, mein Freund.«

Carl legte auf.

Schröder sah noch eine Zeit auf das Telefon. »Jetzt beginnt die Jagd«, flüsterte er.

36

»Ach, verflixt noch mal«, schimpfte ein Mann.

Lea blieb stehen und sah zu ihm hinüber. Er beugte sich nach unten und streckte die Finger so stark aus, dass sie sich schon leicht in die andere Richtung durchbogen. Kurz streifte der Mittelfinger den Schlüsselbund, der mit einem metallischen Klimpern einige Zentimeter weiterrutschte, als ob er ein Spiel mit seinem Besitzer spielen würde. Der Fremde richtete den Oberkörper etwas auf, um dann mit Schwung nach unten zu fahren. Im selben Moment reckte er den Arm weit von sich. Wieder berührte er den Schlüssel, bekam ihn aber nicht zu fassen. Nun sah der Mann den Schlüssel stumm an.

Lea rückte ihren Schulranzen zurecht und hakte die Daumen in den Riemen ein. Interessiert, was der Mann nun machen würde, schaute sie zu.

Als er sie bemerkte, zuckte er mit den Schultern. »Tja. Das macht er öfters. Vielleicht sollte ich ihn an eine Leine binden. Wie einen Hund«, sagte er.

Lea schmunzelte.

»Magst du ihn mir aufheben? Ich fürchte, sonst muss ich heute hier draußen übernachten.«

Er ließ seinen Blick über die Fenster der Wohnungen wandern und drehte sich wieder dem Mädchen zu. »Ich schnarche so laut. Da wachen bestimmt alle auf, wenn ich hier vor der Tür schlafe.«

Lea lachte, schaute über die Schulter und wieder zu dem

Mann, der einen weiteren Versuch unternahm, an den Schlüssel zu gelangen. Gerade als sie zu ihm gehen wollte, schaffte er es, den kleinen Finger in den Schlüsselring einzuhaken. »Ah, et voilà. Geht doch«, sagte er und grinste.

Als er mit der anderen Hand danach griff, fiel der Schlüsselbund wieder hinab. Lea tat der Mann plötzlich leid, wie er sich zuerst so freute und nun bitter enttäuscht zu Boden starrte. Sie ging auf ihn zu, bückte sich und hob den Schlüssel auf. »Bitte schön«, sagte sie.

»O danke, junges Fräulein. Wer hat dir denn so gute Manieren beigebracht?«

»Papa. Eigentlich Mama. Aber jetzt Papa. Der kann das aber nicht so gut wie Mama.«

Der Fremde lachte auf. »Sag das mal besser nicht deinem Papa.«

»Tschüss. Muss los.«

»Warte«, sagte er.

Lea drehte sich zu ihm um und spürte nur noch ein feuchtes Tuch auf ihrem Mund, bevor alles schwarz wurde.

Wie eine Marionette, der man die Fäden durchschnitt, sackte sie zusammen. Der Mann fing sie auf, schaute sich um und schloss die Tür auf. Er warf sich das Mädchen auf die Schulter und verschwand im Hausflur.

Schröder sah auf die Küchenuhr. Das Wasser sprudelte bereits im Topf wie in einem Whirlpool. Die Tomatensoße blubberte vor sich hin, so dass immer wieder kleine rote Tropfen auf den Herd spritzten, die er sofort mit einem Geschirrtuch wegwischte. Normalerweise gab er die Spaghetti hinein, wenn Lea zur Tür hereinkam. Wahrscheinlich quasselte sie gedankenverloren mit einer Freundin oder streichelte einen Hund oder eine Katze so lange, bis das arme Tier kein Fell mehr hatte. Bei allen Hausarbeiten fiel ihm das Kochen noch am schwersten. Aber sie konnten nicht jeden Tag Pizza oder irgendein Fastfood bestellen. So hatte er mit Hilfe von Kochbüchern begonnen, sich einfache Gerichte anzueignen. Dabei standen die italienischen Nudeln mit Tomatensoße immer noch ganz oben auf der Liste. Zum einen, weil die Zubereitung einigermaßen idiotensicher war, und zum anderen waren sie Leas Lieblingsessen.

Als er den Herd etwas herunterdrehte, klingelte sein Handy. Auf dem Display leuchtete der Schriftzug *Anonym*. Mit zusammengezogenen Augenbrauen nahm er das Gerät in die Hand.

»Schröder.«

»Hallo, Jan.«

»Hi, Carl. Seit wann rufst du mich mit einer anonymen Nummer an?«

»Das ist eine abhörsichere Verbindung. Ich habe dir Daten auf einen sicheren Cloudserver gelegt. Einen Link dazu findest du jetzt in deinen privaten Mails.«

Schröder setzte sich und sah gedankenverloren auf die rot leuchtenden Knöpfe am Herd, die verschwommen vor seinen Augen tanzten.

»Jan?«

»Ja, ich bin noch dran. Was hat das zu bedeuten?«

»Ich bin mir noch nicht ganz im Klaren darüber. Aber die Nummer ist ziemlich heiß. Gut möglich, dass es bis in die obersten Behördenkreise Verstrickungen gibt. Du kannst keinem trauen.«

»Warum? Sag mir, was du herausgefunden hast.«

»Die Waffe, die dieser Pfeiffer bei sich hatte, stammt aus der Asservatenkammer der Polizei. Von deiner Dienststelle. Vor etwa zwei Jahren war sie ein Beweismittel bei einem bewaffneten Raubüberfall. Nach Abschluss der kriminalistischen Untersuchungen und des Strafverfahrens wurde sie zur Vernichtung gegeben. Vor zwei Wochen. Aber sie wurde offensichtlich nicht vernichtet, sondern tauchte bei Pfeiffer auf.«

»Wie das?«

»Wenn du das herausfindest, bist du am Ziel angekommen.«

»Okay. Verstehe«, murmelte Schröder und stand auf. Er blickte kurz zur Uhr. Wo blieb Lea bloß?

»Aber das ist noch nicht alles. Der Schütze, der Pfeiffer beim SEK-Einsatz getötet …«

»Sebastian Greiner.«

»Ja. Sebastian Greiner. Er ist der Sohn von Polizeipräsident Steinbachs Schwester.«

»Das wird ja immer besser.«

»Richtig. Er bekam kurz nach den tödlichen Schüssen auf Pfeiffer einen zusätzlichen Stern. Er ist jetzt Polizeihauptmeister. Und das direkt nachdem die internen Untersuchungen abgeschlossen waren. Das ist sehr ungewöhnlich. Zumal er erst ein Jahr beim SEK seinen Dienst verrichtet. Interessanterweise war er auch nicht gerade der Beste bei den Aufnahmeprüfungen. Ich werde den Gedanken nicht los, dass Steinbach seine schützende Hand über den Sohn seiner Schwester hält. Unter normalen Umständen würde das niemand machen, eine solch frühe Beförderung nach so einem Vorfall. Alleine schon, um die Jungs nicht zu motivieren, noch schneller zu schießen. Wenn man überhaupt interne Untersuchung dazu sagen kann. Greiner wurde laut den Protokollen einmal befragt. Nur Standardfragen. Danach war alles erledigt. Die Interne hat alles eingestellt. Er habe korrekt gehandelt, war ihr Ergebnis.«

»Es kommt mir so vor, Carl, dass, wenn ich all diese Puzzleteile zusammenlege, am Ende ein grausames Bild entstehen wird.«

»Ich vermute, ja. Aber bis jetzt sind es nur Indizien, die auch reiner Zufall sein könnten«, sagte Brauer.

»Glaubst du das?«

»Ich vertraue lieber auf das, was ich sehe und weiß. Beweise und Fakten. Der Rest ist etwas für Romantiker.«

Schröder sah abermals zur Uhr, trat ans Küchenfenster und schaute hinaus. Noch immer keine Spur von Lea. »Was ist mit der Akte von Michelles Verkehrsunfall?«, fragte er.

»Die habe ich.«

»Okay. Danke.«

»Jan?«

»Ja?«

»Ich lade sie dir nur unter einer Bedingung hoch.«

Schröder schüttelte den Kopf und nahm das Telefon in die andere Hand. »Warum? Was ist damit?«

Er hörte Carl am anderen Ende der Leitung in Papieren blättern. »Du versprichst mir bei unserer Freundschaft, dass du keine Kurzschlusshandlung begehst. Du recherchierst alles zum Unfall deiner Frau sauber und soweit möglich emotional distanziert …«

»Emotional distanziert? Willst du mich auf den Arm nehmen?«

»Nein. Es ist mein absoluter Ernst. Du versprichst mir, dass du niemanden zur Hölle schickst, bevor ich alle Fakten, die du herausfindest, gesehen habe und deine Meinung uneingeschränkt teile. Danach kannst du mit ihnen tun und lassen, was du möchtest.«

»Carl, was ist los? Was soll das?«

»Versprichst du es mir?«

Schröder sah abermals zur Uhr und blickte zum Fenster hinaus. »Verdammt«, sagte er.

»Verdammt was?«

»Entschuldige. Ich warte auf Lea. Sie trödelt mal wieder auf dem Heimweg von der Schule.«

»Was ist nun?«, wiederholte Brauer.

»Okay, ich verspreche es dir!«

»Brich dieses Versprechen nie. Sonst waren wir Freunde!«

»Also gut, ich halte mich daran. Unserer Freundschaft zuliebe. Was hast du?«

»Die Ermittlungen zum Unfall deiner Frau waren schlampig. So geht noch nicht einmal ein Polizeimeisteranwärter an seinem ersten Tag vor. Absolut dilettantisch.«

Schröder fuhr sich mit der flachen Hand über das Gesicht. Hätte er doch damals den Untersuchungsbericht angefordert oder sich beschafft! Wütend trat er einen Küchenstuhl um. »Das muss doch der Staatsanwalt beanstandet haben.«

»Nein. Hat er nicht. Die Untersuchung leitete ...« Carl Brauer stockte.

»Wer? Wer, Carl?«

»Rodenbrock-Schleekamp. Der jetzige Leitende Oberstaatsanwalt.«

Schröder hob den umgetretenen Stuhl auf und schleuderte ihn gegen die Wand.

»Jan, verdammt«, rief Carl, als er das krachende Geräusch vernahm, »ich rede kein Wort mehr, wenn du dich nicht sofort beruhigst«, brüllte er in das Telefon.

»Okay... ich... ich bin ruhig.«

»Das wirst du jetzt auch bleiben müssen.«

»Noch was?«

»Ja. Den Unfall hat damals Polizeimeister Sebastian Greiner aufgenommen. Sein Kollege war Dieter Wieczorek. Heute auch ein SEK-Mann.«

Schröder starrte den Stuhl an. Ein Bein war angeknackst. »Okay«, sagte er gedankenverloren.

»Jan, mach keinen Fehler. Wir fassen diese Drecksäcke. Das verspreche ich dir. Aber mach jetzt keine Dummheiten. Verstanden?«

»Okay.«

»Ich weiß, dass es schmerzt. Aber du hilfst Michelle nur, wenn du ruhig und professionell bleibst. Wenn du ausflippst und Scheiße baust, sperren sie dich sofort weg. Dann hat Lea niemanden mehr. Das würde dir Michelle niemals verzeihen.«

»Lea, verdammt! Wo bleibt sie denn?«

»Was ist los?«

»Ich mach mir langsam Sorgen. Sie sollte schon lange zuhause sein.«

»Sie kommt sicher gleich. Jan, hör zu. Du bleibst ruhig. Denk daran, was ich dir gesagt habe. Denk an deine Tochter. Sie braucht dich.«

Schröder tigerte in der Küche auf und ab und sah wieder zum Fenster hinaus. »Okay, Carl. Ich danke dir, mein Freund. Ich bleibe cool. Ich melde mich bei dir, sobald ich Beweise habe oder Genaueres weiß.«

»Gut. Sieh dir die Unterlagen an. Und jetzt schau, wo die kleine Maus bleibt. Gib ihr einen Kuss von mir. Ja?«

»Okay. Mach ich, Carl.«

Brauer legte auf. Schröder starrte noch ein paar Sekunden das Telefon an, ehe er wieder zum Fenster ging und hinausschaute. Als er seine Tochter immer noch nicht den Gehweg entlangkommen sah, schaltete er den Herd aus, schnappte seine Lederjacke und lief zur Wohnung hinaus.

Als Schröder an der Schule angekommen war, musste er sich mit den Armen auf den Oberschenkeln abstützen. Seine

Lunge brannte wie Feuer. Tränen und Schweiß rannen ihm über die Wangen. Er erhob sich und sah mit verschwommenem Blick den Weg zurück. Immer noch keine Spur von Lea. Er kramte nach seinem Handy und durchsuchte die Kontaktdaten. Sie musste bei irgendeiner Freundin sein, hoffte er. Er wischte sich mit dem Handrücken den Schweiß aus dem Gesicht und wählte die erste Nummer der Liste mit Leas Klassenkameradinnen und Freundinnen.

»Hallo, Schröder hier. Ist Lea bei euch?«

»Herr Schröder?«

»Ja. Der Vater von Lea.«

»Ach. Jetzt hab ich Sie erkannt. Nein. Lea ist nicht bei uns.«

Schröder fluchte stumm und drehte sich suchend im Kreis. »Weiß Ihre Tochter vielleicht, wo sie steckt?«

»Ich glaube nicht. Annika war heute gar nicht in der Schule. Sie ist krank. Ist alles in Ordnung?«

»Ja. Danke.« Schröder legte auf.

Fluchend begann er den Weg zurückzugehen. Währenddessen wählte er die nächste Nummer. »Hallo, Christina. Schröder hier.«

»Hi, Schröder. Wie geht's?«

»Ist Lea bei euch?«

»Lea? Nein. Warum? Ist irgendwas?«

»Kannst du bitte Emma fragen, ob sie vielleicht weiß, wo Lea ist?«

»Mein Gott, ist sie verschwunden?«

»Bitte, Christina, frag sie.«

»Ja. Warte.«

Schröder hörte, wie das Telefon zur Seite gelegt wurde und die Frau nach ihrer Tochter rief. Kurz darauf drangen Wortfetzen zu ihm.

»Sie ist mit ihr bis zur Kreuzung vorne am Eck gelaufen.

Dann ist Emma nach Hause gekommen, und Lea ist alleine weitergegangen.«

»Ab der Kreuzung, wo die Bäckerei ist?«

»Ja.«

»Um wieviel Uhr war das?«

»Moment«, sagte Christina und meldete sich nach ein paar Sekunden wieder. »Das muss um ziemlich genau zwölf Uhr vierzig gewesen sein.«

Schröder sah auf die Uhr. Es war dreizehn Uhr dreißig. Von der Stelle aus hätte Lea noch zehn Minuten nach Hause gebraucht.

»Was ist denn mit …«

»Danke«, sagte Schröder und legte auf.

Er rannte vor bis zur Straßenkreuzung, an der sich ein altes Backwarengeschäft befand. Er riss die Tür auf und stürmte hinein. Die Kunden drehten sich zu ihm um. Die zwei Verkäuferinnen verharrten in ihren Bewegungen und starrten ihn an.

»Haben Sie vor etwa einer dreiviertel Stunde draußen ein Mädchen vorbeigehen sehen? So groß«, sagte Schröder und hob eine Hand in Höhe von Leas Körpergröße. »Sie hat eine Jeans an, ein rosa T-Shirt mit einer Katze vorne drauf. Weiße Turnschuhe. Sie hat einen roten Schulranzen dabei mit hellgrauen Leuchtstreifen.«

Alle starrten ihn einige Sekunden verdutzt an. Dann sah eine der Frauen hilfesuchend zu ihrer Kollegin. »Nein. Ich habe sie nicht gesehen«, sagte sie und blickte zur anderen Verkäuferin.

»Ist etwas passiert?«, fragte die andere mit erschrockenem Gesichtsausdruck.

Schröder verzog leise fluchend den Mund und rannte aus dem Geschäft. Draußen spähte er die Straßen entlang, die von der Kreuzung abgingen. Keine Spur von Lea. Er lehnte sich mit dem Rücken erschöpft an eine Straßenlaterne und wischte sich wieder Schweiß aus den Augen. Er hatte das Gefühl, jeden Moment vor Schmerzen die Besinnung verlieren zu müssen. Sein Puls raste, und ein Schwindelgefühl übermannte ihn. Er konnte sich gerade noch vorbeugen, um nicht auf seine Stiefel zu kotzen. Einige Zeit stand er da, den Oberkörper mit den Armen auf den Oberschenkeln abstützend, und erbrach sich mehrmals.

»Na, junger Mann. So früh am Tag schon besoffen«, schallte es ihm dumpf ans Ohr.

Er drehte etwas den Kopf und sah einen alten Mann kopfschüttelnd davongehen. Als er sich aufrichtete, erblickte er die Kunden und Verkäuferinnen am großen Fenster der Bäckerei stehen und ihn angaffen. Schröder fuhr sich mit dem Handrücken über den Mund und schloss die Augen. Bei dem Gedanken, Lea auch zu verlieren, begann er am ganzen Körper zu zittern. Er verschränkte die Arme um den Oberkörper, als ob er frieren würde. Sein Gespür sagte ihm, dass etwas mit seiner Tochter nicht stimmte.

Als er wieder die Straße entlangblickte und überlegte, welche davon er zuerst absuchen sollte, klingelte sein Handy. Er riss es aus der Tasche und schaute auf das Display. *Anonym*. Er tippte auf den grünen Button und hob es ans Ohr.

»Carl? Bist du das?«, fragte er, obwohl er spürte, dass es nicht sein Freund war.

»Nenn mich ruhig Carl. Kein Problem.«

»Verdammt. Wer ist da?«

Am anderen Ende der Leitung schwieg der Anrufer. Schröder versuchte, sich trotz des Blutrauschens in seinen Ohren zu konzentrieren. Auf alles zu hören, was zu ihm drang. Jedes Hintergrundgeräusch aufzunehmen und zu analysieren. Irgendetwas zu erhaschen, das ihm helfen konnte. Er brauchte jeden noch so kleinen Hinweis, wenn er Lea finden wollte, das wurde ihm schlagartig klar.

»Du weißt, dass ich dein Kind habe. Süßes Mädchen. Wird mal ein leckeres Ding…«

»Wage es nicht…«

»Keine Sorge. Ich steh nicht auf Kids. Andere schon.«

»Was soll das? Wo ist meine Tochter? Was willst du von mir?«

Wieder schwieg der Anrufer. Schröder biss die Zähne so fest zusammen, dass er seine Kieferknochen laut knacken hörte.

»Du bist auf der richtigen Spur, aber das will niemand außer mir wissen«, sagte der Fremde.

»Verdammt. Was soll das?«

»Langsam, Schröder. So nennen dich doch alle. Schröder. Ja?«

»Leck mich. Was ist mit Lea?«

»Ihr geht es gut. Keine Sorge, Schröder.«

»Was willst du?«

»Wie ich schon sagte: Du bist auf der richtigen Spur. Du bekommst auch dein Töchterchen wieder. Ich schlage dir ein Tauschgeschäft vor.«

»Was für ein Tauschgeschäft?«

Der Mann seufzte laut. »Ach je. Ich mag dich, Schröder. Weißt du das? Ich glaube, in einem anderen Leben wären wir Freunde geworden. Du und ich. Aber in diesem Leben. Na ja. Ich weiß nicht, ob das jetzt noch was wird mit uns beiden.«

»Was für ein Tauschgeschäft?«

»Alles klar. Kommen wir zum Geschäftlichen.«

»Deine Tochter gegen den Bischof und seinen Generalvikar.«

Schröder schwindelte. Es dauerte einen Moment, bis er

begriff, was der Fremde von ihm wollte. »Was? Ich glaube, ich verstehe nicht …«

»Mein lieber Schröder, du hast mich ganz gut verstanden. Dein süßes kleines Töchterlein gegen den bösen, bösen Bischof und seinen teuflischen Adjutanten, den Herrn Generalvikar. Ganz einfach. Du bekommst die liebe Lea lebend. Und ich möchte die beiden Dreckschweine …«

»Wie, verdammt? Wie?«

»Tot.«

Schröder sah auf das Display, als ob dort etwas stehen würde, das ihn aus diesem Albtraum holte. »Tot? Ich soll die beiden umbringen?«

»Scheint, als ob du den Deal verstanden hast. Mir egal, wie du es anstellst. Kannst es gerne wie einen Unfall oder Selbstmord oder so was aussehen lassen. Habt ihr Bullen ja drauf. Frag mal Dennis. Ach nein, der ist tot. Den kann man ja gar nicht mehr fragen. Den habt ihr Bullenschweine auch abgeknallt.«

»Ich kann nicht …«

»Doch, du kannst. Reiß dich einfach zusammen. Das klappt schon. Oder willst du deine Tochter neben deiner Frau beerdigen?«

»Du elendes Dreckschwein! Wenn du ihr nur ein Haar …«

»Ja, ich weiß. Dann bringst du mich um. Keine Sorge. Soll ich dir etwas verraten, Schröder? Ich habe vor dem Verrecken keine Angst. Ich bin schon so oft verreckt, da kommt es auf das eine Mal auch nicht mehr an.«

Schröder schloss die Augen und atmete tief durch. »Lass mich mit meiner Tochter sprechen. Wenn ich nicht höre, dass es ihr gut geht, mache ich gar nichts.«

»Na gut. Hier ist sie.«

Schröder hörte, wie das Telefon weitergeben wurde.

»Papa!«

Schröders Herz machte einen Ruck, als würde es bersten, und gleichzeitig drehte sich sein Magen um. Er war so erleichtert, Lea zu hören, aber ihre Stimme war voller Angst.

»Lea, mein Schatz, geht es dir gut? Wo bist du? Hat der Mann dir wehgetan?«

»Ich … Papa! … Holst du mich! Ich bin …«

Schröder hörte, wie ihr das Telefon aus der Hand gerissen wurde, kurz darauf vernahm er wieder die männliche Stimme: »So, das reicht jetzt wohl, Schröder. Ihr geht es gut.«

Vor Wut biss Schröder die Zähne zusammen und presste hervor: »Krümm ihr nur ein Haar, und du wirst dir wünschen, dich niemals mit mir angelegt zu haben.«

Wieder lachte der Mann laut.

»Ja, Schröder. Weißt du was? Das glaube ich dir sogar. Das lässt mich hellwach bleiben. Zumindest, bis die beiden Dreckspfaffen tot sind. Also, viel Glück. Wenn ich einen Beweis habe, dass du deinen Teil des Tauschgeschäfts erfüllt hast, lasse ich Lea gehen. Keine Sorge. Ich habe keinen Hass auf dich oder die Kleine. Ich werde sie gut behandeln. Wie ein lieber Onkel. Du musst nur etwas tun, was ich nicht kann. Ach, noch was … Hört sich jetzt vielleicht ein bisschen verrückt an, weil du ja Bulle bist. Aber trotzdem: keine Bullen. Du weißt, was ich meine. Viel Glück.«

Schröder starrte sein Handy an und schüttelte den Kopf. Wie willenlos ließ er sich auf einen Betonpoller sinken. Nach einigen Minuten zog er seinen Schreibblock und den Kugelschreiber heraus, den er immer bei sich trug. Er versuchte, sich zu konzentrieren.

Langsam schrieb er auf:

Ich bin auf der richtigen Spur! Er nennt mich Schröder. Er nannte Dennis. In Klammer schrieb er *(woher kennt er Dennis?). Er weiß vom Tod Michelles. Er ist schon oft verreckt??? Ich muss es tun, weil er es nicht kann (warum kann er es nicht???).*

Er sah auf seine Notizen und steckte den Schreibblock weg. Dann vergrub er das Gesicht tief in seinen Händen.

Schröder betrat das Café und ließ den Blick durch den langen, schmalen Raum streifen. Einige der Gäste drehten sich nach ihm um. Aus dem Augenwinkel erkannte er, wie der ein oder andere bei seinem Anblick den Kopf schüttelte, um sich dann wieder dem Kaffee oder einem Gesprächspartner zuzuwenden. Schröder sah seine Spiegelung in der Scheibe. Er wirkte wohl tatsächlich auf die noble Kundschaft wie ein abgehalfterter Rocker, der sich hierher verirrt hatte. Vor allem mit den vom Weinen rot geschwollenen Augen und dem wütenden Gesichtsausdruck sah er nicht gerade wie jemand aus, der in die engere Wahl als Schwiegersohn kam. Aber es war die einzige Gastronomie im näheren Umkreis. Hier musste Lea irgendwo verschwunden sein. Bei dem Gedanken an sie füllten sich seine Augen abermals mit Tränen. Er fuhr mit dem Handrücken über das Gesicht und entschied sich für einen freien Tisch am hinteren Ende des Cafés.

Als er Platz genommen hatte, zog er sein Handy heraus. Er starrte auf das Display. Keine neuen Nachrichten. Niemand hatte bisher auf seine SMS geantwortet. Er sah zur Uhr. Fünf Minuten noch. Mit beiden Händen fuhr er sich über den Kopf, und als er die Arme herunternahm, stand eine Frau vor ihm.

»Wissen Sie schon, was Sie wünschen?«

Er gaffte das junge Mädchen an, das ihn etwas verlegen musterte.

»Bitte?«

Sie zeigte auf die Karte, die in einer aus Korbgeflecht gebastelten Kaffeetasse steckte.

»Eine Cola Light.«

Die Bedienung ging wortlos davon. Während sie an der Theke sein Getränk einschenkte, schaute sie immer wieder zu ihm herüber. Er musste ein jämmerliches Bild abgeben. Nochmals sah er zum Smartphone. Immer noch kein Nachrichteneingang.

»Danke«, sagte er, als die junge Frau ein Glas vor ihm abstellte.

»Bitte«, sagte sie und verschwand lächelnd zu einem neuen Gast.

Schröder trank etwas und merkte erst jetzt, wie durstig er war. Sofort stürzte er noch drei große Schlucke herunter. Es war ihm egal, ob er auf die Anwesenden wirkte wie ein Verdurstender, der einen langen Marsch durch eine Wüste hinter sich hatte. Dann stützte er die Ellbogen auf den Tisch und verbarg das Gesicht in den Händen. Er zwang sich nachzudenken, darüber, was mit Lea geschehen sein konnte. Wer sie entführt haben konnte. Aber es erschien ihm sinnlos. Seine aufgewühlten Nerven ließen ihn einfach nicht in Ruhe nachdenken.

»Du siehst wie ein Penner aus, Schröder.«

Schröder sah auf. Vor ihm stand Lorenz.

»Danke.«

»Keine Ursache«, sagte sein Kollege und setzte sich ihm gegenüber.

»Danke, dass du gekommen bist.«

Lorenz musterte ihn. »Was ist passiert? Du siehst wirklich scheiße aus.«

Als Schröder Luft holte, um mit dem Erzählen zu beginnen, trat Valentini zu ihnen an den Tisch.

»Hallo, Schröder …« Sie stockte bei seinem Anblick. Ohne ihn aus den Augen zu lassen, setzte sie sich an den Stirnplatz neben ihn. »Sie sehen …«

»Beschissen aus«, vollendete Lorenz den Satz.

Es herrschte für einen Augenblick Schweigen, das die Bedienung unterbrach.

Als alle ihre Bestellung aufgegeben hatten, schauten Valentini und Lorenz ihn auffordernd an.

»Wir warten noch ein oder zwei Minuten. Bis alle da sind.«

Die Staatsanwältin blickte fragend zu seinem Kollegen, der nur mit den Schultern zuckte. Schröder stürzte sein Getränk hinunter und wischte sich mit dem Handrücken über den Mund.

Lorenz' Gesichtsausdruck erhellte sich, als die Kellnerin mit den Bestellungen an den Tisch kam. Er leckte sich über die Lippen und streckte eine Hand aus, als sie einen Kuchenteller mit einer Schwarzwälder Kirschtorte von ihrem Tablett hob. Valentini lächelte und nahm dankend ihren Cappuccino entgegen. Vor Schröder stellte die Bedienung ein weiteres großes Glas Cola Light ab.

»Verdammt, wird das ein konspiratives Treffen?«

Valentini und Lorenz drehten simultan ihre Köpfe zu der Stimme herum. Schröder trank einen Schluck. Er hatte nicht unbedingt damit gerechnet, dass der Mann erscheinen würde, aber die meisten unterschätzten ihn. Schröder wusste, dass er wenig von Männern wie dem amtierenden Polizeipräsidenten oder dem leitenden Oberstaatsanwalt hielt. Solche Emporkömmlinge waren dem immer hart arbeitenden Polizisten zuwider, der sich selbst vom kleinen Streifenbeamten bis fast zum Polizeipräsidenten hochgearbeitet hatte. Seinen Erfolg hatte er sich mit ehrlicher Arbeit und nicht mit Intrigen, Seilschaften und Arschkriechen hart erarbeitet, wie er Schröder selbst einmal nach ein paar Bier verraten hatte.

»Danke, Nowak, dass Sie gekommen sind. Setzen Sie sich«, sagte er zu seinem Chef.

Der Kripochef ließ sich auf den Stuhl neben Lorenz sinken, der etwas unruhig auf seinem Platz hin und her rutschte. Er konnte nicht wissen, dass Schröder auch ihrem Chef eine SMS geschickt hatte.

»Kommt sonst noch jemand?«, fragte Nowak und ließ mit zusammengezogenen Augenbrauen einen ernsten Blick durch die Runde wandern.

»Nein«, sagte Schröder.

Nowak nickte. »Dann fangen Sie mal an«, forderte der Kripochef ihn mit vor der Brust verschränkten Armen auf und lehnte sich zurück.

Lorenz linste über den Teller gebeugt und schmatzend zu Schröder hoch. Die Staatsanwältin legte Schröder eine Hand auf den Unterarm, als sie sah, wie schwer er sich dabei tat, zu erzählen, weshalb er alle hierher gerufen hatte.

Er umklammerte mit beiden Händen das Glas vor sich. »Lea wurde entführt …«

»O Gott!«, sagte Valentini und schlug sich die flache Hand vor den Mund.

»Wie bitte?«, sagte Nowak und beugte sich vor.

»Scheiße. Warum das?«, sagte Lorenz mit vollem Mund.

Schröder atmete tief durch. »Ich weiß es nicht. Ich weiß nicht warum. Ich weiß nicht von wem. Ich …«

»Wann ist es passiert?«, fragte die Staatsanwältin.

»Zwischen zwölf Uhr vierzig und dreizehn Uhr wahrscheinlich.«

Valentini sah auf die Uhr. Vor knapp zwei Stunden bereits, wie Schröder schmerzlich bewusst war.

»Was will der oder die Entführer?«, fragte Nowak und fuchtelte auffordernd mit einer Hand herum.

Schröder blickte kurz zu Valentini. »Ich glaube, es ist ein Einzeltäter. Er möchte … er will … Ich soll den Bischof und den Generalvikar töten.«

Alle drei starrten ihn an, als ob er behauptet hätte, den Allmächtigen selbst gesehen zu haben.

»Was?«, rief die Staatsanwältin lauter aus, als sie beabsichtigt hatte.

Lorenz saß mit offenem Mund da.

»Das kann doch nicht wahr sein, Schröder. Was hat der Mann gesagt? Erzählen Sie schon! Warum haben Sie nicht offiziell Anzeige erstattet?«, stieß Nowak hervor.

Schröder hob eine Hand. »Als sie nach der Schule auf dem Heimweg war. Bis vorne an die Kreuzung ging sie mit einer Freundin«, sagte er und zeigte zum Fenster, von dem aus die Stelle zu sehen war. »Dort verliert sich ihre Spur. Niemand hat sie gesehen. Ich war in allen Geschäften, die ein Schaufenster zur Straße haben.«

Der Kripochef nickte. Wahrscheinlich hätte er dasselbe getan.

»Der Entführer meinte, er wolle ihr nichts tun. Er verlangte nur, dass ich die beiden Geistlichen töte. Sobald er dafür einen Beweis hat, lässt er Lea frei.«

»Was für ein Beweis?«, fragte Lorenz.

»Er sagte, ich könne es auch wie einen Unfall aussehen lassen.«

»Sehr nett von ihm. So ein Arschloch«, sagte die Staatsanwältin.

Die drei Männer schauten überrascht zu Valentini.

»Entschuldigung«, sagte sie. »Aber das gibt uns die Möglichkeit, die Morde zu fingieren. Um das Kind zu schützen.«

Der Kripochef sah aus, als hätte er über etwas Ähnliches nachgedacht.

»Wir dürfen Lea auf keinen Fall in Gefahr bringen. Er machte auf mich einen … einen entschlossenen Eindruck. So, als ob er nicht mehr viel hätte, für das es sich zu leben lohnt«, sagte Schröder.

»Warum Sie? Ich meine, warum macht er es nicht selber?«, fragte Nowak.

Schröder dachte kurz an die Aussage des Entführers, die ihm immer wieder durch den Kopf ging.

»Er sagte: Ich müsse etwas tun, was er nicht kann. Ich frage mich schon die ganze Zeit, warum er es nicht selbst tun kann. Hat er keine Waffe? Bringt er es nicht fertig, jemanden zu töten? Ich drehe fast durch bei dieser Frage: Warum kann er es nicht selbst tun? Ist diese Frage der Schlüssel zu ihm?«

Valentini legte wieder eine Hand auf seinen Arm. Die anderen Gäste sahen zu ihnen herüber und wandten sich dann tuschelnd ab.

»Was hat er noch gesagt? Denken Sie nach, Schröder«, forderte Nowak ihn auf.

Schröder schaute zu seinem Chef. »Dass ich auf der richtigen Spur bin. Ich vermute, er meinte damit den Mord an Köstner. Er nannte mich Schröder. Wie alle, die mich kennen. Aber ich habe seine Stimme nicht erkannt. Sie sagte mir nichts. Ich bin mir sicher, dass ich mit ihm noch nie zuvor gesprochen habe. Er nannte in einem anderen Satz den Namen *Dennis*. Ohne Nachnamen. Als ob er ihn kannte. Er sagte noch, er selbst sei schon oft verreckt. Keine Ahnung, was er damit meinte.«

Valentini legte die Stirn in Falten. »Hört sich nach einem Psychopathen an. Zumindest nach jemandem, der verwirrt ist«, mutmaßte sie.

»Das macht das Ganze nicht einfacher.« Nowak stöhnte auf.

»Er weiß vom Tod Michelles«, sagte Schröder.

Alle starrten ihn an und stellten sich dieselbe Frage: Woher wusste der Entführer vom Tod von Schröders Frau?

Schröder hob in einer verzweifelten Geste die Hände.

»Ich weiß nicht woher. Vielleicht hat er über mich recherchiert. Oder in der Zeitung davon gelesen. Es spielt im Moment auch keine Rolle.«

Nowak nickte. »Warum dieses Treffen? Warum sind Sie nicht offiziell zur Polizei gegangen?«, fragte sein Chef.

Schröder drehte das Glas vor sich und sah Nowak in die Augen. »Keine Polizei! Das hat er gefordert. Aber ich werde Lea nicht alleine finden können. Wahrscheinlich ist es auch besser, wenn der Täter von jemand anderem gefunden und verhaftet wird.«

»Aber warum wir? Warum haben Sie uns um Hilfe gebeten?«, fragte Nowak und ließ seinen Blick durch die Runde schweifen.

Schröder tat es ihm gleich. »Lorenz ist einer der besten Ermittler, den ich kenne. Er findet vor allem in den Systemen und Netzen alles Wichtige. Zur Staatsanwältin habe ich … ich vertraue ihr. Und wir benötigen jemanden, der in der Staatsanwaltschaft auf alles Zugriff hat. Sie, Chef, sind ein herausragender Polizist. Auch wenn Sie sich jetzt den Arsch in Ihrem Büro breit sitzen, sind Sie der beste Analyst, den ich kenne.«

Nowak schmunzelte. Er hatte anscheinend nicht gewusst, dass Schröder so viel von ihm hielt.

»Außerdem haben Sie damals den Fall Klarissa aufgeklärt. Alleine! Den bisher schwierigsten Entführungsfall in der Gegend. Gegen jede andere Meinung haben Sie sich durchgesetzt. Ich brauche jemanden, der sich traut, die Dinge anders zu betrachten«, sagte Schröder zu seinem Chef.

Nowak schien ins Leere zu starren. Schröder wusste, wie sehr ihn die Ermittlungen im Fall des entführten Mädchens belastet hatten. Nachdem die dafür eingerichtete Sonderermittlungsgruppe mehrere Wochen ohne wirkliche Spur in alle möglichen Richtungen ermittelt hatte, wollte der damalige Polizeipräsident die Untersuchungen beenden und das Schicksal der neunjährigen Klarissa zu den Akten für unaufgeklärte Verbrechen legen. Nowak hatte nicht aufgegeben. Er hatte die Annahme getroffen, dass der Täter ein Polizist war oder zumindest über beste Einblicke in die Arbeit der Polizei verfügte. Am Ende sollte er recht behalten. Eines Tages, so hieß es, ging Nowak über den Parkplatz auf dem Polizeigelände und schaute durch die Seitenscheiben in jedes Auto. In einem Fahrzeug entdeckte er eine Plastiktüte, aus der ein kleiner Teil schmutziger Kinderwäsche heraushing. Er erkannte in dem winzigen Stück Stoff einen Mädchenschlüpfer mit einem aufgedruckten Blumenmuster. Er ermittelte den Besitzer des alten Wagens und stellte fest, dass dieser keine Kinder hatte und alleine in einem Haus wohnte, das er vor kurzem von seiner Mutter geerbt hatte, die am Tag vor der Entführung verstorben war. Nowak konnte den Staatsanwalt überzeugen, einer Wohnungsdurchsuchung zuzustimmen. Jemanden mit so viel Spürsinn wollte Schröder auch für seine Tochter dabeihaben.

»Schröder, Sie wissen, dass wir nicht einfach eine private Ermittlungsgruppe aufstellen können. Ich muss die Untersuchung über den offiziellen Dienstweg einleiten. Ist Ihnen das klar?«, sagte Nowak.

Alle sahen schweigend zum Kripochef.

»Sie gefährden damit Leas Leben«, ergriff Valentini das Wort. »Wollen Sie das?«

Nowak schüttelte kaum merklich den Kopf und starrte die Tischdecke an.

»Es ist doch schon offiziell, Chef. Sie sind hier, die Staatsanwältin und ich. Ein Ermittler. Zum Schutz Leas wird der Fall eben in einem sehr kleinen Kreis behandelt«, sagte Lorenz.

Schröder sah ihn dankbar an.

»Wenn ich meinen Vorgesetzten etwas später informiere, wird die Welt nicht untergehen. Das passiert schon mal, wenn man so viel zu tun hat«, sagte Valentini.

Der Kripochef sah auf. »Und Sie, Schröder? Sie sind eigentlich beurlaubt. Soll ich etwa zulassen, dass Sie in Ihrer Freizeit ermitteln? Unmöglich.«

»Dann heben Sie meine Beurlaubung auf.«

»Dann muss ich Sie aber wegen Befangenheit von diesem Fall abziehen.«

Schröder ließ sich zurück in den Stuhl sinken. »Es wäre besser gewesen, ich hätte alleine nach Lea gesucht und Sie nicht hierher geladen.«

»Reden Sie keinen Scheiß, Schröder«, blaffte Nowak.

»Was ist das Problem? Schröder kann als besorgter Vater doch nach seiner Tochter suchen. Es gibt kein Gesetz, das dies verbietet. Es gibt auch kein Gesetz, das es uns untersagt, mit dem betroffenen Vater zu sprechen. Das ist sogar unser Job«, sagte die Staatsanwältin.

»Ich vertraue niemandem sonst. Dafür habe ich Beweise«, sagte Schröder.

Alle schauten ihn stirnrunzelnd an.

Der Kripochef hob eine Hand. »Von was reden Sie? Was für Beweise?«

Schröder trank einen Schluck und blickte dann jedem der Anwesenden kurz in die Augen. »Die Schusswaffe, mit der Dennis Pfeiffer beim Zugriff angeblich auf den SEK-Beamten hatte schießen wollen, stammte aus der Asservatenkammer unserer Dienststelle. Sie sollte kurz zuvor vernichtet werden. Wurde sie aber nicht. Wie kommt diese Waffe in seine Hände?« Schröder machte eine Pause und ließ den Blick wieder durch die Reihe wandern. »Der SEK-Mann, der ihn erschossen hat, heißt Sebastian Greiner. Er ist der Sohn von Polizeipräsident Steinbachs Schwester. Nach den tödlichen Schüssen auf Pfeiffer wurde er befördert. Zum Polizeihauptmeister. Er ist erst seit einem Jahr beim SEK tätig. Greiner wurde laut den Protokollen der Internen nur einmal zu den Schüssen auf Pfeiffer befragt.«

Wieder hielt Schröder inne, um den Anwesenden die Chance zu geben, das Gehörte einzuordnen.

»Die Ermittlungen wegen Fahrerflucht zum angeblichen Unfalltod meiner Frau waren schlampig. Der damit beauftragte Staatsanwalt war damals Rodenbrock-Schleekamp. Unser heutiger Leitender Oberstaatsanwalt. Den Unfall hatten Sebastian Greiner und Dieter Wieczorek, zufällig heute auch ein SEK-Mann, aufgenommen. Verstehen Sie, dass ich so gut wie niemandem traue?«

Nowak schaute betreten in die Runde. Ihm stieg die Zornesröte ins Gesicht. Ob vor Wut oder vielleicht Scham darüber, was auf seiner Dienststelle vorging, konnte Schröder nur raten.

»Ihr kennt auch all die anderen Ungereimtheiten. Das plötzliche Auftauchen der Tatwaffe bei Pfeiffer. Das Radarfoto und so weiter. Ich glaube, ich muss nicht weiterreden.«

»Woher wissen Sie das alles?«, fragte Nowak beklommen.

»Das wird mein Geheimnis bleiben. Sie verstehen sicher, dass ich meine Quelle schütze. Aber ich habe Unterlagen dazu gesehen.«

»Von irgendjemandem aus Ihrer früheren Dienstzeit, bei der Abteilung, von der nichts in Ihren Akten steht. Richtig? Das für uns alle gesperrte Zeug über Sie. Weiß der Teufel, was Sie gemacht haben, wenn Sie heute noch an mehr Informationen kommen als wir alle hier«, sagte Nowak und grinste düster. Dann lehnte er sich etwas über den Tisch und starrte Schröder an. »Meinetwegen. Ich habe sowieso nicht mehr lange bis zu meiner Pensionierung. Sollte diese Sache schiefgehen, bin ich eben ein bisschen früher raus. Aber eines sage ich Ihnen, Schröder: Wenn Sie das verkacken, reiße ich Ihnen den Arsch auf. Wenn an dem nichts dran ist, was Sie da erzählen, dann bekommen Sie es mit mir persönlich zu tun. Das verspreche ich Ihnen.«

Schröder war froh, Nowak hinzugezogen zu haben. So kannte er seinen Chef. Er war ein guter Mensch, auch wenn er Schwierigkeiten hatte, dies nach außen zu zeigen. Aber wenn er lospolterte, war die Welt in Ordnung. Die anderen sahen ebenfalls zu ihm und schmunzelten über seine spröde Art.

»Was glotzt Ihr so dämlich!«, quittierte Nowak ihre Blicke und fuchtelte auffordernd mit der Hand. »Was ist jetzt der Plan?«

Schröder standen plötzlich die Tränen in den Augen. Er schüttelte langsam den Kopf. Er fühlte sich total erschöpft, als sei er einen Marathon gerannt. »Ich weiß es nicht. Noch nicht«, sagte er.

37

»Lassen Sie uns weitergehen. Ich komme mir vor wie so ein beschissener Staubsaugervertreter«, meckerte Lorenz, nachdem niemand die Tür geöffnet hatte. Valentini verstand seine Unruhe gut, sie hatten nicht viel Zeit.

Nowak hatte in aller Eile einen Aktionsplan ausgearbeitet. Eine Maßnahme sah vor, alle seit dem Mord an Köstner neu zugezogenen Personen und die seither belegten Ferienwohnungen im Umkreis von einem Kilometer zum vermutlichen Tatort der Entführung Leas zu überprüfen. Der Kripochef ging davon aus, dass der Täter Schröders Tochter in der näheren Umgebung gefangen hielt und nicht von hier stammte. Also musste er irgendwo mit dem Mädchen untergekommen sein. Im Fokus standen die Wohnungen, die neu vermietet worden waren, aber dessen Bewohner sich noch nicht auf dem Einwohnermeldeamt registriert hatten. Das alles schloss er daraus, dass es jemand sein musste, der wie Pfeiffer im Kinderheim gewesen war, das zuerst Pesch und später Köstner geleitet hatte. Weshalb sollte er sonst fordern, dass Schröder die beiden Kirchenmänner für ihn umbrachte, die augenscheinlich für die Missbräuche an den Jungen verantwortlich waren?

»Warten Sie! Ich glaube, ich höre etwas«, sagte die Staatsanwältin und zog schnell ein Informationsblatt heraus.

»Wenn wir an jeder beschissenen Tür ewig herumstehen, rennen wir in zwei Wochen noch hier durch diese lausige Gegend«, sagte Lorenz.

Valentini dachte an die zehn Wohnungen, die sie noch aufsuchen mussten. Die ersten vier waren allesamt unverdächtig gewesen.

»Es kommt jemand«, flüsterte sie ihm zu.

Nachdem sie gehört hatten, wie ein Schlüssel im Schloss gedreht wurde, öffnete sich langsam die Haustür, so als ob die Person dahinter dem Besuch misstraute. Als die Staatsanwältin sah, wer mühsam hinter der Tür hervorlugte, lächelte sie höflich-betroffen.

»Na, toll«, meckerte Lorenz leise vor sich hin.

Ihr war es ebenso peinlich, den Mann gestört zu haben und ihm den Weg zur Eingangstür zugemutet zu haben.

»Entschuldigen Sie bitte die Störung«, begann Valentini und blickte verlegen auf den Rollstuhl.

Sie hielt ihm kurz ihren Dienstausweis hin, wobei sie die wichtigsten Informationen mit dem Zeigefinger verdeckte. »Wir sind von den Wasserwirtschaftsbetrieben«, sagte sie und streckte dem Mann einen Flyer entgegen. »Wir möchten Sie nur darüber informieren, dass wir morgen vermutlich das Wasser in der Straße abstellen müssen.«

Sie sah zu Lorenz. Trotz seiner Ungeduld spähte sie an dem im Rollstuhl sitzenden Mann vorbei in dessen Wohnung, in der es dunkel war, da anscheinend die hinteren Fensterläden verschlossen waren. Ansonsten konnte sie nichts Verdächtiges erkennen.

»Am besten ist es, wenn Sie sich morgen früh etwas Wasser in Kübeln oder Flaschen ablassen«, sagte Valentini und lächelte höflich.

Der Mann nahm das Informationsblatt entgegen und überflog es. Sie hatten die Flyer noch schnell auf dem Amt geholt, weil ihnen kein besserer Vorwand eingefallen war, um an den Haustüren zu klingeln.

»Wasserwirtschaftsamt«, murmelte der Mann und schaute zur Staatsanwältin auf, dann musterte er Lorenz. »Gut. Danke für den Hinweis.«

Valentini nickte freundlich. Der Mann legte das Blatt auf die Oberschenkel und griff zu den Rädern seines Rollstuhls.

»Auf Wiedersehen«, sagte er und rollte etwas zurück, um die Tür schließen zu können.

»Verdammte Scheiße. Das bringt doch alles nichts. Alte Leute, die vergessen haben, sich anzumelden. Einer, der die Wohnung als Bumsbude nutzt, damit seine Alte nichts mitbekommt. Ein Behinderter. Was kommt noch? Eine Drogenhöhle und eine Terrorzelle?« Lorenz verzog das Gesicht.

Die Staatsanwältin schüttelte den Kopf, obwohl sie langsam auch Zweifel hatte, ob sie nicht nur wertvolle Zeit verschwendeten. Nachdenklich blickte sie auf die Liste der Adressen, die sie noch aufsuchen mussten. Als sie sich umdrehte, um die Straße hinabzublicken, sah sie aus dem Augenwinkel, wie sich in der Wohnung des Behinderten ein Vorhang bewegte. Als sie hinüberspähte, erkannte sie, wie er schnell etwas zu Seite huschte. Lorenz hatte sich bereits auf den Weg gemacht und anscheinend nichts davon mitbekommen. Sie ließ kurz den Blick zwischen dem Fenster und Lorenz hin und her wandern und entschloss sich dann, dem vor sich hin meckernden Polizisten zu folgen. Vermutlich war der Behinderte nur neugierig oder misstraute ihnen.

Schröder und Nowak saßen mit hängenden Köpfen da und starrten in ihre Gläser, als Valentini und Lorenz den Raum betraten. Sie sahen gleichzeitig auf. Die Staatsanwältin erkannte an Schröders Gesichtsausdruck, dass er wenig erfolgreich gewesen war. Überhaupt machte ihr der Hauptkommissar Sorgen. Die Entführung seiner Tochter hatte ihm in den letzten Stunden massiv zugesetzt. Er hatte tiefe dunkle Ringe unter den Augen, und seine Gesichtsfarbe war matt und grau.

Nowak atmete tief durch, nachdem sie sich an den Tisch gesetzt hatten, und erzählte ihr und Lorenz von Schröders und seinen bisherigen Schritten. Schröder hatte versucht, über seinen ehemaligen Kollegen herauszubekommen, von wo aus der Entführer ihn angerufen hatte. Er hatte gehofft, dass der Mann ein registriertes Telefon benutzt hatte. Doch vor ein paar Minuten hatte ihm der Informant Daten zum Anruf zukommen lassen. Er konnte zwar die Telefonnummer bestimmen, aber der Mann hatte eine Prepaidkarte verwendet, die keinem Namen zugeordnet war. Zumindest hätte er die Chance, die Nummer anzurufen, wenn das Handy nicht ausgeschaltet gewesen wäre. Sein Freund würde versuchen, sobald die Kartennummer in einem Sendemast eingeloggt wurde, den genauen Standort zu ermitteln, sollte sich der Entführer nochmals melden. Aber vermutlich war der Kerl zu gerissen dazu. Der erste Anruf des Entführers war offenbar vom Kirchplatz aus geführt worden. Also sah der Entführer voraus, dass Schröder alles daran setzen würde, die Position des Handys zu bestimmen, ansonsten hätte er sich bestimmt nicht den Scherz erlaubt und vom Tatort des Mordes an Köstner angerufen.

Nowak hatte versucht, über die Diözese eine Liste mit den Namen aller Jungen zu bekommen, die zu Köstners Zeit im Heim gewesen waren. Unter ihnen, glaubten sie, musste der Name des Entführers zu finden sein. Als Vorwand nannte er die Untersuchungen im Fall Köstner, auch wenn die Mordermittlungen abgeschlossen waren. Sie hatten darauf gehofft, dass ein unbedarfter Mitarbeiter ihm die Namen übermitteln würde, ohne den Generalvikar einzubinden, der mit Sicherheit sofort den Polizeipräsidenten oder den Leitenden

Oberstaatsanwalt informieren würde. Es hatte jedoch nicht funktioniert, der Mitarbeiter hatte einfach aufgelegt.

»Gibt es von Ihnen etwas Erfreuliches?«, fragte Nowak am Ende seines Berichts und schaute hoffnungsvoll von Valentini zu Lorenz.

Lorenz schüttelte mit zusammengepressten Lippen den Kopf und sah Schröder entschuldigend an. »Nichts Verdächtiges. Alte Leute, die vergessen haben, sich bei der Behörde anzumelden. Drei waren nicht anwesend oder haben die Tür nicht geöffnet. Eine Anmietung, um in aller Ruhe fremdzugehen. Ein Rollstuhlfahrer. Eine Studentenwohngemeinschaft, aus der es nach Shit gerochen hat. Das war unsere Ausbeute.«

»Nicht gerade vielversprechend«, sagte Nowak. Der Kripochef blickte zu Schröder, der immer noch den Kopf hängen ließ.

»Nichts Ungewöhnliches? Keine Kinderschuhe im Hausflur? Ein Schulranzen? Ein Van oder ein anderes Auto, in dem man ein entführtes Kind unauffällig transportieren kann? Nichts? Überhaupt nichts?«, fragte er.

Julia Valentini schüttelte stumm den Kopf.

»Er muss irgendwo mit ihr in der Umgebung untergeschlüpft sein. Da verwette ich meinen runzeligen Arsch darauf«, sagte Nowak.

»Vielleicht ist er doch von weiter außerhalb. Oder in einem Auto. Ein Van oder Wohnmobil«, sagte Lorenz.

»Zu riskant. Er müsste Lea dauerhaft betäuben, und als ich sie sprechen wollte, war sie wach. Ich habe ihr immer gesagt, wenn ein Fremder dich mitnimmt, dann schrei so laut und so lange du kannst. Und sie kann lange und laut schreien. Glaubt mir«, sagte Schröder und atmete tief durch.

Valentini sah ihn mitfühlend an. Es tat ihr so leid, den Hauptkommissar leiden zu sehen. Sie mochte sich nicht ausmalen, was mit Schröder passieren würde, wenn sie seine Tochter tot auffinden würden.

»Wie sieht es mit der Nummer des Entführers aus? Hilft die weiter?«, fragte die Staatsanwältin.

Schröder sah auf und schob einen Zettel mit einer Handynummer in die Tischmitte.

»Hier«, sagte er, »von dieser Nummer aus hat er mich angerufen. Vom Kirchplatz. Um dreizehn Uhr sechsunddreißig. Im Moment ist das Telefon ausgeschaltet. Wenn er es anmacht, kann er eventuell lokalisiert werden. Namen gibt es keinen. Prepaid.«

Sein Chef nahm den Fetzen Papier und schaute darauf. »Wo arbeitet Ihr Kumpel? NSA?«, fragte er und legte das Blatt zurück.

»Das bedeutet«, Schröder zeigte auf den Ausdruck, »er hatte etwa fünfzig Minuten Zeit, um Lea zu entführen, sie irgendwo unterzubringen, zum Kirchplatz zu gehen und anzurufen. Schaut hier«, sagte er und zog einen zerfledderten Stadtplan heraus. »Das Handy hat sich hier eingeloggt. Aufgrund der Abstände der Sendemasten ist das auf hundert Meter genau. Aber der Entführer hatte während der ganzen Zeit das GPS an seinem Gerät an. Wahrscheinlich nutzt er eine Navigations-App. Deshalb konnte der Standort auf zehn Meter genau bestimmt werden. Von hier«, er legte an der Stelle den Zeigefinger auf die Karte, »bis hier. Von wo aus er mich angerufen hat, sind es etwa sechs Minuten. Wenn er normal gegangen ist. Das ist die Fußgängerzone.«

Alle schauten Schröder gebannt an.

»Fünfzig Minuten minus zwölf sind achtunddreißig Minuten. Also kann er nicht weit weg sein. Er kann maximal fünfzehn Minuten gefahren sein. Eher zehn Minuten. An Leas Schulweg sind zwei Baustellen, bei denen sich die Fahrspuren auf eine verengen. Eine Ampel steuert den Verkehr. Sie bleibt für jede Seite etwa zwei Minuten auf Grün und somit auch auf Rot.«

»Kann allerdings auch bedeuten, dass er sie in unmittelbarer Nähe zur Kirche oder auf dem Weg dorthin untergebracht hat. Oder dass sie im Wagen lag. Vielleicht bewusstlos«, sagte Nowak.

Valentini beobachtete, wie Schröder zu seinem Chef sah und langsam nickte. »Gut möglich. Ich glaube aber nicht, dass er das Risiko auf sich genommen hat, länger als absolut nötig mit Lea durch die Stadt zu fahren. Auch wenn er sie betäubt hat. Das Risiko, dass sie aufwacht und sich bemerkbar macht, ist zu groß. Ich bleibe dabei: Er hat sie in der Nähe untergebracht.«

Schröder nahm den Stadtplan und schaute noch einmal genau auf die Markierungen, dann legte er ihn wieder in die Tischmitte.

»Sollen wir nicht doch die ganz große Nummer starten und Verstärkung anfordern?«, fragte Lorenz.

Alle sahen instinktiv zu Schröder. Anscheinend hatten die anderen auch schon mit dem Gedanken gespielt. Vielleicht war es die einzige Möglichkeit, diese Sackgasse zu verlassen.

Schröder musterte sie alle nacheinander. Valentini blickte ihm mit ernster Miene in die Augen.

»Nein. Auf keinen Fall«, sagte er dann entschlossen.

»Verdammt, Schröder. Wir haben überhaupt nichts in der Hand, was uns weiterbringt«, sagte Lorenz.

»Wir müssen uns mit dem Gedanken beschäftigen, die Herren Bischof und Generalvikar einzubinden, um deren Tötung vorzutäuschen. Ich kenne jemanden von der Presse. Ihm kann man vertrauen. Wir könnten einen Artikel darüber bringen. Zuvor fahren wir mit Blaulicht und Sirenen zum Bischofssitz. Veranstalten einen Trubel, damit der Entführer das mitbekommt«, sagte die Staatsanwältin.

Als alle wild darauflos diskutierten, hob Schröder eine Hand. »Wie stellt ihr euch das vor? Glaubt irgendjemand, die beiden machen da einfach so mit? Nein. Das glaube ich nicht. Sie würden danach, auch wenn es eine ehrenwerte Sache wäre, trotzdem als Lügner dastehen, wenn sie bei der Vortäuschung einer Straftat mitgemacht hätten. Und wenn wir es tun, wer sagt, dass der Entführer Lea dann wirklich laufen lässt?«

Sie schwiegen betreten. Valentini konnte den Hauptkommissar gut verstehen, sie hätte vor Angst um ihr Kind auch nicht anders gedacht.

»Irgendetwas gibt es immer. Was habt ihr im Detail herausgefunden? Ich möchte alles zu den Bewohnern wissen. Jede noch so kleine unbedeutende Beobachtung«, forderte Schröder.

Julia Valentini begann zu berichten. Sie ging jeden einzelnen Besuch durch. Lorenz wirkte überrascht, welche Kleinigkeiten sie sich hatte merken können.

»Noch mal zurück zu diesem Rollstuhlfahrer«, sagte Schröder, als sie geendet hatte.

»Wie alt war er?«

»Anfang oder Mitte dreißig«, sagte Lorenz.

Schröder nickte. »Das würde vom Alter passen.«

Die Staatsanwältin schaute ihn fragend an.

»Wo genau wohnt er?«, wollte Schröder wissen.

Lorenz sah auf den Stadtplan. »Hier«, sagte er und zeigte auf eine bestimmte Stelle.

Schröder lehnte sich zurück und rieb sich das Kinn. »Das ist genau an Leas Schulweg. Sie läuft direkt an diesem Haus vorbei.« Er beugte sich vor und betrachtete abermals den Stadtplan. »Der Entführer sagte, dass er es nicht tun kann, wir sollten daher jemand mit Behinderung nicht ausschließen. Er sagte: *Ich müsse tun, was er nicht tun kann.* Der Typ sitzt im Rollstuhl. Ist behindert. Könnte er so zwei Morde begehen?«

»Könnte er so ein Kind entführen?«, entgegnete Valentini.

Schröder stützte den Kopf auf die Hände.

»Er hat, als wir davongingen, den Vorhang etwas zur Seite genommen und uns beobachtet«, ergänzte die Staatsanwältin zaghaft.

Schröder zog die Augenbrauen zusammen und musterte sie nachdenklich. Sie hätte gern nach seiner Hand gegriffen, ließ es aber bleiben.

»Was ist mit den Eltern?«, begann Nowak. »Kann es sein, dass dies vielleicht Eltern von einem der Kinder waren?«

»Es waren meines Wissens nach nur Waisenkinder in dem Heim«, entgegnete Lorenz.

Der Kripochef sah enttäuscht zu ihm und nickte dann.

»Was haben wir noch?«, fragte Schröder.

»Leider bin ich an keine Liste mit den Namen der Heimkinder gekommen. Wir werden das so nicht schaffen. Möglicherweise sollten wir es doch offiziell machen. Dann können wir Druck auf die Diözese ausüben, damit sie uns eine Namensliste aushändigen«, sagte Nowak.

Sie alle schauten auf Schröder, der nachdenklich ins Leere blickte.

»Als Lorenz und ich im Zusammenhang mit dem Mord an Köstner eine solche Aufstellung angefordert hatten, wurde uns mitgeteilt, dass es keine mehr gibt. Vielleicht stimmt das sogar. Die Missbrauchsvorwürfe liegen fünfundzwanzig Jahre zurück. Aber ich traue diesen Pfaffen nicht. Und ich bleibe dabei. Keine offizielle Polizei«, sagte Schröder.

»Was jetzt?«, fragte Valentini.

Er sah zu ihr auf. »Uns ist klar, dass der Entführer im Heim gesessen haben muss. Das liegt auf der Hand. An die

Namen kommen wir nicht auf normalem Wege ran. Also erstellen wir uns eine eigene Liste.«

Nowak musterte ihn. »Wie, zum Teufel, wollen Sie eine Namensliste zusammenbekommen?«

Schröder sah seinen Chef an. »Sie«, begann er und zeigte auf die Staatsanwältin, »verhören noch einmal Pepe Bonetto. Versuchen Sie, so viele Namen aus ihm herauszubekommen wie möglich. Versprechen Sie ihm dafür Freigang oder Hafterleichterungen oder sonst irgendetwas, das haben Sie ja schon mal gemacht. Sie, Chef, verhören Alexander Jenkov. Setzen Sie ihn so lange unter Druck, bis er Namen nennt. Er wird sich an irgendwelche Namen der Jungen erinnern können. Du, Kai, recherchierst im Netz. Vielleicht findest du alte Berichte über den Ort, in dem das Heim liegt. Fotos oder etwas anderes, was uns weiterhilft.«

Nowak nickte mehrmals. »Gut, Schröder. Aber so werden wir nicht alle Namen zusammenbekommen. Oder glauben Sie, dass die beiden sich an alle erinnern können?«

»Nein. Werden sie nicht«, sagte Schröder. »Aber sie werden sich an die engeren Kontakte und Freunde erinnern. Die reichen aus. Der Entführer sprach von Dennis. Also hat er ihn gekannt. Vermutlich gut sogar. Aller Wahrscheinlichkeit nach gehörte der Mann auch zu dem Kreis, an dem sich die Pfaffen vergangen haben. Ansonsten würde er nicht ihren Tod einfordern. Somit reicht eine Liste derer, die Jenkov und Bonetto besser gekannt haben.«

Valentini nickte, sie verstand, was er meinte.

Lorenz stand auf.

»Was machen Sie solange?«, fragte der Kripochef.

Schröder trank einen Schluck und beugte sich dann etwas seinem Chef entgegen. »Ich besorge auch Informationen«, sagte er zu ihm.

»Gut. Gut, Schröder. Ich will gar nicht wissen, woher. Das

kostet mich sonst doch noch meine Pension.« Nowak hob abwehrend die Hände.

»Also, dann an die Arbeit«, sagte Julia Valentini.

38

Schröder schaute hastig auf sein Handy, als es klingelte. Er hatte es die letzten Stunden kaum aus der Hand gelegt. Die Telefonnummer, die angezeigt wurde, kannte er nicht, es war eine lokale Nummer.

»Schröder«, meldete er sich mit zitternder Stimme.

»Herr Schröder, hier ist Frau Rothenbacher.«

Schröders Herz sank. Er brauchte einen Moment, bis er sich erinnerte, wer die Frau überhaupt war. Was wollte die Mesnerin? Ungeduld machte sich in ihm breit. »Das ist jetzt kein guter Augenblick, Frau Rothenbacher. Ich kann jetzt leider wirklich nicht …«

»Aber Sie sagten doch, ich soll mich melden …«

»Ich melde mich wieder bei Ihnen, in Ordnung? Jetzt ist kein guter Zeitpunkt.«

Schröder legte auf und atmete tief durch. Der Anruf hatte die irrationale Panik in ihm geweckt, dass er einen weiteren Anruf des Entführers verpassen würde. Warum musste die Alte sich auch gerade jetzt melden?

Valentini, Nowak und Lorenz saßen bereits am Tisch und diskutierten, als Schröder das Café betrat. Es war inzwischen zu einer Art Einsatzzentrale geworden. An den hinteren Plätzen waren selten Gäste, wodurch sie sich ungestört austauschen konnten.

»Schröder, wo bleiben Sie denn? Wir warten seit Ewigkeiten«, sagte der Kripochef und sah instinktiv auf seine Armbanduhr. »Nun setzen Sie sich endlich.«

Schröder ließ sich auf seinen Platz sinken. Es war doch seltsam, wie jeder auf dem immer selben Stuhl saß. Als ob es eine ungeschriebene Regel wäre. Der Mensch war schon ein merkwürdiges Geschöpf, dachte er. Dieses typisch menschliche Verhalten war aber sehr häufig dienlich bei der Verbrechensaufklärung. Die Routine. Einer der größten Fehler, die Verbrecher begingen. Die gewohnten, kaum abzulegenden Verhaltensmuster. Nur, welche hatte der Entführer?

»Hier«, sagte die Staatsanwältin und legte eine Liste auf den Tisch. »Es kamen doch ein paar Namen zusammen. Das sind alle, die Bonetto aufzählen konnte.«

Schröder ergriff das Blatt und las laut. »Dennis Pfeiffer, Timm Henning, Alexander Jenkov. Das sind die uns bekannten Kinder. Nural Memedi. Arif Arkan. Michael Dörfner, Sven Breitmann, Oliver Stengel.« Er blickte auf.

»Das sind alle Namen?«

»Alle, die im engeren Kreis waren, meinte Bonetto. Oder auch die, die auffälliger waren«, sagte Valentini in einem entschuldigenden Tonfall.

»Woher wissen wir, dass er sich nicht einfach Namen hat einfallen lassen?«, fragte Lorenz.

»Da können wir nie sicher sein. Aber einige decken sich mit denen, die Jenkov genannt hat«, sagte Nowak und legte ebenfalls eine Liste auf den Tisch. »Hier. Dennis Pfeiffer, Timm Henning, Pepe Bonetto. Die Jungs aus dem engsten Kreis, zu dem auch Alexander Jenkov selbst gehörte. Die Clique sozusagen. Dann deckt sich …«, begann er und strich mit einem Stift die Namen an, die sich auf beiden Aufstellungen wiederfanden. »Nural Memedi. Michael Dörfner und Sven Breitmann. Dazu hat er Volker Maier und Pawel Grabowski genannt.«

Schröder nahm die Zettel und starrte darauf, als ob er den Entführer an dessen Namen erkennen könnte. »Okay.

Wissen wir schon etwas über diese Männer?«, fragte er und schaute auffordernd zu Lorenz.

»Ja, klar«, stammelte sein Kollege und kramte ein paar bedruckte Blätter aus der Tasche. »Also, Dennis Pfeiffer, Pepe Bonetto und Alexander Jenkov dürften hinlänglich bekannt sein. Jenkov hat zur Tatzeit ein Alibi. Habe ich bereits überprüft. Timm Henning…«

»Ist tot. Weiter«, sagte Schröder. Er konnte es kaum erwarten, über die anderen Jungen etwas zu erfahren.

»Wie kommst du darauf, dass er tot ist? Er ist bei seinem Sprung aus dem Fenster nicht gestorben.«

Alle schauten verblüfft zu Lorenz. »Aber«, erklärte Lorenz und schob einige ausgedruckte Dokumente in die Tischmitte, »er hat sich so ziemlich jeden Knochen gebrochen. Auch einen Rückenwirbel. Seitdem ist er querschnittsgelähmt.«

Lorenz sah in die Runde. Alle starrten ihn wortlos an. »Was ist?«, fragte er.

»Herrgott, warum sagen Sie das erst jetzt?«, rief Nowak.

Schröder zog den alten Stadtplan aus der Tasche und legte ihn auf den Tisch. »Dieser Behinderte – wo hat er noch mal gewohnt? Wo?«, fragte er lauter, als er beabsichtigt hatte.

»Hier«, sagte Valentini und zeigte auf die Stelle im Plan.

»Die Wohnung direkt am Schulweg«, sagte Schröder.

»Der Mann, der uns durch den Vorhang hinterhergeschaut hat«, sagte die Staatsanwältin leiser.

Schröder sprang so schnell auf, dass der Stuhl scheppernd zu Boden fiel.

Nowak schoss ebenfalls hoch. »Was haben Sie vor, Schröder?«, fragte er und packte ihn an den Schultern.

»Lea da rausholen.«

Nowak sah zu den anderen. »Kommt.«

»Schröder, hören Sie endlich mal zu«, zischte Nowak.

Sie standen hinter einer Heckenreihe, an der Straße neben dem Nachbarhaus der Ferienwohnung, in die sich Timm Henning vermutlich eingemietet hatte.

Der Kripochef atmete tief durch. Sie waren den kurzen Weg vom Café bis hierhin im Laufschritt getrabt.

»Sie können die Wohnung nicht alleine stürmen. Und Sie haben Urlaub.«

Schröder drehte sich zu ihm um und zog eine Pistole hinter dem Rücken hervor, die er dort im Gürtel stecken hatte. »Ich kann in meinem Urlaub tun und lassen, was ich möchte. Heute stürme ich eben diese Bude.«

»Woher, verdammt, haben Sie diese Waffe?«

Schröder sah kurz auf die Heckler & Koch in seiner Hand. »Dienstwaffe. Ich habe zwei. Sorry. Hätte ich meine private Knarre mitnehmen sollen?«

»Und was machen wir jetzt?«, sagte Nowak und zog ebenfalls eine Waffe aus dem Schulterholster.

»Chef! Was haben Sie da?«, fragte Schröder überrascht.

Nowak sah auf seinen Smith & Wesson-Model-686-Revolver. »Ein Geschenk von einem Freund. Wohnt in den Staaten.«

Schröder schüttelte den Kopf. »Lassen Sie sich damit nicht erwischen«, flüsterte er. »Sie schleichen mit Lorenz hinten rum. Vermutlich gibt es eine Terrasse. Sie«, er blickte zu Valentini, »bleiben hier vorne. Haben Sie auch eine Waffe?«

Die Staatsanwältin schüttelte den Kopf.

»Okay. Ich gehe zur Haustür. Wenn ihr hört, wie ich klingle, macht ihr euch bereit. Ich schreie ihn laut an, wenn er die Tür öffnet. Das ist für euch das Zeichen, die Terrassentür aufzubrechen. Ihr sucht sofort nach Lea. Ich kümmere mich um den Typen. Wegrennen kann er ja auf gar keinen Fall. Verbockt es nicht.«

»Was, wenn er nicht aufmacht?«, fragte sein Kollege.

»Dann trete ich die Tür ein. Sobald ihr es krachen hört, geht ihr auch rein.«

Lorenz sah zu Nowak, der zähneknirschend nickte und sich dann über das Nachbargrundstück zur Rückseite der Wohnung bewegte. Lorenz folgte ihm mit gezogener Dienstwaffe.

Valentini griff Schröder an den Arm. »Töten Sie den Mann nicht. Alles andere bekommen wir irgendwie geregelt. Ja?«

Schröder deutete ein Nicken an. Leicht gebückt und mit vorgehaltener Pistole schlich er zur Haustür. Dort stellte er sich mit dem Rücken neben den Eingang, dann legte er ein Ohr daran und horchte. Kein Laut. Er drückte den runden Klingelknopf und lauschte wieder. Totenstille.

Als er die Staatsanwältin um die Hecke spähen sah, zuckte er die Schultern. Sie schien die Fenster abzusuchen. Nach einigen Momenten schüttelte sie zu Schröder gewandt den Kopf. In der nächsten Sekunde drehte er sich in einer schnellen Bewegung und trat mit einem kräftigen Tritt die Eingangstür ein. Scheppernd flog sie gegen die Wand. An der Rückseite taten Nowak und Lorenz dasselbe, nachdem sie gehört hatten, wie vorne die Haustür aufgebrochen wurde.

Mit vorgehaltener Waffe betrat Schröder die Wohnung. Durch die geöffnete Wohnzimmertür sah er die beiden anderen von der Terrasse hereinstürmen. Er legte einen Zeigefinger auf die Lippen. Nowak und Lorenz blieben stehen und horchten. Vom Hausflur gingen vier Zimmer ab. Alle Türen waren geschlossen. Schröder deutete den beiden mit der Hand an, die zwei Räume links und rechts nach dem Wohnzimmer zu durchsuchen. Er selbst übernahm die Zimmer am Anfang des Flurs. Mit einer schnellen Bewegung riss er die Zimmertür auf, die in den ersten Raum führte, und stürzte hinein. Mit der Waffe im Anschlag stand er in der Küche. Nichts. Er drehte sich sofort um und öffnete mit einem Fußtritt die gegenüberliegende Tür. Badezimmer. Ebenfalls leer. Er sah den Hausflur hinab. In diesem Moment traten Lorenz und Nowak zu ihm. Sie schüttelten den Kopf.

»Nein«, brüllte Schröder und schlug mit der Faust gegen eine Garderobe.

Als ob er ihnen nicht glauben würde, warf er selbst einen Blick in die anderen Räumlichkeiten. Es waren Schlafzimmer, deren Betten benutzt waren.

»Schaut, ob ihr irgendetwas findet, das uns weiterbringt«, wies er die beiden an.

In diesem Moment betrat Valentini die Wohnung. »Er ist weg, oder?«, fragte sie.

Schröder nickte und ging in das Zimmer, das aussah, als ob es als Kinderzimmer diente. Er setzte sich auf das Bett und hob ein Plüschtier auf. Eine Giraffe. Seine Augen füllten sich mit Tränen, als er daran dachte, wie Lea immer Gigaffe zu den Tieren gesagt hatte, als sie einmal zusammen im Zoo gewesen waren.

Plötzlich spürte er eine Hand auf seiner Schulter.

»Kommen Sie«, sagte Valentini.

Schröder erhob sich schwerfällig und ließ das Kuscheltier fallen.

»Habt ihr etwas?«, fragte er Nowak und Lorenz, die am Türrahmen standen und ihn anschauten.

»Hier. Der Buchungsbeleg der Ferienwohnung«, sagte Lorenz und streckte den Zettel Schröder entgegen. »Lag in der Küche.«

Schröder nahm ihn an sich. »Warum haben wir das nicht sofort gesehen?«

Alle schauten ihn fragend an.

»Henning Timm. Er hat auf Henning Timm gebucht. Warum ist uns das nicht schon aufgefallen, als wir die Anmietungen ausgewertet haben. So ein blöder Trick. Und wir fallen darauf rein.«

»Von was redest du?«, fragte Lorenz.

Schröder hielt ihm den Beleg vor die Nase. »Er hat einfach den Vor- und den Nachnamen vertauscht. In der Zeile Vornamen steht Henning und in der Zeile Nachnamen steht Timm.«

Sein Kollege verzog den Mund. Dass ihm dieser billige Dreh nicht aufgefallen war. Er hatte nur die Nachnamen im Computer gegeneinander laufen lassen und deswegen keine Übereinstimmung mit ihrer Liste gefunden.

»Timm Henning. Henning Timm. So ein Arschloch!«, sagte Lorenz.

Alle sahen Schröder mit betretenem Schweigen an. Sie wussten, dass sie Timm Henning durch den Besuch an der Haustür aufgeschreckt hatten. Dass er irgendetwas geahnt haben musste und deshalb verschwunden war. Wäre ihnen die Buchung mit dem verdrehten Namen direkt aufgefallen, hätten sie die Wohnung stürmen können, ohne dass er etwas geahnt hätte.

»Was nun?«, fragte Valentini, als Schröder wieder auf den Buchungsbeleg starrte und es immer noch nicht zu glauben schien.

Als er antworten wollte, klingelte sein Telefon. Er schaute auf das Display. Anonym. Er drückte den grünen Button so fest, dass sich der Bildschirm darunter wölbte, und riss das Smartphone ans Ohr.

»Sie elender Drecksack«, brüllte er hinein.

Der Anrufer lachte so laut, dass es sogar die anderen hören konnten.

»Sie haben es verbockt. Es tut mir leid. Sie haben sich

nicht an unseren Deal gehalten«, sagte Henning und legte auf.

Alle vier stürmten zur Wohnung hinaus und blieben auf dem Gehweg stehen. Sie blickten suchend die Straße entlang, als ob der Anrufer dort noch irgendwo sein müsste.

Schröder hob wütend das Telefon hoch und wollte es zu Boden werfen, als Valentini ihm in den Arm griff.

»Nicht doch. Es ist Ihre einzige Verbindung zu Henning.«

Mit schmerzverzerrtem Gesicht sah er die Staatsanwältin an und nickte. Als er das Handy wegstecken wollte, sah er, dass er einen verpassten Anruf einer lokalen Nummer hatte. Er starrte darauf. Rothenbachers Nummer, ausgerechnet sie schon wieder, sie musste im selben Moment wie Henning angerufen haben. Vor Verzweiflung wurde ihm einen winzigen Augenblick schwarz vor Augen, er stützte sich an der Hauswand neben ihm ab. In dem Moment klingelte das Handy erneut. Er schaute darauf. Anonym.

»Ja?«, meldete er sich reserviert.

»Ich konnte die Nummer orten.«

»Carl?«

»Ja. Was ist los, Jan?«

Schröder drehte sich im Kreis und machte mit einer Hand eine wegwerfende Geste. »Wir hatten ihn beinahe. Dieser Schweinehund ist uns entwischt.«

»Dann hat er deswegen das Handy eingeschaltet. Um dich zu kontaktieren«, stellte Brauer fest. »Ich habe die Koordinaten. Das Gerät sendet noch. Es hat sich vor vier Minuten ins Netz eingeloggt. Für zwei Minuten war das Signal sehr schwach. Beinahe weg. Obwohl der Ort, wo das Telefon ist, eine sehr gute Netzabdeckung hat.«

»Von wo kommt das Signal?«

»Vom Kirchplatz.«

Schröder blickte verwirrt zu den anderen und fuhr sich mit der Hand über das Gesicht. »Kirchplatz? Bist du dir ganz sicher?«

»Ja. Ich melde mich, wenn sich die Position verändert.«

»Okay. Danke«, sagte Schröder und legte auf.

Die anderen sahen ihn erwartungsvoll an.

»Er ist auf dem Kirchplatz.«

»Was hat das zu bedeuten?«, fragte Valentini.

»Ich weiß es nicht. Egal. Wir müssen dorthin. Sofort«, sagte Schröder hektisch. Er hatte eine ungeheure Angst, dass Henning seiner Tochter etwas antun würde. Ausgerechnet in der Kirche, dachte er. Dort, wo Pfarrer Köstner getötet worden war. War dieser Mann so verrückt? Vermutlich ja, nach allem, was er als Kind erlebt hatte.

Schröder lief los. Der Entführer hatte seine Forderung nicht erneuert. Warum nicht? Das war nicht typisch für eine erpresserische Handlung. War er so abgedreht und hatte seine Forderung schon in den Wind geschrieben und ließ ihn dafür bezahlen?

Während seine Schritte immer schneller wurden, rief er den anderen zu: »Wir fahren jetzt in Zweierteams zum Kirchplatz. Lorenz, du und Valentini, ihr habt den Mann schon einmal gesehen. Deswegen kommt Lorenz mit mir, und Valentini geht mit Nowak. Wir gehen direkt zur Kirche. Wir schauen dort nach, ob wir Lea finden …«

»In der Kirche?«, rief Lorenz.

Schröder blickte seinen Kollegen streng an. »Ja. In der Kirche. Valentini, Sie gehen mit Nowak und suchen den Vorplatz ab. Wenn ihr ihn entdeckt, ruft ihr mich sofort an.«

Die beiden tauschten prüfende Blicke aus und nickten dann.

»Keine Aktionen, wenn er Lea bei sich hat. Verstanden?«, rief Schröder ihnen zu.

Kurze Zeit später saßen sie schweigend in zwei Fahrzeugen und rasten zur Kirche.

39

Vorsichtig zog Schröder die schwere hölzerne Tür des seitlichen Kirchenschiffs auf. Als er hineinspähen konnte, zog er die Pistole aus dem Hosenbund.

»Eine Waffe in der Kirche?«, fragte Lorenz und schaute auf die Pistole in Schröders Hand.

»Warum nicht?«

»Das ist ein Gotteshaus.«

»Seit wann bist du gläubig?«

»Ach, scheiß drauf«, sagte Lorenz und machte eine wegwerfende Geste.

Schröder schob die Pforte langsam weiter auf, bis er hineinschlüpfen konnte. Sein Kollege drückte die Eingangstür noch ein Stück auf, bis auch er durch den Spalt passte. Beide blieben links und rechts vom Eingang stehen und blickten sich im Innern um. Es war totenstill. Nicht einmal der Verkehrslärm der naheliegenden Hauptstraße drang durch die dicken Gemäuer in das Kirchengebäude. Schröder trat einige Schritte vor und spähte zwischen den Säulen hindurch, die eine mit Heiligenbildern übersäte Decke trugen.

Seine Aufmerksamkeit richtete er auf den Altarraum, von dem links und rechts eine Tür abging. Die rechte führte in die Sakristei. Dort hatte er mit der Mesnerin gesprochen. Wo die gegenüberliegende Tür hinführte, wusste er nicht. Er sah zu seinem Kollegen, der mit ernstem Blick das Kirchengebäude inspizierte und inzwischen selbst seine Waffe in der Hand hatte. Schröder pfiff leise. Lorenz schaute zu ihm herüber. Dann machte Schröder eine Kopfbewegung, die seinem Kollegen bedeutete, er solle in den hinteren Bereich des Bauwerks gehen und er würde den vorderen Teil übernehmen.

Schröder blickte zur Empore hoch. Wenn sich da oben jemand versteckt hielt, hätte er freies Schussfeld, sobald sie hinter den Säulen hervortraten. Er war aber bereit, das Risiko einzugehen. Schließlich suchten sie einen gehbehinderten Rollstuhlfahrer. Einen Aufzug, der zur Chorempore führte, gab es nicht. Das wusste er von den Ermittlungen im Mordfall Köstner.

Mit einem Nicken deutete er Lorenz an loszugehen. Er selbst machte sich auf den Weg zum Altarraum, um sich die beiden Räume links und rechts davon anzusehen.

Nowak rumpelte mit dem Wagen unsanft den Bordstein hinauf, so dass Valentini erschrocken nach dem Griff über der Beifahrertür tastete und vorwurfsvoll zu ihm hinüberschaute.

»An diesen alten Bullenschleudern ist aber auch alles im Eimer. Sogar die Stoßdämpfer. Irgendwann müssen wir mit unseren privaten Fahrzeugen zu Einsätzen aufbrechen, wenn die Sparerei so weitergeht«, schimpfte er, nachdem er den strafenden Blick der Staatsanwältin registriert hatte.

»Na hoffentlich fahren Sie dann vorsichtiger, wenn Sie Ihr eigenes Auto nehmen.«

»Ist ein Geländewagen. So ein Riesending. SUV nennt sich das heutzutage«, sagte er und stellte den Wagen ab.

Durch die Frontscheibe konnten sie den gesamten Kirchplatz überblicken. Schweigend suchten sie den Vorplatz ab, auf dem sich bei diesem schönen Wetter jede Menge Leute herumtrieben. Viele waren mit großen Plastiktüten bepackt und strömten über den Platz, zu dem sich die Fußgängerzone hier ausweitete.

»Viel zu viele Menschen unterwegs, um irgendwas zu erkennen«, sagte Valentini und stöhnte.

»Dann müssen wir wohl oder übel den Platz und alles um die Kirche herum absuchen«, sagte Nowak. »Kommen Sie!«

Er stieg aus, sah zur Staatsanwältin hinüber und prüfte, ob seine Schusswaffe im Halfter steckte. Zusammen marschierten sie los.

Valentini hatte mit ihren Schuhen Mühe, dem Kripochef auf den Pflastersteinen zu folgen. »Warten Sie! Ich breche mir ja noch die Knöchel.«

Er drehte sich zu ihr um, sah auf ihre High Heels und schüttelte den Kopf. »Die Dinger sind was für das Büro oder für ein romantisches Abendessen. Meinetwegen noch fürs Bett. Aber nichts für die Verbrecherjagd.«

»Das hatte ich heute auch nicht vor.«

»So ändern sich manchmal die Pläne. Jetzt kommen Sie.«

Die Staatsanwältin verdrehte die Augen und zog ihre Schuhe kurzerhand aus, was ihr einen schrägen Blick von Nowak einbrachte. Als sie in der Mitte des Kirchplatzes angekommen waren, drehten sie sich im Kreis und suchten den Platz ab. Es bot sich ihnen kein anderes Bild als vom Auto aus. Überall hetzten vom Einkauf gestresste Menschen über den Vorplatz oder flanierten in Gespräche vertieft an ihnen vorbei. Valentini hörte neben sich ein schrilles Lachen. Ihr Kopf fuhr herum. Nur ein kleiner Junge, der an der Hand seiner Mutter zog. Valentini presste die Lippen zusammen und stellte sich auf die Zehenspitzen, um besser sehen zu können.

»Unmöglich, so alles im Auge zu haben. Wir müssen anders vorgehen«, sagte sie zu Nowak.

Der Kripochef nickte. »Dann lassen Sie uns den Platz in Rastern absuchen. Wir beginnen zehn Meter vom Rand entfernt und gehen in zehn Meter Entfernung zueinander bis dort nach unten«, sagte er und zeigte zum Ende des Kirchplatzes, wo dieser in eine der Einkaufsstraßen mündete. »Wenn wir unten sind, gehen wir einige Meter rüber und laufen wieder hoch. So machen wir das, bis wir alles abgesucht haben. Danach gehen wir um die Kirche. Da ist der Platz recht schmal, und wir können alles auf einmal überblicken.«

»Meinetwegen«, sagte Valentini und rückte so weit zur Seite, bis sie glaubte, den richtigen Abstand zu Nowak eingenommen zu haben. Sie schaute zum Kripochef hinüber, der ihr zunickte, dann gingen sie los. Die Staatsanwältin lief langsam und schaute immer wieder zu ihm hinüber, um im selben Abstand zu bleiben. Aufmerksam wanderte ihr Blick durch die Menschenmengen. Immer auf Höhe eines möglichen Rollstuhlfahrers. Ein jedes Mal, wenn sie einen metallischen Gegenstand erblickte, der wie ein Teil eines Rollstuhls zwischen den Passanten aussah, zuckte sie zusammen. Sie sah abermals zum Kripochef, der sich ebenso hochkonzentriert durch die Menschenmenge bewegte. Als er plötzlich stehenblieb, leicht in die Knie ging und nach seiner Waffe tastete, blieb ihr Herz fast stehen. Sie versuchte hektisch zu erkennen, was er entdeckt hatte.

Lorenz verharrte in seiner Position und sah zur Chorempore hinauf, auf der eine große Orgel thronte, deren Pfeifen golden glänzten. Er versuchte, in den polierten Orgelpfeifen eine Spiegelung oder Bewegung zu entdecken, die einen Rückschluss auf eine Person auf der Empore geben könnte.

Da nichts zu erkennen war, ließ er den Blick durch das Gotteshaus schweifen. An der Wand malte das durch die bunten Bleiglasfenster einfallende Tageslicht bizarre farbige Bilder.

Lorenz schlich mit vorgehaltener Waffe die Treppe zur Chorempore hinauf. Es war zwar unmöglich, dass ein Gehbehinderter die steile Holztreppe erklimmen konnte, aber er hatte das Gefühl, von der Empore aus einen besseren Überblick zu bekommen. Gut möglich auch, dachte er, dass es mehr als nur einen Täter gab und dies hier eine Falle war. Schließlich war es für einen Rollstuhlfahrer kein Leichtes, alleine ein Kind zu entführen.

Oben angekommen schob er sich eng an der Wand entlang, bis er hinter die Orgel sehen konnte. Als dort niemand zu erkennen war, atmete er tief durch. Jetzt erst bemerkte er, wie ihm der Schweiß über die Stirn lief. Mit dem Hemdärmel fuhr er sich über das Gesicht. Vorsichtig ging er um die große Orgel herum, bis er vorne an der Brüstung wieder ankam. Er schaute hinab und sah gerade noch, wie Schröder durch die Tür links vom Altarraum verschwand.

Lorenz ließ seinen Blick durch das gesamte Kirchenschiff schweifen. Niemand zu entdecken, aber nicht jeder Winkel war einsehbar. Vorsichtig stieg er Schritt für Schritt von der Empore herab. Dabei wanderte sein Blick zum hinteren Bereich der Kirche, den er noch abzusuchen hatte, bis er den Beichtstuhl erblickte. Erinnerungen an den toten Pfarrer krochen in ihm hoch. Er überlegte, ob er einfach daran vorbeigehen sollte, um nachzusehen, wohin Schröder durch die Seitentür verschwunden war. Als er bereits ein paar Meter weitergegangen war, fluchte er leise, drehte sich um und schaute abermals den Beichtstuhl an. Er stieß einen Seufzer aus und ging hinüber zu dem Kasten, der ihn an einen großen, unheimlichen antiken Schrank erinnerte. Die schweren roten Vorhänge an den Beichtkabinen schienen seinen Blick wie magisch anzuziehen. Bewegte sich da etwas?

Schröder ging an den Sitzreihen vorbei und spähte in jede hinein. Als er am Altarraum angekommen war, drehte er sich zu Lorenz um, der gerade dabei war, die Treppe zur Empore hinaufzublicken. Er selbst schlich zu den Holzbänken, die seitlich im Raum angebracht waren und in denen vermutlich die Ministranten oder Würdenträger während des Gottesdienstes Platz nahmen. Er blickte in eine der Bänke und lief dann hinüber zur anderen. Nichts. Weder eine Menschenseele noch irgendetwas Verdächtiges. Dann sah er zur Tür, von der er nicht wusste, wo sie hinführte oder was sich dahinter verbarg. Er trat an die Holztür und horchte. Langsam griff er zur Türklinke und bewegte sie nach unten.

Er gelangte in einen schmalen dämmrigen Flur, in dem es modrig roch und der nur durch ein kleines Fenster beleuchtet wurde. Der kurze Gang endete vor einer Tür, deren durchgebogene und abgenutzte Klinke einen häufigen Gebrauch verriet. Er blickte zurück zum Altarraum, packte dann den Türgriff und drückte sich langsam an das Holz. Mit einem Ruck stieß er die Tür auf.

Schröder spähte in den dahinterliegenden Raum hinein. Es schien sich um eine Bibliothek zu handeln. Viele Regale standen da aufgereiht voller Bücher. Er betrat das Zimmer und blieb stehen. Dann beugte er den Oberkörper etwas nach links und rechts, um zwischen die ersten Regalreihen blicken zu können.

Als er einen hohen, zitternden Schrei hörte, drehte er sich in einer reflexartigen Bewegung um und starrte durch die geöffnete Tür den Flur entlang. Instinktiv rannte er dem Geräusch entgegen, den Flur entlang und weiter bis in den Altarraum hinaus, in dem er ins Rutschen kam und fast stürzte.

Lorenz stand am Beichtstuhl, er hielt den roten Vorhang mit einer Hand zur Seite und starrte hinein.

Schröders Herz setzte einen Schlag aus und hämmerte dann so wild, dass es ihm in den Ohren dröhnte. Er rannte weiter. Lorenz wandte sich zu ihm um.

»Nein! Nein!«, brüllte Schröder, als er zu seinem Kollegen sprintete und schlitternd neben ihm zum Stehen kam. Erst jetzt konnte er in den Beichtstuhl hineinsehen und erkennen, was dort lag.

Als Valentini freie Sicht hatte, erkannte sie, was Nowak entdeckt hatte. Eine alte Frau schob sich langsam mit einem Rollator voran. Die Staatsanwältin stieß einen erleichterten Seufzer aus, atmete tief durch und setzte ihre Suche fort. Angespannt rückten die beiden immer einige Meter weiter zur Seite, wenn sie am Ende des Platzes angekommen waren und gingen in die andere Richtung zurück.

Als sie den gesamten Vorplatz abgesucht hatten, standen sie am Eingang zur Fußgängerzone und schauten zur Kirche hinüber.

Der Kripochef sah suchend umher. »Vielleicht ist er längst verschwunden«, sagte er.

Valentini blickte die Einkaufsstraße hinab. »Aber weshalb hat er Schröder von hier aus angerufen? Es kann nur ein Zeichen oder eine Nachricht an uns oder ihn sein.«

Nowak zuckte mit den Schultern. »Gut möglich. Aber wozu? Ich hasse diese Irren. Nie weiß man, warum sie was machen. Da sind mir ein paar Zuhälter oder Killer lieber. Da weiß man, woran man als Bulle ist.«

»Lassen Sie uns noch um die Kirche herumlaufen«, sagte Valentini, ohne auf seine Worte einzugehen.

»Meinetwegen«, knurrte er. »Sie gehen auf dieser Seite entlang. Ich auf der anderen.« Er deutete in die Richtung, die er für sie vorgesehen hatte.

Die Staatsanwältin nickte und lief los. Sie ging nahe an der Kirche, blieb immer wieder stehen und spähte in die Menschenmenge auf dem Vorplatz, ehe sie um die Ecke am Ende des Gotteshauses bog, wo es ruhiger wurde. Nur noch vereinzelt kamen ihr Menschen entgegen.

Valentini spähte auf ihrem Weg um das Gebäude in jede abgehende Straße. Immer in der Erwartung, irgendetwas Verdächtiges zu entdecken. Aber alles war ruhig und friedlich.

Als sie die schmale Seite der Kirche hinter sich gelassen hatte, schaute sie an der Längsseite des Gotteshauses entlang. Da von der Rückseite drei kleine Gassen abgingen, in denen Boutiquen mit ausgefalleneren Klamotten zu finden waren, liefen einige Gruppen jüngerer Leute umher. Valentini versuchte, an ihnen vorbeizuschauen, um nach Nowak Ausschau zu halten, der schon lange am unteren Ende des Gebäudes hätte auftauchen müssen. Sie konnte ihn aber nirgendwo erkennen.

Die Staatsanwältin setzte sich auf einen Betonpoller und blickte den Weg zurück, den sie gekommen war. Dann sah sie an der Kirche entlang, dorthin, wo der Kripochef ihr entgegenkommen sollte.

Plötzlich schob sich eine Gruppe Schüler mit Rucksäcken, die mit den Handys vor einer der christlichen Kirchenfiguren Selfies gemacht hatten, aufgeregt redend rückwärts von dem Gebäude fort. Ein Junge hob sein Handy und fotografierte oder filmte anscheinend. Ein Mädchen zog ihn an der Schulter zurück, was er mit einem Lachen quittierte, einem anderen sein Smartphone hinhaltend, um offensichtlich seine Aufnahme zu präsentieren.

Valentini stand auf und bewegte sich ein paar Schritte auf die bizarre Situation zu. Sie streckte den Hals und versuchte an der Gruppe Jugendlicher vorbeizusehen, um zu erkennen, was dort vor sich ging.

In dem Moment, als zwei Mädchen kreischend wegrannten, erkannte sie, warum unter den Schülern plötzlich Hektik ausbrach.

Schröders Schrei hallte gellend durch die Kirche. Die dicken Wände warfen den unmenschlichen Laut wie eine Flipperkugel hin und her. Lorenz zog instinktiv die Schultern hoch.

Schröder beugte sich in den Beichtstuhl hinein, legte mit zitternder Hand zwei Finger an den Hals seiner Tochter.

»Lea, meine Kleine«, murmelte er. Er hob ihren schlaffen Körper hoch und zog sie in seine Arme. Er streichelte seiner Tochter über das nasse Haar. Immer wieder blickte er auf den wie ein Streichholz abgeknickten, gebrochenen Unterarm des Mädchens. »Ruf einen Krankenwagen, Kai. Schnell.«

Sein Kollege steckte die Waffe weg und zog sein Handy hervor. Er ging ein paar Schritte zur Seite und wählte die Einsatzzentrale an. Schröder fuhr immer wieder mit der Hand über das Haar des Kindes in seinen Armen. Sein Kollege trat zu ihm.

»Lebt … geht es ihr … was ist mit ihr?«, fragte Lorenz.

Schröder sah auf und wischte sich mit dem Handrücken Tränen aus den Augen. »Sie lebt. Sie ist bewusstlos.«

»Ich gehe raus und zeige dem Notarzt, wo er hinkommen muss.«

Schröder nickte und wandte sich wieder seiner Tochter zu.

Lorenz hetzte zum Seiteneingang. Als er die Tür öffnete, hörte Schröder bereits das Martinshorn des nahenden Notarztwagens.

Valentini rannte los. Wenige Meter vor Nowak verlangsamte sie ihre Schritte und trat mit weichen, zittrigen Beinen neben ihn. Sie streckte einen Arm aus und machte mit der Hand eine besänftigende Geste. »Bleiben Sie ganz ruhig. Tun Sie ihm nichts. Hören Sie?«, redete sie auf den Kripochef ein.

Nowak drehte kurz den Kopf zu ihr um, sah sie mit einem starren Blick an und wandte sich dann wieder dem Mann vor sich zu, der grinsend vor ihnen im Rollstuhl saß.

»Schießen Sie schon! Auf was warten Sie? Nun machen Sie endlich, Sie elender Feigling!«, brüllte Timm Henning ihn an.

»Wo ist sie? Wo ist das Mädchen? Mach dein Maul auf«, brüllte Nowak ihn an.

Um sie herum blieben Menschen in einiger Entfernung stehen und bildeten eine gaffende Menschentraube, obwohl der Kripochef eine Pistole auf den Rollstuhlfahrer gerichtet hatte. Einige fotografierten oder filmten. Andere diskutierten. Manche lachten.

»Gehen Sie weiter! Los! Verschwinden Sie! Hier gibt es nichts zu sehen«, herrschte Valentini die Leute an, die ihre Aufforderung einfach ignorierten. »Ich rufe jetzt Schröder an. Ja? Bleiben Sie ganz ruhig«, sagte sie dann und zog das Handy aus der Tasche.

»Gehen Sie zur Seite«, sagte der Notarzt mit festem Tonfall. Lorenz stand neben dem Mann und nickte Schröder zu.

Schröder erhob sich und trat mit seiner Tochter auf den Armen aus dem Beichtstuhl heraus. Zwei Sanitäter kamen im Laufschritt mit einer Fahrtrage in die Kirche geeilt. Der Arzt sah Schröder, nahm Lea entgegen und hob sie dann vorsichtig auf die Trage. Einer der Männer machte sich sofort daran, dem Mädchen eine Infusion anzulegen, während der Notarzt sie abhörte und danach eine Spritze aufzog.

»Wie geht es ihr?«, fragte Schröder in das hektische Treiben hinein.

Der Arzt sah sich kurz zu ihm um. »Ist das Ihre Tochter?«

»Ja!« Schröder zeigte ihm seine Polizeimarke.

»Keine Sorge. Das bekommen wir wieder hin. Sie ist bewusstlos, äußere Verletzungen scheint es aber nur am Arm zu geben. Kreislauf ist stabil.«

Schröder atmete tief durch. Einige Tränen liefen ihm vor Schrecken und Erleichterung über das Gesicht. Als er sich auf eine Bank setzen wollte, klingelte sein Handy. »Ja?«

»Schnell. Kommen Sie raus. Hinter die Kirche. Etwa in der Mitte. Wir haben ihn«, sprach Valentini hektisch in das Telefon.

Schröder wechselte einen Blick mit Lorenz, der sofort verstand. Er steckte sein Smartphone weg, trat zum Beichtstuhl und ließ seinen Blick über seine Tochter auf der Trage wandern, die dort lag und zu schlafen schien. Er musste den Impuls unterdrücken, ihr wieder über das Haar zu streicheln, jetzt musste er die Sanitäter machen lassen. Ihm war schlecht vor Schmerz und Erleichterung.

»Sie können jetzt nichts für sie tun. Wir nehmen sie mit und versorgen den Arm«, sagte der Arzt zu Schröder, als er dessen hilflosen Blick bemerkte.

Schröder zögerte, dann nickte er. »Ich bin gleich zurück. Fahren Sie nicht ohne mich zum Krankenhaus.«

»Ich bleibe bei ihr, keine Sorge, ich renne hier niemandem mehr nach«, sagte Lorenz schwer atmend.

Schröder nickte. Dann zog er die Waffe aus dem Gürtel und rannte aus dem Gotteshaus.

Mit gezogener Pistole jagte Schröder auf die Staatsanwältin zu, die ihm ein paar Meter entgegengekommen war und die Arme ausbreitete, als wollte sie einen tollwütigen Hund beruhigen.

»Ruhig! Bitte, bleiben Sie ruhig! Stecken Sie das Ding weg! Hören Sie, Schröder?« Valentini packte ihn rechts und links bei den Schultern.

Heftig schnaufend sah er an ihr vorbei. »Ich bringe ihn um. Dieser elende ...«

»Beruhigen Sie sich, bitte! Das hilft uns jetzt auch nicht weiter«, herrschte sie ihn an.

Schröder nickte kaum merklich. Seine Augen funkelten Timm Henning an, der zu ihm herübersah und grinste.

»Dir prügele ich das Lachen aus der Fresse«, brüllte er dem lachenden Mann zu.

»Bei Gott, Schröder. Beherrschen Sie sich jetzt endlich! Es sind so viele Leute hier. Wenn das jemand mit dem Handy filmt«, sagte Valentini leise zu ihm.

Wieder nickte er, dann steckte er die Waffe weg. Er atmete tief durch, um sich etwas zu beruhigen. »Okay. Ich bin okay.«

»Gut, was ist mit Lea? Haben Sie sie gefunden?«, fragte Valentini ihn besorgt.

Schröder schluckte trocken, konnte den Blick aber nicht

von Henning abwenden, den er immer noch giftig anstarrte.

»Ja. Er hat ihr den Arm gebrochen. Sie ist bewusstlos. Aber sonst geht es ihr gut. Ein Notarzt kümmert sich um sie. Lorenz ist bei ihnen.«

»Gott sei Dank! Um Himmels willen, Schröder, ich hatte solche Angst. Jetzt wird alles gut, sie wird wieder gesund.«

Schröder sah Valentini an. Sie hatte recht damit, ihn zu beruhigen. Was, wenn er auf diesen Kerl eingeprügelt hätte und jemand ein Handyvideo davon gedreht und auf einer Online-Plattform eingestellt hätte? Nicht auszudenken, was das für ihn und die Polizei bedeutet hätte. Trotzdem brodelte unbändiger Hass in ihm.

Die Staatsanwältin ließ ihn los, behielt ihn aber im Auge und blieb in seiner Nähe, als er zu Timm Henning marschierte.

Unvermittelt packte Schröder den Rollstuhlfahrer am Kragen und zog ihn etwas zu sich heran, so dass es den Mann aus dem Sitz hob. »Warum? Warum hast du ihr das angetan? Sie ist noch ein Kind. Was bist du nur für ein Typ?«

Valentini ergriff Schröders Arm und drückte ihn nach unten. »Beherrschen Sie sich, Schröder!«, fauchte sie den Hauptkommissar an.

»Er hat es nicht anders verdient«, sagte Nowak, der neben sie getreten war und seine Waffe wegsteckte.

Die Staatsanwältin warf ihm einen bösen Blick zu. »Ja. Vielleicht hat er es nicht anders verdient. Aber es gibt Gesetze in diesem Land …«, erklärte Valentini.

»Schickt die Leute weiter. Ich will nur mit ihm reden. Danach könnt ihr die Kollegen rufen und ihn wegschaffen lassen«, sagte Schröder an die beiden gewandt.

»Wollen Sie ihn etwa hier verhören?«, fragte die Staatsanwältin.

Schröder sah sie an, dann zu seinem Chef.

Nowak blickte kritisch zur Staatsanwältin, die nach ein paar Augenblicken des Nachdenkens zu ihm trat. »Aber nur kurz, und lassen Sie die Finger von ihm. Haben Sie das gehört, Schröder? Ich reiß Ihnen sonst den Arsch auf. Hier kann jeder zusehen und filmen«, zischte sein Chef ihn an.

Schröder zögerte einen Moment, dann widmete er sich Henning. Langsam ging er vor ihm in die Hocke, um auf Augenhöhe zu sein. Henning rutschte im Rollstuhl etwas zurück. Schröder griff an die Lehnen links und rechts des Gefährts und musterte den Mann einige Sekunden mit eisernem Blick. Hennig rutschte wieder etwas in seinem Rollstuhl umher und beugte den Oberkörper zurück. Verächtlich starrte er den Hauptkommissar an.

»Du hast meinem Kind Schmerzen zugefügt. Das werde ich dir nie vergessen«, flüsterte Schröder. »Dafür wirst du lange in den Knast gehen. Gut möglich, dass ich dich dort besuchen komme.«

Henning schaute hilfesuchend zu den beiden anderen.

»Sie dürfen das nicht«, stotterte er.

»Hat es dich interessiert, was man darf und was nicht? Du hast dich doch über mich informiert. Also weißt du, dass ich es manchmal nicht so ganz genau nehme mit Typen wie dir. Also! Du erzählst mir jetzt, warum du meinem Mädchen das angetan hast. Und dann auch noch für so eine absurde Forderung! Als würde ich einen Doppelmord für dich begehen! Und noch etwas: Ich frage nur einmal!«, sagte Schröder und starrte den Mann unerbittlich an.

Timm Henning rutschte abermals in seinem Rollstuhl hin und her und blickte immer wieder hilfesuchend zu Nowak und Valentini, die jedoch damit beschäftigt waren, Passanten, die stehengeblieben waren, fortzuschicken. Dann atmete er ruckartig aus und schaute sein Gegenüber an. »Sie wissen gar nichts, oder? Ich meine über die Pfaffen. Den Bischof und den Generalvikar. Gnad und von Roda. Nichts, oder?«

Schröder sah den Mann regungslos an.

»Na schön. Gnad hat mich damals regelmäßig auf ihren Partys zu sich geholt. Sie wissen nicht, was ich durchgemacht habe. Was die Jungs in diesem Heim mitgemacht haben. Sie wollten mich wieder abholen. Es war mein Geburtstag. Keinen hat das interessiert. Wahrscheinlich wussten sie gar nicht, dass ich Geburtstag hatte. Jedes Kind bekommt an diesem Tag Geschenke. Und ich? Sie hätten mich wenigstens an diesem Tag in Ruhe lassen können. Wenigstens an meinem Geburtstag. Aber ich sollte wieder auf eine ihrer Partys gebracht werden. Köstner hat uns sozusagen verwaltet. Er hat uns diesen Schweinen ausgeliefert, statt uns zu beschützen, wie es seine Aufgabe gewesen wäre.«

Henning machte eine Pause und wischte sich ein paar Tränen weg.

Schröder hatte das Gefühl, dass er diese Geschichte noch nie erzählt hatte. Er glaubte sogar, zu erkennen, dass der Mann froh war, endlich jemandem mitzuteilen, was er für ein Leid ertragen musste.

»Damals, als sie wiederkamen, wollte ich einfach nicht mehr. Lieber wäre ich gestorben. Ich bin abgehauen. Die Treppen hoch, bis ganz nach oben. Keine Ahnung, warum ich dort hochgerannt bin und nicht irgendwo aus dem Haus raus.« Abermals brach er ab und wischte sich durch das Gesicht. »Dann war ich im obersten Stockwerk. Am Ende des Flurs. Sackgasse. Köstner stand da und schaute mich an. Eisern. Ohne einen Funken Mitleid. Da bin ich gesprungen. Aus einem Fenster. Von ganz da oben. Ich weiß noch, wie ich im Flug dachte, gleich ist es aus und du hast deine Ruhe. Ich war ein Kind. Verstehen Sie? Ein kleiner Junge. Ich wollte nur, dass das alles endlich aufhört.«

Er zeigte mit der rechten Hand an, wie groß er in etwa damals gewesen war. Er sah Schröder an, der ihm zunickte, und Henning fuhr fort: »Aber ich war nicht tot. Ich wachte im Krankenhaus auf. Ich hatte mir so ziemlich jeden Knochen im Leib gebrochen. Auch meinen Rücken. Aber ich war letztendlich dort raus. Das Heim war Geschichte. Ich war erleichtert, obwohl ich ein beschissener Krüppel war. Ich bin aus meinem alten Leben in ein neues gesprungen.«

Wieder machte er eine Pause und ließ den Kopf sinken. »Ich wurde in eine Einrichtung für behinderte Kinder gebracht. Da hat sich niemand über mich hergemacht. Es war kein kirchliches Haus. Gott sei Dank. Eines Tages, als ich vielleicht sechzehn oder siebzehn war, stand plötzlich Dennis Pfeiffer vor mir. Er dachte, wie alle anderen auch, ich sei tot. Sie wurden damals, nachdem sie abgehauen waren, auf andere Kinderheime und Familien verteilt. Er hatte es durch Zufall erfahren. Jetzt stand er da. Vor mir. Wir haben beide geweint und uns gefreut. Er hat mich dann regelmäßig besucht. Als er achtzehn geworden war, hat er in der Nähe des Heims eine Wohnung angemietet und sich Arbeit gesucht. Irgendwann sind wir zusammengezogen. Wir ...«

Henning brach ab und schluchzte.

Schröder legte ihm tröstend eine Hand auf die Schulter. »Es ist okay«, sagte er und wartete, bis Henning sich etwas beruhigt hatte.

»Wir wurden ein Paar. Ich habe ihn geliebt. Verstehen Sie?«

Timm Henning zog einen Packen Taschentücher heraus und schnäuzte sich. »Aber ich konnte nachts nie durchschlafen. Ich habe jede Nacht von diesem beschissenen Heim geträumt. Dennis auch öfters. Aber er hat das alles besser weggesteckt als ich. Zunächst zumindest. Trotzdem hat er immer davon geredet, sich eines Tages an diesen Pfaffen zu rächen. Dann tauchte irgendwann diese Reporterin auf. Keine Ahnung, wie sie uns gefunden hatte. Sie wollte einen Bericht über das Kinderheim schreiben. Sie hatte irgendetwas gehört. Presseleute riechen so was ja wie Fliegen die Scheiße. Was uns dort widerfahren ist, wollte sie wissen. Sie wollte der Kirche endlich nachweisen, was in vielen ihrer Heime so läuft.«

Henning atmete durch und sah Schröder an. »Das hat die Vergangenheit nach oben gespült. Es war immer da. Tief verborgen. Jetzt ist es herausgebrochen. Die Erinnerungen waren plötzlich so stark, als ob es erst gestern passiert wäre. Dennis tigerte ständig durch die Wohnung. Brüllte herum, dass so ein Zeitungsbericht doch sowieso nichts bringen würde. Die Kirche würde alles abstreiten. Er meinte, man müsse ein Zeichen setzen. Rache üben. Das würde die Menschen wachrütteln. Dann würden sie sich dafür interessieren. Auch die großen Zeitungen und das Fernsehen. Glaubte er. Wir gerieten darüber oft in Streit. Ich wollte doch die Vergangenheit ruhen lassen. Nichts konnte gutmachen, was uns angetan wurde. Niemals. Ich wollte nur nach vorne blicken.«

Er sah zu Schröder auf. Suchte in dessen Augen nach einer Regung. Nach einer Bestätigung. Der Hauptkommissar nickte kaum merklich.

»Wir stritten immer mehr. Zuletzt täglich. Es war so schlimm. Er hatte sich so in seine Rachegelüste gesteigert, dass es für mich nur noch einen Ausweg gab.«

Wieder blickte er den Hauptkommissar an, der ahnte, was dies für ein Ausweg gewesen war. Er presste die Lippen zusammen und legte eine Hand auf Hennings Schulter. »Das tut mir leid«, sagte er.

Henning nickte. »Wissen Sie, ich hätte ihn niemals verlassen. Aber ich konnte nicht mehr. Jeder Tag wurde zu einer

Qual. Wie damals im Heim. Er hatte sich so verändert. Es hat mich wieder eingeholt. Ich hatte immer gehofft, eines Tages würden mich die Erinnerungen in Ruhe lassen. Schlafen lassen. Wird es das Heim in meinem Leben nicht mehr geben. Aber es war immer da. Wie ein böser Traum. Es wird wohl immer da sein.« Er wischte sich mit dem Ärmelrücken wieder und wieder über das Gesicht. »Dennis zog aus. Ich wusste nicht wohin. Sonst hätte ich die Polizei alarmiert. Vielleicht hätte ich mir denken müssen, dass er in die Nähe dieser Kirchenmänner zog. Aber ich wollte nicht mehr darüber nachdenken. Wollte endlich Abstand zu meiner Vergangenheit. Dann war dieser Tag, als ich aus der Zeitung von Köstners Ermordung erfuhr. Ich bin beinahe wahnsinnig geworden. Ich dachte den ganzen Tag daran, dass nur Dennis ihn umgebracht haben konnte. Ich drehte fast durch. Nicht mein Dennis. Er würde es niemals überleben, wenn er für immer eingesperrt werden würde. Er liebte die Freiheit so. Er hat jede Sekunde im Freien genossen. Fühlte sich in Wohnungen immer eingeengt.« Henning sah zu Schröder auf, ehe er fortfuhr. »Ich habe ihn dann angerufen. Hatte ja noch seine Handynummer. Er hat geweint. Er ist zusammengebrochen. Ich dachte schon, er wäre der Mörder. Aber er war es nicht. Er hatte es vor. Ja, das hat er mir erzählt, aber er konnte es nicht. Deshalb war er so enttäuscht von sich. Weil er den Mann, der uns verkauft hat, nicht töten konnte. Und er hatte Angst, dass man ihn dafür zur Rechenschaft ziehen würde. Schließlich hatte er es doch geplant. Er war verzweifelt. Ich sagte zu ihm, er solle zurückkommen zu mir, und wir würden unter unser altes Leben endlich einen Schlussstrich ziehen. Gehen irgendwohin. Meinetwegen ins Ausland. Er wollte darüber nachdenken. Dann …«

Henning schüttelte sich, Tränen liefen ihm über die Wangen. Er konnte nicht mehr weiterreden.

Schröder sah sich um. Neben ihm standen inzwischen Nowak und Valentini und hörten zu. Er hatte gar nicht bemerkt, wie sie neben ihn getreten waren.

»Dann«, fuhr Timm Henning fort. »Dann haben sie ihn getötet. Diese Bullenschweine. Er hat Köstner nicht umgebracht. Sie müssen mir das glauben. Er ist nur ein Opfer, um alles zu vertuschen. Glauben Sie mir! Bitte! Dennis zuliebe. Hören Sie? Sie haben ihn umgebracht. Diese Schweine!«

Schröder blickte zu Nowak und Valentini. Der Kripochef nickte ihm zu. Er wusste, was zu tun war.

»Ich wollte mich an diesem elendigen Bischof und seinem teuflischen Generalvikar rächen. Es tut mir leid, was ich mit Ihrer Tochter getan habe. Aber sie wollte abhauen. Dabei ist sie gestürzt und hat sich den Arm gebrochen. Ich habe ihr Schmerzmittel gegeben. Und etwas, damit sie schlafen kann«, sagte Henning und sah Schröder flehentlich an.

»Okay«, sagte Schröder leise und nickte. Hennig schien das als eine Art Absolution zu begreifen, er nickte ebenfalls, und der fiebrige Glanz verschwand ein wenig aus seinen Augen.

»Ich bin mir sicher, dass Gnad und von Roda hinter allem stecken. So wie damals. Köstner war doch nur ihr Handlanger. Aber alles andere haben diese beiden Männer organisiert«, sagte Henning.

»Würden Sie das vor Gericht aussagen?«, fragte Schröder, obwohl er wusste, dass alle ihm bekannten Taten längst verjährt waren und ein Nachweis der Verbrechen so gut wie unmöglich war. Dann blickte er zu Nowak und Valentini. Er hatte plötzlich eine Idee.

40

Endlich war er angekommen. Die ganze Fahrt über kreisten seine Gedanken nur um Lea. Der Arm machte ihm dabei die geringsten Sorgen. Diese Verletzung würde sicherlich gut verheilen. Aber wie stand es um ihre Psyche? Wie würde sie das schreckliche Erlebnis verarbeiten?

Schröder stellte die Harley direkt neben einem Parkplatz für Fahrräder ab. Wie die ganze Fahrt hierher lächelten ihm einige Menschen beim Vorbeigehen zu, andere wiederum schüttelten den Kopf. Manche hatten sogar beim Vorbeifahren ein Foto von ihm und seiner Fracht gemacht.

Er stieg ab, entfernte die Spanngummis und hob den menschengroßen Teddybär vom Rücksitz seiner Maschine. Langsam schob er die Tür auf und hielt dabei den Teddy vor sich, so dass er dahinter kaum zu sehen war.

Sofort kreischte Lea laut auf. »Paaapaaaaa. Der ist ja riesig«, rief sie und lachte.

»Woher weißt du, dass ich es bin«, sagte Schröder mit tiefer Stimme und versuchte, sich hinter dem Teddybären zu verbergen.

»Ich sehe dich. Du bist zu dick zum Verstecken«, rief Lea.

Schröder trat hinter dem übergroßen Kuscheltier hervor, schaute an sich herab, sah seine Tochter an und sagte: »Dann gibt es ab jetzt weniger Spaghetti. Die machen dick.«

»Nein«, protestierte Lea.

Schröder legte den Teddy auf Lea und setzte sich auf die Bettkante. »Lea? Wo bist du?«

»Das weißt du ganz genau«, nuschelte sie unter dem Bären hervor.

Schröder nahm ihn beiseite und gab ihr einen Kuss. »Ich hab dich lieb«, sagte er.

»Ich dich auch, Papa.«

»Wie geht es dir?«

Lea schaute auf ihren eingegipsten Arm und umschlang mit dem anderen den Riesenteddy. Sie sah in diesem Moment sehr ernst und erwachsen aus, trotz des Kuscheltiers. »Wann darf ich heim?«

Schröder strich mit dem Finger die Tränen weg, die ihr über die Wangen liefen. »Bald, mein Schatz. Lass mal deinen Gips sehen.«

Lea streckte ihn ihrem Vater hin. »Hast du auch schon mal einen gebraucht?«

Er nickte.

»Wo?«

»Am Bein.«

»Warum?«

»Bin vom Motorrad gefallen.«

Lea sah mit schreckgeweiteten Augen ihren Vater an. »Hat es weh getan?«

Schröder schüttelte den Kopf. »Bestimmt nicht so arg wie das da«, sagte er und zeigte auf Leas eingegipsten Arm.

»Ich hab gar nichts gemerkt. Ich hab geschlafen, und als ich aufgewacht bin, war der Gips schon dran.«

Schröder verzog erstaunt das Gesicht. »Du bist aber tapfer. Ich hab damals geweint«, sagte er.

Lea lachte. »Aber bestimmt nur, weil das Motorrad kaputt war.«

Überrascht sah er seine Tochter an. Sie schien ihn in diesem Alter schon besser zu kennen, als er dachte. Vermutlich hatte er wirklich um sein Motorrad geweint. Schröder griff in die Innentasche seiner Lederjacke und hielt vorsichtig Leas Arm fest.

»Was machst du da?«, fragte Lea.

Schröder grinste. »Ich male ein Herz und schreibe Papa hin.«

Lea grinste zurück. »Dann habe ich auch eine Tätowierung wie du.«

»Aber deine geht wieder weg. Da können deine ganzen Freundinnen ihren Namen draufschreiben und etwas dazu hinmalen.«

»Und Holgi auch.«

»Holgi?«

»Jaahaaa.«

»Gut. Meinetwegen der Holgi auch.«

Nach zwei Stunden war Lea eingeschlafen. Schröder küsste sie zum Abschied. Er war froh, dass Lea alles so überraschend gut weggesteckt hatte, bisher zumindest. Bevor er sie besucht hatte, hatte er mit dem psychologischen Dienst des Krankenhauses gesprochen. Dort hatte man ihm versichert, dass es ihr gutginge und sie aller Voraussicht nach keine psychologische Betreuung nach der Entlassung benötigen würde. Schröder musste sofort an Michelle denken, die ihm wegen dieser ganzen Sachen sicher den Kopf abgerissen hätte. Von ihr musste Lea diese unglaubliche Stärke und Freude am Leben haben.

41

Langsam rollte die schwarze Limousine aus der Einfahrt. Durch die abgedunkelten Heckfenster war es unmöglich zu erkennen, ob jemand oder wer im Fond des Wagens saß. Schröder beobachtete das wegfahrende Fahrzeug und blickte dann nachdenklich zu dem Anwesen, aus dem das Auto gekommen war. Er konnte sich nur auf sein Bauchgefühl verlassen, ob er weiter warten oder die Verfolgung aufnehmen sollte. Mit einem schnellen Ruck legte er einen Gang ein, fuhr an und drückte das Gaspedal bis zum Boden durch. Überrascht, wie schnell das Auto vor ihm die Distanz vergrößerte, fluchte er leise vor sich hin. Da er selbst keinen Wagen besaß, hatte er sich von Lorenz einen ausgeliehen. Seit er in diese alte Kiste eingestiegen war, hatte er das Gefühl, schräg zu sitzen. Er wusste nicht, ob der Fahrersitz derart durchgesessen war oder die Stoßdämpfer und Federn auf der linken Seite ihren Geist aufgegeben hatten. Einen zivilen Einsatzwagen der Polizei zu nutzen hatte Nowak abgelehnt, da Schröder offiziell immer noch beurlaubt war. Der Kripochef stand zwar hinter ihrem Vorgehen und deckte es vor Polizeipräsident Steinbach, aber er wollte ihm kein Dienstfahrzeug der Polizei geben, um nicht selbst zu riskieren, dass man ihn feuerte.

Unter lautem Gebrüll des Motors verkürzte Schröder den Abstand zu seinem Vordermann. Als er in einer unauffälligen Entfernung hinter ihm war, hielt er die Geschwindigkeit. Die beiden Fahrzeuge bewegten sich zügig zum Stadtrand und von dort auf die Umgehungsstraße, auf der die Limousine das Tempo merklich erhöhte. Schröder hatte Probleme, den Wagen vor ihm im dichten Verkehr nicht aus den Augen zu verlieren, zumal dieser mit seiner leistungsstarken Maschine immer wieder flott überholte, was für ihn mit dem Kleinwagen ein risikoreiches Unterfangen darstellte. Häufiger blendeten während der Überholvorgänge die entgegenkommenden Autos auf, und er zog in letzter Sekunde auf seine Spur zurück. Mittlerweile standen ihm Schweißperlen auf der Stirn.

Als die Limousine die Abfahrt zum Stadtzentrum nahm, atmete Schröder erleichtert aus. Durch den zäh dahinschleichenden Verkehr in der Stadt konnte er den Wagen problemlos verfolgen, bis dieser an der Stadthalle zum Stehen kam. Schröder hielt ebenfalls an und beobachtete das Fahrzeug. Einige Augenblicke später sprang der Chauffeur heraus, öffnete die rechte Fondtür und ließ seinen Fahrgast aussteigen. Als Schröder Bischof Gnad erkannte, rutschte er etwas näher zur Frontscheibe hin. Der Kirchenobere nickte kurz seinem Fahrer zu und wurde dann lächelnd von einem Mann in einem Smoking begrüßt. Nachdem die Herren ein paar Worte ausgetauscht hatten, schritten sie zum Eingang der Halle. Die Limousine zog nach links davon und nahm die Abfahrt zur Tiefgarage.

Schröder griff nach seinem Handy und suchte die Webseite der Stadthalle.

»Klassik-Gala-Konzert. Mit renommierten Musikern kommen Meisterwerke zur Aufführung. Das kann ja dauern«, murmelte er und legte stöhnend den Nacken gegen die zu tief eingestellte Kopfstütze.

Lorenz drehte an den Radiosendern des alten Dienstfahrzeugs herum, bis er einen Sender fand, der seine Lieblingsmusik spielte. Hits aus den siebziger und achtziger Jahren. Entspannt lehnte er sich zurück und trommelte rhythmisch auf dem Oberschenkel mit. Wenige Minuten später verharrte er. Er umgriff das Lenkrad, zog sich daran etwas zur Windschutzscheibe hoch und kniff ein Auge zusammen.

»Da bist du ja endlich«, flüsterte er.

Sein Blick verfolgte den Mann in dem schwarzen Wagen.

Er hatte damit gerechnet, dass der Mann gefahren wurde und nicht selbst am Steuer auftauchen würde. Als der Fahrer zu ihm herübersah, um die Straße einzusehen, duckte sich Lorenz schnell weg. Nachdem er wieder hochschaute, war das Fahrzeug von der Hofeinfahrt auf die Hauptstraße eingebogen.

Hektisch schob Lorenz einen Gang ein und beschleunigte den alten Dienstwagen. Er setzte sich mit einem Abstand von zwei Autos hinter den Wagen und sah abwechselnd in den Innen- und Rückspiegel. Niemand schien ihm zu folgen. Warum auch?, dachte er und zog die Lücke zu seinem Vordermann immer dann zu, wenn ein anderes Auto zwischen ihnen einscheren wollte.

Als die Limousine vor ihm die Stadtgrenze passiert hatte, beschleunigte sie. Lorenz ließ den Abstand etwas größer werden, manchmal so weit, dass der vorausfahrende Pkw hinter einer Biegung verschwand, bevor er selbst um die Kurve davor gefahren kam. Aber auch wenn er ihn dadurch immer wieder für einige Momente aus den Augen verlor, war ihm das lieber, als dass der Fahrer Verdacht schöpfte.

Schröder und er hatten bereits die ganze Woche damit zugebracht, diesen Leuten zu folgen. Jedoch ohne Erfolg. Lorenz wollte das Ganze schon aufgeben, weil ihm das Unterfangen sinnlos erschien. Aber sein Kollege wollte unbedingt weitermachen, bis sie etwas Verwertbares vorzuweisen hatten.

In Gedanken versunken bog Lorenz um eine Kurve, nach der die Straße in eine lange, weit überschaubare Gerade überging.

Plötzlich stieg er in die Bremsen, dass alle vier Räder blockierten und der Wagen schlingernd zum Stehen kam.

Er drehte stöhnend Kopf und Oberkörper nach hinten um und sah ungläubig durch die Heckscheibe.

»Scheiße«, fluchte er laut und schlug auf das Lenkrad. Dann blickte er wieder nach vorne, die gut einsehbare Landstraße entlang. Nichts. Das Auto, dem er gefolgt war, war verschwunden.

Lorenz hieb fluchend den Rückwärtsgang ein und schoss mit quietschenden Rädern los.

»Weit kannst du ja nicht sein«, murmelte er vor sich hin und raste in Schlangenlinien bis zu der Kurve zurück, wo er den Wagen zuletzt gesehen hatte.

Schnell schob er den Vorwärtsgang ein und schlich die Straße entlang.

»Na also, warum nicht gleich«, nuschelte er und grinste.

Er bog in einen Feldweg ein. Offensichtlich die einzige Möglichkeit, zwischen den zwei Kurven die Landstraße zu verlassen. Er lenkte den Dienstwagen in den holprigen Weg und folgte ihm. Nach wenigen Metern wurde der Wald dichter und dunkler. Lorenz sah auf die Uhr. Bald würde es dämmern. Er blickte im Rückspiegel zurück und presste beim Anblick der sich entfernenden Hauptstraße die Lippen zusammen.

Als er einige Minuten den Waldweg entlang gerollt war, tauchte auf einer Lichtung eine große gemauerte Jagdhütte auf. Er pfiff durch die Zähne und lenkte das Auto an den Rand des Weges, so dass es halb unter Gestrüpp zum Stehen kam. Er schaute wiederum in den Spiegel. Sollte ein Fahrzeug ebenfalls den Feldweg entlangkommen, würde er seinen Dienstwagen unmöglich übersehen können. Lorenz sah sich nach einer anderen Möglichkeit um, den Wagen abzustellen. Er legte einen Gang ein und gab Gas. Plötzlich heulte der Motor auf.

»Verdammte Scheiße!«, schimpfte er und drückte abermals das Gaspedal durch.

Der klapprige Dienstwagen ruckelte etwas zurück und wieder vor. Laut hörte er die Antriebsräder im Waldboden scharren. Wütend schlug er mit der Faust gegen das Lenkrad. Nachdem er es nochmals ohne Erfolg versucht hatte, drehte er den Zündschlüssel um und stellte den Motor ab. Er ließ den Kopf in den Nacken fallen und atmete tief durch.

»Meinetwegen, dann eben zu Fuß«, stöhnte er, wuchtete die Fahrertür auf und stemmte sich aus dem Auto.

Lorenz blickte den Waldweg zurück, der bereits im Halbdunkel lag. Dann sah er nach vorne zur Hütte. Dorthin musste der Wagen, dem er gefolgt war, gefahren sein. Sein Blick fiel auf einen kleinen geschotterten Weg, der an der Jagdhütte vorbei zu deren Rückseite führte. Am Dickicht entlang schlich er um das Gebäude herum, in dem er immer wieder jemanden an einem Fenster vorbeigehen zu sehen glaubte. Jedes Mal blieb er wie erstarrt stehen, bis der Schatten nicht mehr hinter den Vorhängen zu erkennen war. An einem anderen Fenster glaubte er, einen Kopf nach draußen spähen zu sehen, der sich dann schnell hinter die Gardine zurückzog. Zumindest sah der rundliche Schatten hinter der Scheibe so aus. Lorenz blieb stehen. Seine Nackenhaare stellten sich auf, und sein Blick wanderte zwischen den beiden Fenstern hin und her.

»Beruhig dich! Verdammt, scheiß dir nicht in die Hose«, redete er sich zu und ging weiter um die Hütte herum.

Auf der Rückseite des Gebäudes tauchte ein großer geschotterter Parkplatz auf.

Er pfiff leise durch die Lippen, als er das halbe Dutzend teurer Limousinen und SUVs entdeckte.

»Jackpot«, sagte er und griff zu seinem Handy.

Mit flinken Fingern wählte er Schröders Nummer.

Schröder hatte die Sitzlehne zurückgedreht und die Füße quer durch den Innenraum auf das Armaturenbrett gelegt. Stöhnend legte er den Kopf an die Seitenscheibe. Jeder, der vorbeiging und ihn im Auto sah, musste denken, er schlafe. Doch Schröder schaute immer noch gelangweilt aus dem Fenster zur Stadthalle hinüber, in der vor kurzem der Bischof verschwunden war, um einem Konzert zu lauschen.

Als sein Smartphone klingelte, riss er reflexartig die Beine herunter und griff nach dem Gerät, das in der Mittelkonsole lag.

Er blickte auf den Namen, den das Display anzeigte.

»Na, Lorenz. Auch langweilig?«, fragte Schröder.

»Hör zu, Schröder. Ich habe die Jagdhütte gefunden.«

Der Hauptkommissar war auf einen Schlag hellwach. »Die Jagdhütte? Wo?«

Lorenz erklärte seinem Kollegen den Weg dorthin.

»Wie viele Fahrzeuge sind dort?«

»Sechs. Ein paar schöne teure Schlitten dabei.«

»Okay. Mach Fotos von den Kennzeichen und mail sie mir. Ich lasse sie von Nowak überprüfen. Du gehst in Deckung, bis wir dort sind. Unternimm nichts. Behalte nur alles im Auge und melde dich, wenn sich etwas tut.«

»Kein Problem. Ich habe es mir unter einem Baum gemütlich gemacht. Von hier kann ich die Hütte und die Zufahrt überblicken«, sagte Lorenz.

Schröder konnte sich gut vorstellen, wie sein Kollege an einen Baum gelehnt im weichen Waldboden saß und die Füße von sich streckte.

»Bis später. Halte dein Handy abrufbereit«, sagte Schröder.

»Okay.«

»Ach warte«, sagte Lorenz dann noch, als Schröder gerade auflegen wollte. »Apropos verpassen, bevor ich es schon wieder vergesse. Erinnerst du dich an die Mesnerin?«

Etwas blitzte in Schröders Gedanken auf. »Ach verdammt!« Er schlug sich mit der flachen Hand vor die Stirn. »Die hat letzte Woche versucht, mich anzurufen. Hab in der ganzen Hektik vergessen, sie zurückzurufen.«

»Die ist wirklich hartnäckig, sie wollte dich letzte Woche schon auf der Wache sprechen«, sagte Lorenz.

»Was wollte sie?«, fragte Schröder verwundert.

»Ich glaube, sie hat ein schlechtes Gewissen, weil sie den Mörder nicht gesehen hat. Dabei hat sie aber erwähnt, dass der Bischof zwei Wochen vor dem Mord schon einmal in der Kirche war! Das können wir in jedem Fall gegen ihn verwenden, oder? Was glaubst du, was sie jetzt für ein schlechtes Gewissen haben wird, wenn sich der Mörder als Kirchenoberer herausstellt?« Lorenz lachte leise.

Schröder schüttelte den Kopf und pfiff durch die Zähne. »Der Bischof war schon mal zwei Wochen zuvor in der Kirche? Was hat sie sonst noch gesagt?« Er hörte, wie es am anderen Ende raschelte. Anscheinend machte es sich sein Kollege noch bequemer.

»Sie kam nur darauf, weil diese Frau, die von ihrem Mann geschlagen wird, von diesem Politiker …«

»Simone Brunner?«

»Ja, die Brunner.«

»Was ist mit ihr?«

»Die war zwei Wochen zuvor auch schon beichten. Stell dir vor, das fand ausgerechnet eine Mesnerin verdächtig. Aber da hatte Köstner gerade Besuch vom Obergeneral, dem Obervikar, du weiß schon, daran konnte sie sich erinnern, weil die Brunner ihr irgendwas für Köstner gegeben hat. Wir können also nachweisen, dass von Gnad und Köstner sich kannten, auch wenn von Gnad das Gegenteil behauptet hat!«

Schröder nickte, er war etwas ungeduldig, dass Lorenz ausgerechnet jetzt reden wollte. »Ausgezeichnet. Wir befragen sie erneut, wenn wir mit der Sache hier durch sind. Schick mir jetzt deine Koordinaten und Bilder.«

Er unterbrach die Verbindung und starrte auf sein Smartphone. Dass von Gnad schon zuvor in der Kirche gewesen war, waren gute Neuigkeiten, so konnten sie ihm also bereits eine Lüge und vielleicht sogar Vorsatz zum Mord nachweisen. Dazu würden bestimmt noch viel mehr Lügen ans Licht kommen. Er musste unbedingt noch einmal mit der Mesnerin reden.

Irgendetwas irritierte ihn aber an der Sache. Warum hatte ihn Simone Brunner wegen der Beichte angelogen? War es ihr peinlich, so oft zum Beichten zu gehen, oder verheimlichte sie etwas? Was hatte sie der Mesnerin gegeben, das für Köstner bestimmt gewesen war?

Der Mitteilungston, der den Eingang einer neuen E-Mail signalisierte, riss Schröder aus seinen Gedanken. Eigentlich war es ja nicht mehr wichtig, was mit Simone Brunner war. Bald würden sie das ganze Rattennest hochgehen lassen und sicher auch den Mörder finden. Er öffnete die Nachricht, sah, dass es die abfotografierten Autokennzeichen waren, und schickte sie an Nowak weiter mit der Bitte um Überprüfung. Dann wählte er eine weitere Nummer.

»Hallo, Schröder«, sagte Valentini kauend.

»Guten Appetit.«

»Danke. Sorry, ich hatte noch keine Zeit, etwas zu essen. Was gibt es?«

»Lorenz hat die Jagdhütte gefunden.«

»Was?«

»Er hat von Roda verfolgt, und der hat ihn direkt dorthin geführt.«

Für einen Moment war es still in der Leitung.

»Ist außer dem Generalvikar noch jemand bei der Hütte?«, fragte Valentini dann.

»Insgesamt stehen sechs Fahrzeuge vor der Hütte. Nowak lässt gerade die Kennzeichen checken.«

»Gut. Fahren Sie zur Jagdhütte?«, fragte Valentini in einem Ton, der sich eher wie eine Aufforderung als eine Frage anhörte.

»Ja, ich ...«

Der Ton einer Mitteilung unterbrach Schröder. »Warten Sie kurz«, sagte er.

Schröder nahm das Handy vom Ohr und öffnete die neue E-Mail. Nowak hatte die Halter zu den Kennzeichen ermittelt und aufgelistet.

Wagen des Generalvikariats.

Hakan Aslan.

Steuerkanzlei Kornelius Benedikt Lichtenberger.

Luca Russo.

Spedition Wagner.

Ziviler Dienstwagen der Polizei!!!

Unter der Liste stand: *Rufen Sie mich sofort an!*

Leise stieß Schröder einen Fluch aus und hob das Smartphone wieder an sein Ohr.

»Ich muss mich bei Nowak melden. Er hat die Kennzeichen überprüft.«

»Wem gehören die Autos?«

Schröder atmete tief ein. »Vermutlich den Männern auf dem Foto. Eines ist ein ziviles Polizeifahrzeug.«

»Was?«, rief Valentini.

»Ja. Ein Polizeifahrzeug. Ich muss sofort Nowak anrufen.«

42

»Wo ist er?«, fragte Sebastian Greiner.

Die Männer standen am hinteren Ausgang der Hütte, der zum Schotterparkplatz führte. Von Roda deutete mit einer Kopfbewegung zur Stirnseite des Gebäudes.

»Dort vorne. Sitzt an einem Baum im Dickicht, wo er alles überblicken kann. Kaum zu sehen. Das ist bestimmt keine offizielle Aktion hier, sonst wären eure Kollegen vom SEK längst informiert, und wir hätten davon gehört.«

Greiner und Wieczorek sahen hinüber in die Richtung, die der Generalvikar angedeutet hatte, und nickten.

»Was …?«, begann Greiner und ließ die Frage unausgesprochen.

Von Roda hob beide Arme und senkte sie unter einem gespielten Stöhnen wieder. »Er sollte nicht von diesem Treffen und diesem Ort berichten können. Alle sind anwesend. Geht sicher, dass er fort ist, bevor seine Freunde auftauchen, die er zweifelsohne inzwischen verständigt hat. Wir brechen auf, sobald er außer Sichtweite ist.«

»Warum ist er hier? Warum beobachtet er das Treffen?«, fragte Greiner.

»Die sind bestimmt immer noch wegen Köstner hinter uns her«, sagte von Roda und schüttelte den Kopf.

Die zwei SEK-Männer sahen sich argwöhnisch an. Wieczorek verzog angewidert das Gesicht. Er hatte bereits auf der Anfahrt seinen Unmut darüber geäußert, ständig den Handlanger der Geistlichen spielen zu müssen. Was ihnen allerdings jetzt abverlangt wurde, trieb ihnen beiden das Adrenalin in die Adern.

»Wir sollen den Bullen also umbringen und verschwinden lassen? In Gottes Gnaden, oder wie? Manchmal frage ich mich, ob Sie nicht der Teufel höchstpersönlich sind.«

Greiner fasste seinem Kameraden an den Arm. »Lass es sein, Dieter.«

Wieczorek riss wütend den Ellbogen aus seinem Griff. Greiner wusste nur zu gut, dass weder er noch Wieczorek ohne die Hilfe des Generalvikars und des Polizeipräsidenten bei der Spezialeinheit gelandet wären. Aber dass er für seinen Traum derart viel bezahlen musste, ließ ihn nachts kaum noch schlafen.

»Die Wege des Herrn sind unergründlich«, sagte von Roda. Er lächelte und zeigte zur Tür. »Da lang, meine Herren.«

Wieczorek knirschte mit den Zähnen. Greiner blickte ihn scharf an und schüttelte nahezu unmerklich den Kopf. Greiner wusste, sie durften jetzt nicht die Nerven verlieren, nicht so kurz vor der nächsten Beförderung. Aber er wollte die Sache nur schnell hinter sich bringen und wieder zurück in die Kaserne. Unbewusst tastete er nach der Waffe, die hinten im Hosenbund steckte.

Für alle Fälle hatten sie sich die zweite Dienstpistole besorgt, die Schröder in seinem Schreibtisch liegen hatte. Selber schuld, wenn man zu faul ist, in die Waffenkammer zu gehen oder den Waffensafe zu benutzen, um seine Dienstwaffe ordnungsgemäß unterzubringen. Würde man die Leiche seines Kollegen finden, würde der Hauptkommissar alle Not haben, zu erklären, warum der Mann mit seiner Schusswaffe getötet worden war.

Lorenz gähnte. Er rieb sich mit den Zeigefingern durch die Augen und spähte zur Hütte hinüber, die ruhig dalag. Alle Fahrzeuge standen noch davor. Dann hörte er ein Knacken hinter sich, wandte den Kopf um und spürte kaltes Metall an seinem Nacken. Lautlos stieß er einen Fluch aus. Als er mit der Hand nach seiner Dienstwaffe tastete, trat ein anderer Mann auf seinen Arm.

»Nicht doch. Steh auf«, sagte ein Mann hinter ihm.

Als Lorenz sich umdrehte, erkannte er Sebastian Greiner. Verdammt, fuhr es ihm eiskalt durch den Kopf, damit hatte er nicht gerechnet. Er erhob sich schwerfällig, während der andere Mann, Wieczorek, ihm die Waffe aus dem Halfter zog und in seinen eigenen Hosenbund steckte.

»Los, beweg dich!«, knurrte Greiner und stieß Lorenz an.

Lorenz' Herz schlug schnell. Er setzte sich in Bewegung. Wieder stieß ihn der Mann hart an die Schulter, so dass er ins Straucheln geriet. Der Kommissar wandte den Kopf um.

»Was soll das werden?«, fragte Lorenz und blickte dann zu dem kleinen Waldstück hinüber, zu dem sie ihn führten. »Wenn ihr einen Bullen killt, werden die so lange suchen, bis sie euch haben. Glaubt ihr, dass ihr damit durchkommt?«

»Halt die Schnauze und geh weiter«, zischte Wieczorek, der zu seinem Kameraden schaute, statt Lorenz anzusehen.

»Meine Kollegen sind hierher unterwegs. Ich habe sie angefunkt, als ich den Wagen verlassen habe.«

Greiner grinste. »Na dann beeil dich mal«, sagte er spöttisch.

Der Kommissar stolperte einige Schritte weiter. Das Wäldchen lag nur noch fünfzig Meter entfernt. Schweiß begann ihm in die Augen zu laufen. Immer wieder musste er sich durch das Gesicht wischen, um zu sehen, wohin er trat.

»Verdammt, ihr könnt mich nicht einfach umbringen. So

verrückt ist doch niemand. Macht euch für die Pfaffen die Hände schmutzig«, sagte Lorenz und blieb stehen.

Greiner blickte zu Wieczorek, er zuckte mit den Schultern und stieß Lorenz hart in den Rücken. Der Kommissar unterdrückte ein Stöhnen.

»Beweg dich, Fettwanst. Oder soll ich dir hier eine Kugel in deinen dicken Schädel jagen?«

Lorenz drehte sich um und torkelte etwas zurück. »Spielt das eine Rolle? Vielleicht ist es hier besser. Mach einfach! Dann haben wir es hinter uns.«

Abermals sah der SEK-Mann seinen Kollegen an, dann richtete er die Waffe auf den Kommissar.

»Los, beweg deinen Arsch.«

»Nein. Erschieß mich doch hier, du elender Hurensohn. Dann sieh zu, wie du mich hier wegbringst, ehe meine Kollegen hier sind. Und sag deinem Boss, dass ich die Kennzeichen fotografiert und die Bilder an die Zentrale gemailt habe.«

Greiner lachte laut auf und schüttelte den Kopf. »Spielst du jetzt den Mutigen, oder was? Das ist doch alles gar nicht offiziell, was ihr hier macht, du und dein tätowierter Drecksack von Kollege. Setz deinen fetten Arsch in Bewegung!«, sagte er und fuchtelte auffordernd mit der Pistole herum.

»Nein. Knall mich hier ab, du Dreckschwein, und dann sieh zu, wie du mich hier wegbekommst. Du bist doch auch Bulle. Du weißt doch, wie schwer eine Leiche ist. Und die Sauerei kannst du hier auch schlecht wegmachen. Also mach! Alles Zeit, die meinen Kollegen zugutekommt. Wenn ich schon hier verrecken muss, sollen sie euch Drecksäcke wenigstens hochnehmen. Dafür geht ihr für immer in den Bau. Als ehemalige Bullen wird das keine angenehme Zeit.«

Wieczorek sah mit zuckenden Augen zwischen seinem Kameraden und Lorenz hin und her. »Geh weiter und quatsch hier nicht rum«, brüllte er wütend und schlug Lorenz gegen die Schulter, so dass dieser rückwärts taumelte und zu Boden stürzte.

»Mensch, Dieter. Jetzt hast du dem Kommissar wehgetan«, sagte Greiner und lächelte den sich vor Schmerzen windenden Lorenz an.

»Scheiß drauf! Bringen wir es endlich zu Ende. Ich will hier weg, bevor wirklich noch die Bullen anrücken und uns am Arsch kriegen.«

Greiner hob entschuldigend die Hände. »Gut. Dann eben hier. Du kannst die Sauerei dann wegmachen«, sagte er und zielte auf Lorenz.

Der Kommissar scharrte verzweifelt mit den Füßen, um Abstand zu bekommen. Sein Herz schien zu bersten, als die Panik durch seinen Körper pulsierte. Schützend hielt er sich die Hände vor das Gesicht.

Der Schuss hallte donnernd über die Lichtung. Lorenz konzentrierte sich auf das Atmen. Er atmete noch! Aus den Augenwinkeln sah er, wie Wieczorek den Kopf herumriss. Als Lorenz spürte, dass ihn nichts schmerzte, nahm er die zitternden Hände herunter. Er sah, wie Greiner langsam auf die Knie sackte und sich an die rechte Schulter griff. Sein Kollege zog eine Waffe aus dem Hosenbund und richtete sie zur Jagdhütte. Da donnerte der zweite Schuss los. Wieczorek schrie auf und hielt sich im Fallen den Oberschenkel. Lorenz' Herz schlug derart stark, dass es in seinem Kopf im Rhythmus des Herzschlags wummerte. Sein verzweifelter Blick suchte das Gelände ab. Wer hatte geschossen?, fragte er sich, als er plötzlich einen Mann die Lichtung heraufrennen sah. Stöhnend und vor Erleichterung wimmernd schob sich Lorenz ein Stück von den Männern weg, die vor ihm im Gras lagen. Einige Momente später warf der Schütze einen Schatten über sein Gesicht.

»Schröder, das wurde echt Zeit, verdammt. Ich hab mir fast in die Hosen geschissen«, sagte Lorenz und lachte erleichtert auf.

Schröder nickte und drehte sich zu den anderen beiden Männern am Boden um. Greiner versuchte, mit der linken Hand nach der Waffe im Gras zu tasten. Der Hauptkommissar holte aus und trat ihm gegen die verletzte Schulter. Stöhnend sank der SEK-Mann ins Gras zurück, er schien das Bewusstsein verloren zu haben. Wieczorek lag mit blassem, schmerzverzerrtem Gesicht auf dem Rücken. Seine Atmung ging stoßweise. Knochensplitter ragten über dem Knie aus der Cargohose.

Schröder nahm das Handy aus der Hosentasche. »Kein Empfang, Scheiße«, sagte er mit düsterer Miene. »Wo ist dein Wagen?«,

»Unten an der Einfahrt«, entgegnete Lorenz keuchend.

»Da steht keiner.«

»Dann haben sie ihn weggeschafft.«

»Okay, komm«, sagte Schröder und hielt seinem Kollegen eine Hand entgegen, um ihm beim Aufstehen zu helfen.

Lorenz schlug sich mit den flachen Händen den Schmutz an seinen Hosenbeinen ab. »War knapp, verdammte Scheiße«, sagte er mit Blick auf die zwei SEK-Beamten.

»Du hattest wirklich Glück. Wärt ihr im Wald gewesen, hätte ich euch nicht so schnell gefunden.«

Lorenz sah zum Waldstück und nickte. Dann blickte er zu den beiden Männern auf dem Boden. »Sie wollten mich killen. Diese Hurensöhne!«

Schröder sah seinen Kollegen an. »Ja. Sieht so aus.«

»Sieht so aus? Das ist alles, was du dazu sagst? Sieht so aus? Dafür werden sie lange sitzen«, sagte Lorenz und trat Greiner in den Rücken, der sich stöhnend bewegte. Er war also doch nicht ohnmächtig und tat nur so.

»Vielleicht«, sagte Schröder.

»Was meinst du mit vielleicht?« Fragend sah Lorenz den Hauptkommissar an.

»Sie arbeiten für den Generalvikar und stehen unter dem Schutz des Polizeipräsidenten und des Leitenden Oberstaatsanwalts. Schon vergessen? Da werden die Strafen überschaubar bleiben. Es wird sich schon ein Richter finden, der diese Meinung teilt.«

Lorenz blickte zwischen den am Boden Liegenden und seinem Kollegen hin und her. »Du machst Witze. Diese Drecksäcke gehören weggesperrt. Für immer. Wer weiß, wen die alles auf dem Gewissen haben.«

Schröder lud seine Waffe durch. »Wir können das hier zu Ende bringen. Sie wollten dich töten. Ich kam in letzter Sekunde dazu und habe dich gerettet. Beim Schusswechsel sind sie leider tödlich getroffen worden. Pech. Kommt vor.«

Lorenz schaute seinen Kollegen mit in Falten gelegter Stirn an und fragte sich, ob das gerade tatsächlich Schröder gesagt hatte. Greiner, der sich inzwischen auf den Rücken gewälzt hatte, riss die Augen auf und sah den Hauptkommissar schmerzverzerrt an, er drückte eine Hand auf die Wunde an der Schulter. Wieczorek schob sich mit seinem unversehrten Bein unter lautem Stöhnen ein Stück zurück.

»Wie meinst du das, Schröder?«, fragte Lorenz.

»Nimm die Waffe von dem Typen und schieß ein paar Mal zur Hütte rüber. Dann drückst du sie ihm wieder in die Hand. Aber erst, wenn er tot ist. Verstanden?«, sagte Schröder und zielte auf Wieczorek, der versuchte, sich schneller rückwärts zu schieben. Seine Augen zuckten wild zwischen den beiden Polizisten und seinem Kameraden hin und her.

»Hör auf, Mensch. Du kannst uns doch hier nicht hinrichten«, brüllte Wieczorek.

Schröder hob gelassen die Schultern. »Warum nicht? Es wird nie jemand erfahren. Mach die Augen zu, du Bastard.«

Lorenz sah ungläubig zu seinem Kollegen. »Bist du verrückt? Das ist Mord«, sagte er leise.

»Mach endlich, was ich dir sage, und feuere zur Hütte rüber. Die anderen müssten jede Minute hier sein.«

Kopfschüttelnd bückte sich Lorenz und griff nach Greiners Schusswaffe, die wenige Meter vom Verwundeten entfernt lag. Der SEK-Beamte hob abwehrend eine Hand.

»Das ist doch ein Witz, Mann. Das könnt ihr nicht tun. Herrgott noch mal. Seid ihr wahnsinnig?«, japste er und drückte die Hand wieder auf die blutende Wunde.

Lorenz stand mit der Waffe da und starrte seinen Kollegen an. Er hob kurz die Pistole hoch und ließ sie wieder sinken.

Schröder sah ihm zu. »Nun mach schon. Du musst nur schießen. Sie werden nur von mir Schmauchspuren sichern, und die müssen zu meiner Munition passen. Muss ja alles mit rechten Dingen zugegangen sein. Ich erledige die Drecksarbeit und schick die beiden Herren zu ihrem Schöpfer. Mach dir keine Gedanken deswegen. Oder möchtest du, dass sie ungestraft davonkommen? Vielleicht wieder für jemanden morden?«

Lorenz sah seinen Kollegen an und presste die Lippen zu schmalen Streifen zusammen. Er hob die Pistole an und schoss das Magazin leer. Dann warf er die Waffe fluchend auf den Boden.

Greiner hielt die Hände auf die Ohren gepresst und schüttelte den Kopf. Sein Gesicht war bleich, als ob er bereits tot wäre.

»Nein, nein!«, schrie Wieczorek, als Schröder die Waffe auf ihn anlegte. »Hör auf. Ich packe aus. Ja? Einverstanden? Du lässt mich leben, und ich packe aus. Bitte. Hör auf«, brüllte er und begann zu schluchzen.

»Erzähl das jemand anderem. Jetzt jammerst du rum wie ein Mädchen, und nachher willst du von Auspacken nichts mehr wissen. Weißt du Arschloch eigentlich, wie oft ich so was schon gehört habe?«, sagte Schröder und trat dem Mann gegen das verletzte Bein.

Wieczorek schrie auf. »Bitte. Sofort hier. Ihr … ihr habt doch diese Aufnahmefunktion auf dem Handy. Jetzt … jetzt. Ich sage jetzt aus. Du kannst alles aufnehmen. Bitte«, jammerte er.

Schröder sah zu seinem Kollegen. Lorenz spürte, dass er selbst ebenso bleich wie Greiner war.

»Ist das ein Deal?«, fragte Schröder ihn.

Wieczorek nickte. »Guter Deal«, sagte er mit zitteriger Stimme.

Greiner ließ sich rücklings ins Gras sinken und starrte in den Himmel. Lorenz wurde in diesem Moment klar, dass es das war, was der Hauptkommissar erreichen wollte. Einer von ihnen sollte sich in die Hose scheißen und einknicken. Wie immer gab es einen, der die Nerven verlor, dachte er sich und fluchte lautlos vor sich hin. Wie hatte er nur denken können, Schröder wollte sie wirklich töten?

»Okay. Ein Versuch ist es wert. Du hast aber nur eine Chance«, sagte Schröder an Wieczorek gerichtet. Er zog sein Smartphone heraus und tippte die Sprachmemo-App an. »In wessen Auftrag habt ihr gehandelt? Was für Taten habt ihr begangen?«, fragte er und hielt dem verwundeten SEK-Beamten das Handy unter die Nase.

»Die Morde hat alle er begangen! Sebastian hat sie gekillt. Ich war nur dabei und habe ihm den Rücken freigehalten …«

»Du dreckiger Verräter!«, brüllte Greiner.

Schröder drehte sich um und trat dem Mann mit dem Stiefel ins Gesicht. »Weiter«, sagte er zu Wieczorek.

Der SEK-Mann schaute kurz zu seinem Kameraden, der sich auf dem Boden wand.

»Ja. Ja. Diesen Jungen, den ihr verdächtigt habt.«

»Dennis Pfeiffer?«

Wieczorek nickte.

»Köstner? Den Pfarrer? Den auch?«

»Pfarrer? Nein, keinen Pfarrer.«

»Wen noch? Mach das Maul auf.«

Greiner drehte sich zur Seite und streckte den Kopf zu seinem Kameraden hin. »Halt endlich die Fresse, Dieter.«

Sein Kumpel schaute ihn mit angstgeweiteten Augen an. »Ich wollte das nie, Sebastian. Du hast mich da reingeritten.« Dann sah er wieder zu Schröder hoch. »Ein Junge«, begann er und machte eine Kopfbewegung zum Wald hin. »Der wollte abhauen. Er hat ihn ...«

»Halt jetzt endlich die Schnauze, du Idiot. Merkst du nicht, dass der Bulle dich verarscht! Der knallt dich nicht ab«, brüllte Greiner.

Schröder richtete die Pistole auf ihn. »Bist du dir sicher? Willst du's ausprobieren?«

Greiner zog den Kopf etwas ein und biss sich auf die Lippen.

Schröder wandte sich wieder Wieczorek zu. »Erzähl weiter. Los.«

Der SEK-Mann nickte ein paar Mal. Speichel lief ihm aus dem Mund und tropfte auf sein Shirt.

»Ein Junge. Dort im Wald. Er hat ihn erwürgt und begraben«, sagte Wieczorek. Langsam begannen ihm Tränen aus den Augenwinkeln zu laufen.

Schröder sah kurz zu dem Waldstück und dann zu Lorenz.

Greiner bäumte sich etwas auf. »Du Idiot. Du elender Idiot. Dann erzähl doch dem Herrn Hauptkommissar, dass du die Journalistin überfahren hast. Na los. Erzähl schon, du

Vollidiot! Oder willst du das auch mir in die Schuhe schieben«, brüllte er.

Schröder drehte den Kopf zu ihm um, starrte ihn an und zielte auf ihn. Die Waffe in seiner Hand begann zu zittern.

»Was ist, Bulle?«, fragte Greiner und schob sich etwas von ihm weg.

Lorenz wurde schlagartig klar, dass die beiden jetzt tatsächlich in Lebensgefahr schwebten, als er sah, wie Schröders Augen größer wurden und seine Brust sich schneller hob und senkte. Schröder riss plötzlich die Pistole herum und richtete sie auf Wieczorek. Lorenz überlegte nicht lange.

Als der Schuss donnernd losging, wurde Schröder zur Seite gerissen und krachte stöhnend zu Boden. Lorenz lag mit seinem ganzen Gewicht auf ihm, so dass es ihm die Luft aus den Lungen presste.

»Bist du wahnsinnig?«, brüllte Lorenz seinen Kollegen an und drückte dessen Hand herunter, mit der er immer noch die Waffe fest umklammerte. »Hör auf! Die sperren dich weg, verdammte Scheiße. Denk an Lea, du Narr«, schrie er den Hauptkommissar an.

Schröder starrte ihn mit brennenden Augen an. Einen Moment dachte Lorenz, dass er nicht zu ihm durchdringen konnte, dass es unausweichlich war, dass Schröder jetzt jemanden tötete. Dann ließ sein Kollege den Kopf in das Gras sinken.

»Er hat Michelle getötet«, stammelte Schröder. Tränen rannen über seine Wangen.

»Dafür geht er für immer in den Bau. Glaub mir. Denk an Lea! Bitte«, flehte Lorenz ihn in beruhigendem Ton an. Er wagte es nicht, sich von seinem Kollegen herabzurollen und ihn freizugeben. Er zog sanft, aber bestimmt an der Waffe, bis Schröder sie freigab. Mit einer Hand schob er sie hinter dem Rücken in den Hosenbund. Mit der anderen versuchte er, die Hand Schröders festzuhalten. Der Hauptkommissar begann, haltlos zu weinen. »Scheiße«, fluchte Lorenz leise und sah sich um.

Greiner setzte sich auf und versuchte nach einer Waffe zu greifen. Lorenz legte auf ihn an, aber seine Hände zitterten.

»Bleib, wo du bist. Ihr seid verhaftet, falls euch das noch keiner gesagt hat«, sagte er und sah sich wieder um. Langsam konnte wirklich mal die Kavallerie anrücken.

Greiner verfolgte seine suchenden Blicke. Er stemmte den unversehrten Arm in den Boden und versuchte aufzustehen.

»Bleib sitzen, verdammt«, brüllte Lorenz.

Der SEK-Mann biss vor Schmerz die Zähne zusammen und erhob sich. Plötzlich gab es ein pfeifendes Geräusch. Etwas riss ihn zurück, ein kleiner roter Nebel schimmerte im Sonnenlicht über seiner Brust. Mit aufgerissenen Augen fiel Greiner rücklings ins Gras. Erst dann hörte der Kommissar das dumpfe Geräusch eines Schusses aus weiter Entfernung. Er wandte sich suchend um. Erleichtert atmete er aus, als er Valentini und Nowak von der Jagdhütte aus auf sich zukommen sah. Der Kripochef hielt eine Schusswaffe in der Hand, hatte sie aber zu Boden gerichtet. Lorenz ließ seine eigene Waffe erleichtert sinken.

Wieczorek hob den Oberkörper, blickte zu Greiner, der regungslos mit offenen Augen auf dem Rücken lag, und schaute dann zu den auf die Lichtung herankommenden Beamten. Der SEK-Mann legte den Kopf in den Nacken und ließ sich langsam zurückfallen. Dann wurde sein Körper von einem Schuss herumgerissen.

Nowak drehte sich zur Hütte um und hob eine Hand. »Feuer einstellen. Stopp. Hören Sie auf, verdammt«, brüllte er zur Jagdhütte hinüber.

Wieder ertönte ein Schuss. Die Kugel schlug neben

Wieczorek im Gras ein. Lorenz ließ sich von Schröder herabrollen und robbte zu dem SEK-Beamten hinüber. Abermals flogen kleine Erdstücke in die Höhe, als eine weitere Kugel seitlich von dem Mann einschlug.

»Feuer einstellen, verdammt. Seid Ihr schwerhörig? Aufhören«, schrie Nowak zur Hütte gewandt, dass ihm die Adern am Hals hervorquollen. Mit beiden Armen machte er Bewegungen, als ob er einem Flugzeug signalisieren wollte, wo er sich befand.

Gerettet, war alles, was Lorenz noch denken konnte, während er sich selbst vor Erleichterung aufstöhnen hörte.

»Schröder? Sind Sie in Ordnung?«, fragte Valentini, als sie neben ihm auftauchte und sich zu ihm hinabkniete. Ihre Blicke suchten den Körper des Hauptkommissars ab. Sie griff ihm an die Schultern und schüttelte ihn. »Schröder? Schröder? Ist mit Ihnen alles gut?«

Schröder schlug die Augen auf und schaute sie an. Ihr Kopf verdeckte die Sonne so, dass ihr blondes Haar hell erleuchtet war und wie ein Heiligenschein aussah. »Ja, ich bin okay«, stammelte er.

»Gott sei Dank«, murmelte die Staatsanwältin.

»Diese Idioten vom SEK. Wie Rambo so lange ballern, bis sich nichts mehr bewegt. Wir haben Greiner und Wieczorek. Sie haben Dennis Pfeiffer und einen Jungen getötet, der da im Wald begraben ist und …«, begann Lorenz hinter ihnen.

Schröder schloss die Augen wieder.

»Meine Frau haben sie auch getötet«, flüsterte er. Dann öffnete er die Augen abermals und sah in Julia Valentinis schreckgeweitete Augen.

Nowak wandte sich zur Hütte um. »Diese Arschlöcher. Ballern hier rum wie die Irren. Selbst auf die eigenen Kollegen schießen die Vögel! Greiner haben sie erledigt«, erklärte er, nachdem er Greiners Puls gefühlt hatte.

»Nehmen Sie diesen Wieczorek fest«, sagte die Staatsanwältin zu Lorenz und Nowak, »und geben Sie dem SEK Bescheid, dass es eine interne Ermittlung hierzu geben wird. Mörder unter den eigenen Leuten! Deren Hauptmann ist seinen Job los.«

Der Kripochef nickte und ging mit einer erhobenen Hand Richtung Jagdhütte.

Lorenz legte dem stöhnenden Wieczorek Handschellen an und rappelte sich hoch.

»Gott sei Dank ist Ihnen nichts passiert, Schröder. Ich hatte solche Angst um Sie«, sagte Valentini mit feuchten Augen.

»Wieczorek hat meine Frau getötet. Der Bischof... er war mit Sicherheit der Auftraggeber. Die Geständnisse habe ich aufgezeichnet. Hier«, sagte der Hauptkommissar und hielt ihr sein Handy entgegen.

Die Staatsanwältin nickte. »Hoffentlich bleibt Wieczorek dabei. Greiner ist tot. Gegen den Bischof gibt es sonst keine Beweise.«

Schröder ließ verzweifelt den Kopf sinken. »Wieczorek hat alle Taten gestanden. Er sagte, sie hätten Köstner nicht getötet.«

»Glauben Sie ihm?«, fragte Valentini.

Der Hauptkommissar schüttelte den Kopf. »Ich weiß es nicht. Vermutlich hat er in der Panik nicht gelogen.«

»Gibt es Beweise?«, fragte die Staatsanwältin.

»Ich werde dieses Theater um die Beweise nie begreifen. Es ist alles offensichtlich. So klar.«

Valentini fasste mit einer Hand an Schröders Wange und

lächelte ihn an. »Ihnen geht es gut. Das ist das Wichtigste. Machen Sie sich über den Rest keine Gedanken. Wir bekommen ihn schon noch.«

Schröder ließ sich rücklings in das Gras fallen und schloss die Augen. Tränen quollen unter seinen Lidern hervor.

43

Schröder saß in sich versunken da und starrte zur Decke. Die Ereignisse des Tages gingen ihm immer wieder durch den Kopf.

Er hatte den Mord an seiner Frau aufgeklärt. Das erfüllte ihn mit einer ungeheuren Leere, einer Leere, die ihm schwer vorkam und ihn nach unten zu ziehen schien. Er hatte immer gedacht, die Aufklärung würde ihn mit Zufriedenheit erfüllen, aber so war es nicht.

»Papa, das macht man nicht«, hörte er plötzlich Lea sagen, die im Türrahmen stand und mit ihrem gesunden Arm den riesigen Teddybären hinter sich herzog.

Schröder sah sie verdutzt an. Sie war ein Sonnenschein, der immerzu lächelte.

»Du hast die Füße auf dem Tisch«, sagte sie in einem Ton, der sie sicherlich einmal als Autoritätsperson qualifizieren würde.

Er sah auf seine Füße. Er hatte immer noch die schweren Motorradstiefel an. Schuldbewusst verzog er das Gesicht und hob die Beine vom Tisch.

»Wenn der Tisch beim Füßeausstrecken im Weg ist, warum stellst du ihn dann nicht woanders hin?«

Schröder lächelte. »Komm her, du kleines Monster, und bring deinen Teddy mit«, sagte er.

Lea zerrte das große Kuscheltier mit zum Sofa und setze sich neben ihren Vater. »Meine sind zu kurz«, sagte sie, als sie versuchte, ihre Füße vom Sofa aus auf den Tisch zu legen.

»Die werden schon noch länger«, sagte Schröder und zog sie zu sich in den Arm. »Tut es noch weh?«

Lea sah zu ihrem Gips und schüttelte den Kopf. »Nö.«

»Bist ein tapferes Mädchen«, sagte er und streichelte ihr durch das Haar.

»Tobias hat gelogen«, sagte sie.

»Tobias?«

»Jaahaaa. Der von der Schule.«

»Warum?«

Aufgeregt drehte sich Lea zu ihrem Vater hin. »Er hat erzählt, er hat auch schon mal einen Gips gehabt, weil er vom Fahrrad gefallen ist. Aber das stimmt nicht.«

Schröder sah seine Tochter an, die einen erbosten Gesichtsausdruck machte. »Warum stimmt das nicht?«

Lea atmete hörbar ein und aus, als ob er schwer von Begriff sei. »Seine Schwester hat gepetzt. Er hat gar nie einen Gips gehabt.«

Schröder zog seine Tochter näher zu sich heran. »Hat er dafür eine Strafe bekommen?«

Lea schien nachzudenken. »Ich weiß nicht. Bekommt man immer eine Strafe, wenn man lügt?«

»Wenn man ertappt wird, bestimmt«, sagte er und musste unwillkürlich an Bischof Gnad denken, der für seine Lügen eine gerechte Strafe mehr als verdient hatte.

»Hat man dich auch schon ertappt?«, fragte Lea.

Er sah seine Tochter an und zog die Augenbrauen zusammen. »Warum mich?«

Lea zuckte die Schultern. »Oder kannst du das so gut, dass es niemand merkt?«

Schröder schüttelte den Kopf. »Ich lüge doch nicht«, sagte er.

»Niemals nie?«

Wieder musste Schröder an Gnad denken. Wie schwer

wog eine Lüge? Wogen moralisch alle Lügen gleich schwer? Wie schwer wog die eines Bischofs?

»Ich hab vielleicht mal geschwindelt, ein bisschen höchstens«, sagte Schröder.

»Ist das anders als lügen?«

»Eigentlich nicht. Aber nicht so schlimm.«

Lea schien wieder nachzudenken. »Dann schwindle ich auch mal nur.«

»Am besten ist, wenn du immer die Wahrheit sagst.«

Lea blies die Backen auf und blickte wieder nachdenklich drein. »Aber, wenn ich was anstelle und das erzähle, werde ich doch auch geschimpft.«

Schröder fuhr ihr durch das Haar. »Wir machen das so: Egal, was passiert oder wenn du mal was anstellst, wenn du mir die Wahrheit sagst, schimpfe ich nicht mit dir.«

»Und wenn ich lüge?«

»Dann schimpfe ich.«

»Und wenn ich schwindle?«

»Dann schimpfe ich ein bisschen.«

Wieder blies Lea die Backen auf und schien abzuwägen. »Dann sage ich immer, was stimmt.«

Schröder lächelte. »So machen wir das.«

»Du aber auch«, sagte Lea.

»Ich auch«, sagte er und kreuzte schuldbewusst die Finger hinter seinem Rücken.

44

Vorsichtig drückte Schröder das Stemmeisen in den winzigen Spalt zwischen Türrahmen und Türblatt. Er sah sich kurz über die Schulter um und gab dann einen kräftigen Ruck auf das Werkzeug. Die Tür sprang mit einem dumpfen Ploppen auf. Behutsam schob er sich durch den Türspalt und verschloss die Haustür hinter sich. Nachdem er sich an die dämmrige Beleuchtung im Inneren gewöhnt hatte, schlich er durch den unteren Flur zur Treppe, die ins erste Stockwerk führte.

Er spähte den Aufgang hinauf. Im oberen Hausflur brannte Licht. Geräusche konnte er keine vernehmen. Langsam bewegte er sich in leicht gebückter Haltung die Stufen hoch. Oben sah er den Gang entlang. Alles lag ruhig da.

Er hatte sich geschworen, die Kirchenleute nicht noch einmal ungestraft davonkommen zu lassen. Es war ihm völlig gleichgültig, ob er sich mit seiner Aktion an Recht und Ordnung hielt. Aber wenn er nochmals einen Durchsuchungsbeschluss beantragt hätte, würden ihn die Komplizen dieser Männer wieder warnen. Und er war sicher, dass der Leitende Oberstaatsanwalt und der Polizeipräsident in irgendeiner Form mit dem Bischof verbandelt waren. Warum auch immer! Doch dieses Mal würde er auch nicht nach den Regeln der Gesetze spielen, sonst hätte er jetzt schon verloren. Nun war Waffengleichheit angesagt. Kostete es, was es wolle.

Leise drückte Schröder eine Türklinke hinunter und spähte in den dahinterliegenden Raum. In der Mitte stand ein großes, hohes Bett, das ihn an alte historische Filme erinnerte. Er presste die Lippen zusammen, ließ den Blick durch das Schlafzimmer gleiten und zog die Tür wieder zu.

Hinter der nächsten Zimmertür verbarg sich eine Bibliothek, an deren Fensterfront ein ausladender Schreibtisch stand. Neben einigen ordentlich abgelegten Schreibutensilien waren Bücher am Rand aufgestapelt. Anscheinend ging der Geistliche hier seiner Arbeit nach. Schröder trat ein und schloss die Tür hinter sich. Er lehnte sich daran und ließ seinen Blick durch das Arbeitszimmer schweifen. Die Wände waren voll mit Bildern und Urkunden. Im Raum standen einige Glasvitrinen, in denen Antiquitäten ausgestellt waren.

Schröder begann den ersten Schrank links von sich zu öffnen, um einen Blick hineinzuwerfen. Der alte Holzschrank war bis oben mit Aktenordnern vollgestopft. Er trat an eine Vitrine heran, die zwischen Schrank und Wand stand, und betrachtete die darin liegenden Gegenstände. Eine Sammlung antiker Waffen.

»Sechzehntes Jahrhundert. Italienische Sammlung. Sie hat mir … nun … sie hat mir der Generalvikar geschenkt. Zum sechzigsten Geburtstag. Wertvolle Stücke. Ich sollte das fehlende Stilett nach Abschluss der Ermittlungen wiederbekommen.«

Schröder fuhr herum.

An der Zwischentür, die vom Nebenraum hier rein führte, stand der Bischof. Er hatte die Hände hinter dem Rücken verschränkt und deutete mit dem Kopf auf die Vitrine.

»Wir benötigten zügig eine Tatwaffe, die der Beschreibung des Stichkanals im Obduktionsbericht möglichst nahekam«, fügte der Bischoff hinzu.

Schröder sah noch einmal in die Vitrine, in der sich eine

freie Ablage befand, die in etwa die Maße der Mordwaffe hatte.

»War die angekündigte Hausdurchsuchung bei von Roda also nur ein Ablenkungsmanöver, um hier in Ruhe meine Gemächer durchwühlen zu können?«

Schröder griff zu seiner Waffe im Hosenbund.

»Nicht doch«, sagte Gnad und hob einen Arm.

Der Hauptkommissar ließ die Hand auf der SIG P6 liegen, ohne den Bischof einen Wimpernschlag aus den Augen zu lassen. »Wieczorek hat alles gestanden.«

»Warum sind Sie dann noch hier und machen sich die Mühe?«

Schröder lächelte. »Besser, wir haben ausreichend Beweise. Bei Ihren Verbindungen.«

Der Bischof nickte wissend. Gewiss war ihm klar, dass Schröder keine Beweise aus einer illegalen Hausdurchsuchung vor Gericht würde verwenden können.

»Auch die besten Verbindungen reißen eines Tages«, antwortet der Bischof versonnen. »Und an diesem Tag wird jeder zusehen, dass er sein eigenes erbärmliches Leben rettet. Oder glauben Sie etwa, die Verbindungen, wie Sie es nennen, gründen auf Freundschaft? Nein, auf Macht und Geld. Darauf gründen sie. Eines Tages ist man all diesem überdrüssig.«

Schröder drehte sich etwas, um auch die Tür im Blick zu haben, durch die der Bischof ins Zimmer getreten war.

»Am Ende werden alle ihre gerechte Strafe bekommen. Auch ich. Wenn nicht auf Erden, dann vor unserem Schöpfer«, sagte Gnad.

»Wenn es nach mir geht, dann auf Erden. Vor einem ordentlichen Gericht. Am besten mit langjährigen Haftstrafen. Was der Schöpfer, wie Sie ihn nennen, dann mit Ihnen macht, ist mir offen gesagt ziemlich egal. Sie und Ihre

Handlanger werden für alles bezahlen, was sie angerichtet haben«, sagte Schröder.

Der Bischof hob beide Hände und ließ sie wieder herabsinken. »Ich verstehe Ihren Zorn. Ihre Frau? Ja? Diese Journalistin war Ihre Frau? Das tut mir leid.«

»Sparen Sie sich Ihr Mitgefühl! Sie machen mich damit nur noch wütender. Vielleicht erledige ich das Richten selbst an Ort und Stelle. Aber wenn ich Sie zu Ihrem Schöpfer schicke oder in die Hölle, was Ihnen besser stehen würde, kommen Sie um eine weltliche Strafe herum. Das wiederum möchte ich nicht vermissen. Alle Zeitungen und Fernsehsender werden Ihren guten Ruf Stück für Stück pulverisieren. Jeden Tag wird es eine neue Meldung zu Ihnen und Ihren Freunden geben. Jeden Tag eine neue Enthüllung. So lange, bis es niemand mehr lesen oder hören möchte. Dafür werde ich sorgen. Danach sitzen Sie in irgendeinem Gefängnis. Und wenn Sie jemals wieder rauskommen, werden Sie in einer kleinen, einsamen Wohnung auf den Tod warten. Das ist mir Genugtuung.«

Der Bischof verschränkte die Arme wieder hinter dem Rücken. »Um die weltliche Strafe mache ich mir weniger Sorgen. Die des Schöpfers wird für alle Ewigkeit sein. Aber ich denke, da sind wir unterschiedlicher Meinung.«

Schröder schüttelte angewidert den Kopf. »Warum nur? Ich verstehe nicht, warum ein Mann wie Sie, der alles hat, der alles erreicht hat, so etwas macht.«

Gnad schloss für einen Moment die Augen. »Sie haben ein Kind? Richtig?«

Schröder nickte und legte die Stirn in Falten.

»Sie würden alles für Ihr Kind tun? Vermute ich?«

»Alles!«

Der Bischof presste die Lippen zusammen und ließ den Kopf sinken. Nach einigen Augenblicken hob er ihn wieder.

»Ich wollte ihn ein Leben lang davon abhalten. Ich weiß nicht, was in ihm steckt. Der Teufel? Trägt er meine Schuld in sich? Ich weiß es nicht«, begann Gnad.

Schröder kniff die Augen zu schmalen Schlitzen zusammen und musterte den Mann, der plötzlich um Jahre gealtert und völlig kraftlos wirkte.

»All die Jahre habe ich meine schützende Hand über ihn gehalten. Ihm die besten Therapeuten und alles Mögliche an Unterstützung besorgt. Nichts davon hat geholfen. Ich habe mich sogar im Vatikan nach einer Teufelsaustreibung erkundigt.« Der Bischof sah auf. »Sie würden ebenso alles Mögliche und Unmögliche versuchen, um Ihrem Kind zu helfen. Um es auf den rechten Weg zurückzuführen. Um es vor der ewigen Verdammnis zu retten.«

Schröder nickte, verstand aber nicht, worauf der Kirchenmann hinauswollte.

»Sehen Sie! Das ist auch der Grund, weshalb wir beide in der Stadt waren. Ich wollte ihn davon abhalten, Köstner zu töten. Aber ich war blind vor Angst«, sagte Gnad. Er zeigte auf die Vitrine und fuhr fort. »Als ich später erfahren habe, dass Köstner erstochen wurde, bin ich hierher gehetzt. Aber es fehlte keine Waffe. Ich hatte geglaubt, er hätte von dieser Sammlung eins der Stilette genommen, um sich auch an mir zu rächen. Dominik … der Generalvikar kam an diesem Tag zu mir. Völlig aufgebracht. Er erzählte mir, dass Köstner aussteigen wollte. Er wollte die Jungen nicht mehr an die Freunde von Rodas vermitteln. Er brauchte das Geld nicht mehr. Das Geld, das ihn so zuverlässig für den Generalvikar hat arbeiten lassen. Ja, seine Spielsucht war eine große Hilfe. Doch Pfarrer Köstner änderte sich zusehends mit seiner Krankheit. Er wollte seine letzten Wochen der Buße widmen. Stand er doch kurz davor, seinem Schöpfer gegenüberzutreten. Dominik hatte panische Angst davor, Köstner könnte auch vor weltlichen Gerichtsbarkeiten Reue zeigen und auspacken.«

»Dominik?«

»Ja. Dominik. Er ist mein Sohn. Dominik von Roda ist mein Kind. Verstehen Sie nun? Es passierte während des Studiums«, sagte Gnad und winkte mit einer Hand ab. »Ich wollte nicht, dass er irgendjemandem zur Adoption gegeben wird. Er war mein Fleisch und Blut. Ich konnte verheimlichen, dass es mein Sohn war, ansonsten wäre ich als Dorfpfarrer irgendwo geendet. Aber ich habe mich immer um ihn gekümmert. Immer.«

Schröder schüttelte ungläubig den Kopf. »Es ist gar nicht Ihre Organisation, die hinter den ganzen Machenschaften steckt?«

»Nein. Ich war die schützende Hand. Wiegt das nicht noch schwerer?«

»Bei einem weltlichen Gericht nicht. Bei Ihrem Kirchenoberst wahrscheinlich schon.«

Gnad nickte. »Das mit Ihrer Frau habe ich erst nach dem Tod Köstners erfahren. Es tut mir leid. Sie kam meinem Sohn und seinen erbärmlichen Freunden zu nahe. Sie war dabei, alles aufzudecken. Es wäre ein riesengroßer Skandal gewesen, der das Vertrauen in die Kirche in ihren Grundfesten erschüttert hätte. Und all das in meiner Diözese. Ein Skandal um eine Verbrecherbande, die auf ihren Partys Kinder schänden. Mit Verstrickungen bis in die obersten Ebenen von Polizei und Staatsanwaltschaft. Undenkbar! Es wäre das Ende von allem gewesen. Das Ende von uns. Von meinem Sohn. Dann noch dieser unschuldige Junge …«

»Sie sprechen von Dennis Pfeiffer?«

»Richtig, Pfeiffer. Ihm wollte ich den Mord an Köstner anhängen. Um meinen Sohn zu decken. Aber es wäre gar nicht nötig gewesen. Wie töricht von mir! So wurde ich selbst zum

Mörder. Wären Sie nicht so hartnäckig gewesen, würde die Wahrheit wahrscheinlich niemals ans Licht kommen. Das habe ich bewundert. Ich habe Sie bewundert. Ja, das habe ich. Und ich war jeden Tag mehr über mich beschämt.«

Schröder nickte. »Warum erzählen Sie mir das?«

Der Bischof drehte sich zum Fenster, sah in die Dunkelheit. »Weil es so oder so vorbei ist. Ich kann ihn nicht mehr schützen. Ich habe dazu keine Kraft mehr. Irgendwann muss man loslassen und sein Kind dem Wohlwollen des Herrn anvertrauen. Auch wenn es schmerzlich ist. Vielleicht reinigt es seine Seele. Dominik hat viel Schändliches getan. Dafür wird er Buße tun müssen. Das ist nur gerecht. Aber Pfarrer Köstner hat er nicht getötet. Ich war auf einem Irrweg. Ich habe alles getan, um ihn zu schützen, obwohl es nicht vonnöten gewesen wäre. Hätte ich ihm nur geglaubt. Inzwischen kenne ich die Wahrheit. Dominik war zur Tatzeit bei einer Frau in der Stadt. Hier«, sagte der Bischof und streckte eine Hand aus, in der er einen Zettel hielt. »Das ist ihr Name und ihre Adresse. Sie wird es Ihnen bestätigen. Ein Nachbar hat Dominik kommen und gehen sehen.«

Schröder nahm das Papier und schaute darauf. »Wer war es dann?«, fragte er.

»Nun, das weiß ich nicht. Vielleicht war es die Hand eines strafenden Gottes. Wäre Köstner nicht getötet worden, wäre all dies niemals herausgekommen. Erst sein Tod hat die Wahrheit über uns ans Licht gebracht.«

Schröder musterte den Mann, der völlig ruhig dastand und inzwischen beinahe erleichtert wirkte. »Gut. Kommen Sie mit mir mit. Dann ersparen Sie sich zumindest das Anrücken eines SEK.«

Bischof Gnad nickte.

45

Schröder parkte den Wagen vor der Einfahrt des Hauses. Die Fenster waren erleuchtet, die Vorhänge zugezogen. Einen Moment blieb er im dunklen Wagen sitzen. Nach allem, was geschehen war, stand er nun vor diesem Haus, um gleich einen Mörder abzuführen und eine Familie auseinanderzureißen. Er hatte lange über alles nachgedacht, während der Befragungen, die nach der Verhaftung von Rodas den größten Teil seiner Zeit eingenommen hatten, während der Stunden mit seiner Tochter, während der Autofahrten, sogar im Schlaf. Obwohl er sicher gewesen war, dass von Roda den Mord begangen hatte, war er auf dem Irrweg gewesen, dessen Alibi hatte sich als stichhaltig erwiesen. Seine Instinkte hatten ihn getäuscht, und das hatte ihm schlaflose Nächte bereitet. Wie hatte er so blind sein können? Wahrscheinlich hatte sein Hass auf diese Männer ihn nicht unvoreingenommen ermitteln lassen. Und dann die Sache mit Michelle.

Er umklammerte das Lenkrad fest mit beiden Händen. Ihr Mörder war zwar inzwischen verhaftet und die Auftraggeber gefasst worden, aber das würde seine Frau nicht zurückbringen. Dieser Fall war auf vielen Ebenen einer der schwersten seiner Karriere gewesen. Aber das machte es nicht besser, dass er sich so hatte täuschen lassen. Als Ermittler hatte er vor allem seine untrüglichen Instinkte, und nichts war erschütternder, als diese in Zweifel zu ziehen.

Die Worte des Bischofs gingen ihm nicht aus dem Kopf:

Irgendwie kam es ihm selbst wie eine Fügung vor, dass Köstner ermordet worden war. Ein paar Wochen noch, und er und alle seine Geheimnisse wären unter der Erde gelandet. So gesehen hatte sein Mord tatsächlich etwas Gutes gebracht, die Ermittlungen waren möglich geworden, die einige der Hintermänner ans Licht zerrten. Schröder war sich jedoch sicher, dass es noch mehr zu finden gab, und entschlossen, jeden Letzten in dieser Organisation zur Strecke zu bringen. Aber nun musste Schröder auch diesen Teil der Geschichte zu Ende bringen und den Mörder Köstners verhaften. Der Kreis musste sich schließen.

Schröder stieg aus, lief über den knirschenden Kies zur Haustür des Anwesens und drückte mehrmals hintereinander auf den Klingelknopf. Kurz darauf öffnete Simone Brunner die Tür. Sie sah den Hauptkommissar überrascht an, als sie dessen ernstes Gesicht musterte.

»Sie? Hier?«

»Darf ich reinkommen?«

»Bitte«, sagte sie, schob die Haustür auf und trat etwas zur Seite.

Ihre Bewegungen wirkten nur ein ganz wenig nervös, als sie den Hauptkommissar ins Wohnzimmer führte.

»Bitte. Setzen Sie sich ruhig«, bot sie ihm an.

»Sie haben mich angelogen«, sagte Schröder, nachdem er Platz genommen hatte.

»Habe ich das?«, fragte Simone Brunner.

»Ja. Sie haben vierzehn Tage vor dem Mord an Köstner auch gebeichtet.«

Frau Brunner setzte sich auf die Lehne eines Sessels. »Muss ich mich vor Ihnen rechtfertigen, wie oft ich beichte?«

»Nein, das müssen Sie nicht.«

»Ich habe mich geschämt. Ich dachte, Sie halten mich für

verrückt, wenn ich so oft beichte.« Sie schenkte ihm ein reumütiges Lächeln, aber langsam wurde er besser darin, hinter ihre Fassade zu blicken. Sie hatte Angst. Eine Frau, die der Öffentlichkeit die perfekte Ehe vorspielte, obwohl ihr Ehemann sie regelmäßig verprügelte, musste sehr überzeugend lügen können.

Schröder blickte ihr in die Augen. »Sie können jetzt mit der Schauspielerei aufhören, Frau Brunner. Ich nehme Sie wegen des Mordes an Berthold Köstner fest. Ihren Mann lasse ich suchen und ebenfalls verhaften. Wir werden Sie getrennt vernehmen.«

»Was?«, rief sie aus. »Sie sind verrückt geworden!«

»Wissen Sie, was Sie verraten hat? Der Briefumschlag, den sie der Mesnerin gegeben haben.«

»Wie bitte?«

»Ja, die arme Frau hat selbst die Verwicklung des Generalvikars von Roda in kriminelle Machenschaften geahnt und sich nie getraut, etwas zu sagen. Eine Sache hat sie aber meinem Partner unbedingt sagen wollen, nämlich dass von Roda bereits zwei Wochen zuvor einmal in der Kirche war. Im Nachhinein hat sie zugegeben, einen Streit zwischen ihm und Köstner belauscht zu haben. Und ganz nebenbei hat sie erwähnt, dass sie immer noch den Briefumschlag in der Hand hielt, den sie Köstner von Ihnen geben sollte, und sich deshalb geschämt hat, als der Generalvikar an ihr vorbeistürmte. Als sei sie eine Postbotin. Das war es, was mich stutzig gemacht hat: Was konnte eine Beichtende einem Pfarrer in einem Briefumschlag aushändigen? Sicher nicht die niedergeschriebene Beichte. Und dann hat Bischof Gnad noch einen Kommentar gemacht, der mich auf Ihre Spur brachte: dass Köstner sich in letzter Zeit nicht mehr beeinflussen ließ, weil sein Geldproblem auf mysteriöse Weise verschwunden war. Ich hätte gleich der Spur des Geldes folgen sollen, andererseits wäre dann vieles im Dunkeln geblieben.«

Schröder musterte Simone Brunner, die, während sie ihm zuhörte, um Haltung kämpfte. Schließlich verlor sie den Kampf und senkte den Kopf.

»Mein Mann weiß es nicht. Er hat es vermutet. Es tut mir leid«, sagte sie. Ihre Stimme klang merkwürdig emotionslos dabei.

»Köstner hat Sie erpresst, nicht wahr?«

Sie hob kurz die Schultern. »Ich hatte gebeichtet, dass ich meinen Mann betrogen habe. Ich hatte eine längere Affäre.«

Schröder nickte. So etwas in der Art hatte er erwartet. »Deswegen haben Sie ihn getötet?«

Simone Brunner schüttelte müde den Kopf. Sie knetete ihre Hände im Schoß, als wollte sie etwas unterdrücken, dann sah sie Schröder an, und zum ersten Mal entdeckte er eine echte Emotion in ihren Augen: Hass. Plötzlich brach es aus ihr heraus.

»Köstner hat mich nach seinem Streit mit meinem Mann unter Druck gesetzt, er wollte immer mehr Geld, vielleicht auch, um meinem Mann zu schaden. Aber so viel Geld konnte ich nicht besorgen, ohne dass Michael es gemerkt hätte. Und alles nur für seine dreckigen Spielschulden! Ein Pfarrer! Stellen Sie sich das vor! Er wollte das Beichtgeheimnis brechen und mich bloßstellen, damit er seine Spielschulden bezahlen konnte!« Sie sah den Hauptkommissar an. »Es hätte das Ende der politischen Karriere für Michael bedeutet. Wer wählt einen erzkonservativen Mann, dessen Frau fremdgeht? Es hätte ihn der Lächerlichkeit preisgegeben. Die Presse hätte Michael gelyncht. Und alles meinetwegen. Das konnte ich nicht zulassen.«

Schröder musterte die Frau. Sie war in sich zusammengesackt, ihre Schultern zuckten, die Fassade war aufgebrochen. Er hatte das Gefühl, dass etwas ganz anderes zutage getreten war, eine Frau voller Wut und Bitterkeit. Die Ähnlichkeit mit Michelle war verflogen, nichts an ihr erinnerte ihn mehr an seine verstorbene Frau. Trotzdem empfand er etwas für sie. Simone Brunner war eine Frau, die zwischen allen Fronten gestanden hatte und letztlich unter dem enormen Druck zu etwas Kaltem geschmiedet worden war, etwas, das blind zurückschlug und sich verteidigte. Nur gegenüber der falschen Bedrohung. Schröder hätte sich gewünscht, einen anderen Ausgang für diesen Fall zu finden.

»Warum haben Sie sich nicht einfach von Ihrem Mann getrennt? Er schlägt Sie. Das wäre Grund genug gewesen«, sagte Schröder sanft.

Wieder schüttelte sie den Kopf, diesmal wirkte es ungeduldig. »Sie verstehen das nicht. Ich liebe ihn. Ich habe ihn trotz allem immer geliebt. Ich habe es für ihn getan.«

Schröder beobachtete, wie sie dort saß, in sich versunken. »Wo haben Sie die Waffe?«

Die Frau sah auf und zeigte zur Terrasse. »Draußen beim Grill.«

Der Hauptkommissar sah überrascht zur Terrassentür. »Beim Grill?«

»Ja. Der Grillspieß. Er ist sehr lang«, sagte Simone Brunner und zeigte mit den Händen einen Abstand von etwa sechzig Zentimetern. »Mein Mann hatte am Tag davor meinen Wagen. Seiner war in der Werkstatt. Er hatte sich am Samstag einen neuen Grillspieß geholt. Wir wollten Sonntagnachmittag Spießbraten machen. Er hat ihn in meinem Wagen liegen lassen. Ich weiß auch nicht, warum ich ihn mitgenommen habe. Ich habe versucht, es Köstner auszureden, aber als er dann sagte, ich sei besser dran ohne Michael... da bin ich ausgerastet. Ich habe mich mit meinem ganzen Gewicht nach vorne geworfen, der Spieß war plötzlich in meiner Hand. Sehen sie, meine Hände haben noch Blutergüsse davon.«

Schröder musterte ihre Handflächen, die sie ihm entgegenhielt und die ihm schon bei seinem ersten Besuch hier aufgefallen waren. Hätte er da nicht so viel Mitleid mit ihr gehabt, hätte er vielleicht eins und eins zusammengezählt. Er stand auf. »Ich werde die Tatwaffe von der Spurensicherung abholen lassen. Sie kommen am besten mit mir mit. Bitte.«

Simone Brunner nickte.

46

Mit verschränkten Armen stand die Staatsanwältin bei Schröder und Lorenz im Büro. Sie wirkte nach den Vorkommnissen der letzten Stunden abgekämpft und müde. Nachdem sie eingetreten war, sah Schröder ihr bereits an, dass sie aus irgendeinem Grunde schockiert war. Die beiden Kripobeamten blickten sie fragend an.

»Der Leitende Oberstaatsanwalt hat sich in seinem Büro in den Kopf geschossen. Sieht schlecht um ihn aus«, sagte sie und schaute bedrückt zu Boden.

Schröder spähte zu seinem Kollegen, der regungslos dasaß. Er selbst nahm die Information emotionslos auf. »Weil er sich von Bischof Gnad hat beeinflussen lassen?«, fragte er.

Valentini nickte und schlang die Arme enger um den Körper. »Ja. Er war sogar einmal bei den Treffen in der Jagdhütte dabei. Das hat Wieczorek bestätigt.«

Der junge SEK-Beamte hatte im Gegensatz zu seinem Kollegen Greiner die Schüsse überlebt und war inzwischen ansprechbar. Schröder hatte kurz danach einen Haftbefehl für den SEK-Kommandanten beantragt, den die Staatsanwältin hatte vollstrecken lassen. Es stellte sich heraus, dass der Mann die Operationen von Wieczorek und Greiner gedeckt und sich dadurch Vorteile beim Polizeipräsidenten erschlichen hatte. Dass der Kommandant bei ihrem letzten Einsatz an der Jagdhütte seine Auftraggeber nicht gewarnt hatte, wirkte sich nun zu seinen Gunsten aus. Er hatte rechtzeitig gemerkt, wie sich der Wind gedreht hatte, und erneut die Seite gewechselt. Er war es jedoch auch, der den Befehl zur Ermordung von Dennis Pfeiffer von Steinbach entgegengenommen und an die SEK-Beamten weitergeleitet hatte. Dies behauptete zumindest Wieczorek, der sich durch seine Geständnisse anscheinend einen Vorteil im Strafverfahren erhoffte. Aber für den jungen Mann gab es eigentlich keinen Grund mehr zu schweigen. Er konnte nur noch hoffen, dass seine Aussagen bei der Strafzumessung Berücksichtigung fanden. Schröder glaubte, was der Mann bisher ausgesagt hatte, auch wenn er selbst nicht beim Verhör dabei sein konnte. Schließlich hatte der Verdächtige seine Frau bei einem fingierten Verkehrsunfall getötet, wie er inzwischen selbst zugegeben hatte. Beauftragt wurde dies laut Wieczorek vom Generalvikar von Roda persönlich. Michelle war der Aufdeckung des Kindesmissbrauchs gefährlich nahegekommen.

Bei den Gedanken daran spürte Schröder, wie sich sein Puls beschleunigte und das gewohnte Gefühl von Verlust und Trauer in ihm aufstieg. Doch es war anders als im vergangenen Jahr. Er hatte das Gefühl, endlich abschließen und seine Frau gehen lassen zu können. Das war ihm in der Zeit der Ungewissheit nicht möglich gewesen. Auch wenn die Erkenntnis, dass sie ermordet wurde, ihn wie ein Blitzschlag getroffen hatte, war es immer noch besser, als niemals die Wahrheit zu erfahren.

»Sagen die anderen aus oder weigern sie sich?«, fragte er.

Valentini nickte abermals. Keiner ging davon aus, dass sie ihr Schweigen brechen würden. Einzig der Bischof hatte sich bereit erklärt auszupacken. Zuvor wollte er sich aber erst mit seinem Rechtsanwalt besprechen.

Schröder war damit vorerst zufrieden. Würde sich die Anklage nur auf die Aussage von Wieczorek stützen, wäre der

Ausgang ungewiss. Mit dem Geständnis eines Hauptbeteiligten, auch wenn er sich nicht an Kindern vergangen hatte, würde dem Leitenden Oberstaatsanwalt, sollte er seinen Selbstmordversuch überleben, dem Polizeipräsidenten und schließlich dem Kopf der Gruppe, dem Generalvikar, das Genick gebrochen.

Im Nachhinein wirkte es wie Ironie des Schicksals, dass von allen begangenen Straftaten ausgerechnet der Mord an Köstner, der alles ins Rollen gebracht hatte, von anderer Hand verübt worden war. Simone Brunner hatte inzwischen alles detailliert zu Protokoll gegeben. Die echte Tatwaffe war sichergestellt worden, und der Rechtsmediziner, der zuvor das Stilett als Tatwaffe bestätigt hatte, wurde wegen Bestechlichkeit verhaftet. Auch ihm hatte man Geld versprochen, damit er darüber Stillschweigen bewahrte, dass das Stilett eigentlich nicht mit den genauen Maßen der Wunde Köstners übereinstimmte. Die Kreise von Beeinflussung und Korruption gingen wirklich tief. Simone Brunners Mann war inzwischen ebenfalls verhaftet worden. Er hatte seine Frau in der Kirche angetroffen, als sie aus dem Beichtstuhl gekommen war, und hatte ihre Tat gedeckt. Er war es auch gewesen, der geistesgegenwärtig genug gewesen war, die Tatwaffe wieder mitzunehmen. Nur hatte er sie, anstatt sie zu entsorgen, erst mal im Garten versteckt. Das hatte ihn nun ebenfalls zu Fall gebracht, da seine Fingerabdrücke auch auf der improvisierten Waffe festgestellt worden waren. Seine Arroganz war ihm letztlich zum Verhängnis geworden.

Valentini hatte Schröder gesagt, dass sie zusehen wollte, ob sie nicht doch etwas für Pepe Bonetto tun konnte. Offenbar hing ihr die Lüge, mit dem sie ihn geködert hatte, noch nach, und sie hatte ein schlechtes Gewissen. Vielleicht war er ja tatsächlich ein weiteres Opfer der Vertuschungsaktion von Gnad. Mit der Zeit würden sie es herausfinden. Schröder hatte sich geschworen, Michelles Artikel an ihre ehemalige Zeitung zu geben, sobald die Ermittlungen an einem Punkt waren, an denen die Presse der Polizeiarbeit nicht mehr schaden konnte. Er wusste, dass er es Michelle schuldig war.

Alles in allem eine gute Bilanz, befand Schröder. Vielleicht war es durch den Abschluss der Ermittlungen wirklich möglich für ihn, wieder auf andere Gedanken als im gesamten letzten Jahr zu kommen.

»Was halten Sie von einem Kaffee, wenn wir hier durch sind?«, fragte er schließlich an die Staatsanwältin gewandt.

»Kaffee? Sie sind mir noch ein selbstgekochtes Essen schuldig.«

Schröder zog die Augenbrauen hoch. »Stimmt. Das hätte ich beinahe vergessen«, sagte er und lächelte.

47

»Fast jede Nacht taste ich hinüber. Dahin, wo sie immer gelegen hat. Meine Hand sucht nach ihrer warmen Haut. Aber ich greife ins Leere, spüre nur das kalte, zerknitterte Bettlaken. Dann wache ich auf. Schweißgebadet. Das Gefühl von Verlust schnürt mir die Brust zusammen. Eine innere Unruhe kriecht langsam in mir hoch. Dann muss ich aufstehen. Sonst zerreißt es mich. Ich gehe dann rüber zu meiner Tochter. Ich stehe oft eine Ewigkeit in ihrem Zimmer und sehe ihr beim Schlafen zu. Eine Angst beschleicht mich, sie auch noch zu verlieren. Ich möchte sie beschützen und weiß, dass man niemanden vor allen Gefahren des Lebens schützen kann. Egal, wie sehr man es möchte. Manchmal glaube ich, dass alles nur von Glück oder Unglück abhängt. Von Zufälligkeiten. Wo man geboren wurde. Ob man zur falschen Zeit über die Straße geht oder zum richtigen Zeitpunkt am passenden Ort ist. Was davon können wir wirklich beeinflussen?«

Die Staatsanwältin lauschte der warmen Stimme Jan Schröders und strich ihm sanft über die Schulter.

»Ich liebe meine Frau immer noch. Ich hoffe, dass ich mich ernsthaft auf etwas Neues einlassen kann.«

Julia Valentini kuschelte sich ganz nah an ihn heran. Sie musterte seine harten Gesichtszüge und blieb bei seinen freundlichen Augen mit dem warmen Blick hängen.

»Ich hoffe es auch«, sagte sie und küsste ihn auf die Wange. »Lass uns der Sache einfach ein bisschen Zeit geben.«

Schröder drehte den Kopf etwas zu ihr. »Es wird nicht einfach mit mir.«

Julia Valentini lächelte. »Ich nehme die Herausforderung an.«

48

»Hallo, Herr Schröder. Geht ja schon wieder gut los mit Ihnen.« Eine der beiden Sekretärinnen lächelte und ließ ihre Augen über ihn wandern.

Schröder sah die Frau fragend an. »Na, dass Sie einen Termin beim Chef haben«, half sie ihm breit grinsend auf die Sprünge.

»Ach so. Nichts Wildes, hoffe ich doch«, sagte er und verstand erst jetzt die Anspielung der Bürodame, aber sie hatte recht.

Ein jedes Mal, wenn er hier oben beim Polizeipräsidenten war, hatte er irgendetwas ausgefressen, oder der Oberchef wollte ihm ans Bein pinkeln.

»Er wartet schon«, sagte die Frau.

»Danke«, sagte er und betrat das Büro des Präsidenten.

»Da sind Sie ja endlich. In diesem Scheißjob hier muss ich den ganzen Tag auf Leute wie Sie warten, die anscheinend nichts anderes zu tun haben als rumzutrödeln. Verdammt, Schröder, machen sie die verfluchte Tür zu.«

Der Hauptkommissar trat mit einem Bein nach hinten, und die Bürotür flog krachend in das Schloss. Zufrieden nickte der Polizeipräsident.

»Wie ich sehe und vor allem höre, geht es Ihnen gut«, sagte Schröder und setzte sich.

Sein Gegenüber lehnte sich in seinem Bürostuhl zurück und legte die Füße auf den Schreibtisch.

»Was denken Sie denn? Glauben Sie, ich lasse mir von

Bullen wie Ihnen in meinem Alter noch den Tag versauen? Nein. Vergessen Sie es.«

Schröder sah sich im Büro um. Es hatte sich im Vergleich zu dem des Vorgängers stark verändert. Die Wände waren voll mit Bildern, auf denen meist uniformierte Polizisten abgelichtet waren, die sich die Hand schüttelten oder irgendeine Urkunde oder einen Orden überreicht bekamen.

»Ja, sehen Sie sich das alles nur an. Über dreißig Jahre harte Polizeiarbeit. Da müssen Sie noch ein paar Jährchen ran, mein Lieber.«

»Mein Lieber? Wollen Sie mir einen Antrag machen?«, sagte Schröder.

»Ach, lecken Sie mich am Arsch, Schröder. Ich hasse dieses Drumherumgerede. Wir haben eine Stelle frei. Wollen Sie Kripochef werden?«

Schröder sah sein Gegenüber erstaunt an.

»Jetzt glotzen Sie nicht so blöde. Ja oder Ja?«

»Vergessen Sie es, Nowak. Ich sitze mir doch nicht den Arsch in einem Büro breit.«

»Sie sind ein Idiot, Schröder. Das ist eine einmalige Gelegenheit, Herrgott, denken Sie an Ihre Tochter.«

Schröder nickte. »Ich weiß das zu schätzen, Chef. Aber ich glaube, das ist nichts für mich.«

Der neue Polizeipräsident schüttelte schnell den Kopf. »Dann mache ich Lorenz zum Kripochef. Dann können Sie sich von ihm durch die Gegend schubsen lassen. Gut, meinetwegen. So werde ich das machen.«

»Machen Sie das! Sie sind der Boss. Sie können tun, was auch immer Sie wollen«, sagte er gelassen und stand auf.

»Ach, hauen Sie ab, Schröder.«

Schröder ging zur Tür und öffnete sie, ohne auf den Wortschwall Nowaks zu hören, der wahrscheinlich alle gängigen Schimpfwörter beinhaltete, die der Mann kannte.

»Warum es immer nur Ärger gibt, wenn Sie sich sehen, ist mir ein Rätsel«, sagte die Sekretärin im Vorzimmer und schüttelte den Kopf.

»Das ist kein Ärger. Das nennt man Männerfreundschaft«, sagte Schröder und drehte sich im Türrahmen noch einmal zu dem schimpfenden Polizeipräsidenten um.

Er hob zum Abschied die Hand, nickte und verschwand aus dem Vorzimmer.

49

»Mama kann durch die Augen sehen«, erklärte Lea und zeigte auf die Tätowierung ihres Vaters.

Julia Valentini lächelte und strich über das tätowierte Porträt. »Sie war hübsch«, sagte sie zu Schröder gewandt.

»Eine Prinzessin. Sagt Papa immer.«

Lea sah zu Julia und nickte wissend.

Schröder schmunzelte. Seine Tochter lag zwischen ihnen. Er war glücklich, dass sich beide so gut verstanden.

»Du bist meine Prinzessin«, sagte er und fuhr seinem Kind durch das Haar.

»Tut das noch weh?«, fragte die Staatsanwältin.

Das Mädchen musterte ihren eingegipsten Arm, der mit bunten Bildern und Namen vollgekritzelt war. Eifrig schüttelte sie den Kopf. »Papa sagt, bis ich heirate, ist alles wieder gut. Wehe, er lügt.«

Schröder und Julia Valentini brachen in schallendes Gelächter aus.

»Frühstück?«, fragte Schröder lachend.

»Jaaaaaa«, schrie Lea.

Sie stand auf und hüpfte auf dem Bett umher. Ihr Vater beugte sich zu Julia und küsste sie.

»Gerne«, flüsterte sie.

Gemeinsam gingen sie in die Küche.

»Wie immer?«, fragte er seine Tochter.

Sie nickte und kletterte neben der Staatsanwältin auf einen Barhocker.

»Ich trinke nur einen Kaffee«, sagte Julia.

»Wie Papa«, sagte Lea.

Jan Schröder lächelte und schüttelte den Kopf, dann richtete er Cornflakes her und brühte zwei Bohnenkaffees auf. Zufrieden setzte er sich zu den beiden.

»Sollen wir zum See fahren?«, fragte er.

Die Kleine nickte, während sie die Cornflakes in sich hineinschaufelte. Julia Valentini schmunzelte, und er strich ihr über die Hand, die die Kaffeetasse hielt. Sie hatte ihm verraten, dass sie gerne mit ihm und seiner Tochter draußen am Wasser war, hatte gesagt, sie liebe die Ruhe und das beruhigende Plätschern der Wellen, wenn sie gegen die Uferböschung schlugen und sie nicht allein war. Wenn er sie ansah, konnte er fast daran glauben, dass es noch etwas Gutes in seiner Zukunft gab.

Beim Verlassen der Wohnung blickte Schröder zu seinem Diensthandy, das auf der Kommode lag. Er zögerte kurz, ließ es dann aber liegen und nahm Lea und Julia bei der Hand.

Danksagung

Mein besonderer Dank gilt all den Menschen, die im Hintergrund zum Gelingen dieses Buches beigetragen haben und deren Namen ich nicht kenne.

Ich bedanke mich bei meinem Verleger und Lektor Reinhard Rohn vom Aufbau Verlag. Ein großes Dankeschön an die Literarische Agentur Gaeb. Ganz besonders an Elisabeth Botros.

Ich bedanke mich bei meinen beiden Probeleserinnen Martina Niedermayr und Sina Eckl.

Meiner Frau Annette Schmidt danke ich für die immerwährende Unterstützung und den Glauben an mich.

Ralf Schmidt

Craig Russell
Auferstehung
Thriller
Aus dem Englischen von
Stefanie Schäfer
399 Seiten. Broschur
ISBN 978-3-7466-3409-8
Auch als E-Book erhältlich

Die Schatten der Toten

Jan Fabel, Chef der Mordkommission in Hamburg, hat sich verändert. Vor zwei Jahren ist er beinahe gestorben, als ein Mann ihn anschoss. Er hatte eine Nahtod-Erfahrung, die ihn noch mehr zu einem intuitiv arbeitenden Polizisten werden lässt. Als bei Bauarbeiten eine Leiche gefunden wird, ahnt er sofort, dass es sich um die sterblichen Überreste von Monika Krone handelt, die vor fünfzehn Jahren spurlos verschwand. Wenig später beginnt eine unheimliche Mordserie. Ein Maler, zu dessen frühen Motiven ein Bild von Monika gehört, wird tot aufgefunden, ein Autor, der sich auf moderne Edgar-Allan-Poe-Versionen verlegt hat, wird ermordet. Alle haben eine Verbindung zu Monika gehabt. Und dann taucht ein Mann aus Fabels Vergangenheit wieder auf – und er begreift, welche Dimension dieser Fall hat.

Jan Fabel ist einer der ungewöhnlichsten Ermittler Deutschlands.

Regelmäßige Informationen erhalten Sie über unseren Newsletter. Jetzt anmelden unter: www.aufbau-verlag.de/newsletter

atb aufbau taschenbuch